SCHERZ

W0299697

INGO BOTT

PIRLO

DOPPELTES SPIEL

Der vierte Fall für die Strafverteidiger
Pirlo und Mahler

Kriminalroman

SCHERZ

Auf S. 296 legt der Autor dem fiktiven Chefradakteur
eines Fußballmagazins Auszüge aus folgendem Text in den Mund:
Philipp Köster: Endlich, endlich Schluss damit,
in: 11FREUNDE, 269/2024.

MIX
Papier | Fördert gute Waldnutzung
FSC® C014496

Erschienen bei FISCHER Scherz

© 2025 S. Fischer Verlag GmbH,
Hedderichstr. 114, 60596 Frankfurt am Main
Die Nutzung unserer Werke für Text- und Data-Mining
im Sinne von § 44b UrhG behalten wir uns explizit vor.
Dieses Werk wurde vermittelt durch
die Agentur copywrite, Frankfurt am Main.
Redaktion: Ilse Wagner
Satz: C.H.Beck.Media.Solutions, Nördlingen
Druck und Bindung: GGP Media GmbH, Pößneck
ISBN 978-3-651-00136-7

Kontaktadresse nach EU-Produktsicherheitsverordnung:
produktsicherheit@fischerverlage.de

Alles, was ich über Moral und Verpflichtungen weiß,
verdanke ich dem Fußball.

Albert Camus

Norm: *Entschuldigender Notstand, § 35 Abs. 1 S. 1 StGB*
Wer in einer gegenwärtigen, nicht anders abwendbaren Gefahr für Leben, Leib oder Freiheit eine rechtswidrige Tat begeht, um die Gefahr von sich, einem Angehörigen oder einer anderen ihm nahestehenden Person abzuwenden, handelt ohne Schuld.

Prüfschema:

1. Die Gefahr
2. Die rechtswidrige Tat
3. Das Abwendungsinteresse
4. Die Zumutbarkeitsprüfung
5. Die Frage nach der Schuld

Erklärung: *Der entschuldigende Notstand ist ein sehr eigentümliches Rechtsinstitut. Er sieht eine Abwägung vor, die es eigentlich gar nicht geben darf. Auf der einen Seite steht die Rechtsordnung, auf der anderen ein Mensch, der auf die absoluten Grundlagen seiner selbst zurückgeworfen ist. Es ist etwas so Wichtiges in so großer Gefahr, dass er sehenden Auges das Recht verletzt – und wir ihm trotzdem keinen Vorwurf machen, nicht aber etwa, weil wir gutheißen, was er tut. Vielleicht noch nicht einmal, weil wir es verstehen. Sondern weil wir auch keine Antworten haben. Vor allem keine, die besser sind als die desjenigen, über den wir richten sollen.*

Werner Arland – Grundlagen der Strafverteidigung, Verlag t. m. Zimmermann, 2024, S. 211 Rn. 17

1.

LOS.

Vor dem Spiegel

Er atmet. Langsam ein. Noch langsamer aus.
Dabei muss er nicht in den Spiegel sehen, um zu wissen, in welchem schlechten Zustand er ist. Ein Blick auf seine Hand genügt. Sie zittert, als er sich kaltes Wasser ins Gesicht spritzt.
Dann schließt er die Augen und geht, so ruhig er kann, noch einmal alles durch. Das Ergebnis ist dasselbe wie vorhin. Es ist dasselbe wie immer. Was er vorhat, ist alternativlos. Er muss es tun. Am Ende wird er ein Leben zerstört haben. Nichts wird mehr so sein, wie es war. Nie wieder.
Er atmet langsam ein. Und langsam aus.
Was er machen wird, ist falsch. Darauf kommt es aber gar nicht an. Es spielt keine Rolle, was er tun will. *Sondern was er tun* muss.
Er dreht das Wasser ab. Trocknet seine Hände.
Atmet ein. Atmet aus.
Und geht los.

2.

LACHSFARBEN.

Zwei Monate zuvor

Als Pirlo öffnet, steht vor der Tür die Polizei.

»Ja?«

»Herr Dr. Anton Pirlo?«

»Das bin ich.« Jedenfalls auch. Aber gut, immerhin steht der Name im Ausweis.

Der sportliche Mann direkt vor ihm verstaut umständlich seine Dienstmarke in der Jacke, sammelt sich kurz und sagt dann mit fester Stimme: »Wir haben einen Haftbefehl.«

»Die Kanzlei ist am Carlsplatz. Hier ist meine Wohnung. Ganz gleich, welchen unserer Mandanten er betrifft, sind Sie hier falsch gelandet.«

»Das glauben wir nicht.« Einer der fünf Beamten hält Pirlo ein lachsfarbenes Papier entgegen. »Der Haftbefehl richtet sich gegen Sie.«

Kurz darauf lacht Arland am Telefon. Pirlo nicht. Irgendwann fällt das auch seinem alten Mentor auf.

»Du machst Witze, oder?«

»Nein.«

»Haha?«

»Wie gesagt: Nein. Was ich dir berichtet habe, stimmt.«

Am anderen Ende der Leitung wird es kurz still. Dann klingt

Arlands Stimme deutlich ruhiger. »Du willst mir also ernsthaft erzählen, dass du verhaftet worden bist, Junge?«

Pirlo seufzt. »Ich will nicht. Ich muss.«

»Warum rufst du dann *mich* an?« Die Frage ist berechtigt. Arlands Strafverteidigertage sind schließlich seit langem vorbei. Seit gut drei Jahrzehnten ist er nur noch als Hochschullehrer unterwegs, hat dabei aber immerhin solche Talente wie Sophie und Pirlo entdeckt. Wobei die Qualitätsauslese einigermaßen fragwürdig wirkt, wenn man sich vor Augen führt, wo Pirlo gerade warum steckt.

»Sophie war nicht erreichbar.«

»Habt ihr Streit?«

»Nein.« Trotzdem ist Pirlo kurz irritiert, dass Arland überhaupt danach fragt. »Ich glaube, sie ist beim Sport.«

»Willst du nicht warten, bis du mit ihr sprechen kannst?«

»Nicht wirklich. Sie haben mich zu Hause abgeholt – und zwar mit solider Mannschaftsstärke.«

»Um Himmels willen …« Dann hat sich Arland aber auch schon wieder gesammelt. »Wo bist du jetzt?«

»Im Polizeiwagen. Sie haben mir meinen Vertrauensanruf direkt von hier aus zugestanden. Wenn du mich fragst, fühlt sich hier keiner richtig wohl. Immerhin haben sie sogar geklingelt und nicht direkt die Tür aufgebrochen.«

»Vielleicht, weil sie wissen, dass du Rechtsanwalt bist?«

Pirlo schnaubt. »Vielleicht, weil sie wissen, dass diese ganze Aktion ein *Witz* ist!«

»Dein Aufenthaltsort spricht nicht gerade dafür, oder?«

Pirlo lässt das unkommentiert. Erst recht verschweigt er, dass auch die das Telefonat erheblich erschwerenden Handschellen nicht unbedingt zu seiner Witz-These passen. Damit muss er Arland jetzt wirklich nicht behelligen. Der Alte ist aufgeregt genug. Möglicherweise trifft das sogar auf Pirlo selbst zu.

»Lass es uns kurz machen. Immerhin findet das hier direkt vor dem Haus statt, in dem ich wohne. Um den Wagen, in dem ich sitze, stehen drei Polizisten herum.«

»Aber ja wohl in Zivil!«

»Du weißt doch, wie das ist. Wenn sie im Rudel kommen, verströmen sie diesen ganz besonderen Charme. Selbst mit Neonschildern, auf denen ›Polizei‹ steht, würden sie nicht stärker auffallen.«

»In Ordnung.« Arland atmet durch. Langsam scheint er in der aktuellen Lage anzukommen. »Was soll ich tun?«

»Hier kannst du nicht mehr viel machen. Alle, die gleich nicht mitfahren, durchsuchen wahrscheinlich gerade meine Wohnung. Dafür brauchen sie dich aber nicht.«

»Sicher?«

Pirlo nickt in den Hörer. »Ja. Mach dir keine Sorgen.« Er ringt sich ein Lächeln ab. »Vielleicht ist das sogar *die* Chance, dass endlich mal ein paar von den verlorenen Socken auftauchen.«

Arland ignoriert Pirlos müden Auflockerungsversuch. Etwas anderes ist tatsächlich auch viel wichtiger. Pirlo weiß das. Arland weiß es natürlich erst recht. Er räuspert sich. »Weswegen sind sie denn gekommen?«

»Du meinst wegen welchem Verdacht?«

»Ja.«

»Mord.«

»Was?«

»Ja. Und ehe du fragst: Es ist wirklich kein Witz. Und ich bin auch nicht in besonders heiterer Stimmung.«

Bei Arland knackt es in der Leitung. Als Pirlo ihn wieder klar versteht, hört er im Hintergrund Straßengeräusche. Der alte Mann ist offensichtlich unterwegs.

»Wer soll denn getötet worden sein?«, ruft Arland über die Hintergrundgeräusche hinweg.

»Ein Herr Merkert.«

»Wer?«

»Joachim Merkert.«

Pirlo hält den Haftbefehl immer noch in der Hand. Es war alles geradezu unspektakulär verlaufen. Sie hatten Pirlo eine Tasche packen lassen und waren mit ihm in ihrer Mitte zum Auto spaziert. Eine ganz normale Verhaftung eines ganz normalen Bürgers eben, genau so, wie Pirlo das in- und auswendig kennt. Wenn auch nicht aus dieser Perspektive.

»Nie gehört«, kommt es von Arland zurück. »Wer soll das sein?«

»Gewesen sein. Er ist tot.«

Arland schnaubt. »Geh mir nicht auf die Nerven, Junge. Also, wer ist das?«

Pirlo zwingt sich dazu, ruhig durchzuatmen. »Jemand, den wir vom Fußball kennen.«

»Wir?«

»Ich.«

»Vom Fußball?«

»Ja.«

»Was, zur Hölle, soll das alles bedeuten?«

Pirlo verdreht die Augen. »Bist du schon unterwegs?«

»Natürlich bin ich das!«

»Dann erkläre ich dir alles gleich.«

Und zwar in der Haftzelle. So unfassbar beschissen das klingt. Und ist.

DIE GEFAHR

1.

STIRNBEGEGNUNGEN.

Zwei Wochen vor Pirlos Verhaftung

Als Pirlo aufwacht, hält Sophie seine Hand. Er genießt die Berührung. Riecht ihr Parfum. Spürt ihre Nähe. All das tut gut – und hat lange gefehlt. Umso mehr ist er entschlossen, seine Augen noch eine Weile geschlossen zu halten.

»Ich weiß, dass du wach bist.«

So viel also dazu. Immerhin schwingt in ihrem Flüstern ein Lächeln mit.

Als Pirlo die Augen öffnet, braucht er einen Moment, um sich mit dem Neonlicht seines Krankenhauszimmers anzufreunden. Sophies Lachen lässt ihn erahnen, dass das weder mit dem frischesten noch dem schlausten aller Gesichtsausdrücke einhergeht.

»Wie lange habe ich diesmal geschlafen?«

»Die Schwestern meinten, dass es fast vier Stunden am Stück gewesen sind.«

»Immerhin.«

Sophie drückt seine Hand. Erst dadurch fällt ihm auf, dass sie ihn immer noch nicht losgelassen hat. »Lass uns zuversichtlich bleiben. Es wird langsam besser. Nur das zählt.«

»Na klar.«

Pirlo bemüht sich um ein tapfer-schiefes Grinsen, das allerdings gar nicht mal so leichtfällt, wenn so gut wie alles schmerzt.

Als könnte sie ihn auch hier durchschauen, fragt Sophie: »Wie geht es dir heute?« Noch ehe er darauf irgendwas Pseudocooles antworten kann, kommt sie ihm zuvor. »Ich meine, wie geht es dir *wirklich*?«

»Gut genug«, brummt er zurück. Um das zu untermauern, stützt er sich mühsam auf. Kurz explodieren vor seinen Augen Schmerzenssterne. Auch sonst hat sich die Aktion nicht gelohnt. Als er sich wieder gefangen hat, sieht er Sophie an, dass sie ihm ohnehin nicht glaubt.

Warum sollte sie auch? Erst vor drei Wochen hat Pirlo eine Kugel in die Schulter kassiert. Die Wunde ist immer noch nicht verheilt, was nach Ansicht der Ärzte vor allem daran liegt, dass Pirlo zuvor einen radikalen Raubbau an seinem Körper betrieben hatte und daher zu dem Zeitpunkt, als auf ihn geschossen wurde, sowieso schon nicht in einer Premiumverfassung gewesen war. An Schlaf und Ruhe war allerdings auch nicht zu denken gewesen. Sophies Vater hatte wegen des Verdachts, seine beiden Partner in der von ihm gegründeten Kanzlei *Müller & Mahler* getötet zu haben, in Untersuchungshaft gesessen. Nur ein gemeinsamer Kraftakt von Sophie, Pirlo und ihrem in dieser Sache Verbündeten, dem Privatermittler Max Bischoff, hatte es möglich gemacht, aufzuklären, was hinter diesem Albtraum steckte – Niedergeschossenwerden inklusive. Die Schmerzen und die Gefahr waren es trotzdem wert gewesen. Selbst wenn er sich mit Sophies Vater nie gut verstanden hatte, würde Pirlo für *sie* immer alles tun. Zwar bekommt er es nicht hin, ihr das zu sagen. Nach dem, was nun war, ist das aber vielleicht auch gar nicht mehr nötig. So oder so wäre der richtige Zeitpunkt für ein Gespräch über das, was war und irgendwie zwischen den beiden auch *ist*, ein anderer. Zum Beispiel einer mit mehr Rotwein als Tropfkanülen im Körper.

Die Lage wird nicht leichter dadurch, dass Pirlo nie genau

weiß, wie lange Sophie bei ihm bleibt. Immerhin liegt Ernst Mahler, der bei dem dramatischen Showdown mit Max Bischoff nicht weniger eingesteckt hat als Pirlo selbst, ein paar Zimmer weiter auf dem gleichen Flur des Marienhospitals. Sophie wird auch ihn besuchen oder besucht haben. Je, nachdem.

»Geht es deinem Vater einigermaßen gut?«, fragt Pirlo.

»Ich gehe gleich zu ihm.« Sie schmunzelt. Wahrscheinlich ahnt sie, was Pirlo *eigentlich* wissen will. Ob *er* ihr leidender Held Nummer eins bleibt. Wie wichtig er ihr ist. Im Vergleich zu ihrem Vater. Und überhaupt.

Sie streicht ihm vorsichtig ein paar verschwitzte schwarze Haare aus der Stirn. Er nimmt die Geste hin und versucht verbissen, gar nicht erst zu überlegen, ob das etwas bedeuten könnte. Was nicht klappt. Wie auch?

Natürlich erinnert er sich daran, dass Sophie ihn vor ein paar Monaten geküsst hat. Es gibt kaum einen Tag, an dem, möglicherweise sogar kaum eine Stunde, in der er *nicht* daran denkt. Trotzdem haben sie auch darüber nie gesprochen. Pirlo tröstet sich damit, dass sich die Gelegenheit nicht ergeben hatte, ehe in der Kanzlei ihres Vaters das Morden losging. Danach standen sowieso ganz andere Probleme im Raum. Außerdem ist das Thema heikel, weil Sophie und er in der Kanzlei *Recht. Schaffen* zusammenarbeiten und der Alltag allein aufgrund der unterschiedlichen Naturelle schon herausfordernd genug ist. Diese Sichtweise ist jedenfalls deutlich einfacher, als sich einzugestehen, dass er sich vielleicht nicht traut zu fragen, ob sie ebenfalls noch daran denkt, wie nah sie sich gekommen sind. Und falls ja, was sie dann davon hält.

Sophie unterbricht Pirlos Gedanken, indem sie seine Hand noch einmal drückt. »Ich lasse dich mal weiter ausruhen.«

Er nickt. Auch wenn er das natürlich nicht zeigen will, spürt er doch, wie müde er ist. Es ist auch eigentlich kein Wunder, dass er ständig wegdämmert. Seit Tagen verabreichen ihm die Ärzte zu diesem Zweck schließlich alle möglichen Medikamentencocktails. Trotzdem gelingt es ihm kaum einmal, mehrere Stunden am Stück zu schlafen. Nach allem, was in den letzten eineinhalb Jahren war, kommt das zwar nicht überraschend. Besonders erfreulich ist es aber auch nicht, zumal Pirlo weiß, dass in der Kanzlei die ganze Arbeit liegen bleibt und Sophie sich damit allein herumschlagen muss.

»Danke, dass du vorbeigekommen bist«, murmelt er.

»Selbstverständlich«, antwortet sie. »Immer.«

Ehe sie den Raum verlässt und das Licht ausschaltet, beugt sie sich über ihn, streicht noch einmal seine zurückgerutschten langen Haare aus der Stirn und küsst ihn dorthin. Pirlo schließt die Augen und versucht, das ausnahmsweise einfach mal nur zu genießen. Darüber, was die Berührung bedeutet, kann er schließlich bis zu ihrem nächsten Besuch noch genug nachdenken.

2.

WIPPEND.

Nach fünf Minuten. Oder einer Stunde.

Umso überraschter ist er, als sich kurz darauf doch noch einmal die Tür zu seinem Krankenzimmer öffnet und sich ein Lichtspalt aus dem Flur in seinen Augenwinkel schleicht. Wie lange er weggenickt ist, kann er nicht sagen. Fünf Minuten vielleicht, möglicherweise aber auch eine Stunde. Dem Gefühl nach ist es für den Routinebesuch der Stationskrankenpflegerinnen oder eine der im Krankenhaus kredenzten Speiseklebrigkeiten jedenfalls noch zu früh. Eventuell hat Sophie etwas bei ihm vergessen. Ihre Handtasche, zum Beispiel. Oder noch einen Kuss auf die Stirn.

Die Tür knallt zu. Gleichzeitig flackert das Licht im Zimmer auf. Die letzte Hoffnung darauf, dass der Besuch doch von Sophie kommen könnte, zerstören kurze, schnelle Schritte, denen es gelingt, sich selbst in der aseptischen Abgeschlossenheit des Krankenhauses noch *bedrohlich* anzuhören.

Diesmal entscheidet sich Pirlo nicht einfach, seine Lider noch nicht zu öffnen. Er presst sie vielmehr mit aller Kraft zusammen. Es bringt nur nichts. Natürlich nicht.

Dann erlebt Pirlos Stirn innerhalb kürzester Zeit ein starkes Kontrastprogramm. Immerhin ist der sie treffende Schlag mit der flachen Hand nicht besonders heftig.

»Mach die Augen auf, Bruder!«, summt dazu eine Stimme,

die Pirlo leider nur allzu vertraut ist. »Ich weiß sowieso, dass du wach bist!«

Es bringt nichts, hier noch anderes vorzugeben. Spätestens jetzt ist Pirlo tatsächlich wach. Als er, mit mehr Mühe als erwartet, seinen Blick auf den nur langsam an Kontur gewinnenden, hin und her wippenden Schatten an seinem Bettrand fokussiert, weiß er schon, dass dort am Ende Ahmid stehen wird. Das sich langsam zusammensetzende Gesamtbild ist dennoch überraschend. Sein Bruder scheint einen Anzug zu tragen. Dieser hier ist allerdings nicht aus Ballonseide oder grauer Baumwolle mit einem Nike-Symbol, sondern aus echtem Stoff. Aus dem Bett kann Pirlo nur das Sakko vollständig erkennen. Es ist hellgrau und zu eng. Darunter trägt Ahmid über einem rosafarbenen Hemd eine hellblaue Krawatte. Kurz ist sich Pirlo nicht sicher, ob seine Augen wegen der drastischen Helligkeit im Raum schmerzen oder ob dafür schon Ahmids Kleidungsauswahl genügt. Auch nachdem sich sein Blick scharf gestellt hat, gelingt es ihm noch nicht, diesen seltsamen Auftritt einzuordnen. Die letzten vierzig Jahre haben ihn schließlich so gut wie gar nicht darauf vorbereitet. Außer bei der Beerdigung ihres Vaters hat Pirlo seine Brüder wahrscheinlich überhaupt noch nie in einem Anzug gesehen.

»Die Filmcrew von *Scarface* hat angerufen. Sie wollen Ihre Kostüme zurück«, murmelt Pirlo.

Ahmid verdreht die Augen. »Sehr lustig.« Dann klatscht er hektisch zweimal in die Hände. »Also bist du jetzt wach, oder was?«

»Geht so.« Pirlo fährt sich über die Augen. »Macht es denn einen Unterschied?«

Macht es natürlich nicht. Pirlo weiß das, und Ahmid weiß, dass Pirlo das weiß. Immerhin hat er den Anstand gehabt, *überhaupt* zu fragen. Pirlo nimmt es als geradezu rührende Geste zur Kenntnis.

Nachdem Ahmid für seine Verhältnisse also geduldig gewartet hat, bis Pirlo einigermaßen frisch ist, scheint er umso entschlossener, die ganze mitgebrachte Aufregung in einem Rutsch abzulassen. Mit unglücklich koordiniertem Schwung katapultiert er seinen drahtigen Oberkörper über die Brüstung des Betts und starrt Pirlo an.

»Du musst mir helfen, Bruder!«

Pirlo seufzt. War ja klar. Dann setzt er sich auf, und es geht los.

3.

UNGERN.

Direkt danach. Leider.

»Ich habe eine Idee, Bruder!« Ahmid strahlt.

Pirlo bekämpft den Drang, mit den Augen zu rollen. Mit Grauen erinnert er sich an Ahmids glorreiche Einfälle der jüngeren Vergangenheit: Ein gescheiterter Überfall auf eine Kokainübergabe, ein gescheitertes Mitmischenwollen bei einem Bandenkrieg und, als letzter Tiefpunkt, der gescheiterte Plan, ganz groß bei Corona-Subventionsbetrügereien mit dabei zu sein. Letzteres war nicht nur komplett in die Hose gegangen, sondern hatte um ein Haar dazu geführt, dass Pirlos bisher vor Sophie geheim gehaltene Verwandtschaft mit Ahmid aufflog und, ganz nebenbei, auch Emre Ben Hamid, der Kopf eines Clans, der deutlich angesehener war als Pirlos eigener, eine Verurteilung für etwas kassiert hätte, was eigentlich auf Ahmids Mist gewachsen war. So viel also zu dessen Ideen.

»Dir ist schon klar, was alle deine letzten Vorhaben gemeinsam haben?«

Ahmid kratzt sich am Hinterkopf. »Ich habe lange darüber nachgedacht. Bisher hat es einfach immer an einer entscheidenden Zutat gefehlt.«

»Was meinst du? Sinn? Verstand? Perspektive?«

Ahmid scheint fest entschlossen, Pirlos Spitzen zu ignorieren. »Nein. An dir.«

»An was?«

»An dir!« Ahmid hebt die Hände. Die klassische Was-soll-man-machen-Geste. »Bei allem, was ich versucht habe, warst du nicht dabei. Vielleicht war das ein Fehler.«

Pirlo fühlt sich müde. Im Sinne von: *richtig* müde. Im Vergleich zu dem, was Ahmid mit solchen Erkenntnissen in ihm auslöst, ist der Tranquilizermix der Ärzte ein Kindergeburtstag. Und es wird nicht besser.

»Die Lösung heißt: *Hello új barátom.*« Ahmid strahlt ihn an.

»Wie bitte?«

»Hello új barátom!«

»Was soll das denn heißen?«

»Hallo, mein neuer Freund!«

»In einer gerade neu erfundenen Ahmid-Sprache, oder was?«

Sein Bruder legt die Stirn in Falten. Dann schüttelt er langsam den Kopf. »Von anderen hätte ich so einen so billigen Kommentar vielleicht erwartet, aber von dir, meinem großartigen ›Ich bin ein ach so toller Anwalt und habe die ganze Welt gesehen‹-Bruder nicht.«

»Was?«

Ahmids Kopfschütteln verliert an Tempo. Und gewinnt an Dramatik. »Du weißt genau, was ich meine. Diversitätsmäßig war das ein Tiefschlag.«

Pirlo seufzt nach außen wie nach innen. Er weiß nicht, was wann den Ausschlag dafür gegeben hat, Ahmids Straßenköterschläue mit Feuilletonschlagworten zu kombinieren. Vielleicht war es der gemeinsame Besuch einer Uni-Vorlesung im Zusammenhang mit den Ermittlungen von Max Bischoff, vielleicht Ahmids wilde Leidenschaft für Sophie, die mit der Erkenntnis einherging, dass es bei Gesprächen mit ihr nicht ausreichte, sich auf das Kampfvokabular des letzten *Kollegah-*

Albums zu beschränken. Ganz eventuell ist Ahmid auch einfach nur halb so bescheuert, wie Pirlo immer gedacht hat. Was dann allerdings seine Erfolgsbilanz in einem umso fragwürdigeren Licht erscheinen lassen würde.

Pirlo seufzt. »Worauf willst du raus?«

»Auf Ungarn.«

»Ungarn?«

»Klar. Schnitzel. Paprika. Komm schon, du kennst das.«

»Und was soll damit sein?«

Ahmid legt einen dramatischen Blick auf. »Die Leute dort haben nicht dieselben Mittel zur Verfügung wie wir hier. Und das, obwohl das Land in der EU ist.«

»Inwiefern hat das etwas mit dir zu tun? Und, nach meiner bescheidenen Meinung noch viel wesentlicher, mit mir?«

»Ich finde, wir sollten das ändern.«

Pirlo streicht sich die Haare aus der Stirn. Er hat keine Ahnung, worauf das hier hinausläuft, und ist trotzdem schon genervt. »Das hast du also für dich beschlossen, oder was? Einfach so, als Ahmid der Große, Menschenfreund der Ungarn?«

Sein Bruder geht gar nicht erst darauf ein. »Weißt du, wem es allerdings noch schlechter geht?«

»Will ich das wissen?«

Ahmid verzieht das Gesicht. »Wie herzlos bist du eigentlich?« Ein trauriges Kopfschütteln findet noch Platz. Dann fährt er ungefragt fort. »Den Ukrainern.«

»Da gibt es ja auch einen verdammten Krieg!«

»Ganz genau.«

»Was?« Pirlo fühlt sich schwindelig.

»Meinst du, wir sollten das eine Land schlechter behandeln als das andere? Was ist denn mit *Proletarier aller Länder vereinigt euch* und so? Das verbindet die beiden doch auch, also ich meine, irgendwie, oder?«

Kurz kämpft Pirlo noch mit seiner Verwirrung. Dann fällt der Groschen. »Du hast diese Ansprache geübt, oder?«

»Kann sein.«

»Über Ungarn, die Ukraine, Karl Marx und all das?«

»Vielleicht.«

»Und jetzt den Faden verloren.«

Ahmid antwortet nicht. Pirlo nickt. Dachte er es sich doch. »Du hast das geübt, weil du verschleiern willst, dass das, was du im Sinn hast, eine absolut bescheuerte Idee ist.«

»Ey!«

»Also gut: Einfach nur eine Idee.«

»Schon besser.«

»Die von dir kommt. Und wahrscheinlich schon allein deswegen absolut bescheuert ist.«

Ahmids Schlag erfolgt zwar nur mit der flachen Hand. Er trifft allerdings den Eingang des Tropfs an Pirlos Ellbogeninnenseite. Der Effekt ist beachtlich. Ganz gleich aber, wie sehr Pirlo den Mund verzieht, eine Entschuldigung steht ganz bestimmt nicht im Raum. Im Gegenteil, wenn hier jemand eingeschnappt ist, dann ist es Ahmid.

»Die Idee ist gut, Mann!«

»Sagt wer?«

»Die hier.« Ahmid kramt aus einer quer über die Brust gespannten schwarzen Umhängetasche eine Ausgabe des *SPIEGEL*. Vorn drauf Putin. Was eine zeitliche Einordnung quasi unmöglich macht. Ahmid scheint Pirlos nächste Frage daher schon zu ahnen. »Das ist das aktuelle Heft.«

»Das du dir gekauft hast?«

»Wartezimmer«, antwortet Ahmid nur, ganz so, als sei das Antwort genug. Genau genommen stimmt das ja auch. »Zahnweh. Frag nicht.« Dann schlägt Ahmid eine Seite auf, in die er ein Eselsohr geknickt hat. »Lies einfach.«

Pirlo seufzt. Dann fügt er sich. Und ist sofort alarmiert.

»Und was soll ich jetzt damit anfangen?« Pirlo fragt eher aus Prinzip. Er weiß ganz genau, worauf Ahmid hinauswill. Leider.

»*Wallah*, ich dachte, sie haben dir in die Schulter geschossen und nicht in den Kopf.« Ahmid reißt ihm das Magazin aus der Hand. Dann verkündet er laut: »*Die Bundesregierung lässt die Staatsangehörigkeit von mehr als fünftausend vermeintlich ukrainischen Flüchtlingen prüfen. Sie könnten unberechtigterweise Sozialleistungen bezogen haben.*« Er lässt das Heft sinken. »Hast du zufällig gesehen, woher diese Leute kommen?«

Das hat Pirlo zwar nicht. Man muss allerdings auch kein Raketenforscher sein, um den Gedanken seines Bruders folgen zu können. Er kennt ihn schließlich schon sein ganzes Leben lang. Und Ahmid bleibt sich treu. Immer.

»Ungarn.«

Ahmid sieht ihn bedeutungsschwer an. »Eben.«

4.

WARUM? WARUM? WARUM?

Im Park des Krankenhauses

»Nein.«

»Warum nicht?«

»Weil ich weder für einen Menschenschmuggel noch für einen systematischen Asylbetrug zu haben bin. Und du solltest es auch nicht sein.«

Pirlo hat keinen Überblick darüber, wie oft er das in den letzten fünf Minuten gesagt hat. Er weiß nur, welchen Effekt es hat. Keinen.

Die weitere Entwicklung ist absehbar. Erst wird das Gespräch persönlich. Und dann fies. Verhindern kann das keiner. Sie sind schließlich Geschwister. Apropos: Ahmid ist mittlerweile bei ihrem Vater angekommen. Was für sich genommen schon nicht sehr fair ist. Und Ahmid daher nur recht.

»Unser *Ab* wäre enttäuscht von dir«, motzt er.

»Ganz bestimmt nicht«, entgegnet Pirlo. Er nippt an einer braunen Brühe, die sie in der Cafeteria als Kaffee verkaufen. Dann setzt er seinen schlurfenden Weg durch den kleinen Park des Marienhospitals fort. Was zwar gegen die Empfehlung der Ärzte ist. Andererseits soll er sich mit Sicherheit auch nicht aufregen oder jemanden auf den Mond schießen wollen. Trotzdem ist beides gerade ganz akut der Fall.

Als er versucht, seinem Standpunkt Nachdruck zu verleihen, indem er Ahmids Blick fixiert, legen sich ihm zwar noch einmal Schlieren vor die Augen. Pirlo setzt aber trotzdem tapfer nach: »Ich bin der Einzige aus der Familie, der eine Berufsausbildung hat. Alter, ich habe sogar ein Studium abgeschlossen! Du weißt, dass das unserem Vater wichtig war.«

»Trotzdem fände er deinen Lebenswandel nicht gut«, entgegnet sein Bruder trocken. Ahmid, der, wie Pirlo, immer noch unverheiratet und kinderlos ist. Ahmid, der alle naselang irgendwelchen Scheiß baut. Ahmid, der auch nach über vierzig Jahren noch ganz genau weiß, wie er bei Pirlo welche Knöpfe zu drücken hat. Und der ihm genau deswegen unfassbar auf die Nerven geht.

»Unsinn!«

Pirlo verdreht die Augen. Berufliches Streiten liegt ihm. Im Privaten ist er darin ziemlich beschissen. »Was meinst du damit überhaupt?«

»Du weißt doch, dass er gern Menschen geholfen hat.«

»Man hilft keinem, indem man den Staat fickt.«

»Doch«, entgegnet Ahmid ganz langsam, als sei Pirlo eine zarte Pflanze, mit der er besonders behutsam sprechen muss. »Menschen. Und überhaupt, was ist das denn für eine Sprache?«

»Eine angemessene«, murmelt Pirlo.

»Ich dachte, wir hätten das hinter uns.«

»Leck mich!«

Ahmid lacht. »Jedenfalls war unser Vater darin richtig gut. Helfen. Machen. Gestalten. Falsche Anmeldungen. Arbeitslosengeld für Leute, die einen Job hatten. Aufenthaltsbefugnisse für alle und so weiter. Er hat darauf sein gesamtes Geschäft aufgebaut, Bruder. Nebenbei, übrigens auch unser ganzes Leben.«

Pirlo streicht verschwitzte Haare aus der Stirn. Mittlerweile ist ihm klar, warum ihm die Ärzte diese dringende Bettruhe verschrieben haben. Weil sie wissen, was sie tun. Und er nicht. Trotzdem muss er das hier jetzt regeln. Alles andere macht es nur noch schlimmer. »Als unser Vater noch als *der Araber* gezaubert hat, gab es für diese ganzen Betrügereien und Sozialversicherungstricks viel weniger Kontrollen. Das war eher ein Geheimtipp. Heute stehen sie sogar im *SPIEGEL*.«

»Na und?«

»Hast du dich nie gefragt, warum es euch, Mahmed und dir, nicht mehr gelingt, davon sinnvoll zu leben? Warum das heute ganz andere Strukturen übernommen haben als ihr beiden Knalltüten, die in der Küche in Bilk an irgendwelchen Anträgen rumfrickeln? Mann, Ahmid, sieh es ein, die großen Zeiten sind vorbei!«

»Sie wären es nicht, wenn wir die Anträge über eine Kanzlei einreichen.«

Pirlo weiß sofort, worauf Ahmid hinauswill. Genau genommen weiß er es eigentlich schon die ganze Zeit. Umso mehr kann er seine Antwort rausreflexen: »Vergiss es!«

Ahmid spricht allerdings einfach weiter. »Das Prinzip ist ganz einfach: Du schickst die Anträge auf deinem Briefbogen raus. Falls etwas nicht passt, kannst du erklären, dass das an einer Falschinformation des Mandanten oder sonst irgendwas in dieser Richtung lag. Bei einem Anwalt wird das schon niemand in Zweifel ziehen. Die Leute sind doch froh, wenn man die Ukraine unterstützt.«

»Du meinst, die Ungarn.«

Ahmid grinst. »Für mich sind das alles Menschen.« Dann nimmt er Pirlo mit einer geradezu fürsorglichen Geste den leeren Kaffeebecher ab, der zwischenzeitlich in dessen zittriger Hand gefährlich ins Wackeln gekommen ist. Da das auch Pirlo selbst aufgefallen ist, bleibt er stehen und sieht Ahmid lange an. Der Moment ist dabei so ernst, so wichtig, dass sich sogar problemlos sein Blick klarstellt. »Nein, Ahmid, ich werde da nicht mitmachen.«

»Auch dann nicht, wenn ich eigentlich nur deine Kanzlei für den Außenauftritt brauche und alles andere selbst übernehme?«

Pirlo schüttelt vorsichtig den Kopf. »Nein. Auch dann nicht.« Ehe Ahmid einen Kommentar dazu loswerden kann, hebt Pirlo bedächtig die rechte Hand. Die vertraute Geste aus seinen Gerichtsverhandlungen zieht selbst hier. Jetzt spricht er. Und sonst niemand. »Ich sage dir auch, warum, Bruder. Weil es einfach Grenzen gibt. Mag ja sein, dass der Trick mit den Ungarnukrainern aus deiner Sicht eine gute Idee ist. Er ist aber auch schlicht und ergreifend illegal. Und da bin ich dann raus.«

»Das verstehe ich.«

»Wirklich?«

»Nein.«

Pirlo seufzt.

Ahmid verengt die Augen. »Wenn wir aber irgendwo einsteigen sollen, um Beweismittel für dich zu beschaffen, bist du aber schon dabei?«

Pirlo beißt die Zähne zusammen. »Das war etwas ganz anderes. Außerdem ist das am Ende zu euren Gunsten geschehen.«

»Als ob!« Ahmid lacht auf. »Die Wahrheit ist doch: Wenn du Mahmed und mich als Handlanger gebrauchen kannst, sind wir dir recht. Aber wenn *ich* deine ach-so-tolle Kanzlei dann mal brauche, bist du einfach nicht für mich da.«

»Nicht, wenn es um etwas Illegales geht.«

»Jetzt erzähl mir nicht, dass du mich unterstützen würdest, wenn ich eine vollkommen legale Idee hätte.«

Pirlo seufzt. Er gehört ins Bett. Und zwar nicht irgendwann. Sondern jetzt. Sofort. »Können wir wieder rein?«

»Sicher. Beantworte mir aber trotzdem noch diese eine Frage, Bruder.«

»Welche?«

»Würdest du mir mit der Kanzlei helfen, wenn ich eine legale Idee hätte?«

»Zumindest dann, wenn sie legal bleibt und du tatsächlich weniger Scheiß baust.«

»Du meinst, keine Gesetze mehr verletzen und so.«

»Schön zusammengefasst.«

»Aber dann schon?«

»Dann schon was?«

Ahmid seufzt. Einmal mit Profis arbeiten. Mehr will er doch gar nicht. »Aber dann würdest du mich unterstützen. Also, wenn alles legal ist und ich nicht mehr gegen Gesetze verstoße und so weiter?«

Pirlo nickt. Er ist müde. Und zwar sehr. Umso mehr ist er bereit, sich der Erkenntnis zu beugen, dass Ahmid nicht nachlässt, bis er hört, was er hören will. Was, auch das gehört zur Wahrheit dazu, für Ahmids Verhältnisse inhaltlich erstaunlich akzeptabel ist. Pirlo gibt sich daher einen Ruck: »Also gut, ja, ich würde dich unterstützen, wenn du dich einfach insgesamt weniger beschissen verhältst.«

»Mehr müsste ich nicht tun? Nur was Legales anfangen?«

»Himmel, gehst du mir auf die Nerven! Nein, mehr müsstest du nicht tun. Du musst jetzt nicht am Vormittag die Ungarnukrainer sein lassen und am Nachmittag gleich Jesus finden oder so. Lass einfach nur solche bescheuerten Ideen weg und sei einfach ein bisschen ...«

»Ja?«

»Einfach ein bisschen weniger *du*.«

Ahmid lacht und boxt Pirlo auf die Schulter, als habe der einen großartigen Witz gerissen. Neben der grundsätzlichen

Aufgabe, trotz seines fragwürdigen Zustands das Gleichgewicht zu halten, beschäftigt Pirlo angesichts dieses plötzlichen Stimmungswandels eine nicht ganz unwesentliche Frage: Was ist hier eigentlich los?

Als sich sein Blick wieder auf Ahmid scharf stellt, wirkt sein Bruder ernst. »Danke, dass du mir das zusagst. Das bedeutet mir sehr viel.«

»Klar.« Was soll Pirlo auch sonst antworten?

»Wenn mir etwas Gutes – und Legales – einfällt, kann ich mich also auf deine Unterstützung verlassen?«

»Ja.«

»Sicher?«

»Absolut.«

»Auch mit deiner Kanzlei?«

»Ganz bestimmt.«

»Das sagst du auch nicht nur so?«

»Auf keinen Fall.«

»Gut.« Ahmid nickt. Dann hakt er Pirlo unter. »Lass uns reingehen, Bruder. Du musst dich ausruhen. Danach haben wir viel zu besprechen.«

Pirlo nickt. Dann fällt ihm auf, dass sich das komisch anfühlt. »Moment mal.«

»Was ist?«

»Inwiefern haben wir viel zu besprechen?«

Ahmid drückt seinen Rücken durch und damit auch den zwischenzeitlich solide durchhängenden Pirlo in die Höhe. »Du weißt schon, über die legale Idee und so.«

Pirlo schließt die Augen. An der Schulter seines Bruders vor sich hintrotten gelingt ihm auch so. Außerdem kann er sich auf diese Weise besser auf die wenigen Gedanken konzentrieren, die es durch seinen Schwindelfilter schaffen. Hat Ahmid es gerade wirklich geschafft, ihm eine Unterstützungszusage abzuschwatzen? War das mit den Ukraineungarn / Ungarnukrainern etwa nur ein Vorwand? Und falls ja: Wie konnte Pirlo nur so blöd sein, sich darauf einzulassen? Warum passiert ihm das ausgerechnet bei seinen Brüdern immer und immer wieder? Warum? Warum?

Warum?

5.

WIR!

Im Anschluss

»Diesmal ist es wirklich was Gutes!«

Als Pirlo aufwacht, strahlt Ahmid ihn an. Pirlo hat keine Ahnung, wie lange er geschlafen hat. Genau genommen weiß er noch nicht einmal, wie er überhaupt zurück in sein Krankenzimmer gekommen ist. Oder dort ins Bett. Alles, woran er sich vage erinnert, ist, dass er das letzte Mal mit seiner Hand in der von Sophie zu sich gekommen ist. Und dass das besser war. Sehr sogar.

»Du bist ja immer noch da«, murmelt er in die Richtung seines Bruders.

»Natürlich. Schließlich haben wir gerade erst angefangen, uns über unsere neue Geschäftsidee zu unterhalten.« Ahmid hebt beschwichtigend die Hand. »Ehe du gleich wieder in die Schnappatmung kommst: Du musst wirklich nicht viel mehr beisteuern als deine Kanzlei. Und das Ganze ist tatsächlich legal. Fest versprochen. Unabhängig davon ist die Idee aber auch einfach vollkommen genial.«

Natürlich ist sie das. Pirlo gibt sich erst gar keine Mühe, ein tiefes Seufzen zu unterdrücken. Warum auch? Wer weiß schon, wann er mal wieder dazu kommt, wenn hier gleich der übliche Stress losgeht?

Ahmid lässt sich dadurch ohnehin nicht in seinem Schwung

bremsen. Er holt tief Luft. Dann folgt in einem Rutsch der *Pitch* für sein aktuelles Projekt. Erfreulicherweise braucht er dafür nur knappe sechs Wörter. »Ich starte jetzt im Fußball durch!« Seine Augen leuchten. »Na, was sagst du dazu?«

»Wo ist das *Wir* hin?«

Ahmid sieht ihn irritiert an. »Was?«

»Das *Wir*. Gerade war es noch da. Jetzt nicht mehr. Also: Wo ist es hin?«

Ahmid rollt mit den Augen. »Alter, gehst du mir auf die Nerven! Du hilfst mir natürlich. Mit deiner Kanzlei. *Wallah*, wie kann man nur so schwer von Begriff sein? Das haben wir jetzt ja wohl auch genug besprochen!«

Kurz muss Pirlo schmunzeln. »Und das, wobei ich dir da helfen darf, ist also dein großes Durchstarten.«

»Ganz genau.«

»Im Fußball?«

»Exakt.« Ahmid strahlt. Es ist fast rührend. »Also, was sagst du dazu?«

Pirlo beschränkt sich auf das Offensichtliche. Ahmid ist zwar deutlich drahtiger als ihr älterer Bruder Mahmed, der schon seit Jahren eine Gemütlichkeitskugel pflegt, und als Pirlo, bei dessen Gewicht nur die Schwankungen konstant sind. Allerdings ist Ahmid zwei Jahre älter als er. Dazu kommt, dass sich seine sportlichen Talente nach Pirlos Erinnerung seit der Jugend auf eine Kombination der ganz persönlichen Spezialtalente Boxen und Sprint reduziert hatten. Ahmid hatte jemanden geschlagen. Danach war er davongelaufen.

»Meinst du nicht, dass du für eine Karriere als Sportler ein bisschen zu alt bist?«

Ahmid verzieht den Mund. »Doch nicht als Spieler, Mann!«

»Sondern?«

»Als Berater!«

»Als was?«

Ahmid übergeht die Nachfrage. Stattdessen stürzt er sich in eine flammende Ansprache. Auch sie hat er augenscheinlich geübt, wenn auch besser als das Karl-Marx-Gemisch über geflüchtete Menschen und Gleichheit. Oder was auch immer das vorhin sein sollte.

»Das ist eine Goldgrube, Bruder! Wenn man einen guten Spieler hat und ihn verkauft, kassiert man eine Provision. Wenn er bei dem Verein bleibt, bei dem er schon ist, gibt es eine Vertragsverlängerungsprämie. Dazu kommen Werbeeinnahmen, Fernsehinterviews, Sponsorenverträge, Shows, Social-Media-Sachen, und lauter so Zeug. Wichtig ist jedenfalls: Man kann damit einen Haufen Geld verdienen.«

»Aha.«

»Genau. Ernsthaft, Bruder, das System ist ein Traum. Die Berater werden fast immer von den Vereinen bezahlt.« Ahmid tippt hektisch auf seinem Telefon herum. »Um dir mal eine Zahl zu nennen: Allein 2022 sind für internationale Transfers knapp sechshundert Millionen Euro an Beratergebühren geflossen. Sechshundert Millionen, Mann! Und das auch noch komplett sauber!«

Pirlo streicht sich mühevoll eine Strähne aus der Stirn. Der Tropfzugang verträgt sich mehr schlecht als recht mit den langen Haaren.

»Hast du zufällig auch nachgesehen, wie viele Spielerberater es in Deutschland gibt?«

»Klar.« Wieder fliegen Ahmids Finger über das Telefon. »Hier ist es: Aktuell sind im deutschen Markt 1.194 Spielerberater registriert.«

»Und wie viele Spieler sind Profis?«

Ahmid zögert keine Sekunde. »In den ersten drei Ligen sind es 1.585. In den achtzehn Vereinen der Bundesliga stehen 528 unter Vertrag, in den achtzehn der Zweiten Bundesliga sind es 504 und bei den zwanzig aus der Dritten Liga 553.« Dem Herunterrattern der Zahlen schickt er ein breites Grinsen hinterher. »Ich dachte mir schon, dass du mich danach fragst. Der Wert, auf den es dir jetzt ankommt, ist übrigens 1,32.«

»Das ist die Quote von Spielern pro Berater?«

»Ganz genau.«

Für einen Moment sehen sie sich fast überrascht an. Wenn es zur Sache geht, schalten sie schnell. Und zwar beide. Warum aber auch nicht? Die Khatibs sind nicht auf den Kopf gefallen. Man vergisst das nur immer wieder. Allen voran sie selbst.

»Dir ist klar, dass der Markt damit schon für diejenigen, die dort bereits etabliert sind, eng sein dürfte?«

»Sicher«, entgegnet Ahmid. »Das ist ein Haifischbecken, in dem die meisten genug damit zu tun haben, einfach nur nicht unterzugehen.«

Seine Hände trommeln aufgeregt auf Pirlos Bettgestell. Dann scheint er sich dessen bewusst zu werden und sich zu zwingen, das zu stoppen. Kein Zweifel, Ahmid will einen guten Eindruck hinterlassen. Auf einmal. Trotzdem kann er es erkennbar nicht erwarten, dass Pirlo endlich die entscheidende Frage stellt. Die danach, wie das alles dann eigentlich funktionieren soll. Und mit wem.

Als Pirlo damit einfach nicht aus dem Knick kommt, platzt es aus Ahmid heraus: »Aber die haben auch alle keinen Vorvertrag mit Serdar Tuncay.« Sein Grinsen reicht jetzt von einem Ohr bis zum andern. »Und *wir* schon!«

6.

KOPFKARTOFFELIGKEIT.

Nach einem unschlüssigen Moment

»Wir?«

Ahmid nickt. »Ich. Du. Deine Kanzlei. Du erinnerst dich, Bruder. Also natürlich *wir*! Hallo? Hast du eigentlich zugehört? Der Job ist eine Goldgrube! Denkst du etwa, ich mache das allein?«

»Was ist mit Mahmed?«

»Der darf später natürlich auch mitmischen. *Wallah*, das ist ja wohl klar, Bruder! Wichtig bist jetzt aber vor allem du!«

Womit Ahmid Pirlo auf die Schulter klopft. Wahrscheinlich ist das diesmal sogar freundlich gemeint. Trotzdem explodieren vor dessen Augen einmal mehr unschöne Sterne.

Schon um sich davon abzulenken, fragt Pirlo einfach weiter: »Was hast du mit Serdar Tuncay zu tun?«

Ahmid hat sich schon in Pose geworfen, um mit dem nächsten Vortrag zu starten, unterbricht das allerdings für einen skeptischen Blick. »Weißt du überhaupt, wer das ist?«

»Wir hatten das schon ein paarmal, *Bruder*. Ich bin weniger weltfremd, als du glaubst.«

Ahmid schüttelt langsam den Kopf. »Du bist ein akademischer Eierkopf, *akin*. Woher soll ich schon wissen, was du vom Leben verstehst?«

»Darf ich dich daran erinnern, dass das dann auch auf meine von dir angehimmelte Kollegin Sophie zutrifft?«

»Lass die Prinzessin da raus«, raunt Ahmid. »Außerdem ist die Rettung unterwegs.«

»Weil du sie aus dem Eierkopf-Elfenbeinturm befreist und ihr das wahre Leben zeigst?«

»Wenn du es sowieso schon weißt, warum fragst du dann? Und jetzt lenk nicht ab. Serdar Tuncay, Bruder. Sagt der dir was oder nicht?«

Pirlo zieht einen Mundwinkel nach oben. Mag sein, dass seine krankenhausgeprägte Aufmerksamkeitsspanne nicht dafür reicht, Sophie bei der Aktenarbeit zu unterstützen. Den *kicker* liest er aber trotzdem. Mehr noch, er hat das Fußballmagazin während seiner Kopfkartoffeligkeit geradezu inhaliert. Was hätte er auch sonst tun sollen?

Serdar Tuncay, Jahrgang 2008, in Deutschland geboren, aber grundsätzlich auch für die Türkei spielberechtigt. Sein Vater, Hamza, hat in den Neunzigern dreimal in der Bundesliga für den VfL Bochum gespielt, war dann aber in irgendeinen Skandal verstrickt. Zusammen mit seiner Frau hat er einen Gemüseladen in Unterbilk.

Weil Serdar erst sechzehn ist, gehört er eigentlich noch zur Jugend von Eintracht Düsseldorf, einem Stadtteilverein aus Bilk, der in den letzten zwei Jahren jeweils aufgestiegen ist und jetzt in der vierthöchsten Spielklasse, der Regionalliga, spielt. Aufmerksamkeit haben sie aber vor allem erregt, weil sie sich für die erste Runde des DFB-Pokals qualifiziert, dann mit der Fortuna das Traumlos gezogen und sie sensationell besiegt haben. Das entscheidende Tor hat nach einem typischen Null-Null-Gerumpel kurz vor Schluss der gerade erst eingewechselte Serdar Tuncay mit einem Schlenzer in den Winkel erzielt.

In den Tagen danach hat die *POST* die Standards rausgehauen: »*Wer ist Düsseldorfs neuer Goldjunge?*« – »*Ganz ohne Nachwuchsleistungszentrum – Wie hat es Serdar Tuncay trotzdem geschafft?*« Und, natürlich: »*Wie konnte so einer der Fortuna in der eigenen Stadt entgehen?*«

»Du siehst«, fasst Pirlo zusammen. »Ich bin im Bilde.«

Ahmid zuckt betont lässig mit den Schultern. »Danke für das Referat, Bruder. Mir ist das alles klar. Ich freue mich aber, dass du auch mal was weißt.«

»Wie auch immer. Du bist jetzt jedenfalls dran. Was hast du mit Tuncay zu tun, und was soll das mit dem Vorvertrag?«

»Welcher Vorvertrag?«

Pirlo dreht an einer Strähne. Schmerz in der Hand hin oder her, er braucht das jetzt. »Der, von dem du gerade gesprochen hast.«

»Ach, das.«

»Genau.«

»Das ist eher eine gefühlte Sache, weißt du?«

»Nein, weiß ich nicht. So, wie ich es kenne, hat man entweder einen Vertrag oder man hat keinen.« Er verlangsamt das Tempo. Ahmid soll folgen können. Ob er will oder nicht. »Also: Hast du einen?«

»Einen Vertrag?«

»Ja.«

Ahmid legt den Kopf schief. »Erinnerst du dich diese Geschichte mit Sandro Tonali?«

Pirlo seufzt. Dann fragt er aber doch nach. Vielleicht führt wenigstens *das* irgendwohin. »Ist das nicht ein italienischer Nationalspieler?«

»Davon gibt es einige. Aber nicht alle geraten in schlechte Gesellschaft.«

Dann erinnert sich Pirlo. »Diese Sache ist eine kleine Weile her, oder?«

»Oktober 2023.«

»Richtig. Wie war das noch?«

»Die Staatsanwaltschaft ermittelte gegen ihn wegen des Verdachts auf unerlaubte Sportwetten. Am Ende legte er ein Geständnis ab und wurde für zehn Monate gesperrt.«

»Und?«

»Serdar Tuncay hatte ein ähnliches Problem.«

»Hatte?«

»Vergangenheitsform, Bruder«, hilft Ahmid ihm aus. »Was ihn gerettet hat, war, dass er deutlich *weniger* schlau vorgegangen ist als der Italiener. Er hat seine Wetten nicht online abgegeben, sondern einfach tausend Euro auf eine Niederlage seiner Jugendmannschaft bei einem Anbieter in Klein-Marokko platziert.«

»Wo jeder jeden kennt.«

»Und jeder mich.«

»Wer hat dich informiert?«

»Spielt das eine Rolle?«

Pirlo schmunzelt. »Mein Fehler. Warum hat man gerade *dich* informiert?«

»Hamza, sein Vater, weiß jedenfalls, dass ich hervorragend vernetzt bin.«

»Und ernsthaft jetzt?«

Ahmid drückt empört die Brust raus. »Das *ist* mein Ernst.«

»Das qualifiziert dich trotzdem noch nicht dazu, dass man dich ruft, wenn der Junge Scheiß baut.«

»Mich nicht. Aber dich.«

Pirlo lacht. Auch wenn das gleich an verschiedenen Stellen weh tut. »Mich?«

Ahmid zuckt mit den Schultern. Für ihn scheint das hier alles ganz logisch zu sein. »Ist doch klar, wie das läuft. Serdar hat ein Problem. Du bist ein Anwalt.«

»Ich dachte, das Problem sei schon weg?«

Ahmid grinst. »Ist es auch. Der Typ, bei dem Serdar aufgeschlagen ist, hat die Wette gar nicht erst platziert.«

Pirlo schwirrt der Kopf. »Und was hat das dann mit mir zu tun?«

Ahmid trommelt an dem Bettgestell herum. Wenn Pirlo es nicht besser wüsste, würde er fast annehmen, sein Bruder sei verlegen. »Serdar hat ja schließlich schon *irgendwie* in Schwierigkeiten gesteckt.«

»Und?«

»Da habe ich ihm eben gesagt, dass ich das anwaltlich für ihn kläre.«

»Du? Anwaltlich? Was, zur Hölle, soll das denn bedeuten?«

»Ich habe ihm gesagt, dass ich dich angerufen habe. Den Staranwalt und so weiter.« Ahmids Augen blitzen. Der Übergang zum Angriffsmodus lauert bei ihm immer direkt um die Ecke. »Das erzählst du schließlich sowieso die ganze Zeit über dich selbst.«

Pirlo schluckt kurz. Er weiß, dass er sich jetzt besinnen sollte. Dass es wichtig wäre, zu erfahren, was Ahmid dem Jungen erzählt hat. Dass es *eigentlich* nur darum geht. Trotzdem fragt er etwas anderes. Etwas, das sogar noch viel wichtiger ist. Zumindest für ihn selbst.

»Was denkt Serdar denn, in welchem Verhältnis wir zueinander stehen?«

Ahmid verzieht den Mund. »Ruhig Blut, *akin*. Niemand will dich daran hindern, weiterhin deine Familie, deine Herkunft, deinen Stolz und deine Ehre zu verleugnen. Hamza weiß, dass du mein Bruder bist. Emre weiß es auch. Dem Rest ist es wahrscheinlich einfach egal.«

»Dem Rest?«

»Serdar.«

Pirlo reibt sich über die Nase. Das mag ja irgendwie alles sein und in Ahmids Kopf Sinn ergeben. Aber warum? Und was hat es mit ihm zu tun? »Also soll ich Serdar verteidigen? Ist es das, was du von mir willst?«

Ahmids Miene ist voller Bedauern. Wie kann man nur so schwer von Begriff sein? »Dafür müsste es etwas geben, *wogegen* man ihn verteidigen müsste. Das ist doch aber gar nicht so. Die Wette wurde schließlich nie eingereicht.« Er sieht Pirlo mitleidig an. »Keine Wette, kein Problem.«

»Was *willst* du dann von mir, Mann?« Pirlo fällt selbst auf, dass er laut geworden ist.

Ahmid lässt die Gelegenheit zur Eskalation selbstredend nicht liegen. Wie könnte er auch? »Hast du mir überhaupt nicht zugehört?«, pampt er zurück. »Du sollst Serdar *beraten*, Bruder! Er bringt sich in Schwierigkeiten. Du sollst das verhindern. Das kann ja wohl nicht so schwer zu verstehen sein.«

»Und wie soll ich das bitte machen? Ich bin Strafverteidiger, Ahmid. Von dem, was Spielerberater machen, habe ich nicht die geringste Ahnung.« Pirlo ahnt, was kommt, als er das ausspricht. Verhindern kann er es trotzdem nicht mehr.

Ahmid grinst. »Aber ich.«

7.

HENNE / EI.

Zur gleichen Zeit woanders

Sophie kracht mit ihrer rechten Schulter gegen die Scheibe. Trotzdem lacht sie. Und warum auch nicht? Zum einen ist der Schmerz schnell vergessen. Zum anderen gab es dafür in den letzten Wochen so wenig Anlass, dass sie sich fest vorgenommen hat, jede sich bietende Gelegenheit zu nutzen. Das hier ist eine. Selbst wenn sie mit Jan zu tun hat. Als kleiner Schönheitsfehler ist das allerdings verzeihbar. Außerdem macht er das, was er machen soll, eigentlich ganz gut. Darüber hinaus ist er auch noch freundlich *und* aufmerksam. So wie zum Beispiel jetzt.

»Ist alles in Ordnung?«, ruft er von der anderen Seite des Feldes herüber.

»Klar«, erwidert Sophie. Sie schüttelt sich und richtet ihren blonden Zopf neu. Dann erwartet sie auch schon wieder den nächsten Aufschlag.

»Sicher, dass du weiterspielen kannst?«, fragt Jan trotzdem noch einmal und fasst damit das Dilemma von ersten Dates ganz gut zusammen. Man kennt sich eben noch nicht richtig. Andernfalls würde er nie im Leben auf die Idee kommen, dass sie hier aufgeben könnte. Nicht, wenn sie, wie jetzt, nach Punkten vorn liegt. Und sonst eigentlich auch nicht.

Eine halbe Stunde später steht Sophie unter der Dusche und sammelt ihre Gedanken zu Jan. Er hat sie im juristischen Seminar, der rechtswissenschaftlichen Bibliothek der Heinrich-Heine-Universität, angesprochen. Jan ist groß, blond, erkennbar sportlich. Und vollkommen chancenlos. Was die Frage aufwirft, warum sie sich überhaupt auf das Date eingelassen hat.

Während Sophie sich abtrocknet, einigt sie sich mit sich darauf, dass sie einfach ein Bedürfnis nach Ablenkung hat – und dass das absolut verständlich ist. Leider geht es dabei nicht nur darum, dass ihr Vater zuletzt als mutmaßlicher Serienmörder im Knast gelandet, ihr Patenonkel tatsächlich und ihre Mutter beinahe umgebracht worden waren, und um die Avancen von Max Bischoff oder irgendwas, das mit Pirlo zusammenhängt. Zumindest nicht unmittelbar. Was Sophie *eigentlich* beschäftigt, ist dennoch das, was sie ihm mitteilen sollte. Allein schon, weil es so verdammt dringend ist.

Der *move* von Jan kam daher genau zur richtigen Zeit. Dass er sie in der Bibliothek beobachtet hatte, war ihr natürlich aufgefallen. Mehr als einmal hatte er sich einigermaßen entschlossen in ihre Nähe manövriert, dann aber noch einmal abgedreht, womöglich, um den entscheidenden Anlauf mit den genau richtigen Worten zu versuchen. Als der dann kam, war Sophie tatsächlich hinreichend überrumpelt. Was definitiv für ihn sprach.

»Hallo, ich bin Jan. Mein Padel-Partner hat mir gerade für heute Abend abgesagt. Hast du vielleicht Lust, mich später auf dem Platz zu treffen?«

Dabei hatte er so freundlich wie aufgeregt gegrinst, weswegen Sophie beschloss, jedem Anflug von schlechtem Gewissen gegenüber Pirlo erst gar keine Chance zu geben, und einfach direkt zusagte. Ein wenig Bewegung würde ihr guttun. Ein wenig angenehme Gesellschaft, ohne dass irgendwer irgendwen wegen irgendwas umbringen wollte, wahrscheinlich auch. Mittlerweile, zwei Stunden später an der Saftbar des Fitnessstudios, in dem die Padel-Plätze liegen, kann Sophie für sich festhalten, dass das mit der Ablenkung bisher in jedem Fall geklappt hat. Nur, dass sie jetzt nicht wirklich weiß, wie sie höflich bleiben und die Lage trotzdem zügig beenden kann.

Jan unterbricht ihre Gedanken. »Das war ein gutes Spiel.«

»Allerdings.«

»Wie war der Schläger?«

Sophie hatte einen zu dem Platz dazu gemietet. »Gut.«

»Machst du das denn öfter?«

»Nein.«

Sie boxt, schwimmt und läuft lange Distanzen. Als Folge ihrer Kindheit in den besten Kreisen der Stadt weiß Sophie außerdem, wie man Golf unter Par spielt, und hat ein paar Trophäen im Springreiten gewonnen. Sport liegt ihr einfach. Von Padel hat sie bis vor zwei Stunden trotzdem noch keine Ahnung gehabt. Was Jan allerdings nicht wissen muss. Er hat das Spiel schließlich verloren und wird aus dem, was immer er hier im Sinn hat, ebenfalls nicht gerade als Gewinner hervorgehen. Sie wird ihn daher schonen, wo es eben geht.

»Das dachte ich mir schon«, sagt er. »Insofern hätte ich vorhin in der Bib besser aufpassen müssen, wen ich mir als Gegner aussuche, und nicht jemanden fragen sollen, der so fit ist wie du.«

Was kein schlechter Spruch ist. Wirklich nicht. Trotzdem hätte Pirlo das wahrscheinlich anders gemacht. Wie genau, kann Sophie zwar gerade nicht sagen. Aber das, diese anarchische Unvorhersehbarkeit, ist es schließlich auch, was das Miteinander mit ihm so sehr ausmacht. Im Guten wie im Schlechten.

Jan holt sich ihre Aufmerksamkeit zurück. »In welchem Semester bist du denn?«

Was eine wirklich liebenswerte Frage ist. Wenn sie es richtig einschätzt, meint er sie noch nicht einmal flirtend. Wobei: Wirklich *alt* ist Sophie tatsächlich noch nicht. Die Dreißig war erst vor einem knappen Jahr fällig. Sie ist trotzdem schon seit zwei Jahren erfolgreich als Anwältin unterwegs. Umso schöner ist es, zu hören, dass man ihr den Stress nicht so ansieht, wie sie ihn empfindet.

»Im fünften«, antwortet sie. Einfach so, um zu sehen, was passiert.

Jan nickt. »Dann musst du dich ja bald mit dem Examen befassen.« Sophie lässt das unkommentiert. Das erste Examen ist vier Jahre her, das zweite zwei. Sie hat sich offensichtlich doch ganz gut gehalten.

Für Jan gilt bedauerlicherweise nicht dasselbe. Zumindest nicht für dieses Gespräch. Sie sieht, dass er Anlauf nimmt, und ahnt, was jetzt kommt. Wobei das wahrscheinlich absehbar war. Sie haben sich an der rechtswissenschaftlichen Fakultät kennengelernt. Er findet sie ganz augenscheinlich gut. Die beiden Gesprächsklassiker liegen damit auf der Hand. Der erste ist »Ich-weiß-gar-nicht-warum-ich-Jura-studiert-habe-und-kann-eigentlich-auch-nichts-damit-anfangen«. Er entscheidet sich für den zweiten. Die »Ich-weiß-nicht-ob-Du-es-wusstest-aber-ich-bin-der-Größte«-Variante. Leider.

Es ist die ewige Henne / Ei-Frage. Was vorher da war, lässt sich unmöglich sagen. Die Profilneurotiker oder das Fach. So oder so hat sich beides auf die unangenehmstmögliche Weise vermengt. Sophies Gegenüber dient da als lebendes Beispiel. Auch das wäre Pirlo nicht passiert. Natürlich nicht. Während Sophie auf Autopilot schaltet und ihren Aufbruch vorbereitet, wandern ihre Gedanken einmal mehr zu ihm – und zu dem, was sie dringend besprechen müssen. Ob sie wollen oder nicht.

8.

UMM.

Am nächsten Tag

»Ich bin immer noch dagegen.«

Mehr fällt Pirlo nicht ein. Mehr will er eigentlich aber auch gar nicht sagen.

»Jetzt hör halt mal richtig zu«, zischt Ahmid. »Die Idee ist wirklich gut. Versprochen!«

Pirlo zwirbelt an seinen Haaren. »Das kann ja sein. Aber ganz gleich, wie brillant sie ist und was da alles drin sein könnte, am Ende hat das alles auch mit dir zu tun. Und deswegen ist meine Antwort klar.«

»Gestern klang das aber noch ganz anders. *Sobald du was Legales machst, unterstütze ich dich natürlich in jeder Form, mein geliebter Bruder.*«

»Das habe ich so nicht gesagt.«

»Aber gemeint.

»Als ob.« Pirlo setzt sich auf. Heute klappt das erstaunlich viel leichter. Womöglich hat Ahmids Besuch ihm neuen Schwung gegeben. Auch wenn er das ihm gegenüber ganz bestimmt nicht zugeben würde. »Außerdem war ich gestern nicht ganz Herr meiner Sinne.«

Ahmid verdreht die Augen. »Du bleibst also bei deinem Nein?«

»Ja.«

»Also doch ja?«

»Nein. Und hör auf mit diesem albernen Scheiß. Wir sind keine kleinen Kinder mehr.«

»Du verhältst dich aber wie eines.«

»Wieso das denn?«

»Das frage ich dich!«

Dann fängt sich Ahmid wieder. Er versucht es zumindest, rückt dazu seinen Stuhl näher und legt alle Dringlichkeit in die Stimme, die ihm nach einer halben Stunde Grundsatzdebatte noch zur Verfügung steht. »Komm schon, Ramzes, eigentlich ist dir doch klar, dass es funktionieren wird. Du *weißt* es einfach! Alles, was wir brauchen, sind meine Fähigkeiten als Menschenfänger und deine Lizenz.«

»Ha!«

Erst der bewegliche Tropf bremst den Schwung von Pirlos Hand. Was er damit vorhatte, bleibt daher unklar. Auch für ihn selbst.

Kurz sehen die Leute am Nebentisch noch indigniert rüber. Dann sind die beiden Schwarzköpfe aber auch schon wieder hinreichend uninteressant.

Gut so. Schon weil es Pirlo mehr Zeit und Raum für seinen Frust lässt. Was er beides auch dringend braucht. Während der ganzen Tage im Krankenhaus haben seine Gedanken darum gekreist, was er unternehmen wird, wenn er wieder mobil ist. Fast immer hatten sie sich um Sophie gedreht. Dass sie miteinander spazieren gehen würden. Ein Gespräch führen. Vielleicht sogar was arbeiten. So weit, die Sache mit dem Sich-Berühren wieder aufzunehmen, hatte sich Pirlo nicht mal gedanklich vorgewagt. Aber wer konnte schon wissen, was passierte, wenn man spazierte, ein Gespräch führte oder miteinander arbeitete?

Das, was stattdessen stattfindet, ist dagegen ungefähr das

Letzte, was auf Pirlos Rekonvaleszenz-Wunschliste aufgetaucht wäre. Da es regnet, sitzt er in der lärmenden Krankenhauscafeteria. Mit einem sperrigen Tropf. Und einem schwerst agitierten Ahmid. Der sich übrigens gerade selbst überführt hat.

»Ha«, bekräftigt Pirlo daher seine Entrüstung, wenn auch jetzt schon mit deutlich weniger Elan.

»Was soll das denn schon wieder?«

»*Das* ist es, worauf es dir *eigentlich* ankommt!«, raunt Pirlo zornig.

»Was?«, fragt Ahmid übertrieben unschuldig.

»Du hast diesen Jungen an der Angel und brauchst jetzt jemanden, der nach außen mit einem guten Namen auftritt.«

»Darüber haben wir doch gestern schon gesprochen, Bruder. Du erinnerst dich nur nicht mehr. Die Medikamente und so.«

Pirlo geht auf Ahmids Ausweichmanöver gar nicht erst ein. In welche Richtung sie sich bewegen könnten, hat sich ohnehin abgezeichnet. Weswegen er in der Nacht seine Hausaufgaben gemacht hat. »Man benötigt als Spielerberater keine Lizenz mehr.«

»Das weiß ich.«

»Ich meine das ernst.«

Ahmid nickt. »Ja, ich auch, Bruder. Ich weiß es *wirklich.*« Er kramt sein Telefon hervor und scrollt mit flinken Fingern durch eine große Zahl von Screenshots. »Glaubst du etwa, ich habe mir das nicht alles angesehen, oder was? Hier: Man braucht keine Zulassung mehr. Ein Rechtsanwalt muss man auch nicht mehr sein.«

»Warum lässt du mich dann nicht einfach in Ruhe?«

Ahmid starrt ihn mit einem Gesichtsausdruck an, der irgendwo zwischen gereizt und ertappt changiert. Dann sacken allerdings seine Schultern ab. Er beugt sich vor und scheint noch einen ruhigen Anlauf nehmen zu wollen. Pirlo hofft einfach, dass es auch wirklich der letzte ist.

»Hamza und seine Frau wissen natürlich, dass Serdar ein absoluter Glücksfall ist. Der Junge ist nicht nur talentiert, er sieht auch noch gut aus. Auf Instagram und TikTok folgen ihm über achthunderttausend Leute.«

»Wie viele?«

Ahmid nickt. »Genau so habe ich das erste Mal auch reagiert.« Er nimmt einen Schluck Kaffee und sieht auf die Uhr. Kurz hofft Pirlo, dass ihn ein anderer Termin seines Bruders erlöst. Dann fährt Ahmid aber doch fort: »Serdar hat ein riesiges Potenzial. Die *POST* hat nach seinem Tor gegen die Fortuna eine Fotostrecke über den ›neuen Poldi‹ gebracht. Ich muss dir ja wohl nicht erklären, wie viel Geld sich damit machen lässt!« Ahmid fällt offenbar selbst auf, dass er sich hat mitreißen lassen. Es geht daher etwas ruhiger weiter: »Das ist natürlich auch einer Menge anderer Leute bewusst. Wir brauchen uns nichts vorzumachen: Wer immer den Jungen unter Vertrag nimmt, kann bald sein eigenes Geld drucken.« Ahmid senkt die Stimme. »Wie immer, wenn viel Geld im Spiel ist, zieht das aber auch eine Menge fragwürdiger Gestalten an.«

Pirlo versucht, sich nichts anmerken zu lassen. Er kann über diesen Satz auch noch später lachen.

Ahmid bleibt sowieso weiter hoch konzentriert. »Allerdings hat Serdar mehr als deutlich erkennen lassen, dass ihm nicht klar ist, welche Verantwortung er jetzt hat, wo Grenzen liegen, was richtig und was falsch ist und so weiter. Das ist die Stelle, an der wir ins Spiel kommen.«

»Ich verstehe. Wenn jemand einem jungen Menschen erklären kann, wo Grenzen liegen und was richtig und was falsch ist, dann ja wohl du.«

»Haha. Kannst du nicht *ein Mal* ernst bleiben?«

Pirlo leert seine Tasse. »Keine Ahnung. Kannst du?«

Ahmid seufzt. »Ich kann Serdar jedenfalls im Alltag unterstützen, ihm bei Behördengängen helfen, mich darum kümmern, dass er Termine wahrnimmt, ihn wohin fahren und so.«

»Du meinst, du kannst Serdars Mädchen für alles sein.« Pirlo grinst.

Zu seinem Erstaunen nickt Ahmid allerdings nur. »Ich würde es anders nennen, aber klar, wenn es sein muss, dann bin ich genau das. Alles, was *du* tun musst, ist, dem Jungen und mir mit Rat und Tat zur Seite stehen. Ab und zu mal ein ernstes Wort sprechen. Den lauernden Geiern ein Zeichen senden, dass sich jetzt ein Rechtsanwalt mit einem Doktortitel kümmert und dass es gar keiner mehr auch nur zu versuchen braucht. So ist es am Ende gut für alle.«

Pirlo antwortet nicht direkt. Vielleicht liegt das daran, dass er tatsächlich nachdenken muss.

»Alles, was du tun musst, ist, über die Kanzlei einen Vertrag abschließen. Dann betreibt *Recht.Schaffen* eben eine Sportabteilung – na und? Als Sophies Vater eure Hilfe gebraucht hat, habt ihr schließlich auch kein Problem damit gehabt, zusammen mit diesem Bischoff auf einmal Detektive zu sein.«

»Das war etwas anderes«, entgegnet Pirlo.

»Ach ja? Doch aber nur insoweit, als es um den Vater deiner Arbeitskollegin ging und nicht um deinen *Bruder*.«

»Sophie ist nicht nur eine Kollegin.«

Ahmid winkt ab. »Lass uns damit jetzt gar nicht erst anfangen. Fakt ist doch: Du glaubst mir nicht, wenn ich dir sage, dass ich mit zweiundvierzig keine Lust mehr darauf habe, mich in irgendwelchen Hinterzimmern herumzudrücken und ständig irgendwo irgendwie auf das große Geschäft zu warten. Mann, der eine meiner Brüder hat vier Kinder. Der andere hat eine eigene Kanzlei. Was habe ich schon vorzuweisen? Warum sollte ich nicht auch mal etwas richtig machen, etwas *erreichen* wollen? Trotzdem bist du voreingenommen. Du hast dich so sehr daran *gewöhnt*, mir gegenüber argwöhnisch zu sein, dass du dir schon gar nicht mehr *vorstellen* kannst, dass jetzt etwas anders sein könnte. Lass es mich auf den Punkt bringen, Bruder: Du hast keinen Bock auf diese Sache, weil du mir nicht *vertraust.*«

Womit Ahmid den Nagel auf den Kopf trifft. Trotzdem zögert Pirlo, das zu bestätigen. Es ist das ewige Familiendilemma: Sogar, wenn es eigentlich einfach ist, bleibt es kompliziert.

Ahmid senkt den Blick. Er wirkt ernsthaft betroffen. »Um ehrlich zu sein, dachte ich mir das schon.«

Sofort stellen sich Pirlos Nackenhaare auf. Dafür sorgt allein der veränderte Tonfall von Ahmids Stimme. Die Anspannung verschärft sich, als der noch einmal auf die Uhr sieht. »Ich habe mir daher erlaubt, mir Unterstützung zu suchen.«

Pirlo ruckelt hektisch mit seinem Tropf auf ihn zu. »Du hast jetzt aber nicht Hamza hierher beordert, wenn ich in einem solchen Zustand bin? Den Jungen übrigens hoffentlich auch nicht!«

»Nein«, beschwichtigt ihn Ahmid. Dann zwinkert er. »Mir ist jemand viel Besseres eingefallen.«

»*Marr-haba*, Ramzes«, sagt eine kratzige Stimme in Pirlos Rücken. Als er versucht, Ahmid mit seinem Blick zu töten, grinst sein Bruder nur.

»Tut mir leid, *akin*. Aber das hier ist mir wirklich wichtig.«

Pirlo bekämpft all die Flüche, die ihren Weg nach draußen suchen. Dann steckt er trotz des schmerzenden Tropfs seine Haare ordentlich hinter die Ohren und steht auf.

»*Marr-haba, Umm.*« Er seufzt. »Hallo, Mama.«

9.

VON DER ONTOLOGIE EINER SCHALE.

In der Kanzlei

Als Sophie aufsteht, knicken ihr die Beine weg. Kurz hält sie sich am Besprechungstisch fest und tröstet sich damit, dass das wenigstens niemand gesehen hat. Trotzdem: Dass eine einzige Padel-Einheit genügt, um sie so außer Gefecht zu setzen, ist kein gutes Zeichen. Mehr Sport wäre also keine schlechte Idee, vor allem, wenn er regelmäßig stattfindet und nicht in einer dritten Halbzeit mit einem Juravollpfosten austrudelt. Wobei es fast wohltuend ist, über so etwas nachzudenken. Das *große* Problem, das, was sie vor sich herschiebt, kann den Mangel der vollen Sophie-Aufmerksamkeit schon verschmerzen. Es hat auch so schon mehr als genug Einfluss auf sie. Vor allem nachts. Mag sein, dass Pirlo im Krankenhaus keine Ruhe findet. Sophie geht es währenddessen draußen aber auch nicht besser. Nur, dass er das auf keinen Fall merken sollte. Bis heute. Bis jetzt.

Ein Blick auf die Uhr macht die Lage nicht besser. Schon vor ihrer Knieschwäche war Sophie knapp dran. Jetzt eilt es erst recht. In einer Viertelstunde soll Pirlo in der Kanzlei sein. Angesichts seiner sonstigen Maßstäbe hat sie zwar ungefähr das doppelte an Zeit. Gerade wirkt es allerdings so, als sei auch das verschwindend wenig.

So behände es eben geht, manövriert sie sich zu der Kaffeemaschine in der kleinen Küche der Kanzlei. Kein Zweifel, Pirlo wird ab heute wieder die Kaffeekochregie an sich ziehen. Aus Sophies Sicht ist das ein Segen. Zumindest diese Aufgabe ist sie dann los und kann sich besprechungsraumcateringmäßig darauf konzentrieren, die Unmengen an Milch zu kaufen, die es braucht, um die von ihm gebraute Todesmischung für andere Menschen erträglich werden zu lassen. Sophie schmunzelt, als sie daran denkt. Es tut gut, sich an Pirlos Eigenheiten zu erinnern. Sie hat sie vermisst. Jedenfalls manche davon.

Während sie den Inhalt einer Kekspackung in einer mit der Grundästhetik der Kanzlei schwer bis nicht vereinbaren Fortuna-Düsseldorf-Porzellanschale drapiert, für die Pirlo allerdings eine Schwäche hat, versucht Sophie, sich zu konzentrieren. Was ihr bevorsteht, hat sie lange hinausgezögert. Jetzt geht das nicht mehr. Und zwar auf keinen Fall.

Sophie erinnert sich noch genau an ihren ersten Impuls, als sie vor drei Tagen den Computer zugeklappt hat: Sie hatte Pirlo anrufen wollen. Sie wollte mit ihm sprechen. Ihn um Rat fragen. Ihm beichten, was nicht mehr wegzuwünschen war. Genau deshalb hatte es aber auch noch Zeit. Zumindest ein paar Tage konnte sie noch warten, so lange, bis er wieder fit und zurück in der Kanzlei war. Bis jetzt.

Nachdem er sein Eintrudeln telefonisch angekündigt hat, wartet sie auf ihn an der Tür. Manches bleibt eben gleich. Manches nicht. Eine Veränderung liegt etwa darin, dass er nicht wie gewohnt die Treppe in den fünften Stock heraufstapft, sondern den Fahrstuhl nimmt. Eine zweite ist seine Gesichtsfarbe, als er aus dem Lift tritt und Sophie gegenübersteht. Pirlo sieht eigentlich immer ein bisschen so aus, als komme er gerade aus dem Urlaub. Der Teint ist etwas dunkler als bei anderen, die Haare sind für eine ordentliche Anwaltsfrisur ein wenig zu lang, und in den Augen liegt diese ausgeruhte Mischung aus

Charme und Chaos, die sie zuverlässig zum Lachen bringt. Und in den Wahnsinn treibt. Jetzt allerdings sieht Pirlo nicht nur blass aus. Er kommt auch so rüber. Umso mehr ist Sophie entschlossen, sich diese Erkenntnis nicht anmerken zu lassen.

»Toni!«, strahlt sie ihn an. Eine Umarmung scheitert daran, dass sie immer noch die Schale in der Hand hält. Vielleicht ist das ja bezeichnend für ihr Miteinander. Wobei: Ist es das? Wann ist eine Schale ein Symbol? Wann ist es einfach nur eine Schale? Warum denkt Sophie ausgerechnet jetzt über solche Fragen nach? Wann ist das mit Pirlo eigentlich so verdammt kompliziert geworden?

Da ihr sein fragender Blick auffällt und sie schließlich *irgendwas* tun muss, sieht sie umständlich auf ihre Uhr. »Du bist zu spät.«

Er ringt sich ein Lächeln ab. »Für was?«

Sie lacht, als habe er einen großartigen Witz gerissen. Dann legt sie ihm die Hände auf den Rücken und schiebt ihn in Richtung des Besprechungsraums. Kurz ist sie dabei überrascht. Seine Schultern sind immer noch breit, jetzt aber deutlich weniger kräftig. Trotzdem scheint sich Pirlos Gewicht im Vergleich zu der Vorkrankenhauszeit nicht verändert zu haben. Es ist jetzt nur unglücklicher verteilt.

Pirlos Miene hellt sich auf, als sie eingetreten sind und er ihre Blumen, den frischen Kaffee und die »Willkommen-zurück-Girlande« sieht. Außerdem natürlich den Luftballon.

»Ein Einhorn?« Er lacht, und ihr fällt auf, wie sehr ihr das gefehlt hat.

»Superman war aus.«

»Du hast gar nicht wirklich danach gesucht, oder?«

»Nein.« Sophie grinst ihn an. Für einen Moment ist alles ganz einfach. Ganz leicht. Ganz normal.

Dann kommt das Unausweichliche. Die Lachfalten um seine

dunklen Augen glätten sich. Er sieht sie lange an. »Irgendwas ist los. Magst du mir verraten, was es ist?«

Sophie atmet durch. Sie *weiß* einfach, dass das absehbar war. Dass er sie durchschaut. Trotzdem deutet sie mit der rechten Hand erst noch auf die Schale in ihrer Linken. »Wollen wir uns nicht zuerst setzen und einen Keks essen oder so?«

Pirlo seufzt. »Macht es das denn irgendwie besser?«

»Wahrscheinlich nicht.« Sie versucht es mit einem Lächeln. »Außer, dass die Welt mit einem Keks gleich viel schöner ist.«

»Das klingt allerdings für den Zustand ohne nicht besonders vielversprechend.«

Sophies Blick wandert zu der Schale. Kurz klammert er sich noch an dem Gebäck fest. Dann sieht sie ein, dass sich auch dort keine Hoffnung findet. Natürlich nicht.

»Sprich es einfach aus«, brummt Pirlo aus gefühlter Ferne. »Ganz gleich, was es ist, es wird schon nicht so dramatisch sein.«

»Na ja, geht so«, murmelt sie.

»Was meinst du damit?«

»Eigentlich ist es schon schlimm.«

Er versucht es mit einem Lächeln. »Was ist denn los, Fräulein Mahler? Haben wir einen Fall verloren?«

Sie schluckt. »Nicht einen.«

»Sondern?«

»Alle.« Jetzt ist es raus. Umso wichtiger ist es, den Schwung zu nutzen, den das mitbringt. Also Augen zu und durch. »Was ich damit meine, ist nicht, dass wir im Gericht unterlegen sind oder so. Die Fälle haben wir trotzdem verloren, nur eben im Wortsinn. Was ich sagen will, nein, nicht will, sondern, du weißt schon, *muss*, ist: Sie sind weg. Alle. Nachdem wir uns nicht mehr richtig um unsere Sachen gekümmert haben, sind unsere Mandanten reihenweise abgesprungen. Und das war es auch noch nicht mit schlechten Nachrichten.« Sie sieht ihn direkt an. »Es tut mir leid, Toni. Aber wir sind pleite.«

Während sie dabei zusieht, wie die Schale in Richtung des Bodens gleitet, überlegt Sophie, ob sie losgelassen hat, weil sie ihr aus der Hand gerutscht ist, weil sie zu schwer geworden ist oder weil sich das in dieser Situation einfach so gehört. Dann schlägt das Porzellan auf. Es zerspringt mit einem Knall, und Sophie erkennt, dass es eigentlich ganz gleich ist, warum das so gekommen ist. Dass es passt, steht allerdings fest. Leider.

10.

TANZSCHRITTE. KANZLEIEDITION.

Ein kurzer langer Augenblick. Oder umgekehrt.

Sophie weiß nicht, wie lange sie gebraucht haben, um alle Scherben aufzulesen. Sie kann noch nicht einmal sagen, ob jemand dabei etwas gesagt hat. Sie, zum Beispiel. Pirlo. Oder niemand. Was sie ahnt, ist, dass sie es nicht gehört haben würde. In ihren Ohren fiept und drückt es. In Filmen ist das manchmal so, dann etwa, wenn Bomben explodieren und sich der Kinosaal mit dieser drückenden Stille füllt, während die Protagonisten durch die Gegend wirbeln, Gegenstände herumfliegen, alles ungewiss und auf den Kopf gestellt ist. Dass eine zerspringende Keksschale denselben Effekt hat, ist schon ein bisschen beeindruckend. Und ein bisschen viel Drama. Sophie weiß das. Genauso weiß sie aber auch, dass sie an diesem schwerelosen Zustand festhalten will, dass sie das einfach *muss*, allein schon, weil alles andere noch viel schlimmer ist. Alles andere ist hier nämlich die Realität. Und die ist maximal beschissen. Was zu ihr gehört: Die Kanzleibilanz. Der Kontoauszug. Die rote Zahl. Die Erkenntnis, dass es vorbei ist. Und die Scham.

Sophies Blick wandert kurz zu Pirlo. Er sitzt ihr gegenüber an dem großen Holztisch des Besprechungsraums, sieht aus dem Fenster und dreht an einer Strähne. Selten, vielleicht nie in ihrem Leben hätte sie sich mehr gewünscht, etwas nicht sagen, nicht zugeben zu müssen. Trotzdem war es nötig gewesen. Sophie hat die Zahlen mindestens fünfhundert Mal durchgesehen. Und zwar pro Tag. Am Ende war das so wenig zielführend wie nötig. Vor allem änderte sich nichts am Ergebnis. Ihre Ausgaben überschreiten bei weitem ihre Einnahmen. Die Kanzlei ist gescheitert. Sie haben versagt.

Sophie weiß, dass sie das eigentlich nicht hätte überraschen dürfen. Die Kanzlei hat sich auf brisante Fälle spezialisiert, die sie nach Möglichkeit in den Medien unterbringt. Hätte das nur zu der Ablehnung seitens anderer Kanzleien geführt, dazu, dass von diesen keine Fälle und Anfragen kamen, wäre damit vielleicht noch zu leben gewesen. Sophie hatte allerdings schon lange befürchtet, dass Pirlos Gepolter auch mögliche Mandanten abschreckte, die sich zuvor zumindest noch hätten *vorstellen* können, sich von ihnen vertreten zu lassen. Der einzige Weg, sich dann noch in die schwarzen Zahlen zu retten, wäre gewesen, mit den bestehenden Fällen genug einzunehmen, um den Laden zumindest am Laufen halten zu können. Das war ihnen allerdings noch nicht einmal im Ansatz gelungen.

Soweit es Sophie mitbekommen hatte, war die Vergütung, die Pirlo für die Verteidigung des Mordverdachts gegen Marlene von Späth erhalten hatte, komplett in den Aufbau der Kanzlei geflossen – was auch immer das bedeutete. Bei den Hauptverhandlungsdramen in Sachen Faruk Maliki und Emre Ben Hamid hatten Pirlo und sie die angesichts des Aufwands überschaubaren Pflichtverteidigergebühren abgerechnet. Rechts und links davon hatten sie mal diese, mal jene kleinere Sache vor Gericht vertreten, einen Körperverletzungsvorwurf hier, eine Führerscheingeschichte dort. Das war zwar alles nicht nichts. Die Maisonettewohnung über dem Carlsplatz, in der *Recht.Schaffen* residierte, bezahlte das aber ebenso wenig wie Pirlos Mercedes, von der Miete und den Lebenshaltungskosten, die sie privat zu bestreiten hatten, mal ganz zu schweigen. Die von Max Bischoff begleiteten Untersuchungen im Zusammenhang mit der Kanzlei von Sophies Vaters waren schlussendlich der wirtschaftliche Sargnagel gewesen. Die Ansage von *Müller & Mahler* ist klar: Solange Ernst Mahler nicht wieder zurück ist und der weiteren Aufarbeitung zur Verfügung steht, wird die Rechnung nicht bezahlt. Punkt.

Seitdem Sophie diese Entscheidung bekannt ist, rasen ihre Gedanken. Wie kann eine Kanzlei überleben, wenn sie kein Geld verdient und sie außerdem keine neuen Fälle bekommt? Seit drei Tagen kennt sie nun die Antwort: gar nicht.

»Es tut mir leid«, murmelt sie. Als er nicht reagiert, fragt sie vorsichtig nach. »Was denkst du jetzt?«

Pirlos Finger halten inne. Die mehrfach gedrehte Strähne fällt ihm wirr zurück in die Stirn. Dann reißt er sich von dem Blick aus dem Fenster los, sieht sie nachdenklich an und sagt: »Ich glaube, ich habe richtig Bock auf Fußball.«

»Was?«

Er kommt weiteren Rückfragen mit einem schiefen Grinsen zuvor und sagt das Pirlohafteste, was in Anbetracht der Situation drin ist. »Mach dir keine Sorgen.«

Sophie wagt ebenfalls ein Lächeln. Wer weiß schon, wann es das nächste Mal eine Gelegenheit dazu gibt? »Meinst du das ernst?«

»Absolut.« Er sieht auf seine Uhr.

»Und was soll das bedeuten?«

»Dass es eine Lösung für unsere Probleme gibt.«

Was fast zu gut klingt, um wahr zu sein. Andererseits ist es Pirlo, der das sagt. Sophie ahnt, dass sie nicht weiterfragen muss. Ganz gleich, wie viel sie nachhakt, es ist unwahrscheinlich, dass sie tatsächlich eine Antwort bekommt. Oder dass sie auch nur herausfindet, was sie von dem, was Pirlo von sich gibt, halten soll. Manchmal wirkt es, als wolle er bewusst geheimnisvoll bleiben, manchmal, als improvisiere er einfach so vor sich hin. Mit anderen Worten ist eigentlich alles wie immer. Zumindest kurz. Zumindest jetzt. Aber immerhin.

Zwischenzeitlich zwirbelt Pirlo wieder an einer Strähne. »Wir haben eine Mandatsanfrage, die sich um Fußball dreht.«

»Inwiefern?«

»Wenn ich es richtig verstehe, sollen wir ein Talent beraten, das eine Neigung dazu hat, sich in Schwierigkeiten zu bringen.«

»Aber davon verstehen wir doch gar nichts.«

Sophie bereut ihren Einwurf sofort. Wahrscheinlich ist das hier nicht der richtige Zeitpunkt für solche Feinheiten. Pirlo zuckt aber ohnehin nur mit den Schultern. »Lass mich ehrlich sein: Bis gerade eben war ich auch nicht besonders begeistert. Das, worin wir gut sind, ist Strafverteidigung. Allerdings sind wir schlecht darin, damit Geld zu verdienen. Also schlage ich vor, dass wir das alles einfach auf den Fußballbereich übertragen. Dort machen wir es dann genauso.« Er schmunzelt. »Nur eben umgekehrt.«

Sophies Finger tippen nervös auf die Tischplatte. »Ich weiß wirklich nicht, was ich dazu sagen soll.«

»Dann sag einfach ja.«

»Ja?«

Pirlo legt die Stirn in Falten. »Vielleicht sogar mit *noch* mehr Kraft und Überzeugung.«

»Also gut: Ja?«

Er wackelt mit dem Kopf. »Für mich hat sich das irgendwie immer noch nach einem Fragezeichen angehört.«

»Ich fürchte, das ist trotzdem alles, was drin ist.«

»Dann nehme ich, was ich kriegen kann.«

Da er schon wieder auf die Uhr sieht, macht sie fast reflexhaft dasselbe. Es ist zwei vor fünf. Als ihr Blick zurück zu Pirlo wandert, bemerkt sie dessen breites Grinsen – und die Welle der Erleichterung, die es bei ihr auslöst. Für einen kurzen Augenblick fühlt es sich an, als könne doch noch mal alles gut ausgehen. Als sei das hier zumindest nicht das Ende. Einfach, weil dieser Typ ist, wie er eben ist. Und weil sie deswegen ahnt, nein, weil sie *weiß*, was jetzt als Nächstes passiert.

Ein bisschen Vernunft muss trotzdem sein. »Mal angenommen, wir ignorieren, dass wir keine Ahnung von diesem Job haben …« Pirlo nickt. Sie fährt fort. »Und beschäftigen uns auch nicht damit, dass das wahrscheinlich jeder sofort bemerkt.«

»Ja?«

»Und wir würden uns tatsächlich auf diese Sache einlassen …«

»Ich ahne, dass das am Ende auf eine Frage hinausläuft.«

»Wann würde das denn losgehen?«

Pirlo antwortet nicht. Als das auch nach einer halben Minute noch so ist, erwischt sie ihn dabei, wie er vorsichtig auf seine Uhr schielt. Bei ihr selbst ist das nicht anders. Mehrere Sekunden verstreichen. Kurz darauf ist die Schweigeminute komplett. Dann, als sich schon ein kleiner fieser Zweifel auf den Weg gemacht hat, klingelt es aber doch noch an der Kanzleitür.

Sophie schließt kurz die Augen. Zum ersten Mal seit langem hat sie das Gefühl, wieder richtig durchatmen zu können. Dann besinnt sie sich darauf, welche Schritte zu ihrem Tanz gehören. Und wie das hier eben läuft.

»Entschuldige, Toni, vielleicht hast du meine Frage nicht richtig verstanden. Was ich wissen wollte, ist, wann diese neue Sache denn eigentlich losgehen würde.«

Wieder klingelt es, und Pirlo sagt: »Jetzt.«

11.

MITTELBARE HABIBI-DRINGLICHKEIT.

Im Besprechungsraum

»Serdar muss also nicht ins Gefängnis?«, fragt Hamza zum wahrscheinlich zehnten Mal.

»Nein«, antwortet Pirlo ebenso wie die neun Mal zuvor.

Das Drehbuch der letzten fünf Minuten sieht vor, dass jetzt wieder Hamza dran ist. Der hält sich auch tatsächlich daran: »Und er darf weiter Fußball spielen?«

»Natürlich.«

Hamza nickt. »Das ist gut.«

Pirlo schenkt ihm ein Lächeln. Vielleicht hilft das Hamza dabei, zu akzeptieren, dass es das Problem, das ihn in die Kanzlei geführt hat, tatsächlich gar nicht gibt. Was er dagegen nicht zwingend verstehen muss, ist, dass es dieses Problem sogar nie gegeben hat.

Es war dabei nicht übermäßig schwierig nachzuvollziehen, was bei Hamza überhaupt erst zu der entgegengesetzten Annahme geführt hatte. Beziehungsweise: wer. Wirklich sauer kann Pirlo auf Ahmid trotzdem nicht sein. Ganz im Gegenteil. Er ist zwar nicht dabei gewesen, kann sich den Zauber, den sein Bruder abgezogen hat, aber trotzdem lebhaft vorstellen.

Dein Junge steht mit einem Bein im Knast, habibi, *und dann ist nichts mehr mit Fußball, nichts mehr mit Kohle, nichts mehr mit Real Madrid!*

Was er jetzt dringend braucht, ist einen guten Anwalt, wallah, *einen für Strafrecht, weißt du? Sonst fickt der Staat deinen Jungen gewaltig, verstehst du? Du weißt doch, Wettverbote und so weiter. Die haben ihre Spitzel schließlich überall. Glaub mir, wahrscheinlich ist das schon längst auf dem Weg zur Polizei. Aber mach dir keine Sorgen, mein Freund! Ich habe einen, auf den du dich verlassen kannst. Den besten. Pures Dynamit! Der kennt jeden Richter und jeden Staatsanwalt. Die Polizei kennt er sowieso. Das ist ein Anwalt, der gewinnt jeden Fall! Versprochen,* habibi. *Das ist eine Maschine. Und jetzt kommt das Beste: Er ist mein Bruder! Also in echt jetzt! Es ist Ramzes. Du weißt schon, von früher. Mahmed, Ahmid, Ramzes. Die Söhne von Riyad. So einer ist das. Ein Khatib. Einer von uns. Nennt sich anders, weil, wegen Marketing und so. Du verstehst schon. Die Kartoffeln wollen das so. Die brauchen das halt.*

Jedenfalls musst du dorthin. Zu dem. Mach das, habibi. Yallah, yallah! *Dann kann mein Bruder vielleicht noch was drehen. Ich lege auch ein gutes Wort für dich ein, Hamza. Um auf Nummer sicher zu gehen, passe ich im Alltag auf Serdar auf. Er kann nichts mehr falsch machen. Sich auf seine Karriere konzentrieren.* Wallah, *durchstarten und so!*

Du musst dich nicht bedanken, habibi. *Ist doch eine Ehrensache. Wir geben aufeinander acht. Wir halten zusammen. Ich bin immer für deinen Jungen und dich da*!

Und so weiter.

Was Ahmid dagegen vergessen haben dürfte, sind die Details. Natürlich hat er das. Dazu gehört zum Beispiel, dass Hamza die Kanzlei nicht nur erleichtert verlassen soll, weil er sich keine Sorgen mehr um ein Problem macht, das er niemals hatte, sondern dass er gefälligst auf dem Weg zur Tür noch irgendwie einen Beratervertrag für seinen minderjährigen Sprössling abschließen soll.

Pirlo legt ein zuversichtliches Lächeln auf. Dann beugt er sich vor und berührt behutsam Hamzas zitternden Arm. »Wir werden das lösen, mein Lieber. Dieses Problem und alle anderen auch. Der Zukunft deines Jungen soll und wird nichts im Weg stehen. Schon gar nicht ein solches Missverständnis.«

Wobei Pirlo offenlässt, welches genau er damit meint. Es würde Hamza ohnehin nicht interessieren. Er scheint froh genug zu sein, endlich aufatmen zu können. Dann zieht er vorsichtig seinen Arm zurück und fährt sich mit der Hand über die Augen. Pirlo lässt ihm den Moment.

»Du weißt, warum mich das so berührt, nicht wahr? Was damals los war, oder? Wie ich mich in die Scheiße geritten habe.«

Pirlo zögert. Die Frage klingt rhetorisch. Die Antwort kennt er trotzdem nicht. Jedenfalls nicht genau.

Hamza scheint sein Zögern allerdings als eine Art stummes Nicken einzuordnen. Und als Aufforderung dazu, weiter zu erzählen. Was ja nicht ganz falsch ist. Er seufzt. »Ich war einfach jung und dumm. Und dann war da das ganze Geld.« Sein Blick sucht den Pirlos. »Du weißt, wie das ist.«

Pirlo nickt. Was Hamza meint, kann er sich allerdings nicht vorstellen. Sicher, jung war er auch mal, selbst wenn es sich anfühlt, als sei es lange her. Gerade am Morgen. Was seinen Geisteszustand anbelangt, hat er zwar einen gewissen Optimismus, zieht es aber doch vor, besser keine Umfrage durchzuführen. Schon gar nicht bei Sophie. Spätestens bei der Sache mit dem Geld ist er allerdings endgültig raus. Pirlo hat sein Studium selbst finanziert, zuerst als Kellner, später mit journalistischen Gelegenheitsarbeiten und dann, endlich, mit einem Job am Strafrechtslehrstuhl von Werner Arland, der sich im Lauf der Jahre von einem fordernden Chef zu einem echten Mentor entwickelte. Was hier und jetzt natürlich alles keine

Rolle spielt. Die Bühne gehört Hamza und dem Grund dafür, dass er sich schon wieder an den Augen herumfingert.

»Wahrscheinlich kennst du die Berichte sowieso alle.«

Pirlos Miene bleibt unbewegt. Gerade hat er sich noch einigermaßen überfahren gefühlt und sich über sich selbst geärgert. Sophie hätte vor einem solchen Gespräch mit Sicherheit alles gelesen, was man im Internet über Hamza finden kann. Zwischenzeitlich hat Pirlo allerdings geschnallt, dass seine schweigende Zurückhaltung völlig genügt. Hamza wird ihm sowieso erzählen, wie er sich in die Scheiße geritten hat. Und was danach geschah. So läuft das in dieser Art Gespräch nun mal.

Dann geht es auch schon los.

12.

WIE SICH HAMZA IN DIE SCHEISSE GERITTEN HAT.

Zum Ausschneiden und Lernen. Wenn man das will.

Du bist jung, und du bist naiv. Alle kennen dich. Jeder ist dein bester Freund. Das ist keine gute Mischung.

Als mich der Trainer das erste Mal in der Bundesliga eingewechselt hat, war ich achtzehn Jahre alt. Ich habe Maurizio Gaudino ersetzt, 1998 war das, irgendwann im April. Bochum war mitten im Abstiegskampf, und man hat einfach noch einmal alles probiert. Dazu gehörte es, die Jungen ins kalte Wasser zu werfen. Zum Beispiel mich.

Mein Durchbruch kam im zweiten Spiel. Dann aber gleich richtig. Wir haben zwar gegen Köln verloren, aber ich habe es mit zwei Toren noch einmal spannend gemacht. Im *kicker* hieß es danach, dass Bochum möglicherweise die Vergangenheit hinter sich habe, die Zukunft aber schon vor der Tür stehe. Und diese Zukunft, das war ich. Damit muss man erst mal klarkommen. Ich weiß nicht, ob ich das überhaupt ernsthaft versucht habe. Ich weiß nur, dass es mir nicht gelungen ist.

Über Nacht kannte mich jeder. Wohin ich kam, warteten die Schulterklopfer auf mich. Hätte es damals schon Smartphones gegeben, wäre ich wahrscheinlich an einem Abend tausendmal fotografiert worden. Eventuell hätte man dann mehr gesehen, mit wem ich mich umgeben habe. Vielleicht wäre es auch mir selbst aufgefallen.

Natürlich habe ich das alles genossen. Die Aufmerksamkeit. Und wie auch nicht? Rechts und links herrschte zwar allgemeine Weltuntergangsstimmung. Mich fanden die Leute allerdings gut.

Durch den Vertrag gab es plötzlich die Aussicht auf eine Menge Geld – und damit auch auf eine Menge Möglichkeiten. Leider.

Die Masche ist sehr einfach: Du least ein Auto. Nicht irgendeines natürlich, sondern einen Porsche. Einen Ferrari. So etwas eben. Der Autohändler kennt dich. Er hat über deinen Vertrag gelesen. Du kannst ihn sogar vorlegen. Deine Bonität ist damit bekannt. Sicher, du hast erst seit ein paar Wochen den Führerschein. Bis vor kurzem bist du mit dem Fahrrad zum Training gefahren. Trotzdem steht dann diese Kiste vor dir. Alle finden sie gut. Alle finden *dich* gut. Und fast jeder hat eine Idee, was du jetzt machen solltest.

Kurz darauf war das erste Auto weg. Ich weiß es noch genau. Es war ein Ferrari, der aus einem Parkhaus gestohlen worden war. Zumindest habe ich das so bei der Polizei erklärt. Damit ging es erst richtig los. Ich schien geradezu vom Pech verfolgt zu sein. Wann immer ich irgendetwas Neues geleast hatte, schlug das Schicksal schon wieder zu.

Spätestens, als mir ein Händler kurz vor der Sommerpause keinen neuen BMW überlassen wollte, hätte ich wahrscheinlich misstrauisch werden können. Okay, ich hätte es *müssen*. Nachdem meine neuen Freunde einen Haufen Theater veranstaltet haben, habe ich das Auto am Ende natürlich trotzdem bekommen. Zwei Wochen später war es dann auch schon wieder verschwunden.

Wahrscheinlich muss ich dankbar dafür sein, dass sie mich die Hinrunde haben zu Ende spielen lassen, ehe sie mich vorgeladen haben. Dann ging es Schlag auf Schlag. Irgendwer hatte angeblich ausgepackt und die Anklage sich von selbst geschrieben. Der Inhalt hatte es in sich: Beihilfe zu mehreren Fällen von besonders schwerem Versicherungsbetrug, außerdem Vortäuschung einer Straftat.

Die Geschichte war schnell erzählt: Der Türkenjunge, dem der Erfolg zu Kopf gestiegen war. Ein Umfeld, das sich nicht dafür interessierte, dass er es dauerhaft im Profifußball packen könnte, wenn gleichzeitig auch kurzfristige Kohle auf dem Tisch lag. Amateurhafte Entscheidungen von amateurhaften Leuten.

Nach einem Doppelpack in der zweiten Liga war ich abends zu Gast im *Sportstudio*, eine Momentaufnahme im Sinne von: *Er ist ganz gut, aber was kommt als Nächstes?* Tatsächlich war das für mich der Knast. Als ich aus dem Studio kam und die Polizisten sah, wusste ich, dass es vorbei war. Nicht nur dieser Taumel mit den vielen neuen Freunden. Der mit den Autos. Sondern einfach alles.

Das Urteil war fair. Zwei Jahre Jugendstrafe auf Bewährung. Der VfL hat mich trotzdem vor die Tür gesetzt. Woanders bin ich immer mit der Hypothek angetreten, dass ich nicht nur kriminell war, sondern wahrscheinlich auch zu blöd und vor allem zu unprofessionell. Jemand, der schlechte Entscheidungen trifft. Der kein gutes Umfeld hat. Der Unruhe reinbringt und den man nicht in der Mannschaft haben will.

Ich habe nie wieder in der Bundesliga gespielt. Sicher, mal hier, mal da in den unteren Ligen, ein Jahr in Serbien und eines auf Zypern. Das war nicht alles schlecht. Am Ende hat die Kohle für einen Gemüseladen gereicht. Aber was wäre drin gewesen?

Was?

Entschuldige meine Tränen.

Aber es darf nicht nochmal passieren. Nicht bei Serdar. Nicht, solange ich ein Wort mitsprechen kann. Weil ich ganz genau weiß, wie man sich in die Scheiße reitet. Und was man daraus lernen kann.

13.

HAIFISCHFRAGEN.

Im Besprechungsraum

Hamza fährt sich noch einmal über die Augen. Pirlo wartet ab. Er hat gerade keine Eile. Immerhin versteht er mittlerweile besser den Druck, unter dem sein Gegenüber steht. Und erst recht dessen Sohn.

Spätestens jetzt fühlt sich Pirlo auch darin bestätigt, dass die Entscheidung richtig war, das erste Gespräch mit Hamza allein zu führen. Vor Sophie wäre diesem seine Rührung wahrscheinlich eher peinlich gewesen. Umgekehrt wäre Pirlo selbst wahrscheinlich nicht gerade vor Glück geplatzt, wenn Hamza ihn in ihrer Anwesenheit mit einem falschen Namen – seinem richtigen – angesprochen hätte.

Ahmid hatte er dagegen schon im Krankenhaus ausgeladen. Am Ende hatten seinem Bruder noch nicht einmal die traurigen Augen ihrer Mutter helfen können. Er musste sich damit begnügen, dass er das Gespräch zwischen Pirlo und Hamza *überhaupt* erzwungen hatte. Etwas anderes konnte er einfach nicht verlangen.

Zwischenzeitlich hat sich Hamza gefangen. »Danke, Ramzes«, sagt er und drückt noch einmal Pirlos Hand.

»Gern.«

Pirlo registriert erleichtert, dass sich Hamza aufsetzt und den Rücken durchdrückt. »Was schulde ich dir?«

»Nichts.« Pirlo hebt die Hände. Er meint es wirklich so.

»Du weißt, dass ich das so nicht annehmen kann. Mein Junge verdankt dir, dass er weiter seinen Traum verfolgen kann.«

»Ich werde kaum etwas für ihn tun müssen.« Oder besser: gar nichts.

Hamza wird ernst. »Das spielt keine Rolle, Ramzes. Du warst da, als wir dich gebraucht haben.« Er klopft sich auf die Brust. »Das werden wir dir nie vergessen. In mir hast du einen Freund für das ganze Leben.«

»Danke.« Mehr fällt Pirlo nicht ein. Im Reden war er zwar schon immer gut. In dieser ganzen Pathosgeschichte dagegen eher weniger.

Jetzt ist es Hamza, der nach Pirlos Arm greift. »Ich meine das ernst. Wann immer ich etwas für dich machen kann, bin ich da. Sag dann nur ein Wort, und es wird mir eine Ehre sein.«

Dass Pirlo noch einen Moment zögert, liegt mehr daran, dass das der Anstand gebietet, als daran, dass er wirklich etwas abwägen müsste. Er hat schließlich nicht nur keine Wahl, sondern kann auch noch mehrere Fliegen mit einer Klappe schlagen. Wenn Hamza dem Vorschlag, den er ihm gleich macht, folgt, ist er zum Beispiel diese Ehrensache losgeworden. Und Pirlo seinen Bruder.

»Vielleicht gibt es doch etwas, das du tun kannst, Hamza.«

Dessen Miene hellt sich auf. »Jederzeit.«

»Vielleicht kann ich dabei aber auch etwas für *dich* tun.«

»Wie meinst du das?«

Pirlo räuspert sich. »Eine Kleinigkeit vorab.«

»Ja?«

»Ich ahne, dass du es seltsam findest, meinen Anwaltsnamen zu verwenden.«

»Dr. Pirlo?«

»Genau.«

»Er ist nicht echt, oder?«

»Der Doktortitel schon. Der Name nicht.«

Pirlo beginnt an seinen Haaren zu drehen. Er ist die Kulturverleugnungsdebatte hinreichend gewohnt. Umso mehr ist er überrascht, dass sie ausbleibt.

»In Ordnung«, sagt Hamza einfach nur.

»Wirklich?«

»Klar. Ich verstehe schon, warum du das so machst. Die Deutschen sind komisch.«

Was Pirlo einfach mal so stehen lässt. Zumal da ja auch noch was anderes ist. »Jetzt zu dem, was mir eigentlich am Herzen liegt: Hamza, ich sage es dir, wie es ist: Die Bundesliga ist ein Haifischbecken.« Wie ja manche sagen.

Hamza nickt.

»Aber Serdar ist kein Hai.«

Wieder ein Nicken, wenn auch diesmal etwas zögerlicher.

Pirlo schenkt Hamza ein Lächeln. »Versteh mich nicht falsch, Serdar ist bestimmt ein guter Junge. Er ist aber auch ein kleines bisschen naiv.«

Er sieht, wie Hamza zum Widerspruch ansetzt. Das muss er auch tun. Pirlo hat seinen Sohn angegriffen. Die Gegenwehr ist da quasi vorinstalliert.

»Du weißt, dass ich recht habe, mein Lieber«, kommt ihm Pirlo zuvor. »Führ dir einfach mal vor Augen, wo wir uns unterhalten. Und warum.«

Was dann tatsächlich für Ruhe sorgt. Die Vernunft schlägt das Prinzip. Zumindest manchmal.

»Wir sind uns einig darin, dass es so nicht weitergehen kann«, fährt Pirlo fort. »Die Aufmerksamkeit, die Serdar erfährt, ist jetzt schon groß. Was meinst du, wie das zunimmt, wenn dein Junge in der nächsten Pokalrunde noch mal so performt? Eines kann ich dir versprechen, Hamza: Der Druck wächst dann schnell. Die Reife deines Sohnes *kann* damit einfach nicht Schritt halten.«

»Aber was soll ich tun?«

Pirlo verharrt kurz und streicht sich über den Bart. Es wirkt, als müsse er sich sammeln. Genau genommen stimmt das auch. Das hier ist etwas anderes als ein Plädoyer. Was er gewinnen will, ist nicht irgendein Fall, sondern erst großes Vertrauen und dann einen Vertrag, der genau das abbildet. Für Ahmid. Damit er selbst seine Ruhe hat. Klar ist: Die Lage ist kompliziert. Klar ist aber auch: Langes Nachdenken macht das hier auf keinen Fall besser.

»Ich denke, du solltest die Beratung deines Sohnes in Hände geben, auf die du dich verlassen kannst, zu Menschen, die ihn kennen, die wissen, wo er herkommt, was ihn beschäftigt, was er wirklich will, die seine Eltern respektieren, die sich über seine Stärken freuen, aber auch seine Schwächen verstehen.«

Hamzas Blick ist gleichzeitig skeptisch und hoffnungsfroh. Was so seltsam aussieht, wie es klingt. »Aber wo nehme ich so jemanden her?«

Pirlo verzieht den Mund. Ein bisschen unangenehm ist ihm das hier schon. Dann gibt er sich aber einen Ruck und sagt einfach, was zu sagen ist: »Hat dir Ahmid eigentlich erzählt, dass er erst vor kurzem eine Agentur gegründet hat?«

»Was denn für eine?«

»Eine für Sportler.«

»Auch Fußballer?«

»Gerade solche.«

Hamza schüttelt den Kopf. »*Wallah*! Das hätte ich nicht gedacht! Er hat auch nichts davon gesagt.«

»Ahmid ist sehr bescheiden«, antwortet Pirlo. An Hamzas Blick fällt ihm auf, was er da gerade gesagt hat. »Jedenfalls manchmal. Dann, wenn es um solche Sachen geht.«

Hamza senkt die Stimme. »So oder so bin ich überrascht. Ich dachte immer, Ahmid sei eher, na ja, du weißt schon …«

Pirlo nickt. Für das Ende von Hamzas Satz gibt es viele Möglichkeiten. Wahrscheinlich ist keine von ihnen ganz falsch. Es bringt sie hier aber auch keine davon wirklich weiter.

»Bei dieser Beratungsgeschichte ist Ahmid jedenfalls total engagiert.« Zumindest in diesem Moment, in dem er sich dafür interessiert. »Er hat sich schlaugemacht, kennt alle Regeln und Gepflogenheiten und hat einen Überblick über alles, was man wissen und beachten muss.«

Hamza wirkt noch nicht überzeugt. »Es überrascht mich trotzdem. Ich meine, hat er tatsächlich eine Ahnung von diesen Vertragssachen und so?« Seine Skepsis ist überdeutlich. Genauso wie das, was Pirlo jetzt zu sagen hat.

»Für solche Fragen hat er einen kompetenten Partner.«

»Wen denn?«

»Mich.«

14.

KANN SEIN.

Nach einer Viertelstunde

Nach einer Viertelstunde wagt sich Sophie in den Besprechungsraum. Hamza ist zwar schon vor einer kleinen Weile gegangen. Pirlo ist allerdings noch nicht wieder aufgetaucht. Als Sophie den Raum betritt, hängt er immer noch in den Seilen.

»Alles in Ordnung?«

»Sicher.« Er ringt sich ein müdes Grinsen ab. »Alles viel zu einfach.«

»Brauchst du noch einen Moment für dich?«

Er stemmt sich in die Höhe. »Ach was. Passt schon. Ich bin nur noch nicht komplett in Hochform.«

»Wäre ich nie drauf gekommen.«

»Ich ahne es. Deshalb habe ich es gesagt.«

Sophie lacht. Dann klopft wieder die Neugier an. »Also, was war das hier gerade?«

»Der Besuch?«

Sie verdreht die Augen. »Natürlich der Besuch. Der ominöse Fußballtermin, der dann doch ohne mich stattgefunden hat. Komm schon, spann mich nicht so auf die Folter! Wen hast du getroffen?«

»Den Vater eines vielversprechenden Talents.«

»Was wollte er?«

»Wahrscheinlich einfach nur seine Ruhe.«

Sie schmunzelt. »Und was hat er bekommen?«

»Das weiß ich noch nicht genau. Wenn alles klappt, jedenfalls einen neuen Spielerberater.«

»Wen denn?«

Pirlo fährt sich durch die Haare. »Mich.« Es ist dasselbe Wort zum zweiten Mal. Diesmal klingt es nur sehr viel besser. Auch, weil es sich so anfühlt.

Kurz überlegt Sophie noch, was sie davon hält. Dann zuckt sie aber einfach nur mit den Schultern.

»Ich dachte, dass dich das mehr beschäftigen würde.«

»Inwiefern?«

»Vor ein paar Wochen hättest du mir jetzt wahrscheinlich einen Vortrag darüber gehalten, dass wir mit so etwas unsere Kanzleiidentität verraten, dass uns dafür die Qualifikation fehlt und dass wir uns, verdammt nochmal, darum kümmern sollten, unser Kerngeschäft aufzubauen.«

»Kann sein«, antwortet sie lapidar. »Aber da waren wir auch noch nicht pleite.«

15.

ZIGARETTEN UND BRATWURST.

Bei der Eintracht

Zwei Tage später ist Pirlo im Stadion. Die Luft riecht nach Zigaretten und Bratwurst. Eintracht Düsseldorf spielt gegen Union Solingen. Die Atmosphäre ist dicht, die Luft vibriert. Daran kann noch nicht einmal das Viertligagebolze auf dem Rasen etwas ändern. Trotz des überschaubaren Tempos und einer beidseitig bedrückenden Torlosigkeit sitzt Serdar Tuncay bei der Heimmannschaft Mitte der zweiten Hälfte noch auf der Bank. Was an Hamzas Nerven zehrt. Und zwar deutlich. Vorhin hat er immerhin noch vor sich hingemurmelt und an den Fingernägeln geknabbert. Seit einer Weile beschränkt er sich allerdings darauf, auf einer der Sitzbänke der einzigen Stadiontribüne katatonisch vor sich hinzukauern und mit einem wilden Mix von Wut und Beschwörung die Trainerbank zu fixieren.

»Serdar kommt bestimmt noch auf seine Minuten«, sagt Pirlo, schon um das allgemeine Herzinfarktrisiko zu mindern.

»Ich glaube, der Trainer setzt ihn ganz bewusst nicht ein!«

Ohne aufzusehen, nimmt Hamza eine kleine Mineralwasserflasche an, die Ahmid ihm von der Seite gereicht hat. Die Finger klackern nervös über eine *Misbaha*-Kette. Sein Blick klebt auf dem Spielfeld. Es ist schwer zu sagen, was er sich mehr wünscht, dass endlich ein Tor für die Heimelf fällt oder dass das gerade *nicht* passiert und daher Serdar eine Chance im Angriff bekommt. Pirlo nippt an einer Apfelschorle und beobachtet seine neue Bekanntschaft. Wahrscheinlich ist es die zweite Alternative. Er kann das sogar nachvollziehen.

Über Hamzas Schulter fällt sein Blick auf Ahmid, dessen Nervosität, falls das überhaupt möglich ist, sogar noch größer ausfällt. Das wiederum liegt weniger am Spielgeschehen als an Pirlo, der seinem Bruder klargemacht hat, dass er für genau *diesen* Tag und genau *dieses* Gespräch mit Hamza zur Verfügung steht. Nicht weniger, aber auch ganz bestimmt nicht mehr. Dazu hat ihn Sophies Nachricht über die finanzielle Lage der Kanzlei viel zu sehr erschüttert. Auch wenn er das nicht zeigen konnte und wollte. Natürlich nicht.

Im Krankenhaus waren seine Gedanken vor allem darum gekreist, wie es mit Sophie und ihm weitergehen würde, sei es in der Kanzlei, sei es außerhalb. Jetzt ist allerdings noch nicht einmal klar, ob es *überhaupt* eine gemeinsame Zukunft gibt. Und zwar ganz gleich, welcher Art.

Klar ist: Wenn sie *Recht.Schaffen* retten wollen, brauchen sie dringend neue Umsätze. Klar ist auch: Wenn es einfach wäre, das zu erreichen, hätten sie es schon getan. Kein Wunder also, dass seine Gedanken rasen. Trotzdem steckt er die Anspannung leichter weg als sein Bruder. Zumindest nach außen hin.

»Ich bin sicher, dass Serdar noch reinkommt und richtig was zeigt!«, brüllt Ahmid in Hamzas Richtung. »Der Junge hat ein riesiges Potenzial. Mit einer guten Beratung kann er absolut alles erreichen!«

Was ungefähr nichts mit nichts zu tun hat. Ganz blöd ist Ahmid allerdings auch nicht. Seit ihn Pirlo quasi aus Versehen bei einer Wirtschaftsvorlesung in der Uni dabeihatte, ist ihm klar, dass sein Bruder ein erstaunliches Verständnis für diesen

Bereich hat, mag es auch eher instinktiv als wissensgestützt sein. Aktuell scheint Ahmid jedenfalls fest entschlossen, alles auf den Ankereffekt zu setzen. Wann immer im Spiel etwas passiert – und zwar egal, was –, weist er darauf hin, dass Serdar eine große Zukunft hat. Und eine gute Beratung braucht. Wahrscheinlich würde selbst das Unterbewusstsein eines Kampfmönchs gegen diese Dauerbeschallung irgendwann einknicken. Bei Hamza, dessen Nerven flattern, gilt das erst recht.

»Meinst du wirklich?«, schreit er zu Ahmid zurück.

»Total, *habibi*! Der Junge ist eine Granate. Er hat eine große Zukunft. Mit einer guten Beratung kann er alles erreichen!«

Pirlo registriert, dass Hamza nickt. Die Reaktion ist auf jeden Fall willkommen. Was er dann sagt, allerdings nicht. »Ich denke, ich muss darüber wirklich mal mit Herrn Merkert sprechen.«

»Herr Merkert?« Ahmids Stimme klingt so alarmiert, wie Pirlo sich fühlt.

Hamzas Blick klebt auf dem Rasen. »Bisher hat er sich immer um Serdar gekümmert.«

»Bei dem, was uns verbindet, hat das ja nicht besonders gut geklappt«, motzt Ahmid.

Hamza hört ihm allerdings schon gar nicht mehr zu. Serdar wird eingewechselt. Das ist jetzt wichtiger. So, wie es Hamza aus dem Sitz katapultiert, als sein Sohn den Rasen betritt, ist es sogar wichtiger als *überhaupt* alles andere. Unmittelbar danach pfeift der Schiedsrichter die Partie zwar ab. Hamzas Augen leuchten aber trotzdem.

»Das war Serdars vierter Einsatz in dieser Saison. Trotzdem ist dieser Bartels ein Trottel, wenn er ihn nicht früher bringt. Aber na ja, in der Statistik steht trotzdem ein ganzes Spiel mehr. Wenn Serdar bis zum Winter noch ein paar davon sammelt, hat er seinen Marktwert mindestens verdoppelt.«

»Klar«, setzt Ahmid darauf lässig auf, und Pirlo kann schon fast mitsummen, was jetzt kommt. »Der Junge hat einfach ein riesiges Potenzial. Mit einer guten Beratung kann er absolut alles erreichen!«

Und wer weiß: Vielleicht hat er ja sogar recht.

16.

LE CLUB, C'EST LUI.

Nach dem Spiel

Im Vereinsheim dauert es keine zehn Sekunden, bis Pirlo klar ist, wo er in der Hierarchie steht. Und dass ihn das nicht glücklich macht. Alles, was es dafür braucht, liefert der kleine, haarlose, drahtig-sportliche Mittfünfziger, der Hamza an seine schmale Brust drückt, um ihn heftig zu begrüßen. Die direkt daneben stehenden Pirlo und Ahmid ignoriert er dagegen geflissentlich. Wobei Pirlo das Ausbleiben des Brustschmusens ganz bestimmt nicht vermisst. Die Begrüßung dagegen schon.

»Mein Name ist Anton Pirlo«, grummelt er von der Seite, während der Drahtige Hamza, den Arm um dessen Schultern gelegt, zu einem Stehtisch entführt, auf dem, neben einem Wimpel des Vereins, Salzstangen, Flips, Cola-, Bier- und Mineralwasserflaschen warten. Als verspielte Krönung stapeln sich auf einem Pappteller ein paar Laugenbrezeln. Das Viertligagedeck. Premiumversion.

»Freut mich, Sie kennenzulernen.« Der zweite Teil von Pirlos Vorstellungssatz verendet genauso kümmerlich im leeren Raum wie seine dazu ausgestreckte Hand. Als sich Pirlo klar darüber wird, dass sich tatsächlich niemand für ihn interessiert, bleibt ihm nichts anderes übrig, als sich ein inneres Schulterzucken abzuringen und Hamza hinterherzudackeln. Die Alternative wäre allenfalls der wütende Aufbruch gewesen.

Das aber kommt nicht in Frage. Bisher hat Hamza keinen Vertrag unterschrieben. Pirlos Job ist hier also noch nicht getan.

Neben ihm trottet Ahmid ebenfalls Hamza und dessen neuem bestem Freund nach. Als sich Pirlo und er zu den anderen an den Stehtisch gesellen, treten die vor Überraschung aufgerissenen Augen und das überherzliche Lachen des kleinen Haarlosen miteinander in einen harten Unaufrichtigkeitswettstreit.

»Na, so was, wir bekommen also Gesellschaft!«

»Hallo«, brummt Pirlo. Viel Mühe und ein Blick auf Ahmid tragen dazu bei, dass es dabei bleibt. Kein zynischer Kommentar. Keine fiese Spitze. Einfach nur das. Hallo. Alles andere wäre angesichts der rot blinkenden Eskalationslampe über Ahmids Kopf gerade nicht vertretbar, zumal nicht klar ist, ob der Typ vor ihnen sie genauso deutlich sehen kann wie Pirlo. Und ob er auch nur eine Vorstellung davon hat, was passiert, wenn Ahmid den Hebel zum Wutkaltstart umlegt. Was es stattdessen braucht, ist verdammt höfliche Diplomatie. Die klingt dann so: »Mein Name ist Anton Pirlo. Freut mich, sie kennenzulernen.« Was soll er auch sonst sagen? Wieder wandert dazu brav die Hand nach vorn. Diesmal wird sie sogar geschüttelt.

»Merkert«, stellt sich der andere vor. »Joachim Merkert. Dr. Joachim Merkert, um genau zu sein, aber den Doktortitel können Sie natürlich gern weglassen, junger Mann.« Was eine perfekte Art ist, mitzuteilen, dass man einen akademischen Grad hat. Und dass man ein Vollidiot ist. Falls es Merkert genau darauf angekommen sein sollte, hätte das jedenfalls ganz hervorragend geklappt.

»Herr Merkert ist der Manager der Eintracht«, erklärt Hamza.

»Na, das ist wahrscheinlich etwas hoch gegriffen«, widerspricht Merkert gönnerhaft und ein klein bisschen zu laut. Möglicherweise hat er während des Spiels auch schon etwas zu ehrgeizig am Bier genascht. Dann zwinkert er Pirlo zu. »Ich kümmere mich neben dem Alltagstrubel in dem von mir geleiteten IT-Unternehmen aus Leidenschaft für den Verein, für den ich selbst schon als Jugendlicher gekickt habe, um ein paar Angelegenheiten, das, was gerade so ansteht, ein, zwei Verträge hier, drei vier Sponsoren dort, Presseanfragen, *public relations*, den ganz normalen Wahnsinn eben.«

Bevor Pirlo etwas dazu sagen kann oder für ihn erkennbar ist, ob er etwas dazu sagen *soll*, wendet sich Merkert schon wieder Hamza zu, den er freundlich in die Seite knufft. »Vor allem kümmere ich mich aber um unsere großartigen Nachwuchsstars. Und dir habe ich deswegen in den letzten paar Wochen schon hundertmal gesagt, dass ich für dich der Jo bin.«

»Richtig.« Hamza lächelt schmal. »Entschuldige, Jo.«

»Nichts für ungut, mein Lieber!« Merkert lacht, als habe Hamza einen ganz phantastischen Witz gerissen. Dann beißt er in eine der Brezeln und deutet, während er kaut, mit dem Rest auf Ahmid und Pirlo. »Und wer sind die beiden?«

»Das sind Freunde meiner Familie«, antwortet Hamza. »Die beiden haben angeboten, Serdar künftig als Berater zu unterstützen.«

»Ach, so ist das«, bemerkt Merkert spitz. Der ganze wilde Enthusiasmus hat sich von jetzt auf gleich verabschiedet. Stattdessen verengen sich die Augen.

»Und darf ich fragen, was Sie zu einer so anspruchsvollen Tätigkeit befähigt? Ich dachte immer, ich kenne die wesentlichen Player im Beratermarkt rund um die Eintracht. Von *Ihnen* habe ich allerdings noch nie etwas gehört.«

»Wir sind neu im Geschäft.« Ahmid kommt Pirlo zuvor. »Unsere Agentur ist gerade erst entstanden, entwickelt sich aber schon absolut vielversprechend.«

»Ich wette, dass das so ist.« Merkert mustert Ahmid von

oben bis unten. Pirlo ahnt, was er sieht, hofft aber einfach, dass Merkert schlau genug ist, das nicht auch auszusprechen. Und in der Tat ist es genau so. Stattdessen wendet er sich mit Hamza wieder demjenigen zu, der hier tatsächlich wichtig ist. Jetzt vielleicht sogar noch mehr als zuvor.

»Dein Sohn ist womöglich das größte Talent, das die Eintracht in den letzten zehn, vielleicht sogar den letzten zwanzig Jahren hatte, Hamza!« Wieder wandert der Arm gönnerhaft auf die Schultern. »Und hier ist er genau zur richtigen Zeit am richtigen Ort. Mit knapp sechzehn lässt ihn sonst kaum mal eine erste Mannschaft mittrainieren. Das habe ich aber natürlich längst mit dem Michael für euch geregelt. Nur so kann Serdar schließlich auf wertvolle Spielminuten kommen. Wir machen das hier schon ganz richtig, Hamza, dass wir Serdar behutsam aufbauen und ihn damit für die großen Aufgaben vorbereiten, die bald kommen. Ganz klar, mein Freund: Zusammen können wir für und mit Serdar Großes erreichen!« Dann wandert der Zeigefinger nach oben. »Zumindest dann, wenn dein Junge im Kopf vernünftig bleibt und sich nicht mit den falschen Leuten umgibt.«

Er müsste dabei wahrscheinlich noch nicht einmal demonstrativ zu Ahmid und Pirlo schauen. Merkert winkt hier schließlich nicht nur mit dem Zaunpfahl. Er haut ihn vielmehr allen Anwesenden mit Karacho vor den Latz. Dass sein Blick überdeutlich erkennen lässt, wen er meint, zeigt für Pirlo nur, wie sicher er sich hier, in seinem Stadion, im Sattel fühlt. Und wie scheißegal ihm die beiden Neuen darum eigentlich sind.

Als gäbe es daran noch irgendwelche Zweifel zu zerstreuen, fügt er näselnd hinzu: »Wissen Sie, ich leite die Geschicke dieses Vereins jetzt bereits seit fast fünfundzwanzig Jahren. Ich war bei Eintracht Düsseldorf schon in so gut wie jeder Funktion unterwegs, erst als Spieler, dann als Trainer, später als

Funktionär und Manager. Herrgott, ich war hier sogar mal der Kassenwart, und wenn mich der Schmitzi nicht davor bewahren würde, dann wäre ich hier wahrscheinlich sogar der verdammte Vereinsvorsitzende. Was ich damit sagen will: Der Verein und ich, wir gehören zusammen. *Le club, c'est moi*, verstehen Sie?« Er beißt noch einmal in seine Brezel. Merkert hat jetzt Zeit. Er redet. Der Rest schweigt und lernt. So läuft das nämlich hier.

»Und mir ist vollkommen klar, was Sie jetzt denken. Gehen Sie mal nicht davon aus, dass Sie es hier mit einem Blinden zu tun haben. Ganz im Gegenteil sogar, meine Herren, ganz im Gegenteil!« Sein Zeigefinger schnellt in die Höhe. Der Mund ist zwar immer noch ein bisschen voll. Merkert ist aber auch in Fahrt. »Mit solchen wie Ihnen habe ich schon lange gerechnet. Ja, da schauen Sie, was! Aber denken Sie nicht, dass mir nicht die ganze Zeit klar war, was für ein *Juwel* wir hier mit Serdar im Verein haben. Wen ich unter meinen Fittichen habe, den kenne ich in- und auswendig, und bei dem Serdar ist das sogar noch vor allen anderen so. Den habe ich hier nicht nur in der Nachwuchsmannschaft entdeckt und dem Trainer, dem Michael, empfohlen, den habe ich in den Gesprächen, die ich mit ihm hatte, erst richtig *geformt*. So war das nämlich!« Merkert senkt die Stimme und kommt einen Schritt näher. »Und genau deshalb gehört der Junge zu mir.« Als ihm selbst aufzufallen scheint, was er da sagt, wendet er sich kurz an Pirlos Nebenmann. »Nichts für ungut, Hamza, du weißt, wie ich das meine. Um Serdars Gegenwart haben wir uns alle verdient gemacht. Was seine Zukunft anbelangt, soll und wird er sich allerdings neben dir nur auf mich verlassen. Dass das mal klar ist.« Merkert strafft sich. Die Grundsatzansprache steuert auf ihr Finale zu. »Dass das ein Rohdiamant ist, das weiß hier heute jeder. Und warum ist das so? Na? Eben: Weil ich es gesagt habe. Und zwar von Anfang an. Schmitzi, habe ich gesagt, Schmitzi, hier haben wir einen, der erreicht für Eintracht Düsseldorf noch ganz große Dinge – und danach sehen wir den eines Tages sogar in der Bundesliga!«

»So ist das, Jo, ganz genau so«, ergänzt ein massiger Mann mit perfekt sitzendem, braunem Anzug und grau schimmerndem Haarkranz, der neben Merkert aufgetaucht ist, vielleicht, weil er hier sowieso gerade die Runde dreht, vielleicht auch, weil sein Name genannt wurde.

»Schmitz«, stellt er sich vor und reicht Pirlo und Ahmid die Hand, »Roland Schmitz. Nennen Sie mich aber gern einfach Schmitzi. Das macht hier jeder.«

»Schmitzi ist der Präsident der Eintracht«, erklärt Hamza.

»Freut mich«, antwortet Pirlo.

»Hallo«, knirscht Ahmid.

Dass sich Pirlos Nackenhaare aufstellen, liegt dabei weniger an dem Ton, den sein Bruder anschlägt, als an der Stimmung, die dabei mitschwingt. An der Ahmid-Atmosphäre. Das ganze Kunstwerk steht kurz vor dem Kipppunkt. Was ein guter Grund ist, langsam mal auszuchecken. Weiter kommen sie hier heute ohnehin nicht. Immerhin das hat Pirlo zwischenzeitlich klar verstanden.

»Wir müssen leider auch schon wieder los«, erklärt er daher. »Sie wissen ja, wie das ist.« Er legt das falscheste aller Gute-Laune-Gesichter auf. Schließlich will er Merkert da abholen, wo der sich am wohlsten fühlt. »Auch am Wochenende arbeitet man selbst und ständig.«

Pirlo lacht. Merkert lacht noch mehr. Beide halten sich zweifellos für ausgemachte Arschlöcher.

Eine Überraschung gibt es allerdings trotzdem noch. »Ich komme mit«, sagt Hamza.

»Wie jetzt, du willst doch nicht tatsächlich schon gehen?«

Pirlo kann Merkerts Entsetzen nachvollziehen, selbst wenn er sich natürlich auf sämtlichen Ebenen darüber freut.

Hamza hebt entschuldigend die Arme. »Ich habe die beiden heute mitgebracht. Sie sind meine Gäste. Dann begleite ich Sie auch nach Hause.«

»Aber heute hat dein Junge ein paar wertvolle Minuten gesammelt und den Sieg mit nach Hause bringen können. Darauf sollten wir doch anstoßen!«

Hamza zeigt sich allerdings unerbittlich. »Ich bitte euch um Verständnis, meine Freunde. Für mich gehört sich das so.«

Weswegen er nach einigen umständlichen Schulterklopfern sogar wirklich gehen darf.

Draußen, vor dem Vereinsheim, ist es Hamza, der mit dem Umarmen anfängt. Dass der erste Anlauf Ahmid gilt, zeigt Pirlo, wie umsichtig er ist. Und wie bedacht. Sollte er das auch nur im Ansatz an Serdar weitergegeben haben, muss man sich um den Jungen wahrscheinlich wenige Sorgen machen.

»Sei nicht enttäuscht, Ahmid«, sagt Hamza dann tatsächlich auch noch. »Es freuen sich hier eben alle sehr für Serdar, der Jo, der Schmitzi und natürlich auch der Juri.« Woraufhin er mitten in der Bewegung verharrt. »Mensch, der Juri! Von dem habe ich mich gar nicht verabschiedet!«

»Wer ist das denn?«

»Na, der Juri, der Hauptsponsor! Kennt ihr den denn nicht?«

Scheiße. Es ist nicht gut, wenn Hamza den Eindruck hat, dass Pirlo und Ahmid keine Ahnung haben. Schon, weil es stimmt.

»Juri von …«, fischt Pirlo ganz langsam.

»Von Wawriczek-Waschanlagen natürlich«, ergänzt Hamza in der Tat schwungvoll. Immerhin.

»Klar«, strahlt Pirlo.

»Kennt man«, bekräftigt Ahmid.

»Na, jedenfalls muss ich dem noch kurz hallo sagen – und tschüss gleich mit, wenn ihr versteht, was ich meine.«

»Total.«

»Absolut.«

Was man halt so sagt. Außerdem das hier: »Ich komm mit.« Pirlo wendet sich an Ahmid, der aber direkt nickt.

»Lass mich den Wagen holen.«

Womit es sich ausnahmsweise mal auszahlt, dass sie als Geschwister wissen, was der andere denkt. Zumindest jetzt gerade. Wenn Hamza allein losgeht, wird man ihn oben nicht mehr gehen lassen. Wenn nicht einer unten wartet, wird man, um ihn dazubehalten, sogar in den sauren Apfel beißen, seine Begleitung zu ertragen. Pirlo *weiß* einfach, dass das auch Ahmid klar ist. Es mag ein seltener Lichtblick sein. Hier gibt es ihn aber tatsächlich mal.

Als Pirlo mit Hamza in den Vorraum des Vereinsheims tritt, schallt ihnen lautes Gelächter entgegen. Nach der nächsten Zwischentür stellt er unmittelbar fest, dass sich die Luft verändert hat. Zwischenzeitlich liegt ein stabiler Bierdunst über dem Raum. Auch die Gespräche haben Fahrt aufgenommen – und zwar in eine ganz bestimmte Richtung. Im Mittelpunkt steht dabei Merkert, direkt neben ihm Schmitz. Um die beiden herum haben sich die zehn bis fünfzehn weiteren Anwesenden lose gruppiert und lauschen Merkert, der gerade zu einer großen Zusammenfassung auszuholen scheint.

Was dann so klingt: »Jedenfalls habe ich denen dann gesagt, den Schwarzköpfen, hört mal Jungs, das ist hier kein Basar, hab ich gesagt! Da haben die beiden Kameltreiber aber ordentlich mit den Ohren geschlackert! Am Ende ist der Hamza aber sogar mit den Bombenlegern mit. Müsst ihr euch mal vorstellen, müsst ihr mal! Was die Kanakenbande den wahrscheinlich unter Druck setzt. Aber ich sag ja immer: Kennst du einen, kennst du alle. Wahrscheinlich ist das wieder so ein Ehrending von denen. Kennt man ja. Weiß man doch. Da müssen wir den Jungen wirklich vor beschützen, müssen wir, dass der nicht von seiner Molukkensippschaft beschädigt wird!« Kurz sieht er erstaunt auf. Anders als erwartet, bleibt der Applaus aus. Dann wandert Merkerts Blick zur Tür, wo Hamza steht und sich an Pirlo wendet.

»Vielleicht brechen wir heute doch einfach so auf. Wenn es nach mir geht, müssen wir doch nicht noch mal mit jemandem hier sprechen.«

Pirlo nickt. Merkert hat schließlich auch allein schon genug gesagt.

17.

EIGENTOR.

Am nächsten Morgen

Um neun Uhr steht Sophie im Gericht und weiß nicht recht, was sie von der Sache halten soll. Immerhin scheint es der Vorsitzenden Richterin ganz ähnlich zu gehen. Dazu tendiert das, was hier verhandelt werden soll, viel zu sehr in Richtung Justizkindergarten. Auch wenn die Staatsanwaltschaft das sehr anders sieht. Was passiert sein soll, ist, dass jemand einem anderen einen Schal abgenommen hat. Trotzdem hat die Staatsanwaltschaft die Anklage direkt zum Schöffengericht erhoben. Die Ansage ist deutlich: Ihre Straferwartung liegt bei zwei bis vier Jahren.

Sophie hat den beigeordneten Pflichtverteidiger telefonisch nicht erreicht. Um dennoch kurzfristig an die Akte zu kommen, hat sie diese vor einer Stunde bei der Geschäftsstelle des Gerichts abgeholt. Die Zeit hat trotzdem ausgereicht, um die überschaubaren fünfundfünfzig Seiten zweimal durchzulesen und zu den wesentlichen Rechtsfragen zu recherchieren. Gelernt ist schließlich gelernt. Daher weiß sie, dass Staatsanwalt Crützen die gesamten Ermittlungen geführt hat. Er kann sich hinter der Anklage also nicht nur nicht verstecken. Im Gegenteil, er hat sie selbst geschrieben. Und eine Presseerklärung dazu herumgeschickt. Das Ergebnis kann sich sehen lassen: Alle zehn für die Öffentlichkeit vorgesehenen Plätze sind vergeben. Crützen scheint das noch einen Augenblick zu genießen. Dann wirft er sich in Pose und verliest sein Werk.

»Die Staatsanwaltschaft legt dem Angeklagten zur Last, am vierten August, im Rahmen eines Ligaspiels zwischen Fortuna Düsseldorf und dem 1. FC Köln vor dem für Auswärtsfans vorgesehenen Löwengang der Arena dem Zeugen, einem Kölner Anhänger, dessen Köln-Schal im Vorbeilaufen vom Hals gezogen zu haben. Als ihn der Zeuge aufforderte, den Schal zurückzugeben, hat ihn der Angeklagte mit beiden Händen weggeschoben und den Schal danach einer Person aus seinem Umfeld übergeben.«

Sophie wirft einen Blick auf ihren Mandanten. Felix Mayer ist ein gedrungener Kerl mit raspelkurzen Haaren. Er studiert an der Heinrich-Heine im vierten Semester Medizin und finanziert sich das Studium selbst. Eine Vorstrafe kann er sich damit weder mit Blick auf seine Karriere noch auf seine wirtschaftliche Lage leisten. Das, was Crützen als Nächstes vorlesen wird, verkompliziert Mayers Situation insofern ganz gewaltig.

»Der Angeklagte hat damit einem anderen eine fremde bewegliche Sache in der Absicht weggenommen, sie sich oder einem Dritten rechtswidrig zuzueignen und, dabei auf frischer Tat betroffen, Gewalt gegen den Zeugen verübt, um sich im Besitz des gestohlenen Gutes zu erhalten. Sein Verhalten ist strafbar als Verbrechen des räuberischen Diebstahls.«

Neben Sophie senkt Mayer den Kopf. Der Strafrahmen beginnt bei einer Freiheitsstrafe von einem Jahr. Er weiß das, weil Sophie es ihm gestern in der Kanzlei gesagt hat. Ob er es hören wollte oder nicht.

»Aber da waren ja auch die ganzen anderen dabei!«, hatte er sich empört. Was es allerdings nicht wirklich besser machte.

»Dann sind wir einfach froh, dass die Staatsanwaltschaft Sie nicht auch noch wegen eines Landfriedensbruchs angeklagt hat.«

»Oder wegen versuchten Mordes«, hatte Mayer trübsinnig ergänzt. Anscheinend hatte er nicht verstanden, dass Sophie gar keinen Witz gemacht hatte.

Nachdem sie am Vorabend, als Pirlo noch mit seinem neuen Spielerberaterkontakt unterwegs gewesen war, an der Homepage der Kanzlei gesessen, dort unter dem Reiter »Spezialisierung« das Feld »Fußballstrafrecht« untergebracht und zwei Stunden später ihren ersten Fall dazu akquiriert hatte, war bei ihr das erwartbare Bedürfnis aufgekommen, zu verstehen, was damit eigentlich gemeint sein könnte. Kurz darauf saß sie mit einer Kanne dampfenden Tees in ihrem Büro und scrollte durch die einschlägige Gesetzgebung. Mit überraschenden Erkenntnissen.

Bislang hatte sie Sportevents kaum mit Rechtsfragen in Verbindung gebracht. Wie sich herausstellte, allerdings zu Unrecht. Rund um Fußballspiele fand sie zahllose Strafrechtsurteile von Fanausschreitungen über Flitzer bis zu ACAB-Fragen. Der Staat hat hier sogar Schnellgerichte eingerichtet, bei denen es nicht mal eine Anklage braucht. Kein Zweifel, die Justiz meint es ernst. Wie sehr, lernte Sophie, als dank des Google-Suchfunktion-Segens Felix Mayer in der Kanzlei aufschlug.

»Ich habe Ihre Kanzlei im Internet gefunden«, hatte er auf ihre Frage, wie er auf sie gekommen sei, erklärt. »Ich habe ›Strafrecht‹ und ›Fußball‹ eingegeben. Dann wurden Sie mir direkt als Erstes angezeigt.«

»Gut«, hatte Sophie geantwortet. »Darauf sind wir ja auch spezialisiert.« Und zwar seit zwei Stunden. Danach hatte sie den Tee gekocht und versucht herauszufinden, was das eigentlich bedeutete.

Einen Tag später sitzt sie im Gericht und beobachtet Crützen, wie er dabei ist, ein blitzsauberes Eigentor in die Wege zu leiten. Ein bisschen tut er ihr fast leid. Das ist hier für ihn nicht nur ein Heimspiel, sondern eigentlich auch ein Pflichtsieg. Nach der Aktenlage hat Mayer dem Zeugen, einem Mittdreißiger namens Kobel, den Schal ja tatsächlich abgenommen. Das Geschehen hatten er und seine fünf Kölner Weggefährten der zufällig vorbeikommenden Polizei auch alle gleich geschildert. Nur erinnert sich heute niemand mehr daran. Schon gar nicht Kobel.

»Da war recht viel los«, erklärt er in breitem kölschen Dialekt, »ich weiß daher wirklich gar nicht mehr, wer da genau was gemacht hat.«

»Aber der Schal war doch nach ihrem Aufeinandertreffen mit dem Angeklagten weg, oder nicht?« Crützen klingt genervt.

»Ja, sicher.«

»Weil der Angeklagte ihn genommen hat?«

Kurz überlegt Sophie, ob sie das als suggestiv beanstanden soll. Dann verschränkt Kobel allerdings die Arme vor der Brust, und sie ahnt, dass sie sich das auch sparen kann.

»Das weiß ich ja gerade nicht mehr so ganz im Detail.«

Einer der Schöffen schmunzelt. Die Richterin beginnt zu schreiben. Wahrscheinlich ist es bereits das Urteil. Für Crützens Feldzug dürfte es nicht gerade günstig ausfallen.

»Aber den Angeklagten haben Sie in dem Moment, als Ihnen der Schal entrissen wurde, schon gesehen, oder?«

»Kann sein, dass der da war.« Kobel kratzt sich bedächtig. »Vielleicht war es aber auch jemand anderes. Die Fortunen ziehen sich ja immer alle gleich schlecht an.«

Im Publikum wird gelacht. Als Ermahnung genügt der Richterin ein müder Blick. Im Übrigen lässt sie keinen Zweifel daran, dass die Sache für sie durch ist. Wenn schon der Hauptbelastungszeuge keinen Schimmer mehr zu haben vorgibt, ist absehbar, was die anderen beizutragen haben. Crützen kämpft trotzdem noch tapfer gegen sein Schicksal an. Und zimmert sich das Eigentor in den Winkel.

Sophie kann es kommen sehen. Für einen Moment scheint Crützen noch zu hadern. Den Sprung, der dann erfolgt, wagt er im Anschluss sehenden Auges – und hat daher auch kein Mitleid verdient.

Eine wichtige Regel vor Gericht ist, dass man einen Zeugen nicht fragt, wenn man die Antwort nicht kennt. Genauso wichtig ist, dass man nicht zweimal fragt, nur weil man das erste Mal etwas gehört hat, was einem nicht passt. So wie Crützen.

»Gegenüber der Polizei sollen Sie noch gesagt haben, dass Sie sich an die Person erinnern, die Ihnen den Schal weggenommen und sie geschubst hat. Dabei haben Sie auf den Angeklagten gezeigt.«

»Sollen gezeigt haben«, ergänzt Sophie freundlich. »Bisher gibt es als Vorhalt nur einen Bericht in der Akte. Die Zeugen von der Polizei haben wir dazu noch gar nicht gehört.«

Crützen sieht aus, als habe er auf eine Zitrone gebissen. Trotzdem bleibt er tapfer. Der Arme.

»Ich frage Sie einfach noch einmal und erinnere Sie dabei an Ihre Wahrheitspflicht: Haben Sie den Angeklagten am Tatort gesehen, ja oder nein?«

»Kann sein, junger Mann«, antwortet Kobel gemächlich. »Aber wenn ich heute sage, dass ich es nicht mehr ganz genau weiß, dann ist das eben so. Und was werden dann wohl die anderen Leutchen da draußen sagen, die mit dabei waren, erst recht diejenigen, die aus einer mir fremd bleibenden Entschlossenheit, kein schönes Leben führen zu wollen, statt für den FC zur Fortuna halten?«

Womit er nicht nur Sophies Plädoyer vorweggenommen, sondern auch gleich noch Crützens Fall zu den Akten befördert hat. Da das mittlerweile auch dieser selbst einsieht, lässt er es sogar unkommentiert, dass das Gericht auf die Vernehmung der Vor-Ort-Polizisten als Zeugen vom Hörensagen verzichtet.

Ein paar Minuten später ist die Verhandlung vorüber. Mayer hat einen Freispruch, die Kanzlei hat ihren ersten Fußballfall gewonnen und Sophie etwas gelernt.

»Was denn?«, fragt Pirlo danach am Telefon.

»Das mit dem Fußball könnte ganz unterhaltsam werden.«

»Hm«, brummt Pirlo.

»Was meinst du?«

»Nichts.« Er scheint kurz zu überlegen. »Ich bin mir bei all dem, was das mit sich bringt, nur noch nicht ganz sicher.«

Sophie schmunzelt. »Heute hatten wir jedenfalls einen ganz guten Start. Lass uns einfach zuversichtlich sein und hoffen, dass jetzt alles gut wird.«

»Hm.«

Jetzt lacht sie. »Entspann dich! Ich mach das jedenfalls und geh erst mal eine Runde schwimmen.«

Dann legt sie auf, beschließt, sich den Freispruch nicht durch Pirlos Murren trüben zu lassen, und radelt zum Schwimmbad. Was auch immer am Vorabend in diesem Stadion geschehen sein mag, wird Pirlo schon irgendwie überwinden. Bei ihr jedenfalls geht der Blick nach langer Zeit mal wieder nach vorn. Das gilt es dann aber auch zu genießen. Bis sie nach dem Sport wieder auf ihr Telefon sieht, gelingt ihr das tatsächlich. Danach ist allerdings auch das gescheitert. Und wie.

18.

ALS OB.

Kurz darauf, anderswo

Kurz darauf wird Pirlo zu Hause verhaftet. Er ruft Sophie an, erreicht sie aber nicht. Dann erinnert er sich, dass sie schwimmen gehen wollte, flucht und ruft Arland an. So weit, so beschissen. Zumal es ähnlich weitergeht.

Als Pirlo den Haftanhörungsraum betritt, ist er angespannt. Einerseits ist ihm das zwar unangenehm. Andererseits ist er aus dieser Perspektive eben nicht mit der Situation vertraut. Ganz anders sieht es mit der kolossartigen Statur aus, die ihn von einem Tisch nah des Fensters mit einem breiten Grinsen begrüßt.

»Grobulla«, brummt Pirlo. »Ich hätte mir denken können, dass ausgerechnet *Sie* hinter einem solchen Unsinn stecken!«

»Langsam, Herr Dr. Pirlo«, grollt das Massiv zurück. »Was Sie hierherbringt, ist ein Haftbefehl. Und den habe, wie Sie ja wohl wissen, nicht ich erlassen.«

»Aber Sie haben ihn beantragt.«

Grobullas Augenbrauen wandern in die Höhe. »Weil wir es bei der Todessache Merkert mit einem Mord zu tun haben. Und Sie, Herr Pirlo, haben dafür ein Motiv!«

»Was für ein Quatsch!« Pirlo ignoriert Arlands beruhigende Gesten neben sich. So viel also zu dem Recht zu schweigen und dazu, dass das ja wohl alles nicht so schwer sein kann, wenn es mal drauf ankommt. Als ob.

»Haben Sie Ihren eigenen Haftbefehlsantrag überhaupt gelesen? Sie haben einfach nur reingeschrieben, dass es aufgrund der Zeugenlage einen dringenden Tatverdacht gibt, und sich noch nicht einmal die Mühe gemacht darzulegen, was Sie damit überhaupt meinen.«

»Das, was die Zeugen sagen. Dass es einen Streit zwischen Herrn Merkert mit Ihnen gab und dass es beleidigend wurde.«

»Wenn überhaupt irgendwer irgendwen beleidigt hat, dann allenfalls Herr Merkert uns.«

»Uns?«

»Mich.«

»Und Sie haben dann brav dagestanden und sich das alles angehört? Das klingt nicht über die Maßen wahrscheinlich.«

»So war es aber.« Pirlo wedelt mit dem Ausdruck des Haftbefehls. »Im Übrigen steht hier auch nichts anderes drin.«

Grobulla zuckt mit den Schultern. »Dem Gericht hat es offensichtlich trotzdem gereicht.«

Wenigstens versucht er erst gar nicht, seine Genugtuung zu verbergen. Eigentlich kann Pirlo es ihm noch nicht einmal so ganz verdenken. In den letzten Jahren haben sie einander wenig geschenkt. Nur dann, wenn es wirklich nicht anders ging, hat Grobulla gezeigt, was in ihm steckt und dass zur Not mit ihm zu rechnen ist. Hier ist das allerdings ganz bestimmt nicht so.

Aber der Reihe nach: Jenseits der persönlichen Befindlichkeiten gilt es zunächst einmal, die Anhörung zu überstehen. Und draußen zu bleiben. In Freiheit und so. Das ist hier nicht ganz unwichtig.

Als Pirlo sieht, wer als Haftrichterin den Raum betritt, wandert sein Stimmungsthermometer allerdings noch weiter in Richtung Süden. Für seinen Fall ist Julia Metz zuständig. Pirlo weiß zwar nicht, ob Grobulla ahnt, dass sie nicht begeistert war, von ihm nach, na ja, einer kleinen Weile nichts mehr zu hören. Daran, *dass* das so ist, besteht allerdings wenig Zweifel. Na dann, herzlichen Glückwunsch.

Pirlos Blick wandert zu Grobulla, der die Arme hebt. Hoppla. Was für ein Zufall. Nur ist der Haftbefehl ja trotzdem in der Welt. Also: Worüber will sich Pirlo eigentlich beklagen? Und gegenüber wem? Ein Blick nach rechts zeigt ihm, dass auch Arland zwischenzeitlich begriffen hat, dass das hier ungemütlich werden könnte. Wenn es blöd läuft, ist für Details wenig Platz. Dass Pirlo niemanden umgebracht hat, könnte im schlimmsten Fall dazugehören.

19.

EHRENSACHE.

Bei der Haftanhörung

Kurz hofft Pirlo noch, dass sich Julia Metz nicht mehr an ihren Ärger erinnert. Das Ganze ist schließlich auch eine kleine Weile her. Wenn auch offensichtlich nicht lange genug.

»Na, schau mal an, Herr Rechtsanwalt Dr. Pirlo«, schnarrt sie. »So wenig braucht es also, um Ihnen mal wieder zu begegnen.«

Was nicht gut klingt. Wirklich nicht.

»Freut mich auch?«, rät Pirlo. »Selbst wenn ich mir einen erfreulicheren Anlass gewünscht hätte.«

Dann spürt er Arlands Ellbogen in der Seite. Hinreichenden Schaden hat er trotzdem schon angerichtet.

»Sie meinen, einen *noch* erfreulicheren Anlass als den, dass ein Mensch ermordet wurde und Herr Oberstaatsanwalt Grobulla den dringenden Verdacht hat, dass Sie ihn auf dem Gewissen haben? Das ist allerdings sehr bedacht von Ihnen, Herr Dr. Pirlo. Sehen Sie, und ich hatte schon die Befürchtung, dass wir wie in vielem unterschiedlicher Meinung sein könnten.«

»Was meinen Sie damit?«, fragt Arland, ehe Pirlo selbst auf die Idee kommen kann.

»Egal, was es sein könnte, es liegt jedenfalls in grauer Vergangenheit«, raunt der ihm zu.

»Die einen sagen so, die anderen sagen so.«

Pirlo verzieht den Mund. Offenbar ist nicht nur ihr Erinnerungsvermögen intakt. Hören kann sie auch noch gut.

Dankbarerweise bringt Arland wieder etwas Sachlichkeit rein. Schlau, wie er ist, moniert er gar nicht erst, dass die üblichen Belehrungen ausgeblieben sind, sondern kommt direkt zum Punkt: »Wollen wir vielleicht mal darüber sprechen, worum es hier eigentlich geht? Zum Beispiel über diesen Mordverdacht?«

Grobullas Lachen klingt nach verschluckten Schrauben. »Jederzeit gern, Herr Professor Arland.« Er blättert umständlich in einer dünnen Akte. »Gestern Morgen hat man am Düsseldorfer Yachthafen auf dem Anleger vor dem Boot der Familie Merkert die Leiche von Joachim Merkert gefunden. Auf seinem Telefon haben wir einen Anruf um zwei Uhr nachts entdeckt. Die Rufnummer ist unterdrückt. Der Anruf wurde anscheinend angenommen. Es spricht damit viel dafür, dass Herr Merkert den Täter kannte. Möglicherweise ist er an den ihm vertrauten Ort gefahren, um sich dort für eine Aussprache zu treffen. Dabei wurde er offensichtlich überrascht.« Grobulla räuspert sich umständlich. »Nach den bisherigen rechtsmedizinischen Erkenntnissen ist wegen einer Verletzung hinter dem rechten Ohr davon auszugehen, dass Herr Merkert von hinten niedergeschlagen wurde. Danach hat ihn der Täter auf den Rücken gedreht und ihm mit einem sehr scharfen Gegenstand die Kehle durchgeschnitten. Im Anschluss hat er dem Opfer die Augen ausgestochen.«

»Und was soll das?«

Grobulla zuckt mit den Schultern. »Bisher haben wir keine Ahnung, aber vielleicht kann Ihr Mandant uns ja etwas dazu sagen?«

»Kann er nicht«, erwidert Arland reflexhaft.

»Sie haben sich ja vorhin schon so fleißig eingelassen, Herr

Dr. Pirlo«, schaltet sich Metz ein. Es klingt gepresst. Und damit immer noch nicht gut. »Wir haben es daher mit einem Teilschweigen zu tun. Wenn wir sowieso schon verwerten, was Sie sagen oder nicht, können Sie sich auch gleich weiter einbringen und uns mitteilen, was Sie darüber wissen.«

»Zu der Art des Tötens oder zu dem Toten selbst?«

»Beides.«

»Nichts.«

»Sicher?«

»Natürlich bin ich mir sicher. Genauso, wie ich fest davon ausgehe, dass Ihnen klar ist, was für einen Quatsch Sie hier abziehen.«

Pirlo sieht, wie der Blick von Metz zu Grobulla geht. Irgendwas ist hier noch. Und was immer das sein mag, ist nicht angenehm. Dann beugt sich Grobulla nach vorn. »Ich habe offen gestanden noch mit mir gerungen, ob ich aus ermittlungstaktischen Gründen auf das Detail mit den Augen eingehen sollte. Der Täter ist hier mit großer Wucht vorgegangen. Aus meiner Sicht lässt das auf eine enorme Wut schließen.«

Pirlo verdaut das kurz. Dann erinnert er sich daran, dass er gerade in diesem Raum sitzt, weil man *ihm* diesen ganzen Mist vorwirft. »Und was habe ich damit zu tun?«

»Das fragen wir uns allerdings auch.«

Pirlo wirft die Hände in die Luft. »Warum, um alles in der Welt, sollte ich jemandem die Augen auskratzen?«

»Ausstechen.«

»Von mir aus auch das. Warum also sollte ich das tun?«

»Warum sollte *überhaupt* jemand so etwas machen?«, donnert Grobulla zurück. »Himmel, was weiß denn ich, warum wer auf welche Weise wahnsinnig ist? Alles, was ich sagen kann, ist, dass wir mit dem verdammten Ergebnis leben müssen!«

»Ja, aber dann machen Sie das ohne mich!«

Arland versucht es auf eine ruhigere Art. Auch wenn ihm das erkennbar schwerfällt. »Ich kann allerdings auch nicht nachvollziehen, inwiefern das alles, dieser zweifelsohne tragische Todesfall, von mir aus sogar, mal unterstellt, dass das, was Sie da erzählen, zutrifft, dieser recht offensichtliche Mord, mit meinem Mandanten in Verbindung stehen soll.«

»Nur mal langsam«, schnauft Grobulla. »Gäbe es keinen Zusammenhang, wären wir schließlich nicht hier.«

»Eben.«

»Wir sind es aber.« Wofür er die normative Kraft des Faktischen auf seiner Seite hat, ob Pirlo das gefällt oder nicht. Was es daher braucht, ist einen anderen Ansatz.

»Vielleicht erklären Sie einfach mal, warum eigentlich genau.« Sein Anliegen richtet sich dabei gleichermaßen an Grobulla wie an Metz. »Bitte.«

»Der Verdacht gegen Sie knüpft daran an, dass Sie nach Aussage mehrerer Zeugen wenige Stunden vor der Tat einen Disput mit Herrn Merkert im Vereinsheim von Eintracht Düsseldorf hatten. Ein Zeuge, Herr Schmitz, hat dazu bekundet, dass es darum ging, wer künftig die Interessen eines vielversprechenden Jugendspielers aus diesem Verein vertreten sollte.«

»Und?«

»Da schien es eine Meinungsverschiedenheit zu geben.«

»Wie das eben manchmal so ist.«

»Auch von Beleidigungen war die Rede.«

»Ich hatte das vorhin schon gesagt: Wenn überhaupt jemand über jemanden schlecht gesprochen hat, dann Herr Merkert über mich.«

»Eben.«

Arland muss dazu gar nicht erst die Stirn in Falten legen. Pirlo weiß auch so, dass das nicht gerade schlau von ihm war.

»Was ich meine, ist: Er sprach noch nicht einmal *direkt* mir gegenüber schlecht über mich, sondern nur gegenüber anderen.«

»Und woher wissen Sie das?«

Pirlo verdreht die Augen. Was, zur Hölle, ist hier eigentlich los? Arland drängt ihn einmal mehr zur Seite.

»Ganz unabhängig von all dem ist eine Beleidigung, gleichgültig, von wem gegenüber wem, doch wohl noch kein Grund dafür, jemandem eine Mordabsicht zu unterstellen.«

Woraufhin sowohl Metz als auch Grobulla zu Boden schauen. Hoppla. Wenn Pirlo nicht alles täuscht, geht das hier in Richtung einer kleinen Kollektivscham. Was immer gerade los ist, so ganz scheinen sich damit beide nicht wohlzufühlen.

Dann aber besinnt sich Grobulla: »Wir haben da ja auch diese Sache mit dem Beschluss des Bundesgerichtshofs vom sechzehnten April 2024, Aktenzeichen 6 StR 365/23, und so.«

Innerlich flucht Pirlo. Sophie wüsste jetzt wahrscheinlich ganz genau, was in dieser Entscheidung steht. Er selbst kann nicht mal sagen, ob es sie überhaupt tatsächlich gibt.

Dann aber meldet sich Arland zu Wort. »Das verbitte ich mir hier allerdings!«

»Wie bitte?« Immerhin: Grobulla sagt, was Pirlo denkt.

»Sie wollen doch«, setzt Arland nach, »sehr geehrter Herr Oberstaatsanwalt Grobulla, nicht ernsthaft mit einer Ehrenmordargumentation um die Ecke kommen?«

Kurz unterdrückt Pirlo ein erleichtertes Lächeln. Arland mag alt geworden sein. Gut ist er immer noch. Irgendwoher muss Sophie ihre Qualitäten in Sachen Genauigkeit und Recherche ja schließlich haben. »Das können Sie doch vollkommen ungeachtet dessen, ob es hier irgendwelche Beleidigungen gab, nicht einfach pauschal in den Raum stellen«, fährt Arland fort.

»Bei manchen Kulturkreisen möglicherweise schon.« Grobullas flüchtiger Blick auf das Papier in seiner Hand dient allein der Form. Daran, dass er die im Raum stehenden Beleidigungen auswendig kennt, muss niemand zweifeln. Wahrscheinlich *soll* es auch gar niemand. Allein schon, weil es Grobulla augenscheinlich Freude bereitet, sie zu wiederholen. »*Kanake* wäre da nach den Zeugenaussagen ein Beispiel. *Kameltreiber* ebenfalls. Oder das hier: *Bombenleger*. Und das sind nur die harmloseren Varianten. Vor einem solchen Hintergrund kann man die Rechtsprechung schon so verstehen, dass die gekränkte Ehre ein niedriger Beweggrund im Sinne des Mordtatbestandes sein kann.«

»Unsinn!«, donnert es aus Arland heraus. Pirlo hat ihn selten so aufgebracht erlebt. »Im Übrigen ist auch völlig unklar, was das mit meinem Mandanten zu tun haben soll.«

»Vielleicht kann Ihnen das Herr Dr. *Pirlo* selbst am besten erklären«, antwortet Grobulla.

Pirlo stellen sich die Nackenhaare auf. Ehe er etwas dazu sagen, ehe er überhaupt auch nur etwas dazu *denken* kann, ist es aber auch schon zu spät.

»Wenn ich recht im Bild bin, sind Sie der Doktorvater von Herrn Dr. Pirlo«, wendet sich Grobulla an Arland.

»Allerdings.«

»Dann haben Sie seine Familie möglicherweise bei der Urkundenverleihung kennengelernt. Zum Beispiel auch seinen Bruder.«

»Das geht Sie überhaupt nichts an.«

Grobulla fährt allerdings einfach fort: »Sie wirken, wenn ich das so sagen darf, etwas irritiert. Vielleicht liegt das aber auch nur daran, dass die Namen hier nicht ganz zueinanderpassen. Jedenfalls nicht der von Dr. Anton Pirlo, der neben Ihnen sitzt, und der von Ahmid Khatib, der dieser Bruder ist und daher den ursprünglichen Nachnamen Ihres Schützlings trägt.«

Und damit ist es raus. Das, was Pirlo jahrelang für sich behalten hat. Das, was keinen etwas angehen sollte. Schon gar nicht Arland oder Sophie.

Trotzdem ist alles ganz anders, als er das immer befürchtet hat. Wann immer es ihm einmal nicht gelungen war, die Vorstellung zu verdrängen, dass irgendwann seine Herkunft auf den Tisch kommen könnte, war er davon ausgegangen, sich zumindest irgendwie erklären zu können. Dazu zum Beispiel, warum niemand wissen soll, dass er mit dem, was andere als Clan bezeichnen, zu tun hat, dazu, dass er deswegen immer seine Familie außen vor gelassen hat, dazu auch, dass ausgerechnet er, der permanente Selbstvermarkter, eigentlich hervorragend eine Aufsteigergeschichte hätte verkaufen können und trotzdem darauf verzichtet hat. Jetzt ist genau dieser Augenblick gekommen. Und nichts davon geschieht.

»Ich habe das im Haftbefehl gesehen«, merkt Metz an. Ihre Frage dazu richtet sich an den gesamten Raum. Sie dürfte auch das sein, was Arland gerade denkt: »Was ist da los?«

Trotzdem bleibt der Alte erstaunlich souverän. »Ich glaube nicht, dass es wirklich eine Rolle spielt, wer hier wie mit wem verwandt sein könnte. Als ich das letzte Mal in der Strafprozessordnung nachgesehen habe, war für einen Haftbefehl noch ein dringender Tatverdacht gegen einen Beschuldigten erforderlich. Von der Möglichkeit einer Sippenhaft habe ich nichts gelesen.«

Grobullas Mundwinkel wandern langsam nach oben. Wahrscheinlich hat er diesen Einwand kommen sehen.

»Wenn wir hier schon so genau sein wollen, Herr Professor, wollen wir aber auch darauf hinweisen, dass es nach dem Oberlandesgericht Hamm für die Frage der Untersuchungshaft ausreichen kann, wenn eine Verurteilung auf Grundlage der Beschuldigung *möglich* ist.«

»Und?«

Grobullas Schmunzeln sieht nicht nur gruselig aus. Es fühlt sich für Pirlo auch genau so an. »Wenn Ihr Mandant bei einer Veranstaltung auftaucht, wo es Beleidigungen hagelt …« Er hebt langsam eine Hand. Jetzt redet er. »Und zwar ganz gleich, von wem gegen wen, und es dabei dann auch um solche Sachen wie die Ehre geht, während Ihr Mandant in Begleitung eines Menschen ist, dessen Vorstrafenregister erahnen lässt, dass er sein Temperament nur ganz bedingt im Griff hat, und wenn danach jemand tot ist, der nicht nur Beleidigungen ausgesprochen haben soll, sondern dessen Sterben auch noch für diese beiden Brüder sinnvoll ist …« Grobulla legt eine dramatische Pause ein. »Dann lässt das selbst dann, wenn noch keine weiteren Tathintergründe bekannt sind, eine Verurteilung durchaus als *möglich* erscheinen.«

Pirlos Gedanken rasen. Das klingt alles nicht richtig. Komplett falsch hört es sich allerdings auch nicht an. Was für sich genommen schon nicht gut ist. Dann drängt sich ein anderer Gedanke auf, der die sich fies anschleichende Panik nicht gerade lindert. Eher ganz im Gegenteil: Wenn er gerade hier ist – wo ist dann eigentlich Ahmid?

Nur im Augenwinkel bekommt Pirlo mit, wie sich Arland aufsetzt und den Staatsanwalt mit strengen, wachen Augen in den Blick nimmt. Einen Moment lang scheint er noch abzuwarten, ob Grobulla seinen Monolog tatsächlich zu Ende gebracht hat. Als das feststeht, räuspert er sich noch einmal kurz. Und dann legt der Alte los.

20.

POSTMODERNDES AKRONYM DES GRAUENS.

Eine halbe Stunde später

Pirlo hat vergessen, dass Arland gern schnell fährt. Er kennt den Alten schon so lange, dass ihm immer wieder durchrutscht, dass sich nur dessen Äußeres verändert. Der Rest bleibt gut erhalten.

Ein erfreuliches Beispiel: Das Donnerwetter bei der Haftanhörung. Dabei hatte Arland noch nicht einmal viel gesagt. Schon, weil es nicht notwendig war. Es knallte auch so genug. Als er sich nach gefühlten neunzig Sekunden durch die immer noch vollen Haare fuhr, die Krawatte richtete und sich danach wieder setzte, hatte er den Haftbefehl freihändig in der Luft zerrissen.

Wilde Unterstellungen statt konkreter Tatsachen.

Verletzung der Unschuldsvermutung.

Versuchte Freiheitsberaubung durch die Staatsanwaltschaft.

Dazu diese unschöne Sache mit der Diskriminierung und dem darin liegenden Verstoß gegen die Europäische Menschenrechtskonvention.

Dass Pirlo, wie er ihm während ihres kurzen Gesprächs in der Haftzelle verraten hatte, für die Nacht, in der Merkert getötet wurde, keine andere Erklärung hat als die, in der Kanzlei gesessen zu haben, um in alten Fällen zu blättern und nach Ideen zu suchen, wie er daran *irgendwie* noch einmal anknüpfen könnte, um neue Umsätze zu erschließen, hatte Arland noch nicht einmal erwähnt. Es war aus seiner Sicht ganz offensichtlich auch schlichtweg nicht erforderlich.

Im Gegenteil, nachdem Arland mit seinem Ausbruch fertig war, fing er direkt in aller Ruhe an, seine Ledertasche zu packen. Seine Haltung war klar: Für ihn war die Angelegenheit durch. Arland hatte die Anhörung für sich entschieden. Die Frage war nicht, *ob* Pirlo mit ihm mitkam, sondern nur, wie viel unnötiges Theater es brauchte, bis das auch für alle anderen feststand. Dass für die Antwort erstaunlich wenig Zeit nötig war, nahm Arland mit einer hochgezogenen Augenbraue zur Kenntnis. Es hatte ihn nicht nur nicht überrascht. Alles andere war ganz einfach auch nicht drin gewesen.

Ein nicht so erfreuliches Beispiel für Arlands Alterslosigkeit ist dagegen der angesprochene Fahrstil. Wobei dessen Auswirkungen Pirlo noch weniger betreffen als alle anderen. Er selbst sieht sich eher abstrakt gefährdet. Diejenigen, die draußen herumspazieren, müssen dagegen ganz konkret um ihr Leben fürchten. Was Pirlo im Augenblick allerdings nicht weniger egal sein könnte. Genauso wie alles andere, selbst wenn dazu Arland gehört, der neben ihm das Gaspedal malträtiert und an den Kreuzungen das Gesetz des Dschungels ausruft. Alles, was Pirlo interessiert, ist ein Anruf. Seine Finger zittern beim Wählen nicht wegen des schlingernden Fahrzeugs. Sondern weil viel auf dem Spiel steht. Vielleicht sogar alles.

Es klingelt einmal. Dann noch einmal. Und noch einmal. Wie oft, kann Pirlo nicht genau sagen. Er hat schon beim ersten Mal die Nerven verloren. Irgendwann erbarmt sich eine elektronische Frauenstimme, die darauf hinweist, dass die Nummer, die er gewählt habe, *temporarily not available* sei. TNA. Das postmoderne Akronym des Grauens.

Als er auflegt, sieht er, wie bei Arland links neben ihm

der Mundwinkel zuckt. Dann entscheidet sich sein alter Mentor allerdings doch dafür, nichts zu sagen. Was gut ist. Pirlo hätte nicht gewusst, was er antworten sollte. Ganz gleich, auf was.

Sie rasen aus der Gerichtsecke an der Moskauer Straße in Richtung Innenstadt. Von dort gibt es mehrere mögliche Wege. Alle sind eigentlich sinnvoll. Der zu Pirlos Wohnung in Pempelfort. Zu der Kanzlei am Carlsplatz. Vielleicht sogar zu Arlands Wohnung in Golzheim oder zum Lehrstuhl an der Uni. Pirlo könnte allerdings auch das kaum egaler sein.

Seine Gedanken kreisen um einen ganz anderen Ort, eine kleine Einliegerwohnung in Bilk, deren Eingang in einer Diele liegt, die man durch eine blaue Haustür betritt, auf der »Familie Khatib« steht, darunter drei Frauennamen, die Mama und zwei Töchter, und die Namen der Söhne, und über diesen Mahmed, der seinem Bruders Ahmid seit Jahren vermeintlich provisorischen Unterschlupf bietet. Dort ruft Pirlo gerade an. Weil dort das Telefon von Ahmid ist. Beziehungsweise: weil es dort sein *muss*.

Ahmids Telefon – nicht das mit dem großen Display, das er ständig mit sich herumträgt, sondern das andere, kleinere, das mit den Verschlüsselungsprogrammen – liegt standardmäßig auf einer windschiefen Kommode unter einem Scarface-Filmposter. Toni Montana, das ewige Vorbild, bewacht den Brückenkopf zu besseren Welten, den Anschluss, über den eines Tages, ganz bestimmt, der Anruf kommt, der endlich das ganz große Geschäft verheißt. Es ist die Nummer, die nur Ahmids *wichtige Kontakte* anrufen dürfen. Und sein Bruder.

Auch beim zweiten Anlauf nimmt dort allerdings niemand ab. Nach dem dritten bricht bei Pirlo kalter Schweiß aus. Nach dem vierten bekommt er ernsthaft Panik. Wie genau fühlt es sich eigentlich an, wenn man einen Herzinfarkt hat? Und wie, zur Hölle, soll er wissen, dass das, was gerade polternd unter seinem Hemd vor sich geht, *keiner* ist?

Erst als Arland ihn anspricht, wird Pirlo klar, dass sie nicht mehr fahren. Unmöglich zu sagen, wie lange das schon so ist.

Arland sieht besorgt aus. Pirlo ahnt, dass der Alte eine Menge Fragen hat. Umso dankbarer ist er, dass Arland nur eine davon stellt. »Wo soll ich hinfahren, Junge?«

»Das weiß ich nicht«, antwortet Pirlo. Die Ehrlichkeit tut gut. Sie hilft allerdings nicht weiter.

Während er sich umsieht, um sich zu orientieren, und erkennt, dass sie an der Oststraße stehen, genau an der Kreuzung zur Kö, drücken seine Finger noch einmal auf die Wählfunktion. Es ist das fünfte Mal. Genau zwischen drei und sieben. Den Märchenzahlen. Ganz bestimmt bedeutet das irgendwas. Es *muss* einfach.

Pirlo lauscht dem Tuten. Er schließt die Augen, als es sich wiederholt. Das war es dann wohl. So viel zu den großen neuen Ideen. Zur möglichen Rettung der Kanzlei. Zu seinem Bruder.

»Scheiße«, murmelt Pirlo leise. »Scheiße! Scheiße! Scheiße!«

»Was für eine schlechte Energie, Mann«, kommt es zurück. »*Wallah*, aber ehrlich!«

Einen Moment braucht Pirlo, um verstehen, was er da hört. Und vom wem.

»Ahmid?«

»Natürlich Ahmid. Bist du bescheuert, oder was? Wer soll denn sonst drangehen, wenn du meine Nummer anrufst?«

Pirlo hat darauf keine Antwort. Das ist aber auch nicht wichtig. Gerade ist er einfach nur erleichtert, dass er mit seinem Anruf jemanden erreicht hat – und sei es auch seinen Bruder. So weit ist es schon gekommen.

21.

CLAN-COMPLIANCE. SOZUSAGEN.

In der Fett.Weinbar

»Brillant, oder?«

Pirlo nickt einfach nur. Zumindest glaubt er das. Was genau er wie macht oder auch nicht, kann er schon seit einer kleinen Weile nicht mehr mit aller Bestimmtheit sagen. Das umfasst auch das Detail, wie umfangreich diese kleine Weile eigentlich ausfällt. Was er weiß, ist: Er mag den Margarethenhof-Weißwein, den sie hier ausschenken. Weil er kalt ist. Weil er gut schmeckt. Und weil er dabei hilft, diesen sonderbaren Tag zu vergessen.

»Ach komm schon, das kannst selbst du mal zugeben. Der *move* war bri-lli-ant! Astrein! Bäm!«

Pirlo weiß, dass er sich auf das nächste Nicken beschränken kann. Mehr wird hier nicht von ihm erwartet. Womöglich würde er mehr auch gar nicht beitragen können. Andererseits ist Ahmid mit dieser stummen Zustimmung sowieso schon vollauf zufrieden. Den Teil mit dem überschwänglichen Lob für seine eigene Großartigkeit übernimmt er ohnehin selbst. Sicher ist sicher.

»Was meint er eigentlich?«, fragt eine Stimme von der Seite. Pirlo glaubt, dass sie freundlich klingt. Für eine genaue Einschätzung ist es in der Weinbar viel zu laut. Sie sind am Mittwoch hergekommen, einem der Tage, an dem der Laden aus allen Nähten platzt und sich draußen, vor den Türstehern, eine lange Schlange gebildet hat.

»Hm?«, brummt Pirlo über Bon Jovis *Living on a Prayer* hinweg in die Richtung der Stimme. Schwer zu sagen, ob er sich grundsätzlich zu mehr imstande sieht. Dass er eigentlich kein Interesse an irgendeiner Form von Austausch hat, weiß er dagegen ziemlich genau. Dazu wurde heute schon viel zu viel geredet.

»Erklär es mir noch mal«, hatte Pirlo vor einer Stunde gesagt, als die Bar noch weitgehend leer war und Ahmid noch nicht flaschenweise Weißwein getrunken hatte. »Riesling von der Saar. Das, was gerade alle haben wollen«, hatte Ahmid mit Kennerblick doziert. »Richtig gutes Zeug.«

Pirlo hatte nichts dagegen gehabt. Es gab einen guten Grund, anzustoßen, wenn er auch nicht darin lag, dass etwas Nennenswertes passiert wäre. Es genügte schon, dass das nächste Drama ausgeblieben war. Manchmal ist das so. Selbst bei Pirlo.

»Da standen also diese ganzen Kerle bei mir vor der Tür.« hatte Ahmid die Aufmerksamkeit wieder zurück auf seine Geschichte gelenkt. »Du weißt schon, alle so mit Dienstmarken, Waffen und so weiter, das volle Programm.«

»Und einem Haftbefehl.«

Ahmid hatte ihn genervt angesehen. »*Wallah*, erzähl ich hier die Geschichte oder du?«

»Du.«

»Eben.«

»Ich wollte nur helfen.«

»Sagt derjenige, den sie mitgenommen haben.«

Womit Ahmid natürlich einen Punkt hat. Pirlo wurde schließlich tatsächlich verhaftet. Ahmid nicht.

»Und zwar, weil ich vorgesorgt hatte.« Ahmid hatte heftig

genickt und sich gleich mal wieder nachgeschenkt. »Mein siebter Sinn hat mir das vorgegeben. Mein Näschen für Unheil, wenn du so willst.«

Pirlo will *nicht* so. Wirklich nicht. Ahmid meint es aber ohnehin anders, als er es versteht. Und zwar sehr.

So geht es auch weiter: »Jetzt mal ehrlich, der Typ war vorgestern schon seltsam. Du weißt schon, dieser Merkel.«

»Merkert.«

»Der eben.« Ahmid hatte sein Glas erstaunlich schnell geleert. »Der Auftritt von dem war seltsam. Einfach völlig drüber und so weiter.«

»Allerdings.« Wobei Pirlo seinem Bruder erst gar nichts von der großen Rede erzählt hatte, die Merkert gehalten hatte, als er noch einmal mit Hamza zurück in das Vereinsheim gekommen war. Einfach so, aus Gründen von Sicherheit und Prävention. Clan-Compliance sozusagen.

»Das war mir jedenfalls verdächtig. Deswegen wollte ich vorbeugen. Obacht geben, länger leben. Du weißt schon.«

»Hm«, hatte Pirlo gebrummt.

»Aber wie hätte ich ganz allein auf mich gestellt sichergehen können, dass wir nicht in Schwierigkeiten kommen? Ernsthaft, wie?«

Pirlo hätte die superbrillante Antwort natürlich gekannt: Indem sich Ahmid in Schwierigkeiten gebracht hatte. Nur eben aktiv.

»Glaub mir, Bruder, die Lösung ist mir nicht leichtgefallen.« Dann hatte Ahmid bemerkt, was er da von sich gab. »Also die Lösung schon, klar. Aber für die Umsetzung hat es echt Überwindung gebraucht.«

»Sicher«, hatte Pirlo geraunt. »Natürlich. Nur deswegen hast du dich mit dem Polizisten geprügelt.«

»Nur deswegen. Um Schlimmeres zu verhindern.«

Was er damit gemeint hatte, war, dass Ahmid auf dem Weg von seiner Wohnung in Bilk zu einem der Wettbüros in Klein-Marokko beim Schwarzfahren in der Straßenbahn erwischt worden war. Der Rest war schnell erzählt: Der Kontrolleur hatte ihn festgehalten. Die Polizei war dazugekommen. Ahmid hatte einen der beiden Streifengänger geschubst. Was man eben so macht. Immerhin hatte das zur Folge gehabt, dass Ahmid, schon um sein Mütchen zu kühlen, in einer Gewahrsamszelle gelandet war, aus der man ihn erst am Morgen wieder gehen ließ. Für den gesamten möglichen Tatzeitraum des Merkert-Mordes hatte er damit das sicherstmögliche Alibi. Das allerdings hatten auch die Polizisten anerkannt, die ihn, parallel zu Pirlo, im Rahmen der Haftbefehlsvollstreckung zu Hause einsammeln sollten. Der Rest war schnell erledigt: Auf ihren Anruf bei der Jour-Staatsanwaltschaft, der ständigen Erreichbarkeit der Ermittlungsbehörde, hatte diese entschieden, was auch der Haftrichter nicht anders sehen würde: Ahmid Khatib war nicht festzunehmen.

»Genial, was?«

»Absolut.« Pirlo hatte es gut sein lassen. Ein weiteres Nachhaken, ob Ahmid das, was er da von sich gab, wirklich ernst meinte, schien so wenig ergiebig wie ein Hinweis darauf, dass sein Bruder ihm vor ein paar Tagen noch *geschworen* hatte, auf keinen Fall mehr mit dem Gesetz in Konflikt zu geraten. Unter dem Strich war sich Ahmid treu geblieben und das Ergebnis ausnahmsweise einmal erfreulich.

»Verstehst du?«, fragt Pirlo in die Richtung, aus der die möglicherweise freundliche Stimme kam.

»Nein«, antwortet die Frau, zu der zwischenzeitlich auch ein Gesicht gehört. Als sich Pirlos Blick im Rahmen des akut Möglichen darauf zusammenkalibriert, erkennt er dunkle Augen, die von lockigen schwarzen Haaren eingerahmt werden. Da sich darin die Erkenntnis zeigt, dass Pirlo begreift, wer vor ihm steht, lachen sie. Anders als bei Ahmid passt hier allerdings präpositionsmäßig eher ein *An* als ein *Aus*. Immerhin.

»Du bist das«, murmelt er.

»Hallo, Pirlo.« Sie lacht.

Er ringt sich ebenfalls ein Lächeln ab. Viel mehr ist gerade nicht drin. Das Talent zur schönen Sprache pausiert bis auf weiteres. Das dazu, sich in Schwierigkeiten zu bringen, ist allerdings recht verlässlich.

22.

TÜRDISTANZ.

Früh am nächsten Morgen

In Pirlos Wohnung regt sich erst nach dem dritten Klingeln etwas. Wirklich beunruhigt ist Sophie davon zwar nicht. Besonders begeistert kann sie aber auch nicht sein. Es wäre schließlich nicht das erste Mal, dass sie Pirlo in einem zweifelhaften Zustand antrifft und er in diesem, quasi ganz nebenbei, die Zukunft der Kanzlei gefährdet. Wobei es dazu eigentlich keine Rolle spielt, wo sich Pirlo aufhält und was der Anlass dafür ist. Das Chaos findet ihn auch so.

Während sie auf das Rumpeln im Inneren der Wohnung hört, geht Sophie das Durcheinander der letzten Stunden durch. Pirlos Schlagzahl ist einmal mehr beachtlich. Kaum war er aus dem Krankenhaus raus, hatte er keine vier Tage gebraucht, um aus heiterem Himmel in Haft genommen zu werden, das Ganze zwar nur vorläufig und ohne, dass es erst mal standesrechtliche Konsequenzen dafür gab, dann allerdings auch gleich wegen des Verdachts auf einen Mord. Sie klingelt noch einmal. Langsam ist sie genervt.

»Ja?«, meldet sich Pirlo von drinnen.

»Ich bin's.« Sophie starrt einigermaßen entgeistert auf die Tür, vor der, wie ihr einfällt, erst gestern die Polizei stand. Alles weitere ist noch unklar. Pirlos WhatsApp-Nachricht dazu war gewohnt kryptisch ausgefallen.

Wurde heute zu Hause verhaftet. Mordverdacht. Kein Witz. Daher die Anrufe. Arland war mit dabei. Sie haben mich gegen eine Kaution gehen lassen, die der Alte bezahlt hat. Reine Schikane. Den Rest erzähle ich morgen.
PS: Grobulla ist ein Depp. Falls ich das mal anders gesehen haben sollte, korrigiere ich mich hiermit. Er ist einer.

Und das war es dann auch schon. Eine typische Pirlo-Nachricht, aus der sich mehr Fragen als Antworten ergeben. Bezeichnend auch, dass der Teil mit seiner wiederentdeckten Aversion gegen den bei Kapitalsachen ermittelnden Oberstaatsanwalt fast genauso umfangreich ausgefallen ist wie derjenige, der sich mit der Verhaftung selbst befasst. Aber es geht ja auch nur um Mord.

Irgendwann im Lauf des Abends schien Pirlo dann doch noch ein ergänzender Gedanke gekommen zu sein. Er reagierte zwar auf keinen von Sophies zahlreichen Anrufen, schrieb aber immerhin noch mal eine Nachricht: »Ich war es übrigens nicht.«

Womit aus seiner Sicht dann auch wirklich alles Wesentliche gesagt zu sein schien. Da aus Arland nicht mehr herauszubekommen war, sondern der darauf verwies, dass Sophie das alles mit Pirlo selbst besprechen sollte, war ihr nichts anderes übriggeblieben, als am Abend zu dessen Wohnung zu fahren und jetzt, am Morgen, wieder dort aufzutauchen. Was die Frage aufwirft, was sie sich da eigentlich antut. Eine Antwort *darauf* will sie allerdings lieber tatsächlich nicht haben, allein, um sich selbst und ihre Freude an einer gewissen Grundvernunft zu schonen. Dass sie an dieser Stelle Defizite hat, zeigt sich bereits daran, dass sie jetzt einerseits mit Pirlo spricht, womit immerhin klar ist, dass dieser anwesend, wach und am Leben ist, dies aber andererseits durch dessen Tür geschieht. Und zwar weiterhin.

Die Hoffnung, dass ihm das irgendwie unangenehm sein könnte, zerschlägt sich schnell. »Was kann ich für dich tun?«

»Du könntest *nicht* durch die Tür mit mir sprechen.«

»Worüber?«

Sophie unterdrückt einen Schrei. Pirlo war lange im Krankenhaus. Gestern hat ihn die Polizei kassiert. Vielleicht ist er einfach noch durch den Wind. Also: Noch mehr als sonst.

Sie versucht es daher mit aller ihr zur Verfügung stehenden Ruhe: »Ich habe das dringende Bedürfnis, mit dir zu sprechen, weil du nicht nur mein Anwaltskollege bist, sondern auch mein Partner in einer Kanzlei, die, wenn ich dich daran erinnern darf, gerade ziemlich mit dem Rücken zur Wand steht. Wenn du mich dann freundlicherweise darauf aufmerksam machst, dass du gerade wegen eines Mordverdachts bei einer Haftanhörung bist und Arland dich zwar dorthin begleitet, mir danach aber partout nicht mitteilt, was überhaupt los war, dann macht mich das ein klitzekleines bisschen nervös. Weil, weißt du, mein Lieber, ich freue mich ja, wenn du das für dich selbst einfach mal so eben weglächelst, aber jedenfalls ich finde das mit meinen total konventionellen Ansichten doch ein ganz klein bisschen ungewöhnlich.«

»Das verstehe ich.« Das ist tatsächlich alles, was er sagt.

»Deswegen bin ich nicht glücklich.«

»Nachvollziehbar.«

»Weil das kein guter Stil ist.«

»Wahrscheinlich nicht.«

»Nicht unter Partnern, nicht unter Kollegen und schon gar nicht unter …« Ja, was eigentlich? Sophie seufzt und entscheidet sich dann hierfür: »Freunden.«

»Hm.«

»Toni, es war nicht in Ordnung, mir nicht Bescheid zu geben. Das war stillos.«

»Entschuldigung.«

»Ungefähr so, wie es stillos *ist*, mich vor der Tür stehen zu lassen.«

Es rumpelt kurz im Inneren. Für einen Moment fürchtet sie, er könne einfach weggegangen sein. Dann taucht seine Stimme aber doch wieder auf.

»Ich sammle mich noch kurz und komme gleich raus. Lass uns einfach bei Olga in *Die Kaffee* treffen.«

Sophie zieht eine Augenbraue hoch. Ganz gleich, wie derangiert er gerade sein mag, sie *tatsächlich* hier stehen zu lassen ist selbst in Anbetracht seiner sonstigen Maßstäbe gewagt. Kurz überlegt sie, ob sie noch etwas nachlegen soll. Da sie von drinnen nichts mehr hört, weiß sie aber noch nicht einmal, ob er überhaupt noch da ist. Mit der verschlossenen Tür zu sprechen, ohne dass er auch nur zuhört, wäre allerdings sogar noch trauriger als das, was sie gerade hinter sich hat. Vor allem hat sie es nicht nötig. Überraschend schnell bekommt sie daher den Impuls in den Griff, die Tür einfach einzutreten. Pirlo wohnt in einem Altbau. Jeder Wohnungseingang ist aus verstärktem Holz. Im Kickbox-Training wäre das noch nicht einmal eine der schwierigen Aufgaben.

Dann bringt sie aber doch allein der Gedanke daran zum Lachen. Was macht sie hier eigentlich? Ernsthaft, was? Sie steht fast genau dort, wo sie Pirlo vor einem halben Jahr geküsst hat. Seitdem ist alles Mögliche passiert. Pirlo hat womöglich sowohl ihrer Mutter als auch ihrem Vater das Leben gerettet, sie haben Eifersuchtsdramen wegen Max Bischoff erlebt, sie haben sich gestritten, vertragen, und ganz am Ende hat auch noch jemand auf ihn geschossen. Was sie nicht gemacht haben: miteinander geredet. Zumindest nicht über irgendetwas, was mit dem zu tun haben könnte, was sie wirklich verbindet. Pirlos viele Unklarheiten und Lügen. Die Kanzlei. Diesen Kuss. Wenn sie jetzt tatsächlich hier vor der Tür steht und mit ihm durch diese hindurch zu sprechen hat, ist das immerhin die Erkenntnis wert, dass ein solches Gespräch heute nicht mehr stattfinden wird. Morgen übrigens auch nicht. Er kann sie nämlich mal. Aber so richtig.

23.

SO RICHTIG-RICHTIG.

Etwa drei Minuten später

Etwa drei Minuten später schlägt der Stolz zu. Und dann das Temperament. Zwar ist Sophie längst nicht so wechselhaft gestrickt wie Pirlo, bei dem ein sonniges Gemüt von einem Moment auf den anderen in einen wahlweise gegen sich und / oder andere gerichtete Kamikaze-Modus wechseln kann. Sophie ist allerdings auch kein völlig abgestumpfter Klotz – und sie hat nicht vor, einer zu werden.

Dass sie nicht im Café auf ihn warten wird, war schon klar, als er es vorgeschlagen hat. Das löst leider nicht das Grundproblem, dass sie dringend wissen will – und *muss* –, was eigentlich los ist. Wann er wieder arbeitet, zum Beispiel. Das ist schließlich aktuell nicht ganz unwichtig.

An der Ecke zur Pfalzstraße bleibt Sophie stehen. Links geht es zu Olgas Café. Hinter ihr liegt das Haus, in dem Pirlo wohnt. Rechts von ihr ist das Restaurant *Primitivo*. Wie oft war sie dort mit Pirlo essen? Wie oft haben sie bei Spaghetti Vongole Pläne geschmiedet? Wie oft haben sie einfach miteinander gescherzt und gelacht? Und wie oft hat er ihr trotzdem spätestens am nächsten Tag einen guten Grund gegeben, ihn in die Wüste zu schicken? Vielleicht ist es einfach an der Zeit, anzuerkennen, dass Pirlo eben so ist. Dass sie *miteinander* so sind. Und dass das wenig Zukunft hat. Oder gar keine.

Falls es dafür noch einen weiteren Beleg braucht, kommt er unmittelbar darauf aus Pirlos Haustür gestöckelt. Als sie sich öffnet, tritt Christina Soares heraus. Die Premiumausgabe der Düsseldorfer Leichtzuhabenbussibussischickeria. Ausgerechnet. Als sie Sophie sieht, schenkt sie ihr ein Lächeln, wie es nur eine Frau hinbekommt, die einer anderen klarmacht, dass der Kerl bescheuert ist. Aber jetzt bei ihr. Womit bei Sophie jede Sympathie für Pirlo dahin ist. Mal wieder. Dafür jetzt so richtig-richtig.

24.

ENTLAUBEROFFENBARUNG.

Am Abend bei der Eintracht

Pirlo denkt an Adolfo Valencia. In der Saison 1993/1994 war der kolumbianische Nationalstürmer mit dem markanten Schnubbi der Königstransfer der Bayern. Es dauerte nicht lange, bis sich der ein oder andere in München fragte, warum eigentlich. Anders als geplant, fiel die vermeintliche Tormaschine weniger durch gelungene Angriffsaktionen auf als durch eine gewisse Streubreite bei ihren Abschlüssen. Da Valenica im Training den einen oder anderen Ball in die Botanik zimmerte, verpasste Franz Beckenbauer ihm den Spitznamen »El Entlauber«. Was nicht nur das Ende des Anfangs von Valencia bei den Bayern war, sondern genau genommen auch gleich der Anfang vom Ende.

Pirlo steckt sein Telefon wieder ein. Er wird Sophie nicht schreiben. Jedenfalls nicht jetzt. Wobei die Wahrscheinlichkeit, dass ihm später etwas einfällt, was sie lesen will, auch nicht gerade hoch ist. Kein Zweifel: Er hat es mal wieder verkackt. Dass er jetzt hier steht und solche Gedanken hat, sendet ein eindeutiges Zeichen. Sogar sein eigenes Unterbewusstsein findet ihn scheiße.

Der eigentliche Grund dafür, an Adolfo Valencia zu denken, steht direkt vor ihm auf dem Platz. Moritz Felting, ein rothaariger Schlaks mit einer bemerkenswerten Sommersprossengesichtsfülle, übt unter der Aufsicht eines schlanken Mannes mit Dreitagebart Torabschlüsse. Oder zumindest das, was er dafür hält. Von den letzten zehn Versuchen hat der Torwart drei gehalten. Bei den anderen sieben hatte er keine Chance, an den Ball zu kommen, das aber nicht, weil er im Tor gelandet wäre, sondern irgendwo fernab davon im Fangnetz oder, bei einer besonders unglücklichen Aktion, auch im Gebüsch dahinter. Was den Gedanken an Adolfo Valencia aufdrängte. Der Pirlo nur sehr kurz froh gemacht hat. Dann sind ihm die Parallelen zwischen Valencias Bayern-Auftritt und seiner eigenen Performance gegenüber Sophie aufgefallen. Schlechte Auftritte, vergebene Chancen und so weiter. Und schon war die Ablenkung dahin. Die gute Laune sowieso. Dazu ist die Entlauberoffenbarung zu deutlich. Zu bedrückend ist sie sowieso, so sehr sogar, dass sie in der Geschichte seiner eigenen Blödheit eigentlich ein eigenes Kapitel verdient hätte. Wenn Adolfo Valencia als Vergleich auftaucht, und das nicht unironisch passiert, ist das nicht gerade ein Zeichen für besonders gelungene Entscheidungen. Das erkennt sogar Pirlo an. Und das will was heißen.

25.

ÜBERMOTIVIERT.

Sekunden später

Gerade noch so, kurz vor knapp, ehe Pirlo aus seinen Erkenntnissen einen konkreten Rückschluss oder sogar einen Impuls zur Änderung seines Verhaltens ableiten könnte, reißt ihn Hamza aus den trüben Gedanken. Auch wenn es an den Nerven zehrt, dass er immer noch keinen Vertrag unterschrieben hat, kann sich Pirlo schlecht gegen seine gute Laune wehren. Hamza strahlt, als habe er gerade in der Lotterie gewonnen. Und das auch noch ohne Los. Pirlo kann gar nicht anders. Er freut sich mit. Ist doch schön, wenn es mal jemandem gut geht.

»Dr. Pirlo, das ist Serdar!« Hamza schiebt einen schmalen, etwa einssiebzig großen Teenager in Pirlos Blickfeld. »Mein Sohn!« Das Ausrufezeichen ist vergoldet. Dann dreht er sich zu dem Jungen, den Pirlo zwischenzeitlich in so vielen Instagram-Reels und TikTok-Videos gesehen hat, dass er fast erstaunt ist, dass es ihn auch im wahren Leben gibt. Auch Serdar fremdelt. Er ist sich erkennbar noch nicht ganz darüber im Klaren, was er von dem langhaarigen Typen im blauen Anzug zu halten hat. »Serdar, das ist Dr. Antonio Pirlo. Er ist Rechtsanwalt – und ein Freund der Familie.«

Pirlo lächelt und schüttelt Serdar die Hand. Er ist Hamza dankbar dafür, dass er sich mit dem falschen richtigen Namen Mühe gibt. Oder dem richtigen falschen. Je nachdem.

Serdar beschränkt sich darauf, Kaugummi zu kauen, als ginge es um sein Überleben.

Pirlo schenkt ihm ein Lächeln. »Nenn mich einfach Toni.« Kurz liegt es ihm auf der Zunge, noch so was zu sagen wie »Das machen alle meine Freunde«. Dann ist der Moment vorüber und er froh, dass er das gelassen hat. Er ist vierundzwanzig Jahre älter als Serdar. Dass er hier im Anzug auf dem Fußballplatz herumsteht, ist wahrscheinlich schon cringe genug. Er muss die Situation nicht *noch* sonderbarer machen. Zumal es hier nicht um Freundschaften geht, sondern um was anderes. Das Geschäft. Zumindest hoffentlich.

»Lasst uns gemeinsam in die Stadt fahren!«, schlägt Hamza vor.

»Klar.« Pirlo ist fest entschlossen, alles, was es an Vorschlägen gibt, gut zu finden. Seine Überraschung kann er trotzdem nicht ganz verbergen. »Auch wenn ich dachte, dass wir uns extra hier treffen, nah an der Basis und so, da, wo alles anfängt, oder besser noch, bald angefangen haben wird.«

Hamza lächelt entschuldigend. »Das war auch mein Gedanke. Aber seit dieser Sache ist die Stimmung hier doch sehr anders.«

»Dieser Sache?«

»Dem Mord an Herrn Merkert.«

Richtig. Da war doch was. Pirlo nickt. Dann kommt ihm ein Gedanke, der zwar unpassend ist, weil er nichts mit dem zu tun hat, worum es hier eigentlich gehen soll, gleichzeitig aber auch genau die Mischung aus fies und wichtig mitbringt, bei der klar ist, dass es sich erst gar nicht lohnt, so zu tun, als sei es eine ernsthafte Option, ihn nicht auszusprechen.

»Weiß man denn schon was darüber?«

»Worüber? Den Mord?«

»Ja.«

Hamza zuckt mit den Schultern. »Ich glaube nicht.« Er nickt unauffällig in Richtung Serdar. »Aber das ist ja gerade der Grund, warum wir vielleicht aufbrechen sollten.«

Was natürlich richtig ist. Der Junge soll sich nicht durch die Probleme anderer runterziehen lassen. Sondern seinen Vater bitten, endlich einen Vertrag für ihn zu unterschreiben. Und das nach Möglichkeit bald.

»Hervorragende Idee!« Pirlo klatscht übermotiviert in die Hände und schämt sich dafür, noch bevor sie aufeinandertreffen. »Na, dann lasst uns mal losfahren!«

»Wir warten noch auf Moritz.« Das kam von Serdar. Nicht als Frage oder Bitte. Sondern weil es so ist.

In Hamzas Blick meint Pirlo den Wunsch zu erkennen, dass das alles easy läuft. Nur eben mit dem Sommersprossigen im Schlepptau. Pirlo soll es recht sein. Alles, was dazu führt, dass sie vorankommen, ist willkommen. Und sei es, noch einen anderen Jungen mitzunehmen.

Ein Blick auf den leeren Trainingsplatz verheißt immerhin Hoffnung. Wahrscheinlich ist Moritz bereits unter der Dusche. Es sollte hier also nicht mehr lange dauern. Um die Zeit des Wartens zu überbrücken, schaut Pirlo aus reiner Gewohnheit auf sein Telefon. Was unter Nervengesichtspunkten ein Fehler ist. Und was für einer.

Das gesamte Display ist voll von Nachrichten über den Mord an Merkert. An sich ist das kein Wunder. Pirlo hat danach schließlich noch bis vor einer Viertelstunde auf dem Parkplatz gesucht. Zwischenzeitlich sind allerdings neue Berichte über die »Bluttat am Yachthafen« dazugekommen. Womit sich weiter die alles entscheidende Frage stellt, mit deren Antwort auch das, was hier passieren soll, steht oder fällt.

Hamza und Serdar haben sich zum Spielfeld weggedreht. Das gibt Pirlo die Gelegenheit, die Artikel schnell zu überfliegen. Und erleichtert zu sein. Loslassen kann er seine Sorge trotzdem nicht. Mit nervösen Fingern googelt er seinen eigenen Namen. Auch hier ist nichts neu. Zwar taucht er in Verbindung mit einigen Fällen auf. Zum Mordfall Merkert findet sich jedoch nichts. Pirlo steckt das Telefon wieder ein und versucht, sich seine Erleichterung nicht anmerken zu lassen. Grobulla hat augenscheinlich tatsächlich darauf verzichtet, seinen Verdacht an die Presse durchzustecken. Angesichts dessen, was sie sich in den letzten Jahren auch und gerade über die Medien gegenseitig angetan haben, ist Pirlo fast versucht, sich vor der Gentlemanhaftigkeit seines alten Gegners zu verneigen. Womöglich hat Grobulla aber auch nur Angst davor, dass Arland ihn angesichts der dünnen Beweislage bei einer Presseinformation in Grund und Boden verklagen könnte.

»Na, machen Sie sich über unsere Tragödie schlau?«

Die Frage überrascht Pirlo mindestens so sehr wie die von hinten auf seine Schulter klopfende Hand. Immerhin kann er beides zuordnen. Er muss sich daher nicht mal umdrehen, um zu wissen, dass da Roland Schmitz steht, der Präsident von Eintracht Düsseldorf. Schmitzi. Auch das noch.

26.

UNFALLFREI.

In Pirlos Augenwinkel

Roland Schmitz taucht von rechts in Pirlos Blickfeld auf und dreht sich zu der Runde, als habe sie nur auf ihn gewartet. Entsprechend eng bleibt er am Ball. »Haben Sie denn Neuigkeiten zum Tod von Joachim?«

»Warum sollte ich?«, fragt Pirlo mit seltsam trockenem Mund.

Schmitz zuckt mit den Schultern, als sei das für ihn völlig klar. »Sie sind doch Strafverteidiger.«

»Und?«

»Liegt das da nicht nah?«

»Was?«

»Dass man in Ihrem Beruf auch mal was mitbekommt oder hört?«

»Na ja, es gibt einen täglichen Newsletter, in den die Kolleginnen und Kollegen reinschreiben, was sie so machen, denken, wissen und erfahren haben. Aber heute habe ich noch nicht reingeschaut.«

»Meinen Sie LinkedIn?«

»Was?«

Pirlo ist verwirrt. Wer verarscht hier eigentlich gerade wen?

»Falls sich etwas ändert, können Sie ja Bescheid geben«, fährt Schmitz fort. Jetzt wirkt er nüchtern. Betroffen. »Der Tod von

Joachim Merkert ist schließlich für uns alle ein schwerer Schlag.«

»Sicher«, brummt Pirlo.

»Joachim war ein herzensguter Mensch«, fährt Schmitz fort, ohne dass ihn jemand danach gefragt hat. »Ohne ihn sähe es bei der Eintracht heute ganz anders aus. Er hat unsere Talente überhaupt erst entdeckt, gefördert und entwickelt. Wenn man so will, war er Macher und gute Seele in einem.«

»Okay«, murmelt Pirlo. Mehr fällt ihm dazu nicht ein. Dann geht ihm auf, dass sich Schmitz auch gar nicht an ihn wendet. Sondern an Hamza.

»Gerade für Serdar hat sich der Joachim enorm eingesetzt. Das, was er mit dem Jungen aufgebaut hat, was Michael und er mit ihm erarbeitet haben …«

»Michael?« Pirlo will sich augenblicklich auf die Zunge beißen. Wie konnte er nur so blöd sein?

»Aber sicher, Michael Bartels.« Schmitz fasst sich theatralisch an die Stirn. Sein hervorragend sitzender Anzug verrutscht keinen Zentimeter mehr, als er soll. Kurz ist Pirlo abgelenkt davon, dass er Schmitz bei einem Verein wie Eintracht Düsseldorf jedes Mal in Anzügen herumlaufen sieht. Dann holen ihn Schmitz und dessen nölender Ton zurück ins Hier und Jetzt.

»Richtig, Sie kennen sich hier ja gar nicht aus.« Er verlangsamt sein Antworttempo, so als fürchte er, dass Pirlo andernfalls nicht folgen könne. »Michael ist der Trainer der ersten Mannschaft. Ich dachte, dass Sie ihn vorhin beim Schusstraining mit Moritz Felting gesehen haben.«

»Klar«, antwortet Pirlo. Was soll er sonst sagen?

»Um zurück zu Joachim zu kommen«, fährt Schmitz fort, unterbricht sich dann aber, um sich an Pirlo zu wenden: »Damit meine ich Herrn Merkert.«

Pirlo weiß, was sein Kopf von ihm verlangt. Zu sagen ist: »Danke. Ich weiß.« Zu denken: Was für ein Arschloch. Er bekommt beides unfallfrei hin. Trotz aller Wut.

»Jedenfalls hat der Joachim die ganzen Grundlagen geschaffen, die Saat gestreut, das Feld bestellt, um Serdar den großen Sprung, den *nächsten Schritt* zu ermöglichen.« Schmitz sucht und findet Serdars Blick. Er senkt geradezu beschwörend seine Stimme. »Wir sind stolz auf das, was wir gemeinsam erreicht haben, auf das, was uns verbindet. Du kannst immer auf uns zählen, Serdar. Das weißt du. Egal, was ist, wir sind immer da.«

Als keiner etwas dazu sagt, wagt Pirlo einen neuen Anlauf. »Das ist sicher schön zu hören. Es hat mich auch gefreut, Sie zu sehen. Wir sind aber eigentlich gerade im Aufbruch.« Er nickt Hamza zu. »Oder?«

»Aber wieso das denn? Hat einer von euch was ausgefressen, oder wie?« Schmitz lacht, als habe er einen großartigen Witz gerissen.

»Nein«, antwortet Pirlo. Einer muss ja schließlich was sagen. Dass das nicht Hamza oder Serdar sein werden, ist dabei klar. »Ich weiß auch gar nicht, was die Frage soll.«

»Na, ich meine nur«, wendet sich Schmitz an Vater und Sohn Tuncay. »Weil ihr hier mit einem Strafverteidiger steht und so.«

Pirlo reicht es jetzt. »Der mit seiner Kanzlei auch im Fußball unterwegs ist. Sie erinnern sich, wir sprachen darüber, als Sie sich vorgestern zu Herrn Merkert und uns gesellt haben.«

»Natürlich«, beeilt sich Schmitz zu beschwichtigen. »Eine Strafrechtskanzlei, die auch Fußballsachen bearbeitet. Das ergibt bestimmt auf eine ganz eigene Art *Sinn*, oder nicht? Oder doch? Ach, ich weiß es ja auch nicht.«

»Eben. Sie wissen es nicht. Schon deshalb schlage ich vor, dass wir das Thema gut sein lassen«, brummt Pirlo. »Was

Hamza, Serdar und mich verbindet, ist der Fußball und das, was wir dazu zu besprechen haben. Weder fahren wir in die Kanzlei noch gibt es irgendeinen anderen Strafrechtszusammenhang.«

»Sicher«, entgegnet Schmitz. »Wobei es ja aber trotzdem heißt: Schuster, bleib bei deinem Leisten. Beziehungsweise, in meinem Fall: Schneider, bleib bei deinen Anzügen. Und sich, was Serdar anbelangt, wahrscheinlich übertragen lässt auf: Junge, bleib da, wo du hingehörst!«

Was dann doch ein harter Anschlag auf Pirlos Contenance ist. Umso mehr ist er erleichtert, als aus der Richtung des Vereinsheims Moritz angetrottet kommt. Der Blick geht unsicher in die Runde. Die Haare sind vom Duschen noch nass.

»Wir sollten schauen, dass der Junge sich nicht erkältet«, murmelt Pirlo. Zu seiner Erleichterung ist auf Hamza einmal mehr Verlass. Dessen Hand streckt sich schwungvoll in Richtung Schmitz. »Vielen Dank für das Gespräch und Ihre Zeit. Außerdem natürlich auch noch einmal mein Beileid, Herr Schmitz.«

»Schmitzi«, entgegnet der lahm.

»Aber wir müssen jetzt mal langsam los.«

»Sicher«, murmelt Schmitz, dem das alles gerade erkennbar zu schnell geht. Die ein oder andere Nettigkeit in Richtung Pirlo hätte er jedenfalls sicher noch auf Lager gehabt.

Auf dem Weg zum Mercedes wendet sich Pirlo an Hamza. »Gut, dass wir endlich loskommen.«

»Klar.«

»Was Schmitz da gerade von sich gegeben hat, kann ich verstehen. Er kämpft um die Kontrolle über Serdar. Vielleicht will er ihn einfach nur für die Mannschaft behalten, vielleicht aber auch selbst als Berater in Stellung kommen. *Irgendetwas* hat er jedenfalls sicher im Sinn gehabt, sonst wäre er nicht zu uns gestoßen.«

Hamza zuckt mit den Schultern. »Kann sein.«

»Jedenfalls weiß ich zu schätzen, dass ihr uns so viel Vertrauen entgegenbringt.«

»Serdar verdankt dir schließlich viel.«

»Gut.«

Dann sind sie beim Auto.

»Sag mal, wo sollen wir Moritz eigentlich absetzen?«

»Nirgends«, antwortet Hamza ganz selbstverständlich. »Er kommt mit.«

Pirlo dreht an seinen Haaren. »Ich dachte, wir sprechen über den Vertrag von Serdar.«

»Machen wir. Moritz nehmen wir einfach dazu.«

Dann kommt Pirlo ein Gedanke. »Hast du das etwa mit Ahmid besprochen?«

»Nein. Mit dir.«

Hoppla. Sollte Pirlo das wirklich entfallen sein? »Wann denn?«

»Jetzt.« Hamza zwinkert Pirlo zu. »Wollen wir los?«

»Absolut.« Pirlo zwinkert zurück. Schön, dass sich Hamza und er so supereasy einig sind. Worüber auch immer.

27.

NUR WEGEN GELD?

In der Kanzlei

»Schön haben Sie es hier.« Der Mann nickt anerkennend.

»Danke«, sagt Sophie. »Darf ich Ihnen Ihren Mantel abnehmen?«

»Natürlich.«

Er wirkt freundlich, aber auch angespannt. Aber wie auch nicht? Man geht schließlich nicht jeden Tag zu einer Strafverteidigerin. Und wenn, dann bestimmt nicht einfach so, zum Spaß. Möglicherweise ist er auch einfach irritiert davon, dass es die Anwältin ist, die ihm die Jacke abnimmt. Aber was soll Sophie dazu erklären, sagen, machen? Es ist schließlich, wie es ist.

Pirlo und sie haben Wang, den Kanzleiassistenten, gebeten, den gesamten Jahresurlaub auf einmal zu nehmen. Auf diese Weise steht er eher zur Verfügung, wenn sich die Kanzleiauslastung bessert. Auch wenn unklar ist, ob das überhaupt noch einmal so kommt.

Wang selbst hat den Ernst der Lage natürlich schon lange verstanden. Er besorgt bei *Recht.Schaffen* die Buchhaltung. Wahrscheinlich war ihm längst aufgegangen, dass die Kanzlei an die Wand fahren würde, als Sophie und Pirlo noch Tag und Nacht durch die Gegend flitzten, um zu verhindern, dass Ernst Mahler in den Knast kam. Oder umgebracht wurde. Beziehungsweise, eigentlich beides. Es sprach für Wang, dass er sie währenddessen nicht mit den wirtschaftlichen Realitäten belästigte. Genau genommen sprach exakt das auch gegen ihn. Jetzt jedenfalls müssen sie alle mit den Folgen leben.

Wang hat sich in den Zwangsurlaub verabschiedet, um »seine vietnamesischen Wurzeln vor Ort zu erforschen«. Sophie weiß das allerdings nur aus seinem Instagram-Feed. Gesagt hatte er dazu nichts. An seinem letzten Kanzleitag schüttelte er Sophie nüchtern die Hand, erklärte ihr noch einmal, wo der Schalter für den Drucker ist (unten) und der für das Fax (oben), was zu tun ist, wenn das WLAN ausfällt und wie beA, das besondere elektronische Anwaltspostfach, funktioniert. Dann war er einfach gegangen. Sophie war noch lange in der Kanzlei gesessen, hatte Tee getrunken und überlegt, ob dieser Abschied anders gelaufen wäre, wenn Pirlo vor Ort gewesen wäre. Vielleicht ja. Pirlo ist anders als sie. Ihm gelingt es meistens, schnell ein gutes Verhältnis zu Menschen aufzubauen. Wang macht dabei keine Ausnahme. Ob der zweite Teil der Wahrheit, dass Pirlo dieses Verhältnis häufig genauso schnell in Schutt und Asche verwandelt, auch für ihn gilt, kann Sophie nicht wirklich sagen. Einmal hat sie Wang bei Pirlo im Krankenhaus getroffen. Gesprochen haben sie darüber nicht. Es gab dafür einfach, wie immer, keine Zeit.

Während sie in der Kaffeeküche der Kanzlei steht, um dem Besucher einen Espresso aus der Maschine zu lassen, kämpft sie gegen den akuten Weltschmerz an. Es fühlt sich seltsam an, dass der gemeinsame Weg für sie, also Pirlo, Sophie und Wang, an ein Ende gekommen sein könnte. Sie haben so viel Zeit miteinander verbracht, so viel gewollt, manches sogar erreicht. Trotzdem könnte es jetzt alles vorbei sein. Und das nur wegen *Geld*?

Andererseits gilt es auch, die Realitäten anzunehmen. So ist das nun mal leider, wenn man erwachsen ist. Und eine Kanzlei führt. Dazu gehört, dass Wang den aufgezwungenen Urlaub auch angenommen hat, weil er weiß, dass Sophie und Pirlo nicht die Kohle haben, um ihm nach einer Kündigung seine Restvergütung auszuzahlen, zugleich aber auch so fair sein wollen, ihn im Fall einer Insolvenz finanziell nicht komplett zu enttäuschen.

Und so kocht Sophie eben selbst Kaffee, verflucht Pirlo, der sich seit dieser miesen Sprich-mit-mir-durch-die-Tür-Nummer so wenig bei ihr gemeldet hat, wie sie sich bei ihm, und von dem einmal mehr allenfalls der Himmel weiß, wo er gerade steckt, und versucht, sich darauf zu konzentrieren, was der im Besprechungsraum wartende Mann am Telefon gesagt hat.

»Haben Sie heute Nachmittag einen Termin frei?«

»Ich schon.«

»Was meinen Sie damit?«

Sophie hatte ins Telefon gelächelt. »Dass Sie mit mir allein vorliebnehmen müssten.«

»Wäre das sonst anders?«

»Das kommt darauf an.«

»Das klingt nach einer typischen Anwaltsantwort.«

Beide hatten so höflich wie unsinnig gelacht. Dann hatte der Anrufer weitergesprochen: »Spaß beiseite, ich wäre Ihnen in einer Angelegenheit, die mir sehr am Herzen liegt, für einen kurzfristigen Termin verbunden. Über Ihre Kanzlei habe ich viel Gutes gehört und könnte mir daher vorstellen, dass ich mit meinem Unternehmen bei Ihnen richtig aufgehoben bin.«

Womit er ein Zauberwort gesagt hat. Vier süße Silben. *Unternehmen*. Es klingt nach einem verantwortungsvollen Mandat. Einem großen Auftrag. Einer garantierten Vergütung. Vielleicht sogar ausnahmsweise mal keiner Lebensgefahr für

Pirlo, sie oder sonst irgendwen. Vor allem aber nach der Möglichkeit, sechs andere kleine Silbenteufel zu vertreiben, die sich zu dem Endgegnerbegriff *Zahlungsunfähigkeit* zusammensetzen.

»Wie wäre es mit siebzehn Uhr?«

Er lachte. »Hervorragend!«

»Das freut mich. Sollten Sie mit dem Auto kommen, können Sie es bei uns um die Ecke am Carlsplatz in einem Parkhaus abstellen.«

Wieder dieses Lachen. Mann, Mann, Mann. Es kommt nicht oft vor, dass jemand in einer Strafrechtskanzlei anruft und *so* gute Laune hat. Aber wie würde Pirlo sagen: Jeder, wie er will und kann. Und dass man manches vom Ergebnis her sehen muss. Hier könnte es sogar mal gut sein.

Sophie verdrängt den Gedanken an Pirlo. Auch als Anwalt kann sie ihn gerade nicht gebrauchen. Er hat zwar mehr Erfahrung. Tatsächlich hat Sophie überhaupt noch nie ein Unternehmensmandat akquiriert. Andererseits: Wie schwer kann das schon sein?

Sie ignoriert entschlossen, dass ihre Hand zittert, als sie die Espressotasse auf ein Tablett stellt, um es in den Besprechungsraum zu tragen. Dort wartet in einem trotz seines Alters bemerkenswert gut sitzenden und frisch wirkenden dunkelgrünen Anzug der mögliche Hoffnungsträgermandant. Und schon geht es los.

28.

OBITER DICTUM. UND SO WEITER.

Im Besprechungsraum

»Also, was kann ich für Sie tun?«

Der Mann dreht sich vom Fenster weg und lächelt. »Schön haben Sie es hier.«

Direkte Antworten auf ihre Fragen sind offensichtlich einfach nicht sein Ding. Um des lieben Erfolgs willen soll es Sophie recht sein. Auch wenn es sie nervt.

»Setzen Sie sich gern.«

»Danke.«

Er nimmt ihr gegenüber Platz.

»Sie sprachen von einem Unternehmen, für das Sie Unterstützung benötigen.«

»Richtig.«

Sophie klappt ihren Laptop auf. »Um welches handelt es sich denn? Und in welcher Branche sind Sie damit unterwegs.«

Er nippt an seinem Kaffee. »Hui, das ist ja wirklich ein hervorragendes Getränk. Wissen Sie, ich verbringe viele Stunden in Besprechungsräumen und glaube über die Zeit einen gewissen Erfahrungsschatz angesammelt zu haben, der mir einen guten Vergleich ermöglicht.«

Sie ringt sich ein Lächeln ab. Auch wenn es sie Mühe kostet. »Wenn wir zurück auf Ihr Unternehmen kommen wollen …«

Der Mann stellt die Tasse ab, als habe er sie mindestens an einem Königshof gereicht bekommen. »Das Unternehmen. Aber sicher.« Er kratzt sich an der grau melierten Schläfe. »Wir sind ein Betrieb, der sich auf ein ganz bestimmtes Produkt spezialisiert hat.« Er lässt das kurz feierlich durch den Raum schweben. Dann lüftet er das große Geheimnis. »Maßanzüge.«

Sophie nickt. Ihr wäre alles recht. Entscheidend ist ohnehin: »Was können wir dabei für Sie tun?«

Der Mann tippt an sein breites Kinn. »Ja, was können Sie für mich tun?« Für einen Moment scheint er sich das tatsächlich überlegen zu müssen. Dann ruckelt er aber auf seinem Stuhl nach vorn und legt los: »Sehen Sie, in unserer Branche war es lange ruhig. Leute mögen maßgeschneiderte Anzüge. Die meisten kaufen in ihrem Leben wahrscheinlich keine fünf Mal einen. Das Investment lohnt sich allerdings unmittelbar. Ich meine« – er lacht – »es ist nun mal die Besonderheit eines solchen Kleidungsstücks, dass es ganz genau passt. Das gefällt den meisten. Außerdem sehen sie im besten Fall gut darin aus. Mit anderen Worten: Über Anzüge gibt es selten Streit. Rechtsanwälte sind eher unsere Kunden als unsere Berater.«

Ach was. Sophie denkt das nur. Noch bemüht sie sich um Höflichkeit. Vielleicht kommt der Typ einfach nur nicht zum Punkt, weil er angespannt ist. Und wer weiß schon, warum? Vielleicht hat er jemanden mit seiner Schneiderschere erlegt und die Leiche in einen feinen Tweed eingenäht, der jetzt, samt Inhalt, im Parkhaus um die Ecke im Kofferraum eines Aston Martin vor sich hingammelt. Oder er hat Steuern hinterzogen, womöglich, was ihr beinahe ein bitteres Lächeln entlockt, eine Insolvenz verschleppt. So was soll ja schon mal vorkommen.

Tatsächlich scheint das, was ihren Gast herbringt, in diese Richtung zu gehen. »Eigentlich war die Lage völlig unter Kontrolle, wissen Sie?«

Sophie nickt. Einfach, weil es sich so gehört.

»Ich hatte ein Unternehmen aufgebaut, das Menschen Freude machen sollte und dem das, nach allem, was man sagen kann, auch gelungen ist. Im Lauf der Zeit sind mehrere Franchise-Nehmer dazugekommen. Das ganze Konzept, die gesamte *Philosophie*, kam aber weiterhin von mir.«

Sophie tippt zwar auf ihrem Laptop mit, ist aber schon wieder nervös. Diesmal kann sie leider nicht mal ihrem Gast einen Vorwurf machen. Sondern nur sich selbst. Als sie das Unternehmen googeln will, fällt ihr siedend heiß ein, dass sie keine Ahnung hat, wie der Mann heißt. Geschweige denn das Unternehmen. Egal, wie sehr sie sich anstrengt, sie kann sich einfach nicht mehr daran erinnern, ob er das am Telefon verraten hat. Was nicht gut ist. Natürlich nicht.

Den Namen nicht zu kennen, wenn der potenzielle Mandant schon in der Kanzlei sitzt, ist nicht nur himmelschreiend unprofessionell. Es führt Sophie auch deutlich vor Augen, wie angespannt sie ist. Und wie wenig sie nicht nur die Lage im Griff hat, sondern auch sich selbst.

Um sich abzulenken, beginnt Sophie an einer Strähne zu drehen. Die Pirlo-Geste. Ausgerechnet jetzt fehlt er ihr. Wahrscheinlich würde er irgendwas Blödes sagen, etwas, das ihr sogar ein bisschen unangenehm wäre, was aber doch dazu führen würde, dass der Mann verrät, was jetzt ganz nützlich wäre. Und sei es nur, um ihn vernünftig ansprechen zu können.

»Alles in allem ist die Marke immer weiter gewachsen und gediehen. Dann kam Corona.«

Jetzt kann Sophie zumindest mal etwas notieren. Corona also. Wahrscheinlich irgendwas mit zu Unrecht bezogenen Hilfen. Subventionsbetrug. Kurzarbeitsbeschiss. Man kennt das.

»Rechts und links von uns hat es reihenweise die Konkurrenz zerlegt. Viele Wettbewerber, Freunde wie Gegner, haben die Pandemie wirtschaftlich nicht überlebt. Diejenigen, die sie erfolgreich hinter sich bringen konnten, waren trotzdem nicht alle gerettet. Kaum waren die Läden wieder offen, kaum ergab sich für Hochzeiten, Beerdigungen und all das ein neuer Bedarf, kroch der Staat aus den Löchern und hat mit seinen Durchsuchungswellen wegen vermeintlichem Schmus die Kerzen reihenweise ausgeblasen.« Er kratzt sich wieder am Kinn. »Soweit ich es einordnen kann, ist mein Geschäft jedenfalls im Rheinland das Einzige, das die Krise ohne weitere Einschränkungen oder Ermittlungen überstanden hat.«

Moment mal. Was?

»Entschuldigen Sie«, setzt Sophie an. »Aber ich bin mir nicht sicher, ob ich folgen kann.«

»Was meinen Sie?«

»Wenn ich Sie richtig verstanden habe, haben Sie *kein* Problem mit staatlichen Ermittlungen?«

»Das stimmt.«

Er lacht und sieht dabei äußerst zufrieden aus. Aber warum auch nicht? Offensichtlich hat er vieles richtig gemacht.

»Wenn ich so direkt fragen darf: Was können, was dürfen wir denn dann für Sie *tun*?«

Der Mann beugt sich nach vorn. Der Anzug gleitet elegant mit.

»Ich will, dass Sie für mich eine Compliance-Struktur einführen, die auch für die Zukunft sämtliche Risiken ausschließt. Im Augenblick sind wir besser aufgestellt als alle anderen. Es kann aber nicht genügen, nur der Einäugige unter den Blinden zu sein. Wir wollen wirklich *beyond* sein. Professionell. Modern. Stark. Dazu brauchen wir ein unternehmensumspannendes Compliance-Management-System.« Er legt die Stirn in Falten. »Gehört so etwas denn zu Ihrem Repertoire?«

Sophie nickt und sagt das, was ein guter Anwalt auf solche Fragen immer sagt: »Na klar!«

»Gut.« Er lächelt. »Wie würden Sie starten?«

»Loslegen würden wir mit einer Risikoanalyse.« Kurz denkt Sophie an ihren Vater. Seit Jahren versucht er, sie davon zu überzeugen, sich der Corporate-Welt anzuschließen. Unternehmen zu beraten. Player zu akquirieren. Big Business. Wenn das hier gut ausgeht, wird sie ihm bei ihrem nächsten Besuch im Krankenhaus vielleicht erzählen, dass sie ihm bei seinen stundenlangen Vorträgen darüber tatsächlich zugehört hat. Jetzt läuft daher jedenfalls alles ganz flüssig. »Wenn wir wissen, wo in Ihrem Unternehmen die neuralgischen Punkte liegen, was kritisch zu betrachten sein könnte und wo sich mögliche Fehlerquellen befinden könnten, setzen wir um, was der Bundesgerichtshof in einer Entscheidung vom neunten Mai 2017 in einem *obiter dictum* erklärt hat.«

Jetzt erlaubt sich auch Sophie ein Lächeln. Sie ist auf sicherem Grund. Das sind die Sachen, die sie draufhat. Entscheidungen. Erklärungen. Recht. Irgendwas kann jeder. Sie kann das hier. Und sie weiß, dass ihr Gegenüber das auch mitbekommt.

»Der Bundesgerichtshof sagt, dass es für eine Sanktion darauf ankommt, inwieweit ein Unternehmen der Pflicht, Rechtsverletzungen aus seiner Sphäre zu unterbinden, genügt, und ein effizientes Compliance-Management installiert hat, das auf die Vermeidung von Rechtsverstößen ausgelegt sein muss.« Dann legt sie sogar noch nach. Einfach, weil sie es kann. »Aktenzeichen 1 StR 265 / 16.«

Ihr Besucher ist offensichtlich beeindruckt. »Wissen Sie das etwa auswendig?«

»Ja.« Sie nickt. »Das ist alles richtig.« Kein Witz.

»Allerhand.«

»Sie sagen es. Jedenfalls« – sie richtet sich auf: Sophie Mahler, die Geschäftsfrau – »setzen wir das alles gern für Sie um, und zwar genau so, dass und wie es zu Ihnen passt.« Sie erinnert sich an eine Floskel ihres Vaters. »Als klassisches schon / noch-Szenario. So viel, wie man schon braucht, aber auch so wenig, wie gerade noch nötig.«

Der Mann strahlt. »Das klingt hervorragend.«

»Es wird auch hervorragend funktionieren. Sobald wir unser Programm eingerichtet haben, sind Sie in Ihrem Markt der Klassenbeste.«

»Das klingt sehr gut.« Dann legt sich allerdings seine Stirn in Falten. »Aber sagen Sie – können Sie das überhaupt stemmen?«

»Wie meinen Sie das?«

»Na ja« – er lehnt sich körpersprachenmäßig unschön zurück –, »im Augenblick sind, wenn ich das richtig verstehe, nur Sie hier, oder?«

»Richtig. Aber wir arbeiten als Team zusammen.«

»Mit vielen Leuten denn?«

»Zwei.«

»Also insgesamt drei Anwälte?«

»Nein. Zwei. Ich bin davon schon ein Teil.«

»Dann sitzt die Hälfte der Anwälte also aktuell mit mir in diesem Raum.« Er stellt es einfach nur fest. Fies klingt es trotzdem.

»Richtig«, antwortet Sophie. Was soll sie auch sonst sagen?

»Dann erlauben Sie mir, dass ich meine Frage wiederhole, Frau Mahler: Können Sie das denn stemmen? Ich meine, wir sprechen bei *Tweed is Neat* über fünfundzwanzig Filialen, verteilt über alle Bundesländer.«

Das war also der Name! Sophie fühlt sich gleichzeitig erleichtert, dass sie ihn jetzt kennt, und verwirrt, weil sie immer noch nicht sagen kann, ob er vorher schon einmal gefallen ist.

Vielleicht ist ihre nächste Antwort auch deshalb nicht besonders glücklich. »Ich denke, wir schaffen das.«

»Sie *denken*?« Ihr Gast wirkt alarmiert.

Sophie lächelt betont freundlich. »Ich denke das nicht nur. Ich weiß es. Wir schaffen das definitiv.«

»Haben Sie, wenn ich so offen fragen darf, denn ansonsten so wenig zu tun?«

Sophie hebt die Augenbrauen. »Sie dürfen das natürlich fragen. Ich werde Ihnen darauf aber schon aus Gründen unserer Unternehmensintegrität keine Antwort geben. Außerdem gibt es noch einen anderen guten Grund.«

»Welchen?«

Ihr Lächeln wird schwächer, ihre Stimme fester. »Es geht Sie schlicht und ergreifend nichts an.«

Jetzt lacht ihr Gast wieder. »Ich muss sagen, dass mir Ihre Art gefällt, junge Frau! Robust. Resolut. Toll! Genau so habe ich mir das vorgestellt.«

»Gut.«

»Mit dem Rechtsgebiet haben Sie dann wahrscheinlich auch keine Schwierigkeiten?«

»Wie meinen Sie das?«

»Eigentlich nur ergänzend. Nach dem, was ich über Sie und Ihre Kanzlei im Internet herausgefunden habe, hatte ich den Eindruck, dass Sie vor allem im Strafrecht tätig sind und Menschen verteidigen.«

»Dabei beherrschen wir aber auch das Verteidigen von Unternehmen, ebenso die Compliance-Beratung«, fängt Sophie jede weitere Frage ab. Gleichzeitig hämmert eine eigene immer mehr in ihrem Kopf. Was will er eigentlich von ihr? Das, was er sucht, bieten viele an. Draußen, am Carlsplatz, hat sich mittlerweile jede zweite Kanzlei einen Compliance-Aufkleber auf ihr Schild geklebt. Alternativlos kann sein Weg hierher kaum gewesen sein. Also: Warum ist er *wirklich* da?

»Wir sind eine junge und engagierte Einheit.« Sie spricht einfach weiter. Diese Werbesätze beherrscht sie im Schlaf. Irgendwas hat sie von Pirlo also doch gelernt. »Wir haben schon alle möglichen Einheiten und Gesellschaften beraten und begleitet. Dabei schrecken wir auch vor neuen Herausforderungen nicht zurück. Gerade aktuell sind wir etwa in den Bereich der Fußballberatung eingestiegen.«

»Ach, was Sie nicht sagen«, unterbricht der Mann sie. »Das ist ja interessant!«

»Sie meinen das mit dem Fußball?«

»Allerdings! Man hört darüber schließlich immer wieder die wildesten Geschichten. Ein Herr Weltmeister Boateng, der seine Partnerin misshandelt haben soll. Oder ein Herr Alves, der während seiner Zeit in Barcelona eine Frau vergewaltigt haben soll.«

»Kann schon sein, dass es unter Fußballern auch klassische Strafrechtsfälle gibt. Das meinte ich aber gar nicht«, unterbricht jetzt Sophie ihn.

»Nicht?«

»Nein, ich meinte« – sie räuspert sich und stellt dabei fest, wie seltsam sich der Satz noch immer anfühlt – »echte Spielerberatung.«

»Aha«, sagt er trocken. »Dann fürchte ich allerdings, dass für ein Compliance-System für mein Unternehmen *erst recht* keine Zeit mehr ist.«

»Wie bitte?«

»Sie haben mich richtig verstanden. Das schließt sich nach meiner Meinung gegenseitig aus. Ich brauche Überzeugungstäter, Leute, die für ihren Beruf und für die Unterstützung meiner Idee brennen, nicht Menschen, die in einer Findungsphase stecken und gerade einen komplett neuen Berufszweig für sich entdecken.«

»Aber wir haben doch noch gar nicht darüber gesprochen, was der Aufwand bei Ihnen sein wird, Herr …«

»Schmitz«, ergänzt er lapidar, als sie ins Stocken kommt. Ihren Fauxpas lässt er sie trotzdem spüren. »Es ist sicher auch richtig, was Sie sagen, Frau *Mahler*. Aber ich bin nun einmal nicht bereit, eine vierstellige Grundpauschale pro Filiale plus einen für Schulungen und Implementierungsmaßnahmen anfallenden Stundensatz von wahrscheinlich knapp fünfhundert Euro zu bezahlen, wenn ich den Eindruck haben muss, dass Sie Ihre Schwerpunkte ganz woanders setzen. Nebenher verteidigen, schön und gut. Aber etwas ganz *Neues* anzufangen, dafür sehe ich wirklich keinen Raum.«

Sophie hört ihm zwar bis zum Ende zu. Ihre Gedanken sind aber trotzdem bei den Zahlen stehen geblieben. Vorhin hat er von über zwanzig Filialen gesprochen. Für die jeweils eine Pauschale anfallen würde, dazu noch Einarbeitung, Schulungen und so weiter. Das wäre nicht nur viel Geld, sondern vor allem nichts anders als die Rettung für *Recht.Schaffen*. Wenn auch eine, die mit einem Haken käme.

»Ich muss darüber mit meinem Kanzleikollegen, Herrn Dr. Pirlo, sprechen.«

»Das verstehe ich«, antwortet Schmitz knapp. »Nachdem ich, wie ich gar nicht verhehlen will, bereits das Vergnügen hatte, ihn persönlich kennenzulernen, kann ich mir vorstellen, dass er darüber wenig begeistert ist. Jedenfalls so lange, bis er die Zahlen hört.« Schmitz schmunzelt. Offensichtlich findet er sich und die Lage ganz großartig. Wenn das auch nicht ohne Einschränkung gilt. »Umgekehrt kann ich meinen Enthusiasmus gerade noch so zügeln, aber …« Er besinnt er sich. »Ich bin schließlich auch nicht nur seinetwegen hergekommen, sondern weil Sie mir als Einheit und davon insbesondere Sie, sehr geehrte Frau Mahler, wärmstens empfohlen worden sind.« Er steht auf. »Denken Sie also gern über mein Angebot nach und lassen Sie mir einen entsprechenden Vertrag zukommen.« Dann sieht er sie noch einmal direkt an. »Sie haben drei Tage.«

29.

DIE GESAMTBESCHISSENHEIT DER DINGE.

Zwei Stunden später

Zwei Stunden später ist Pirlo gleichermaßen angespannt und sauer. Was keine gute Mischung ist. Dass es dafür gute Gründe gibt, macht es dabei nicht besser, sondern vermengt sich zu einer viel zu vertrauten Gesamtbeschissenheit der Dinge. Na, herzlich willkommen. Da bist du also mal wieder.

Noch mehr zu hadern führt allerdings auch nicht weiter. Im Gegenteil, irgendwie muss Pirlo mal aus diesem Skylla-und-Charybdis-Quatsch raus. Die Reihenfolge ist an sich auch klar. Zuerst hat er herauszufinden, was eigentlich der aktuelle Stand mit Hamza, Serdar und dieser Fußballsache ist, dann muss er unbedingt die Fragen klären, die ihn selbst betreffen, und danach steht wohl oder übel ein klärendes Gespräch mit Sophie an. Also los!

Warum hat Hamza diesen Moritz Felting unbedingt mitnehmen müssen? Wieso haben die beiden Jungen im Auto dann die ganze Zeit kein Wort gesprochen, sondern einfach nur mit ihren Kopfhörern dagesessen und irgendwas in ihre Telefone getippt, irgendwann aber, plötzlich, beide befunden, dass sie unbedingt etwas untereinander zu regeln hätten, und daher, bitte schön, mal eben beim Nordpark aussteigen wollen?

Immerhin muss sich Pirlo nicht fragen, warum sie ihm auf

seine Frage, was sie denn so Dringendes zu erledigen hätten, als Antwort »Hausaufgaben« nannten. Dazu war für jeden im Mercedes hinreichend klar, dass es nur eine andere Formulierung für »Fick dich, mach einfach, was wir sagen« war. Wenn auch minimal freundlicher formuliert.

Was sollte dieser Auftritt von *Schmitzi*? Was sollten diese ganzen Sticheleien? Warum hatte er so kurz nach Merkerts Tod überhaupt die Zeit und den *Nerv*, Pirlo zu provozieren? Hatte er denn wirklich nichts Wichtigeres zu tun?

Pirlo streicht sich die Haare aus der Stirn. Er ist eine Runde um den Block gelaufen und jetzt verschwitzt. Trotzdem hat es gutgetan, zumindest mal an diese Fragen zu denken. Wenn er auch keine einzige davon beantworten kann. Immerhin ist damit aber ein Teil der Gedankenlast ausgelagert und der Kopf etwas frischer für das, was jetzt ansteht. Und unangenehm genug werden dürfte.

30.

POSITIVE NEGATION. AUSNAHMSWEISE MAL.

In Arlands Wohnung

»Nein«, sagt Arland.

»Nein?«, wiederholt Pirlo.

»Nein.«

Was, trotz aller Negation, eine erstaunlich positive Antwort ist. Vor allem ist sie so schön einfach. Das war die Frage zwar eigentlich ebenfalls. Und dann doch auch wieder nicht. Wie das eben manchmal so ist.

Die Frage: »Willst du noch irgendwas darüber wissen, was Grobulla meinte, als er mich in der Haftanhörung auf meinen Bruder angesprochen hat?«

Die Antwort hat Pirlo zwischenzeitlich oft genug gehört. Auch wenn er sie immer noch nicht ganz fassen kann.

Als Arland aus der Küche zurück in das mit allen möglichen Reiseerinnerungen und Kunstgegenständen vollgestellte Wohnzimmer kommt und beiden auf dem kleinen marokkanischen Tisch vor dem Sofa ein Glas Rotwein kredenzt, ehe er sich in einen gemütlichen Sessel sinken lässt, hat er dieses erratische Lächeln aufgelegt, das Pirlo schon während des Studiums fasziniert hat. Was er daran mag, ist, dass der Alte damit gleichzeitig entspannt, aber auch irgendwie *wissend* wirkt, so, als habe er die allgemeine Lage einfach *verstanden* und sei mit ihr im Reinen. Was Pirlo daran irritiert, ist ziemlich genau dasselbe.

Nachdem er einen Schluck genommen hat, ist er bereit, sich seinem ganz persönlichen professoralen Buddha zu stellen.

»Was ist?«, fragt allerdings Arland zuerst. Verwirrenderweise. Und dann natürlich auch genau deshalb wieder nicht.

»Was meinst du?«

»Du siehst aus, als beschäftige dich irgendwas.«

»Was soll ich dazu sagen?«

»Zum Beispiel, ob dich etwas beschäftigt. Das läge hier wahrscheinlich sehr nah.«

»Ja.«

»Ja dazu, dass das naheliegt?«

»Auch.«

»Und dazu, dass dich etwas beschäftigt?«

»Genau.«

»Hm.« Arland trinkt. Und lächelt. Pirlo trinkt ebenfalls. Eigentlich sollte es ausgeschlossen sein, dass man jemanden mindestens so sehr mag, wie man ihn anstrengend findet. Trotzdem hat Arland das irgendwie drauf. Obwohl er auch noch ständig recht hat. Und Pirlo außerdem in Ruhe lässt. Insgesamt ist der Typ wirklich widerlich angenehm. Natürlich weiß er das auch noch ganz genau. Was es kein bisschen besser macht.

Pirlo seufzt. »Mich beschäftigt, dass dich nicht zu beschäftigen scheint, was Grobulla beschäftigt hat.«

Arland zieht die Augenbrauen hoch. »Dreimal *beschäftigt* in einem Satz, der sich mit den Arbeitsweltmeistern von der Staatsanwaltschaft befasst? Bist du dir sicher, dass du alles richtig verstanden hast?«

»Grobulla ist wirklich fleißig.«

»Ein bisschen sehr sogar, findest du nicht?«

»Kann schon sein. Aber du lenkst ab.«

Arland nickt. »Dabei würde ich es auch belassen wollen.«

Pirlo lenkt sich von seinem inneren Ringen damit ab, dass er noch einen Schluck nimmt. Dann ist er bereit für die innere Kapitulation. Er will das, was jetzt kommt, zwar nicht fragen. Er will es aber wirklich *wissen*.

»Warum?«

Arland stellt sein Glas ab und faltet die Hände. »Jeder kommt irgendwo her und jeder geht irgendwo hin. Wenn man sich dazwischen begegnet, sollte man das Beste daraus machen. Als du vor vielen Jahren bei mir in der Uni aufgeschlagen bist, habe ich es vorgezogen, jemanden zu sehen, dessen Lebenslauf an manchen Stellen keinen Sinn ergibt, jemanden, der nach den Unterlagen der Uni in den ersten Semestern gar nicht immatrikuliert war, aber anscheinend einen Studenten mit gleichem Geburtstag und Geburtsort abgelöst hat, wobei dieser andere – ein junger Mann namens Ramzes – plötzlich verschwand.«

Pirlo zuckt kurz zusammen, als er diesen Namen hört. *Seinen.* Auch wenn das eigentlich nicht nötig ist. Erst recht nicht mehr jetzt.

»Ich habe es vorgezogen, mich weniger damit zu befassen, dass das Dekanat wegen eines unklaren persönlichen Hintergrunds den ersten Arbeitsvertrag beanstandet hat, den ich diesem Menschen für eine Tätigkeit an meinem Lehrstuhl habe zukommen lassen, und mich auch nicht damit aufgehalten, dass er, der ansonsten so gut wie nie den Mund gehalten hat, bei den Institutsrunden ausgerechnet immer dann verstummt ist, wenn es auch nur im Ansatz um irgendetwas Privates ging.«

Arland schenkt Pirlo einen warmen Blick. »Mir war es wichtiger zu sehen, was da *ist*. Nicht, was da sein *könnte*. Und was da ist, das ist ein Mann, der vor Ehrgeiz brennt, auch wenn er es nicht zugeben kann, der liebenswert ist, selbst wenn er sich alle Mühe gibt, so zu tun, als wolle er es nicht sein, jemand, der bereit ist, es sich und allen anderen zu beweisen, sogar dann, wenn er es eigentlich gar nicht muss. Mit anderen Worten: Jemand, mit dem ich etwas anfangen kann.«

Pirlo trinkt aus. Einen Moment lang sagt keiner etwas. Dann fragt er leise. »Und das genügt?«

»Mehr als das.« Arland lehnt sich zurück. »Schau, Junge, am Ende ist es doch ganz einfach: Wenn wir weniger Zeit darauf verschwenden, zu bereuen, und weniger darauf, zu hoffen, haben wir mehr Zeit für das Hier und Jetzt.«

»Von wem ist das?«

Arland schmunzelt. »Von mir.«

»Ich meine, wer hat das gesagt?«

»Ich. Gerade.«

Pirlo verdreht die Augen. Wichtiger ist aber sowieso etwas anderes. »Meinst du, Sophie ist das alles auch klar?«

»Nein.«

»Denkst du denn, sie wird das genauso locker nehmen?«

Arland schmunzelt. »Nein.«

31.

AM-ARSCH-ATARAXIE.

Am nächsten Morgen, eine halbe Stunde nach elf Uhr

Sophie übt sich in Ataraxie. Dem Ideal der Unerschütterlichkeit. Was grundsätzlich eine schöne Idee ist. Sie umzusetzen klappt gerade allerdings noch nicht einmal im Ansatz. Immerhin lenkt sie der Gedanke, ob man sich darin *überhaupt* üben kann, einigermaßen von dem ab, was sie sonst im Sinn hätte. Schreien, zum Beispiel. Oder irgendwas werfen, vorzugsweise auf Pirlo, der zwar nur zwei Meter neben ihr sitzt, aber trotzdem weiter weg zu sein scheint als jemals zuvor. Immerhin ist es trotzdem ausnahmsweise nicht er, der sie aktuell am meisten zur Verzweiflung bringt. Diese fragwürdige Ehre gebührt vielmehr dem gedrungenen dunkelhaarigen Mann, der auf der anderen Seite des Tisches sitzt und alle fünf Sekunden auf seine Uhr sieht.

Pirlo hat ihn als Hamza Tuncay vorgestellt, den Vater von Serdar, der wiederum ein verdammt großes Talent sei, das *Recht.Schaffen* fortan rechtlich beraten werde. Das ist er also, der Mann, der alles ändern und die Kanzlei retten wird. Beziehungsweise: dessen Sohn. Wenn er denn mal kommen sollte.

Immerhin scheint Hamza das Ausbleiben des künftigen Superstars genauso unangenehm zu sein wie Sophie. Wobei er eine bessere Fluchkompensation hat als sie. Er sieht wieder auf die Uhr. Jetzt auch. Und noch einmal.

Sophie sitzt dagegen einfach nur da, beobachtet ihn dabei und unterdrückt den Impuls, ihm zu sagen, dass er das gefälligst lassen soll. Entweder er schaut die ganze Zeit darauf oder gar nicht. Oder aber er sorgt einfach dafür, dass sein Sprössling endlich hier in der Kanzlei aufschlägt, am liebsten schon vor einer halben Stunde, so, wie das laut Pirlo eigentlich vereinbart war. Wogegen zwar spricht, dass diese Ansage von Pirlo gekommen ist. Andererseits ist Hamza gemeinsam mit ihm um genau zehn Uhr aufgetaucht.

Sophie will nicht darüber nachdenken, ob sie glaubt, dass Pirlo sich allein nicht hergetraut hätte. Oder ob sie völlig auf dem falschen Dampfer ist, wenn sie davon ausgeht, dass ihm überhaupt irgendetwas in irgendeiner Form unangenehm sein könnte. Vielleicht ist aus seiner Sicht ja auch alles total in Ordnung. Er ist schließlich körperlich wieder einigermaßen beisammen, und wenn ein Anton Pirlo auf den Beinen ist, werden nun einmal die seiner weiblichen Umwelt schwach, oder nicht? Sophie bemerkt, dass sie sich vor Wut auf die Lippe beißt. Schon, weil sie ahnt, dass Pirlo zumindest nicht komplett gefühlsstumpf ist. Wenn er diese Geschichte mit der Soares nicht selbst ein bisschen scheiße fände, warum hat er sich dann diesen Türtango geleistet? Andererseits: Wieso hat er es denn überhaupt erst so weit kommen lassen?

Sophie nippt an ihrem Kaffee. Der Geschmack des von Pirlo verbrochenen Gebräus ist so widerlich wie die gesamte Situation. In den ersten zehn Minuten hat er mit Hamza noch eine Art Smalltalk geführt. Seitdem schweigen sich alle unbeholfen an. Pirlo scheint nicht mehr viel einzufallen. Hamza ist allerdings auch nicht gerade ein Konversationsgenie. Außerdem konnte ja bei der Entscheidung, einfach an Ort und Stelle zu warten, keiner damit rechnen, dass sich dieser Serdar so verdammt lange verspäten würde. Falls er denn überhaupt noch kommt. Was er allerdings mit Blick auf die Kanzleifinanzen einfach *muss*. Und zwar dringend. Wirklich, wirklich dringend.

Denn mal völlig ungeachtet der Frage, was dieser Auftritt von Roland Schmitz sollte, den Sophie selbstverständlich zwischendurch im Detail durchgegoogelt hat, ahnt sie, dass sein Unternehmensberatungs-Droh-Erpressungs-Bitte-Angebot damit steht und fällt, dass Pirlo und sie *überhaupt* einen Zugriff auf Serdar Tuncay haben. Der allerdings auch nach den nächsten zwanzig Armbanduhrüberprüfblicken Hamzas noch fehlt.

Ataraxie daher also. Ataraxie. A – ta – ra – xie. Was dann so läuft: Sie schließt die Augen. Sie atmet ruhig ein und aus. Sie gibt auf.

»Wollen Sie nicht vielleicht einfach mal bei Ihrem Sohn anrufen?« Sie hört selbst, dass sie gereizt klingt. Ist sie aber eben auch, verdammt nochmal.

Hamza zuckt geradezu standesgemäß zusammen. »Ja, sicher, das kann ich machen.« Na also. Geht doch.

Als er zwei Minuten später wieder in den Besprechungsraum zurückkommt, schaut er so betroffen aus der Wäsche, als müsse er gestehen, dass er gerade, ganz aus Versehen, den Haushamster in die Mikrowelle gepackt habe.

»Sie kommen gleich«, murmelt er dann.

»Sie?«, fragt Sophie.

Hamza hängt aber noch an seinem schlechtgewissigen Gemurmel fest. »Offensichtlich dachten sie, dass wir uns erst um elf Uhr treffen.«

»Sie?«

»Und warum kommen sie dann nicht einfach direkt jetzt?«, setzt Pirlo nach.

Sophie verzichtet derweil darauf, ihre Frage noch einmal zu

stellen. *Sie* eben. Plural. Aber was soll's? Hauptsache, dieser Serdar ist auch dabei.

Hamza zuckt mit den Schultern. »Sie sagen, sie seien noch beschäftigt gewesen.«

»Wahrscheinlich mit Hausaufgaben«, knurrt Pirlo.

»Mit was?«

»Ach, nichts.« Pirlo steht auf. »Ich mach mal Kaffee.«

Sophie nickt Hamza noch einmal lächelnd zu. Dann zieht sie sich aus dem Besprechungsraum zurück und lässt ihn dort einfach sitzen. Das mit der Ataraxie funktioniert zwar mit an Sicherheit grenzender Wahrscheinlichkeit auch in ihrem Büro nicht. Dort sieht ihr dabei aber wenigstens niemand zu.

32.

JLM-DILEMMA-ZONE.

Kurz darauf, in größerer Runde

»In die Bundesliga halt.«

Sophie schreibt das so auf. Gleichzeitig wundert sie sich über sich selbst. Was hat sie eigentlich erwartet?

Vor ihr sitzt ein sechzehnjähriger Junge, den sie gerade gefragt hat, wo er eigentlich im Leben hinwill. Und das in einem Gespräch darüber, ob die Kanzlei ihn bei seiner sportlichen Laufbahn begleitet. Wobei: Immerhin hat er ihr *überhaupt* eine Antwort gegeben. Im Vergleich zu dem, was die letzten Minuten zuvor von ihm kam, ist das schon fast beachtlich.

Um kurz nach elf Uhr war Serdar tatsächlich in der Kanzlei eingetrudelt. Seitdem hat er wenig gesagt. Beziehungsweise: fast nichts. Sophie weiß nicht, womit sie gerechnet hat. Wahrscheinlich mit mehr Inhalt. Oder einfach irgendwas. So bleiben ihr nicht viel mehr als die Informationen, die sie auf ihrem Laptop gesammelt hat.

Aus den Berichten über das Spiel der Eintracht gegen die Fortuna, den sich überschlagenden Lobeshymnen auf das »Juwel mit dem Traumtor-Hammer« hat sie sein Alter erfahren, außerdem, dass er noch in die Schule geht, Klasse elf des Luise-Rainer-Gymnasiums, dass sein Lieblingsfach Sport ist, sein Lieblingsfilm *Loki*, sein Lieblingsmusiker Farid Bang, und dass er wegen beider Staatsbürgerschaften sowohl für die deutsche als auch für die türkische Nationalmannschaft spielen könnte.

Die sozialen Medien waren ungleich ergiebiger. Sophie hatte sich vorgenommen, sich vor ihrem Gespräch zumindest einen Überblick zu verschaffen. Das war am Abend um acht Uhr gewesen. Um Mitternacht hatte sie sich noch immer nicht losgerissen von dem schier endlosen Strom an Content, mit dem Serdar das Internet zupflasterte. Der Aufbau seiner Reels war dabei nicht besonders kompliziert. Auch Abwechslung gab es kaum. Trotzdem war schnell klar, dass der Junge was hatte, was konnte – und gut dabei aussah. Als Beispiel das Video mit dem Cruyff-Turn: Serdar nimmt den Ball auf einem schlichten Bolzplatz mit rechts an. Dann spielt er ihn nach links, dreht sich einmal um den als Verteidiger aufgebotenen, jetzt ebenfalls in der Kanzlei sitzenden sommersprossigen Schlaks, und ist vorbei. Der Clou: Es klappt nicht gleich, sondern Serdar legt mit schnellen Schnitten und bester Laune offen, wie er von anfänglich holprigen Versuchen bis zur späteren Perfektion immer besser wird. Und: Unmittelbar bevor das alles losgeht, zeigt das Video, wie Johan Cruyff dasselbe im Weltmeisterschaftsfinale 1974 gemacht hat. Und weil sich daran die wenigsten Social-Media-Nutzer erinnern dürften, erklärt Serdar das alles vorab in die Kamera.

»Leute, gleich kommt ein krasses Video von Johan Cruyff, dem König, einem holländischen Superstar, damals 1974 im Finale gegen Deutschland mit Franz Beckenbauer und so. Guter Typ. Extremer Baller. Heute zeige ich euch seinen *signature move*, den Cruyff-Turn. Schaut genau zu – und vergesst nicht zu liken und zu folgen!«

Mehr ist da eigentlich nicht. Mehr muss da aber auch gar nicht sein. Die Verbindung des jungen, frech in die Kamera grinsenden Lockenkopfs Serdar mit den Klassikern der Fußballgeschichte genügt dem Publikum anscheinend völlig – und das aus guten Gründen. Auch Sophie hat schnell erkannt, dass Serdars Filmchen einfach Spaß machen. Viele der Fußballernamen, denen er huldigt, hat sie trotz eines überschaubaren Interesses für Fußball schon einmal gehört. Zidane. Totti. Valderrama. Rivaldo. Nedved. Ronaldinho. Gascoigne. Matthäus. Messi. Cristiano Ronaldo. Und so weiter.

Falls es überhaupt eine Botschaft gibt, ist sie, dass diese Tricks nach einer Weile eigentlich jeder kann. Aber wahrscheinlich sieht es bei den wenigsten so lässig aus wie bei Serdar Tuncay.

Allerdings hat Sophie schnell geschnallt, dass das allein noch nicht die Lösung für alles ist. Bei einer Suche nach vergleichbaren Profilen ist sie auf José López Montano gestoßen, einen 28-jährigen Influcencer-Fußballer, oder Fußball-Influencer, je nachdem, welchen Artikel sie gerade aufrief. Bei JLM selbst klang das so: »Ich bin Fußballer – und teile ein bisschen mein Leben.« Wobei das Zweite wesentlich erfolgreicher lief als das Erste. Auf TikTok folgten ihm 1,6 Millionen Menschen.

Nach einer Weile war Sophie klargeworden, dass es eine Menge solcher Profile gibt. Junge Männer und Frauen, teilweise sogar noch Kinder, die mit dem Ball Dinge anstellten, bei denen sie sich auch nach mehrmaligem Ansehen der Reels die Frage stellte, wie das eigentlich funktionierte, ohne umzufallen. Ganz gleich, wie alt die Videos waren, sie einte das JLM-Dilemma: Keiner der Ballkünstler hatte dauerhaft den Sprung in eine Profimannschaft geschafft, dorthin, wo jenseits persönlicher Ausrüster- und Sponsorenverträge tatsächlich das große Geld verdient wurde. Es schien auf eine klare Zweiteilung hinauszulaufen: entweder Internetphänomen oder Fußballstar. Bis Serdar Tuncay kam und dieses Traumtor im Pokal schoss.

Seitdem hat seine Social-Media-Präsenz massiv abgenommen. Dasselbe scheint für seine Mitteilungsbereitschaft zu gelten. Leider umfasst das nicht nur Influencer-Ansprachen, sondern auch den Besprechungsraum der Kanzlei.

Wobei so viel auch eigentlich gar nicht geredet werden müsste. Serdar soll einfach nur einen Beratungsvertrag unterschreiben. Beziehungsweise seinen Vater als Erziehungsberechtigten unterschreiben lassen. Erstaunlicherweise gibt es dafür Vordrucke im Internet. Sobald das einmal ausgestanden ist, vertreten Pirlo und Sophie seine Interessen wie eine Art Makler. Den Rest, die Betreuung des Spielers, das Begleiten im Alltag und so weiter, will Pirlo anderweitig regeln. Da er Hamza schon länger zu kennen scheint, und der offensichtlich nichts dagegen hat, soll es Sophie nur recht sein.

Es ist daher nicht mal eine Tragödie, dass Serdar erkennbar keinen Bock hat. Er muss das hier nicht großartig finden. Er muss wirklich einfach nur unterschreiben lassen wollen. Was nicht geschieht. Leider gilt das auch für alles andere. Ihr auserkorener Heilsbringer hat es nicht nur fertiggebracht, eine geschlagene Stunde zu spät zu kommen. Seit er da ist, hat er auch kaum den Mund aufgemacht. Serdar starrt auf die Tischplatte und kaut Kaugummi. Womit sich durch seine Anwesenheit im Vergleich zu vorhin erstaunlich wenig geändert hat. Da hatten sie sich nur nicht viel zu sagen. Jetzt machen sie dasselbe, nur eben in größerer Runde.

Das wiederum hat zu Sophies Frage nach Serdars Zielen geführt. Und zu seiner Antwort mit der Bundesliga. Na immerhin.

Hamza springt darauf auf. »Der Trainer sagt, dass Serdar das auf jeden Fall draufhat. Herr Bartels ist überzeugt, dass Serdar die richtigen Anlagen mitbringt. Er meint zwar, dass er körperlich noch zulegen muss, aber auch schon im Training und durch Einsätze mit der ersten Mannschaft auf den Profibereich vorbereitet werden kann.«

»Sicher.« Sophies Finger fliegen über ihre Tastatur. Dann grinst ihr von der Eintracht-Düsseldorf-Homepage ein sportlicher Mittdreißiger mit Dreitagebart und hohem Haaransatz entgegen. Michael Bartels. Der Mann, der ihren Schützling zu großen Zielen führen soll. Oder zu einem anderen Verein. Im Zweifel einfach zu beidem.

»Es ist gut, dass der Trainer an Serdars Entwicklung glaubt«, erklärt Pirlo. »Unsere Aufgabe wird es sein, sie von außen zu unterstützen.« Dann wendet er sich direkt an den Jungen. »Wir freuen uns, dass wir dich bei den nächsten Schritten deiner Karriere begleiten dürfen.«

»Und Moritz«, murmelt Serdar.

»Klar«, strahlt Sophie, »den auch.« Was man eben so sagt. Vor allem dann, wenn es eigentlich egal ist. Die Spieler verdienen schließlich nicht Geld mit ihren Beratern, sondern umgekehrt. Wenn Serdar seinen Kumpel unbedingt mit in die aufstrebende Beratung von *Recht.Schaffen* bringen will, ist das also nur umso besser.

Pirlo scheint es ganz ähnlich zu sehen. »Wir freuen uns, dass auch du uns eine Chance gibst, Moritz!«, sagt er und tippt auf seinem Computer herum. »Gerade stelle ich schon den Beratungsvertrag fertig, den deine Eltern dann gern direkt für dich unterzeichnen können.«

»Nur meine Mutter.« Moritz sagt das so leise, dass Sophie kurz nicht sicher ist, ob er überhaupt den Mund geöffnet hat.

»Na klar. Dann nur sie.«

»Danke«, quiekt Moritz.

Sophie unterdrückt ein Schmunzeln. Anscheinend sind die Stimmbänder nicht in demselben Tempo gewachsen wie der Rest des langen Körpers. Das und wie schnell Moritz deswegen rot wird, ist ihr jedenfalls sofort sympathisch. So etwas kann schließlich jedem mal passieren. Zum Beispiel ihr.

Als Pirlo mit einem kleinen Stapel frischer Ausdrucke in den Besprechungsraum zurückkommt, geht plötzlich alles doch ziemlich schnell, *so* schnell sogar, dass Sophie nicht recht weiß, wann und wie sie den sonderbaren Auftritt von Roland Schmitz ansprechen soll. Ob das der richtige Rahmen dafür ist. Oder ob es ihn überhaupt gibt. Klar ist, dass Schmitz etwas gegen das hat, was hier gerade passiert. Klar ist für Sophie aber auch, woher das kommt, schließlich dürfte es sich für ihn so anfühlen, als seien Sophie und Pirlo drauf und dran, ihm einen Spieler unter der Nase wegzuschnappen, den er, wie auch immer die Verbindung mit Merkert ausgestaltet gewesen sein mag, für den Fall, dass Serdar tatsächlich aus der Montano-Dilemma-Zone springen sollte, offensichtlich schon in seinem eigenen Gewinnbereich verbucht hatte. Dass er gegen Pirlo und sie rebelliert, scheint ihr schlüssig. Dass er sogar bereit ist, Serdar aus jedweder Verbindung mit *Recht.Schaffen* herauszukaufen, zeigt ihr nur umso mehr, dass sie mit dem Vertrag eigentlich alles richtig machen. Schmitz wird sich damit abfinden müssen. Pirlo und sie hat er jetzt an der Backe. Wie das eben nun mal so ist. Mal verliert man, mal gewinnen die anderen.

Als Hamza tatsächlich seine Unterschrift unter den Beratungsvertrag setzt, formt sie daher, ohne dass das jemand anderes bemerken soll, die Hand zu einer schnellen Jubelfaust. Immerhin geht es hier um Sport. Und das, was gerade passiert, fühlt sich an wie ein Erfolg. Endlich mal.

33.

SOPHIEARTIG.

Später, im Café Kasbah

»Es sind jetzt schon zwei.« Pirlo grinst über den Tisch. »Herzlichen Glückwunsch.«

»Danke«, sagt Ahmid. Er wirkt überrumpelt. Was ja auch mal nicht verkehrt ist.

»Sind die denn gut?«, fragt Mahmed.

Pirlo wackelt mit dem Kopf. »Serdar wahrscheinlich schon. Das Tor gegen die Fortuna spricht jedenfalls sehr dafür.«

»Und der andere?«

»Er hat einen Torabschluss wie Uli Hoeneß.« Pirlo nimmt einen Schluck Rize-Tee. »Allerdings der aus dem EM-Finale 1976.«

»Wovon sie in Belgrad immer noch den Ball suchen, den er gegen die Tschechoslowaken übers Tor getreten hat.«

Alle drei lachen kurz. Sie haben tatsächlich mal ein Thema, über das sie sprechen können, ohne dass es dabei um absolute Katastrophen geht oder Streit gibt. Jedenfalls bisher.

»Wer ist das denn, dieser Moritz?«, fragt Mahmed.

»Er hier.« Ahmid dreht sein Telefon um und zeigt ein sommersprossiges Foto.

»Wo hast du das her?«

»Aus der Mannschaftsübersicht der Eintracht. Woher denn sonst?«

Was eigentlich keine fernliegende Frage ist. Andererseits war nicht zu erwarten, dass Ahmid sophieartig in die Recherche einsteigt. Einmal mehr bleibt Pirlo nur, sich über seinen Bruder zu wundern. Es scheint ihm gutzutun, endlich einmal eine dauerhafte Beschäftigung zu haben. So, wie es wirkt, kommt er sogar damit klar, dass sie legal ist.

Dasselbe gilt für Mahmed, den ältesten Bruder. Jetzt, da die neu erfundene Spielerberatung von *Recht.Schaffen* gleich zwei statt nur einen Klienten hat, können sie jede Hilfe brauchen. Zumal Ahmid mit dem Hin- und Herfahren eines ihn anschweigenden Serdar ganz gut ausgelastet ist.

»Und was machst du?«, fragt Ahmed.

»Wie meinst du das?«

»Na ja, wir machen die ganze Arbeit mit den Jungs. Und du?«

Pirlo zuckt mit den Schultern. »Ich trage die Verantwortung.« Dann lacht er, einfach so, weil es angesichts der Konstellation, mit der er hier herumsitzt, wahrscheinlich stimmt. Und wahrscheinlich schiefgeht. Unklar ist noch, ob genau deswegen oder wegen etwas anderem. Aber dass die nächste Katastrophe schon irgendwo lauert, ist eigentlich fast klar.

34.

DIE NÄCHSTE KATASTROPHE.

In der Kanzlei

Sophie fährt sich über die Augen. Dann richtet sie wieder den Blick zurück auf den Bildschirm – und kann es immer noch nicht fassen.

Nachdem der Vertrag endlich unterzeichnet war, hatte Hamza in der nächsten Stunde alle möglichen Unterlagen geschickt, datenschutzmäßig zwar allerfeinst per WhatsApp-Nachricht, aber damit doch immerhin so, dass Sophie unmittelbar darauf zugreifen konnte. Serdars Spielerpass. Einige medizinische Dokumente. Ein paar Schulzeugnisse. Und die Unterlagen zu dem, was Serdar im Zusammenhang mit seinen Videos auf Social-Media-Plattformen erhält. Was eine theoretische und eine praktische Dimension hat. Die leider nicht allzu viel miteinander zu tun haben.

Theoretisch stehen ihnen gute Zeiten bevor. Serdar hat im letzten Jahr jeden Ball, jedes T-Shirt, jeden Schuh, die er bei seinen Videos schoss, anzog, trug und unter seinen Followern verloste, von Sponsoren zugeschickt bekommen, die dafür nichts anderes haben wollten, als dass er sie in einem Post verlinkte, was er auch immer brav getan hatte. Schon nach einer kurzen Google-Recherche war Sophie klar, dass er dabei einiges an Geld hatte liegen lassen. Angesichts seiner Reichweite hätte er sich für seinen Einsatz bezahlen lassen können. Weil es Werbung ist. Und genau deswegen ein Problem.

Praktisch hat Serdar als Influencer auch ohne eine Vergütung etwas bekommen. Die Bälle, die Schuhe und so weiter. Zu keinem Zeitpunkt hat aber irgendwer daran gedacht, Steuern dafür zu zahlen. Was das absurde Ergebnis zur Folge hat, dass Serdar zwar mit seinen neuen Beratern für die Zukunft eine Menge lukrativer Verträge abschließen kann, zunächst einmal aber in der Gegenwart eine Steuerhinterziehung an der Backe hat. Dass diese neuen Berater eine Strafrechtskanzlei haben und dass Sophie diese neue Erkenntnis jetzt, da sie aufgekommen ist, auch nicht mehr einfach so *nicht* haben kann, hat die zynische Feinheit einer Dampframme. Irgendwas ist immer, würde Pirlo dazu womöglich gewohnt lapidar bemerken. Und recht haben. Irgendwas *ist* immer. Und er auch mal wieder nicht da. Natürlich nicht.

Kurz schwebt ihr Finger über der Anruffunktion. Eigentlich will sie ihn nicht nur über die Steuerprobleme informieren. Sie *muss* es auch. Sie haben jetzt einen Vertrag mit Serdar. Das Steuerthema geht sie also etwas an. Leider.

Während Sophie mit der Frage ringt, ob sie Pirlo anrufen soll, kämpft sie gegen ein erschöpftes Lachen an. So viel also zu ihren ersten Erfahrungen in der Spielerberaterbranche. Sie hat ein Gespräch geführt, das quasi keinen Inhalt hatte, einen Vertrag unterschrieben, der ihnen noch kein Geld bringt, und eine Steuerhinterziehung entdeckt, die ihnen auf die Füße fallen kann. Na, herzlichen Glückwunsch.

35.

UNBEDACHT.

Kurz darauf

Die Kanzleitür erlöst Sophie von der Notwendigkeit weiterer Grübeleien. Kurz nachdem sie Pirlo von dort fluchen hört, steckt er seine Mähne durch die Tür zum Besprechungsraum.

»Darf ich reinkommen?«

»Hast du das nicht schon gemacht?«

»Ich meine: ganz.«

Sie klappt den Laptop zu. »Von mir aus.«

Woraufhin er grinst und den Rest seines Körpers durch die Tür schiebt. Wozu die Hände gehören. Die Eisbecher halten.

»Als kleine Überraschung vom Carlsplatz!«

Was Sophie tatsächlich ein Lächeln entlockt. Natürlich tut es das. Es ist Eis. Da kann man schließlich nichts falsch machen. Nicht mal Pirlo.

Er balanciert die beiden Becher auf den Tisch, verschwindet dann aber auch noch einmal in Richtung Tür, um das, was, wie er erklärt, dort beim Aufklemmen mit der Schulter als Eis-Kollateralschaden entstanden ist, zu beheben. Die halbe Minute bis zu seiner Rückkehr ermöglicht es Sophie allerdings nicht nur, an ihrer Erdbeer-Vanille-Mischung zu naschen, sondern auch, ihre Gedanken zu sammeln. Das Ergebnis ist ernüchternd. Was nach ihrem Bericht auch Pirlo einsieht. Sogar erstaunlich schnell. Und erstaunlich konsequent.

»Fuck!« Pirlo fährt sich langsam über den Bart. Dann scheint er sich zu besinnen und nimmt noch einen Löffel Schokoladeneis. Sophie kann den Impuls verstehen. Dadurch wird die Lage zwar nicht besser. Alles andere aber schon.

»Ich habe die Sache von allen Seiten durchdacht. Das Steuerthema geht nicht weg. Im Gegenteil: Influencermäßig räumt der Staat gerade richtig auf.«

»Wann sollen wir das Hamza sagen?«

»Sollten wir nicht auch mit Serdar sprechen?«

»Das würde erfordern, dass *er* mit *uns* spricht.« Da ist natürlich was dran. »Im Augenblick scheint Herr Düsseldorfmessi die Notwendigkeit zum Austausch mit Leuten, die für ihn arbeiten sollen, allerdings noch nicht so ganz für sich zu sehen.«

»Also Hamza?«

Pirlo zuckt mit den Schultern. »Früher oder später in jedem Fall.« Er löffelt noch mal. »Bevor wir irgendwas gegenüber egal wem mitteilen oder anmelden können, brauchen wir ohnehin erst mal einen Überblick. Daran fehlt es derzeit ja noch. Aber klar, beschissen ist das Ganze schon.« Er seufzt und scharrt in dem Becher herum, irgendwie noch auf der Suche nach einem letzten bisschen Glück. »Ich dachte, wir befassen uns jetzt langsam mal damit, wie wir Werbeverträge in die Wege leiten, die uns Geld *bringen*, und weniger mit solchen, die Serdar Geld *kosten*. Oder mit Angeboten für andere Vereine. Wenn ich es richtig verstehe, könnte Serdar schon in der Winterpause wechseln.«

»Das verstehst du richtig«, ergänzt Sophie, die das zwischenzeitlich ganz selbstverständlich nachgelesen hat.

»Eben. *Das* sollte unser Fokus sein. Wie können wir Serdars Namen bekannter machen, seine Entwicklung fördern, seine Marke ausbauen? Ich meine, schau dir an, wie viel Glück wir ausnahmsweise mal hatten. Wir sind genau zur richtigen Zeit am richtigen Ort. Bis vor ein paar Wochen kannte den Jungen kein Mensch. Bis vor ein paar Tagen wussten wir noch nicht, dass wir eigentlich, in der Tiefe unseres Herzens, Spieleberater sein wollen. Jetzt startet Serdar durch und wir gleich mit. An sich haben wir das perfekte *Momentum*!« Was aber eben nur ein Teil der Wahrheit ist. Pirlo leitet den anderen ein, indem er müde seinen mittlerweile definitivst leeren Becher von sich schiebt. »Und trotzdem reden wir nur über Probleme.« Er lacht bitter. »Wobei das mit der Steuer schon wirklich von allen Schwierigkeiten, die ein Mensch so haben kann, das mit Abstand Unsexyste ist.«

»Vielleicht kann ich was zur Ablenkung beitragen«, murmelt Sophie. Sie bemerkt Pirlos aufleuchtende Augen. Er wittert Hoffnung. Allerdings unangebrachterweise. »Auch wenn es leider nicht in die Richtung geht, die du vermutest.«

»Was vermute ich denn?«

»Was Gutes.«

»Oh.«

»Richtig?«

»Erwischt.«

»Wir können auch wann anders darüber sprechen.«

Er schüttelt den Kopf. »Unsinn. Noch wirkt das Eis. Was ist es denn?«

»Du wirst es nicht mögen.«

»Himmel, spuck es einfach aus!« Dann besinnt er sich. »Bitte.«

»Das Gespräch mit Serdar, Moritz und Hamza war anstrengend genug.«

»Und?«

»Noch mehr Raubbau können meine Nerven eigentlich nicht gebrauchen.«

»Dir ist aber schon klar, dass du das jetzt nicht *nicht* sagen kannst. Wer mit der Chipstüte raschelt, muss auch liefern, was drin ist.«

»Das mache ich natürlich auch. Es wäre mir trotzdem lieber, wenn du versprichst, dass du zumindest versuchst, nicht auszurasten.«

Pirlo nickt. »Ich verspreche es.«

»Was genau?«

»Dass ich es versuche.«

Was so viel ist, wie Sophie eben bekommen kann. Zumal die Lage nicht besser wird, wenn sie ihn noch weiter auf die Folter spannt.

»Wie gesagt«, fängt sie an. »Du wirst das jetzt nicht mögen ...«

36.

OHNE ROLLKOMMANDO?

Nach ein paar Minuten

Als Pirlo mit Ausrasten fertig ist, bekommt Sophie es beinahe nicht mit. Sie hat sich seine Tirade lang und geduldig angehört. Lang und geduldig *genug* auf jeden Fall. Was Schmitz einfalle? Wer er eigentlich glaube, wer er sei? Ob man den Jungen nicht einfach mal in Ruhe lassen könne? Und sie beiden? Und überhaupt? Und so weiter.

Pirlo hat sich dabei so sehr in seinen Wütend-durch-den-Raum-laufen-Rhythmus eingegroovt, dass es Sophie um ein Haar verpasst hätte, dass er plötzlich weg war. Nach aller Erfahrung war das nicht gut. Schon gar nicht in einer solchen Stimmung.

Sie erwischt ihn an der Kanzleitür. Pirlo hat sich umgezogen und die Haare ordentlich gekämmt. Ansonsten hat sich nichts geändert. Vor allem nicht an seiner Verfassung.

»Wo willst du hin?«

»Wohin wohl?«

»Zu Schmitz?«

»Klar.«

»Allein?«

Er sieht sie überrascht an. Tatsächlich hat sie gemeint: Ohne mich? Für ihn hat es augenscheinlich nach etwas anderem geklungen. Vielleicht im Sinne von: Ohne Rollkommando? Oder was auch immer. Insofern ist sie fast erleichtert, als er brummt: »Allein.«

»Und das hier?«

Er blickt an sich herunter. »Was meinst du?«

»Du hast dich umgezogen.«

Er verzieht den Mund. »Diese Feinpinkeligkeit ging mir schon im Stadion auf die Nerven. Das hier ist ein guter Typ in einem guten Anzug.«

»Und?«

»Nichts – und. Ich wollte das nur mal festhalten.«

Was, in all seinem Trotz, fast schon wieder ein bisschen liebenswert ist.

Da von ihr nichts mehr zu kommen scheint, streckt Pirlo den Rücken durch. »Bis später dann.«

»Nein.«

»Was meinst du?«

»Ich komme mit.«

»Sicher?«

»Absolut.«

Er verzieht den Mund. »Ich weiß nicht, ob das nicht ungemütlich wird. Nicht gewalttätig, aber schon etwas rauer.«

»Das schreckt mich nicht. Außerdem war ich dann wenigstens dabei und kann mir ein eigenes Bild machen. Oder, wenn es nötig werden sollte, deeskalieren.« Was bei ihr so klingt, als sei es witzig gemeint. Auch wenn es nicht so ist. Und sie das beide wissen.

Er wirkt trotzdem noch nicht überzeugt. »Ich hatte nicht vor, das zu diskutieren, Toni.«

»Ich auch nicht.«

»Aber?«

Pirlo sieht zu Boden. »Schmitz hat dir dieses Angebot gemacht.«

»Und?«

»Wenn ich es richtig sehe, hat das nicht gerade viel mit mir zu tun.«

»Weiß ich nicht. Kann sein. Worauf willst du hinaus?«

»Falls wir gleich in Streit geraten, in Konflikt oder so, und danach die Tür für mich erst mal zu ist, na ja, dann bleibt vielleicht zumindest für dich noch eine Restmöglichkeit bestehen, diesen Job einzutüten.«

»Die Kanzlei bleibt ja trotzdem dieselbe.« Sophie lacht. Pirlo nicht.

»Wenn wir es denn miteinander schaffen.«

Sie streicht sich eine blonde Strähne aus der Stirn. Was einen Moment des Sich-nicht-Ansehens mit sich bringt. Und damit auch eine Denkpause. Er hat ja recht. Leider. Trotzdem ist diese Art Vernunft jedenfalls *jetzt* nicht gefragt. Der gemeinsame Besuch bei Schmitz steht nicht zur Debatte. Beklagen darf er sich darüber auch ganz bestimmt nicht. Er hat schließlich angefangen.

37.

SHOW.

In Heerdt

Zwanzig Minuten später biegen sie in Heerdt auf das Industriegelände ein, auf dem sich laut Google Maps das Lager von *Tweed is Neat* befindet. Wobei die Bezeichnung irreführend ist. Der alte Industriebereich ist längst geschäftlich erschlossen. In den Lagerhäusern befinden sich hier hochpreisige Kunstgalerien, einige angesagte Restaurants und immer noch teilweise Verstauflächen, wie sie etwa Schmitz braucht, das aber mittlerweile im Gewand beeindruckender Showrooms. Zwischen den einigermaßen unüberschaubar aneinandergereihten Ziegelsteingebäuden haben sich Cafés und Bars angesammelt. Kein Zweifel, das ehemalige Industrieschmuddelkind ist quirlig und chic.

»Man kann hier den ganzen Tag verbringen, ohne dass es einem langweilig wird«, strahlt Schmitz. »Nur nachts ist hier immer noch nichts los. Bis sich hier auch mal einer traut, einen Club aufzumachen, zieht es die Leute weiter in Richtung *Stahlwerk* oder Altstadt. Andererseits …« Er klatscht in die Hände. Ein sich geschickt an seinen schweren Körper anpassendes kariertes Sakko klatscht mit. »Nichts ist so beständig wie der Wandel. Wer weiß schon, was hier als Nächstes passiert? Erst recht dann, wenn Sie beide aktiv dazu beitragen, das Unternehmen *noch* besser und *noch* professioneller aufzustellen.«

Noch ein Klatschen. »Aber genug der Vorrede. Kommen Sie rein, ich zeige Ihnen gern, *wofür* Sie sich eigentlich einsetzen wollen!«

Damit dreht er Pirlo und Sophie den Rücken zu und verschwindet im Inneren der *Tweed-is-Neat*-Lagerhalle. Sophie zögert noch kurz. Dann marschiert sie hinterher und versucht, sich nicht über sich selbst zu wundern. Sie weiß schon gar nicht mehr, was sie sich über ihren Aufschlag hier vorgestellt hat. Nur, dass es etwas anderes gewesen sein dürfte. Und zwar sehr.

Auf dem Weg nach Heerdt hatte Sophie die Unternehmenszentrale von Schmitz angerufen. Ein freundlicher Mann mit Verkäufertimbre hatte ihr erklärt, dass der Chef auch jetzt, am späten Nachmittag, noch vor Ort sei. Sie seien für eine Anprobe oder Ähnliches herzlich willkommen. *Tweed is Neat* führe zwischenzeitlich schließlich auch Damenmode. Moderne Zeiten und so weiter. Als sie klargemacht hatte, wer sie seien und wieso sie mit Schmitz sprechen wollten, waren die Freundlichkeit und das Timbre um keinen Hauch verrutscht. Ein neues Anliegen? Kein Problem. Der Chef war ja vor Ort. Er freue sich.

Woran, als sie dann tatsächlich eintreffen, kein Zweifel besteht. Zumindest keiner, den Schmitz aufkommen lässt. Mag sein, dass er aus Sophies Sicht ein unangenehmer Kerl ist. Möglicherweise spielt in diese Einordnung aber auch hinein, dass sie ihn auf der anderen Seite der Jagd nach Serdar Tuncay sieht. Schmitz ist ihr Gegner. Der, den es zu schlagen oder, wie hier, geschlagen zu halten gilt. Vielleicht ist das aber auch eine durch das ganze Streiten vor Gericht verdorbene Haltung. Der Mensch selbst befeuert sie jedenfalls keineswegs. Im Gegenteil, jede Anstrengung, Schmitz scheiße zu finden, prallt weitestgehend an dessen gepflegt-seniorig-euphorischer Gutelauneonkeligkeit ab. Was das Kanalisieren der aufgestauten Wut leider kein bisschen einfacher macht. Zu Sophies Überraschung schließt das augenscheinlich sogar Pirlo mit ein. Er zuckt mit den Schultern. Dann folgt er Schmitz ebenfalls in den mit warmen Braun- und Grüntönen eingerichteten riesigen Britisches-Landhaus-Herrensalon im Inneren.

»Darf ich Ihnen meinen Sekretär vorstellen?«, fragt Schmitz, als Sophie und Pirlo in den weichen, gemütlichen Sesseln eines kaminzimmerartigen Raums mit einem Kaffee versorgt sind. »Das ist Helmut, der mich schon seit einigen Jahren begleitet.«

»Guten Tag!« Sophie ist beeindruckt. Der Mann ist schön. *Wirklich* schön. Seine Statur ist beachtlich. An den muskulösen Unterarmen zeichnen sich kräftige Venen ab. Sophie hat wenig Zweifel, dass es unter dem Hemd genau so weitergeht. In einem bartlosen Gesicht sorgen seine fast spitzen Wangenknochen in Kombination mit einem erfrischenden Lachen für einen angenehmen Bruch. Die Frisur sitzt akkurat, der Anzug perfekt. Und dann ist die Stimme sogar noch angenehmer als am Telefon. »Darf ich Ihnen noch ein Wasser zum Kaffee bringen?«

Beide verneinen. Das Angebot eines Brandys haben sie ebenfalls ausgeschlagen. Trotzdem ist Sophie natürlich aufgefallen, dass es überhaupt welchen gibt. Und dass Schmitz sich die Mühe gemacht hat, ihn ihr anzubieten. Was immer er in der Kanzlei an geheimnistuerischer Spionigkeit an den Tag gelegt hatte, scheint einer grauen Vergangenheit anzugehören. Wobei Sophie einfällt, dass Schmitz davon ausgehen könnte, ihre Anwesenheit bei ihm bedeute genau *das*.

»Was aber nicht so ist.«

Schmitz sieht sie erstaunt an. »Wie meinen Sie?«

Erst jetzt fällt Sophie auf, dass sie direkt aus ihren Gedanken weitergesprochen hat. Für sehr viel nervöses Rotwerden ist allerdings keine Zeit. »Es ist mir wichtig, Ihnen gleich vorab klarzumachen, dass wir kein Interesse an Ihrem Angebot haben.«

Sie hat diese Frage zwar noch gar nicht im Detail mit Pirlo besprochen. Das ist aber auch nicht nötig. Sie lassen sich schon aus Prinzip nicht kaufen. Selbst, wenn es manchmal Vorzüge hätte.

»In Ordnung«, antwortet Schmitz kein bisschen weniger freundlich. »Darf ich Sie denn dann für ein paar interessante Anzüge oder Kleider interessieren?« Er wirft einen prüfenden Blick auf Pirlos Hüfte. »Bei Ihnen könnten wir beispielsweise mal über eine kleine Anpassung nachdenken.«

Sophie weiß nicht, ob das eine fiese Spitze war. Oder einfach ehrlich. Jedenfalls hat Schmitz damit das geliefert, was es brauchte, um Pirlo wieder in Fahrt zu bringen.

»Ich bin mir nicht sicher, dass Sie meine Kollegin richtig verstanden haben, Herr Schmitz. Wir sind hier, um das Angebot, das Sie ihr hinter meinem Rücken gemacht haben, abzulehnen.«

»Sie waren nun mal nicht da.« Schmitz lächelt. »Und manche Angebote müssen unterbreitet werden, solange sie noch aktuell sind. So wie heute am Nachmittag. Jetzt ist es Abend, und diese Möglichkeit ist vorüber.«

»Aber Sie sprachen doch von drei Tagen«, bemerkt Sophie. Es fällt ihr sofort auf, dass das unnötig war. Zurücknehmen kann sie es trotzdem nicht.

»Jetzt sind Sie aber doch hier, junge Frau.« Schmitz zieht den Mundwinkel ein bisschen weiter nach oben. »Und teilen *mir* mit, dass Sie das Angebot ablehnen. Dann gehe ich aber natürlich auch damit um.« Wieder ein Händeklatschen. »Also, wer interessiert sich noch für unsere schönen Kleider?«

Pirlo kann es damit allerdings erkennbar nicht gut sein lassen. Natürlich nicht. »Es freut mich einerseits, dass Sie das alles so locker aufnehmen, Herr Schmitz.«

»Und andererseits?«

»Andererseits frage ich mich, was Ihre Auftritte dann für einen Zweck gehabt haben.«

»Inwiefern?«

»Sie passen nicht zusammen. Um das noch zurückhaltend zu formulieren.«

Schmitz lacht. Wie auf Kommando ist der Wangenknochenmann zurück im Raum. Diesmal kommen zwei seiner Kollegen mit. Auch sie sind sportlich-schick. Auch sie lächeln. Was Sophie davon hält, kann sie zwar noch nicht richtig sagen. Die Atmosphäre im Raum verändert sich allerdings deutlich.

Als sich alle eingefunden haben, fährt Schmitz fort: »Vielleicht passen *wir* auch nicht zusammen.«

»Wie meinen Sie das?«

»Na ja, offensichtlich können Sie nichts mit meinen großzügigen Angeboten anfangen und bleiben an der Vorstellung kleben, dass Sie Serdar irgendwie dauerhaft überzeugen könnten. Ich halte das für falsch. Und zwar beides.«

»Wo kommt das eigentlich her?«, fragt Pirlo.

»Was denn?«

»Dieser Wunsch, Serdar an sich zu binden. Das war bei Merkert ja auch schon so ausgeprägt. Tatsächlich verstehe ich aber gar nicht das Problem. Wir wollen Serdar beraten. Moritz übrigens auch. Lassen Sie uns den mal nicht immer vergessen. Was wir wollen, ist, die Jungs beraten, ihnen helfen, sie unterstützen und so weiter. Im Zweifel spielen sie dadurch noch besser, noch engagierter, noch professioneller. Wir nehmen sie Ihnen ja nicht einfach weg!«

»Das ist vielleicht Ihre Sichtweise.«

»Und Ihre nicht?«

Schmitz lacht. »Natürlich nicht.« Er gibt einem der Männer einen Fingerzeig, der daraufhin noch einmal Kaffee nachschenkt. Immerhin für alle. »Sehen Sie, die Eintracht ist seit jeher ein Familienverein. Wir sind gemeinsam gewachsen und haben uns etwas aufgebaut. Dabei ist mir schon klar, dass uns viele nach unserem rasanten Aufstieg nicht in der vierten Liga sehen wollen. Und doch sind wir da. Auch wenn wir aus Düsseldorf kommen, sind wir dort das Gallische Dorf.«

»Was hat das mit irgendwas zu tun?«

»Nun seien Sie mal nicht so ungeduldig, junger Mann.« Schmitz räuspert sich. »Als Joachim und ich uns vor mittlerweile zwanzig Jahren in der ersten Mannschaft kennengelernt haben, waren wir beide noch jung.« Er unterbricht sich. »Na ja, einigermaßen zumindest.« Dann ein Lachen. »Jedenfalls waren wir motivierte Unternehmer, die den Wunsch hatten, etwas Besonderes zu schaffen. Das hat uns geeint. Vor allem aber hatten wir Freude am Fußball, an der Gemeinschaft, dem Verein. Dass es bei uns beiden nicht für eine höhere Liga reicht, war uns schnell klar. Damals hat die Eintracht aber auch noch irgendwo auf der grünen Wiese gekickt. Das waren ganz andere Zeiten. Dass im Fußball Potenzial steckt, dass das den Leuten Spaß macht und dass man das mit dem Geschäft verbinden kann, war uns aber trotzdem klar. Vertun Sie sich da allerdings nicht, Frau Mahler und Herr Pirlo, wir waren gerade *nicht* Millionäre, die neben einem Hörgerätimperium, einem Softwareriesen oder mit einem Konzern im Hintergrund nach der allgemeinen Wahrnehmung gegriffen haben. Was wir gewählt haben, was wir gegangen sind, war *unser* Weg. Der von Eintracht Düsseldorf. Bescheiden. Bevölkerungsnah. Bodenständig. Schritt für Schritt für Schritt.«

Pirlo trinkt demonstrativ seinen Kaffee aus. Gegenüber dem schon nahenden Mitarbeiter legt er, immerhin mit einem Lächeln, die Hand auf die Tasse. Sophie ist froh über das Signal. Es reicht langsam. »Ich warte noch darauf, dass das etwas mit Serdar zu tun hat.«

»Und Moritz«, ergänzt sie.

»Richtig. Dem auch.«

Schmitz nickt. »Kommen Sie!« Er steht auf und bewegt sich auf eine Flügeltür zu, die der Wangenknochenassistent für ihn öffnet. Dahinter befindet sich ein beeindruckend großer Showroom, in dem sich zahllose mit Anzügen versehene Kleiderstangen reihen. In der Mitte des Raums stehen, an einem Schneiderarbeitsplatz, mehrere Spiegel, die sich um eine Art Anstoßkreis gruppieren. Überhaupt zieht sich das Fußballmotto durch. Das angenehme Licht stammt von vier Scheinwerfern, die an Flutlichtmasten denken lassen. Die Stühle sind Sitzschalen wie aus dem Stadion. Im weniger gut ausgeleuchteten Hintergrund steht hier eine Eckfahne, dort eine elegant eingekleidete Plastikfigur für das Freistoßtraining.

»Willkommen in unserer größten Ankleide!« Schmitz strahlt, als er sich zu seinen Gästen umdreht. »Wir nennen sie das *Stadion.*«

»Warum nur?«, brummt Pirlo.

Schmitz geht darauf nicht ein. »Hier verkaufen wir unsere Premiumstücke.« Er deutet in den Raum. »Was Sie hier sehen, ist die Arbeit von Joachim Merkert und mir. Unsere Vision. Die Elektronik und die IT sind von ihm. Die Anzüge sind von uns.«

»Das funktioniert?«, fragt Sophie.

Schmitz lacht. »Und *wie* das funktioniert! Als ich meine Frau kennengelernt habe, saß sie mit ihrem Vater allein in einer kleinen Schneiderei in Bilk. Das, was Sie hier sehen, haben wir in den letzten zehn Jahren aus dem Boden gestampft.«

»Und der Fußball hilft dabei?«

Er nickt. »Und der Fußball hilft dabei.« Kurz scheint er zu

überlegen, ob damit nicht schon genug gesagt ist. Dann legt er aber noch mal nach. »Wissen Sie, wir leben heute in anderen Zeiten als denen, in denen Sie jung waren.« Dabei wendet er sich explizit an Pirlo. Sophie ahnt allerdings, dass sie auch davon erfasst ist. Jedenfalls mittlerweile. »Junge Frauen waren immer schon modeaffin. Offen. Interessiert. Jungen Männern hat es lange gereicht, einfach *irgendwas* anzuhaben, Hauptsache, es war cool, kam aus den USA oder hatte das Logo einer Marke drauf. Chiemsee. Diesel. Replay. Sie erinnern sich an diese Schrecken Ihrer Jugend. Das allerdings ist heute anders. *Sehr* anders sogar! Die jungen Männer haben verstanden, dass sie auch nach etwas aussehen müssen, um etwas zu sein. Dazu kam das Internet. Social Media. Vorbilder. Vergleiche. *Styles!* Dann Serien, Filme, Musikvideos. *Gangs of Birmingham! The Gentlemen! Mad Men!* Und, was könnte als Name besser passen: *Suits!* Das waren alles Werbemaschinen für ein Unternehmen, für ein kleines Imperium wie meines. Dann brauchten wir nur noch Menschen, die das alles ins wahre Leben transportierten. Et voilà!«

Er hat seine Stimme erhoben und sich wie ein Zirkusdirektor im Kreis gedreht. Parallel dazu erhellt sich auf ein Schalterklicken durch einen der Schmitz-Mitarbeiter der gesamte Raum. *Showroom* passt hier schon ganz gut. Kurz überschlägt Sophie, wie oft am Tag Schmitz diese Nummer womöglich zelebriert. Dann erschlägt sie der Eindruck von den Wänden. Da sind sie also, fast lebensgroß abgebildet: die Helden von der Eintracht. Einmal verschwitzt im Trikot. Direkt daneben im Anzug mit Krawatte. Die Bilder haben keine Farben. Schwarz-Weiß eben, so, wie die Trikots des Vereins. Sie wirken aber auch so. Auf den ersten Blick erkennt Sophie gleich zwei der Männer, die mit ihnen im Raum sind, wieder. Sie hat keinen Zweifel, dass auch der dritte irgendwo zu finden ist. Ihre Konzentration gilt allerdings dem jungen Mann in der Mitte. Serdar. Auf dem Sportbild sieht er noch fast aus wie ein Kind. Im Anzug wirkt er dagegen beinahe wie ein gestandener Mann. Sophie ist beeindruckt. Und versteht.

»Schon vor seinem Tor haben wir über Serdars Internetgeschichten eine irre Reichweite gehabt. Nach dem Treffer ist das geradezu explodiert.« Der Blick von Schmitz verliert sich irgendwo im Raum. »Selbst wenn Moritz und er sich hier nur ein Mal im Monat neu einkleiden, sorgt das zwischenzeitlich fast allein für den Umsatz des Unternehmens. Und alles andere kommt noch dazu. *Deshalb* haben wir die Pandemie überlebt. Und *deshalb* werden wir Serdar nicht einfach gehen lassen!«

»Warum haben Sie uns dann nicht einfach gefragt, ob wir einen Vertrag mit Serdar und *Ihnen* schließen?« Sophie findet ihren Gedanken schlüssig. Schmitz offensichtlich nicht.

»Weshalb sollte ich Geld für etwas bezahlen, was ich umsonst haben kann?«

»Sie haben uns doch auch die Beratung für Ihr Unternehmen angetragen.«

»Wer weiß? Vielleicht brauche ich das ja wirklich.«

Sophie bemerkt Pirlos Blick. Das ist hier eine Sackgasse. Wenigstens wissen sie jetzt, wie die Mauer aussieht, die den Weg versperrt.

Einen Anlauf nimmt sie noch. »Serdar *hat* mittlerweile bei uns unterschrieben.«

»So?«

»Wollen Sie dann jetzt offiziell mit uns sprechen?«

Schmitz lächelt schmal. »Wir werden sehen. Und vor allem werden wir sehen, ob das überhaupt nötig ist.«

38.

WARUM AUCH NICHT?

Zurück in der Kanzlei

Sophie ringt lange mit sich. *Wirklich* lange. Dann hat sie sich endlich entschieden. Pirlo kann sie mal. Jedenfalls an diesem Abend. Nach dem Besuch bei Schmitz war er nicht nur muffig. Daran hat sie sich ohnehin längst gewöhnt. Nein, Pirlo war geradezu schroff. Eigenbrötlerisch. Unkommunikativ. Verloren.

»Welche Sorgen machst du dir?«, hatte sie ihn vom Beifahrersitz aus gefragt.

»Meine.«

Womit das Gespräch beendet war, ehe es überhaupt anfangen konnte.

Nach ihrer Rückkehr in die Carlstadt hatte er sie an der Kanzlei abgesetzt. Sie hatte nicht mal mehr gefragt, was er selbst vorhatte. Wozu auch?

Seitdem sitzt sie hier und überlegt. Soll sie ihn vielleicht doch noch anrufen? Gibt es nicht viel zu besprechen? Wo steckt er eigentlich? Und mit wem? Wieso sitzt sie, während er irgendwo in der Weltgeschichte herumrennt und, wenn es ihm gerade so einfällt, weiß den Himmel wen beglückt, eigentlich am Abend in der Kanzlei? Vor allem: schon wieder.

Sie gibt sich einen Ruck, nimmt den Finger von der Ruffunktion, öffnet den App-Store und installiert Tinder. Das Ausfüllen ihres Profils ist nicht gerade überkomplex.

Sie ist.

Sie sucht.

Sie will.

Als sie sich über all das mit sich einig geworden ist, meldet sie sich an und versucht, nichts weiter dabei zu denken. Was keine zehn Sekunden klappt. Natürlich nicht.

Und wie auch? Sophie *weiß*, dass sie gut aussieht und einiges zu bieten hat. Sicher, sie kommt aus einem derangierten Elternhaus, aber gehört das nicht irgendwie einfach dazu? Dann ist da noch diese Sache mit Pirlo. Worauf sie dabei wartet, kann sie allerdings selbst nicht sagen. Worauf *er* wartet, dagegen schon. Auf nichts und niemanden. Wie immer.

Abgesehen davon machen andere das doch auch. Wenn es Sophie richtig mitbekommen hat, haben allein im letzten Jahr zwei ihrer ehemaligen Klassenkameradinnen jemanden geheiratet, den sie über Tinder kennengelernt haben. Bei einer der Hochzeiten war sie nach ihrer Erinnerung sogar eingeladen gewesen, wenn sie es auch, wie eigentlich immer, nicht geschafft hatte. So oder so, »die Einschläge kommen näher«, wie es ihre Mutter so formschön zu formulieren pflegt. Dass Sophie nach dem Tod ihres Bruders Patrick die einzige Aussicht der Mahlers darauf ist, die Dynastie weiterzuführen, macht es dabei nicht besser.

Tinder also. Warum auch nicht? Wie viel verrückter als die Alternativen, die das wahre Leben ausspuckt, sollen die Leute dort schon sein? Die Liste ihrer Verehrer ist schließlich so überschaubar wie pathologisch. Markus Jungk, der Staatsanwalt aus dem Morddezernat, ist zwar witzig, aber nerdig wie eine vollversammelte LAN-Party. Ahmid Khatib hat seine liebenswerten Momente, ist aber halbseiden und hängt auf irgendeine Art mit Pirlo zusammen, die Sophie ohnehin suspekt ist. Ihr Bauch sagt ihr, dass es wahrscheinlich Ahmid ist, der, quasi als Außenminister von *Recht.Schaffen,* mit Serdar im täglichen Austausch steht. Ihr Kopf sagt ihr, dass sie das lieber gar nicht so genau wissen will. Ansonsten gibt es nicht mehr viele auf der Liste. Manu natürlich, ihren Langzeitfastverlobten, der, wenn sie das richtig auf Instagram zusammengestalkt hat, aktuell mit einer potenziell jüngeren und potenziell etwas besser gelaunten Blonden widerlich erfrischt als Arzt im afrikanischen Regenwald Kinderleben rettet, und der damit gleich aus einer Menge an Gründen raus ist. Und Pirlo eben. Der Pirlo ist. Was jedenfalls derzeit schon als Diagnose reicht.

Als Sophie von der Toilette kommt und ihr im Besprechungsraum wartendes Telefon ansteuert, versucht sie, über sich selbst zu schmunzeln. Was ist ihr hier eigentlich so unangenehm? Wirklich, *was*? Trotz dieses Vernunftanlaufs ahnt sie, dass ihre Wangen gerötet sind, als sie die App öffnet und das erste Bild ansieht. Immerhin ist ihr das Schicksal gnädig. Sogar noch mehr als das.

Tobi, 33, maximal fünfzehn Kilometer entfernt, lacht ihr von einem nicht näher ausmachbaren Strand aus einem weißen Hemd entgegen. Er sieht freundlich aus, leger wie jemand, den man in einem guten Moment fotografiert hat, ohne darauf warten zu müssen, dass es einen davon gibt. Mit anderen Worten: Jemand, der eine sehr andere Art Leben hat als Sophie gerade selbst. Schon das macht ihn interessant. Das gilt zwar weniger für den Profilspruch: *Leicht zu haben.* Immerhin klebt dahinter ein Zwinkersmiley. Was ja auf eine Art ironischen Bruch mit der Metaebene hoffen lassen könnte. Vielleicht zumindest.

Sophie beißt sich kurz gegen die Anspannung auf die Unterlippe. Dann geht es aber ganz schnell. Sie wischt nach rechts. Verteilt ein Like. Und hat ein Match.

Direkt darauf klingelt ihr Telefon. Die Nummer ist aus Düsseldorf. Sophie sieht sie überrascht an. Mag ja sein, dass sie von Online-Dating wenig Ahnung hat. Dass es *so* nicht funktioniert, glaubt sie allerdings trotzdem verstanden zu haben. Unsicher nimmt sie ab – und versteht schon wegen des schwer durch den Hörer kriechenden Atems sofort, dass sie sich über Date-Anrufe keine Sorgen machen muss. Auch über Dates selbst übrigens nicht. Auf sie dürfte etwas ganz anderes warten. Und zwar Chaos.

Mal wieder.

39.

WAS. UND WIE.

Am Telefon

»Ja?«

»Sophie Mahler?«

»Ja.«

»Hier ist Grobulla.«

»Wer?«

Das andere Ende seufzt. »Grobulla. Der Oberstaatsanwalt. Sie kennen mich.«

»Das stimmt.« Auch wenn sie mit ihm gerade trotzdem wenig anfangen kann.

»Wo sind Sie?«

»In der Kanzlei.«

Grobulla schnauft. »Und wo ist Pirlo?«

»Nicht in der Kanzlei.«

»Ich habe keinen Nerv für schlechte Witze.«

»Gut. Ich auch nicht.« Sie wartet einen Moment. Als er nichts darauf erwidert, fragt sie: »Was wollen Sie eigentlich von mir?«

Grobulla rasselt in den Hörer. Er scheint noch einen Augenblick zu brauchen, ehe er sich entschieden hat, was er sagen will. Und wie. »Wir haben den nächsten Toten.«

»Den nächsten *was*?«

Grobulla seufzt. »Den nächsten toten Menschen.«

»Und was hat das mit mir zu tun?«

»Das erkläre ich Ihnen, wenn ich bei Ihnen bin.«

Sophie sieht auf die Uhr. »Es ist mitten am Abend. Sie können jetzt nicht einfach hierherkommen und mich mit irgendwelchen Geschichten von toten Menschen behelligen.«

»Ich kann, und ich will. Und glauben Sie mir: Sie wollen das auch. Ach, und eines noch ...«

»Ja?«

»Sehen Sie zu, dass Pirlo auch da ist. Ansonsten lasse ich ihn mir holen und danach ganz bestimmt nicht wieder so schnell gehen.«

Sophie festigt den Griff um ihr Telefon. »Wenn Sie uns, Herrn Pirlo und mich, zu einem Termin bei sich vorladen wollen, können Sie das gern tun, Herr Oberstaatsanwalt Grobulla, und zwar schriftlich, förmlich und wie immer. Im Übrigen betrachte ich dieses Gespräch als gegenstandslos.«

»Betrachten Sie doch, was Sie wollen, wie Sie es wollen. Ich bin in einer halben Stunde bei Ihnen. Sie sehen zu, dass Pirlo auch da ist!«

»Und wenn nicht?«

»Dann komme ich morgen wieder und bringe einen Durchsuchungsbeschluss mit.«

Damit legt er auf. Sophie braucht noch einen Moment, um sich, ihre Verwunderung und direkt danach ihre Wut zu sammeln. Dann schnappt sie sich wieder ihr Telefon und wählt Pirlos Nummer. Während es klingelt, nimmt sie Abschied von Strand-Tobi, 33. Leicht zu haben. Das kleine legere Glück, maximal fünfzehn Kilometer entfernt. Und trotzdem so weit weg wie der Mond. Mindestens.

40.

RÜHREND.

Im Besprechungsraum

»Was fällt Ihnen eigentlich ein, verdammt nochmal?«

Pirlo steht am Ende des Tischs im Besprechungsraum. Er hat so laut geschrien, dass sich seine Haare hinter den Ohren gelöst haben und ihm ins Gesicht gerutscht sind. Seit er die Kanzlei nach der Unterschrift von Hamza Tuncay unter dem Beratervertrag verlassen hat, sind keine fünf Stunden vergangen. Trotzdem ist die Stimmungslage sehr anders. Vorsichtig ausgedrückt.

Grobulla steht ihm allerdings in fast nichts nach. »Ich wäre hier sehr vorsichtig mit meinen Worten, Herr Dr. Pirlo!«

»*Sie* wären *hier* vorsichtig?« Pirlo wirft die Hände in die Luft. »Läuft das jetzt hier so, oder was? Kann ich mich schon einmal darauf einstellen, dass Sie immer dann, wenn irgendwo in dieser Stadt irgendwer irgendwen umbringt, bei mir auftauchen und mich dazu befragen, wo ich zu dem entsprechenden Zeitpunkt war?«

»Machen Sie sich nicht lächerlich, Mann!«, presst Grobulla hervor.

Jetzt schaltet sich auch Sophie ein. »Und was wollen Sie *sonst* hier?«

Woraufhin sich Pirlo ihr zuwendet. »Ich glaube, das kann ich dir sagen. Herr Oberstaatsanwalt Grobulla will uns *warnen*.

Er hat uns nämlich *im Auge* und macht uns klar, dass wir ein *Problem* mit ihm haben und dass er es nicht *duldet*, wenn in seinem Sheriffbezirk weiterhin Schabernack getrieben wird.«

»Jetzt erzählen Sie nicht solchen Scheiß!«, explodiert Grobulla einmal quer durch den Raum. »Und nennen Sie es gefälligst nicht Schabernack, wenn jemand hinterrücks erschlagen wird.«

»Wie soll ich es denn sonst nennen?«

»Mord, verdammt!«

»Das ist also Ihre Beschreibung für das, was sich die Menschen in dieser Stadt unter Ihrer Nase antun?«

Grobulla starrt Pirlo an, als habe der endgültig den Verstand verloren. »Natürlich ist es das. Und wenn ich das mal freundlich anmerken darf, machen Sie sich nicht weniger verdächtig, wenn Sie nicht mal fragen, was zur Hölle eigentlich los ist.«

»Das mag daran liegen, dass wir uns viel zu wenig einig sind, wer damit eigentlich ein Thema hat.« Pirlo dreht an seinen Haaren. »An dieser Stelle ist es ungemein praktisch, dass sich meine geschätzte Kollegin so gut wie alles merken kann. Dazu gehört bestimmt auch, was im Geschäftsverteilungsplan der Staatsanwaltschaft Düsseldorf steht.« Ehe Grobulla reagieren kann, dreht sich Pirlo zu Sophie. »Sag uns doch mal bitte, welche Abteilungen dort für Tötungsdelikte zuständig sind.«

»Die Zehn und die Elf«, antwortet Sophie.

»Müssen die sich damit auch um Morde kümmern?«

»Ja.«

»Hervorragend. Und wer ist der Leiter dieser Abteilungen?«

»Herr Oberstaatsanwalt Grobulla.«

»Dieser Mann hier etwa?« Pirlo packt eine seiner Hauptverhandlungsgesten aus und zeigt theatralisch auf den korpulenten Strafverfolger.

Sophie nickt. »Ja, er.«

Woraufhin sich Pirlo, quasi immer noch im selben Atemzug, wieder an Grobulla wendet. »Damit steht für mich fest, *wessen* Problem es *tatsächlich* ist, wenn irgendwer irgendwen umbringt.« Er holt noch einmal tief Luft. »Und zwar Ihres!«

Grobulla verharrt einen Moment unschlüssig. Dann schüttelt er den Kopf und brummt: »Ach, lecken Sie mich doch am Arsch!«

Pirlo winkt ab. »Das dauert angesichts der Gesamtoberfläche viel zu lang. Aber wenn ich mal einen Monat freie Zeit habe, denke ich gern darüber nach.«

Woraufhin Grobulla sich umdreht und schwerfällig in Richtung der Kanzleitür steuert. Kurz geht Sophies Blick zu Pirlo. Wenn sie es richtig einordnet, ist er vorerst damit beschäftigt, zu brodeln und zu schmollen. Das gibt ihr die Zeit, hinter ihrem ungebetenen Gast herzueilen. Sie erwischt ihn gerade noch an der Tür, wenn sie sich auch nicht ganz gegen den Eindruck wehren kann, dass er das genau so wollte. Was allerdings ganz egal ist. Ihre Fragen muss sie sowieso loswerden. Wenn er bereit sein sollte, sie zu beantworten, ist es nur umso besser.

»Herr Grobulla …«

Er dreht sich langsam um. »Ja?«

»Vielleicht bleiben Sie doch noch einen Moment.«

Eine massige Hand deutet in Richtung des Besprechungsraums. »Bei dem da?«

»Bei mir.« Dann seufzt sie. »Und bei dem da.«

Grobulla legt die Stirn in Falten.

»Kommen Sie schon, Sie wissen, dass er es nicht so meint.«

»Dass er was nicht so meint?«, kommt es aus dem Hintergrund. Pirlo steht im Gang. Soweit es Sophie beurteilen kann, beäugt er das Geschehen mit maximaler Skepsis. »Dass er *was* nicht so meint?«

»Das Geschrei und Theater. Reg dich einfach mal wieder ab, Toni.«

Pirlo verzieht die Miene. »Der hat angefangen.«

»Ich habe Sie zur Haftanhörung antreten lassen, weil es einen gottverdammten Mord gegeben hat, bei dem es so aussah, als seien *Sie* derjenige, der ein Motiv für eine Racheaktion hatte *und* dessen wirtschaftliche Lage sich verbessern würde, wenn mit dem Opfer einer seiner Konkurrenten verschwindet. Meine Entscheidung dafür war nicht nur legitim. Sie war auch richtig.« Grobulla scheint zu ahnen, dass Pirlo widersprechen will. Er hebt daher vorsorglich die Hand. »Im Übrigen hätte ich Sie jetzt genau so wieder holen lassen können.«

»Warum haben Sie es dann nicht getan?« Noch während sie ihrer eigenen Frage zuhört, quält Sophie die Überlegung, ob sie eigentlich klug war.

»Weil er ahnt, dass es wieder nicht für einen dauerhaften Haftbefehl reicht«, brummt Pirlo. »Und sich nicht schon wieder dieselbe Klatsche fangen will.«

»Sagen wir es so«, unterbricht ihn Grobulla. »Ich habe nach unserem letzten Aufeinandertreffen noch einmal in Ruhe nachgedacht.«

»Und?«

»Ich bleibe dabei, dass es vertretbar war, Sie in Haft zu nehmen.«

»Was ist jetzt anders?«, fragt Sophie. Einmal mehr nicht, weil es besonders schlau ist. Ganz bestimmt nicht, sogar. Sie will es nur einfach wirklich wissen.

»Eigentlich nichts.« Grobulla zuckt mit den Schultern. »Das Muster ist dasselbe. Pirlo dürfte erneut von dem Todesfall profitieren. Nach so etwas wie einem Alibi frage ich bei ihm erst gar nicht.«

»Aber?«

Grobulla seufzt. Dann nickt er in Pirlos Richtung. »Er wusste ja, dass ich ihn auf dem Schirm habe.« Der Oberstaatsanwalt grinst schief. »Und so dreist, dann trotzdem zweimal dasselbe abzuziehen, ist nicht mal er.« Ehe Pirlo protestieren kann, hebt Grobulla die Hand. »Wobei ich allerdings bleibe, ist, dass es derselbe Täter sein dürfte. Dazu sind die Umstände einfach zu ähnlich. Und die Hintergründe erst recht.«

Pirlo zögert. »Welche meinen Sie?«

Als Grobulla seufzt, klingt es, als rolle ein großer Stein einen riesigen Berg hinab. Von ganz oben bis ganz unten. Und als wisse der Oberstaatsanwalt jetzt schon, dass er ihn zu allem Überfluss früher oder später wieder hinaufsisyphosen muss.

»Kann es sein, dass Sie noch nicht einmal im Ansatz kapiert haben, warum ich überhaupt hier bin?«

Sophie sieht, wie Pirlo den Kopf schief legt. Was entweder bedeutet, dass sich die nächste Wuttirade nähert. Oder dass Grobulla einen wunden Punkt erwischt hat. Sie beschließt zu helfen. Jedenfalls im Rahmen ihrer Möglichkeiten. »*Ich* weiß es jedenfalls nicht.« Sie bemerkt Pirlos überraschten Blick, zuckt aber nur mit den Schultern. »Ich dachte, *du* wüsstest, worum es Grobulla geht, als du gleich so ausgerastet bist.«

Er dreht an einer Strähne, quasi die Finger-Haar-Übersetzung für den kleinlauten Auftritt. »Ich bin davon ausgegangen, dass *du* es weißt.«

»Ja, warum das denn?«

Pirlo zeigt in Richtung Grobulla. »Weil du vorher mit *dem* telefoniert hattest und dann meintest, ich solle unbedingt schnell hierherkommen. Er sei auch da, und es gebe Stress.« Gut, da war natürlich was dran. »Außerdem *weißt* du solche Sachen einfach!«

»Welche?«

Er zuckt mit den Schultern. »Alle, irgendwie.«

»Rührend«, grollt Grobulla. »Wirklich. Alle beide. Dämlich ja, aber auch irgendwie rührend dämlich. Ich kann wirklich kaum fassen, dass ich extra dafür hierhergekommen bin.«

»Wofür genau?«, fragt Pirlo gereizt.

»Um mit Ihnen über den *Mord* zu sprechen. Darüber, was es damit auf sich hat, und darüber, ob Sie etwas dazu beitragen können, mir auf die richtige Spur zu helfen.«

»Ich weiß, dass es mittlerweile ein bisschen spät für die Nachfrage ist«, setzt Sophie an. Sie spürt, wie ihre Wangen glühen. »Aber würden Sie vielleicht freundlicherweise verraten, wer eigentlich getötet wurde?«

Grobulla sieht sie entgeistert an. »Schmitz natürlich. Roland Schmitz. Der Präsident von Eintracht Düsseldorf.«

»Klar«, antwortet Sophie. Sie bemerkt Pirlos fragenden Blick, zuckt aber nur mit den Schultern. Was soll sie auch sonst machen? Und was ist hier schon wieder los?

41.

UNTERDRÜCKT.

Ein paar Minuten später

Ein paar Minuten später ist in den Besprechungsraum Ruhe eingekehrt. Pirlo dreht sich langsam auf einem Stuhl am Kopfende des Tischs hin und her. Sophie hat die Beine angezogen und starrt gedankenverloren auf die gegenüberliegende Wand, die ein Banksy-Motiv zeigt, einen Häftling, der sich von einer Gefängnismauer an einem Bettlaken abseilt, das unten mit einer Schreibmaschine beschwert ist. Grobulla hat ihr gegenüber Platz genommen und studiert, soweit erkennbar, mit nachdenklichem Blick das Wasserglas in seiner Hand.

Pirlo ist schließlich derjenige, der das allgemeine Schweigen bricht. »Ich weiß immer noch nicht, was diese Morde mit uns zu tun haben sollen.«

Grobulla hebt eine Augenbraue. »Muss das wirklich sein?«

»Was denn?«

»Diese Diskussion.« Grobulla verschränkt umständlich seine Hände hinter dem schütter behaarten Kopf. »Kommen Sie schon, Pirlo. Der Zusammenhang drängt sich doch tatsächlich auf.« Grobulla beugt sich vor. »Vor vier Tagen tauchen Sie das erste Mal bei Eintracht Düsseldorf auf und teilen mit, dass Sie sich für deren größtes Talent interessieren. Nachvollziehbarerweise ist sein Entdecker und bisheriger Förderer, Joachim Merkert, alles andere als begeistert. Das eine Wort findet das andere, und am Ende fallen Beleidigungen gegen Sie und Ihren Begleiter.«

Pirlo registriert erleichtert, dass Grobulla ihn zumindest mit dem Ahmid-Thema verschont. Es bringt jetzt aber auch keinen weiter, wenn er vor lauter Dankbarkeit anfängt, den Menschen im Staatsanwalt zu sehen.

Grobulla fährt unterdessen ohnehin mit dem fort, was ihn *tatsächlich* interessiert. »Kurz nach Ihrem Treffen ist Merkert tot. Nach dem, was wir bislang wissen, hat ihn jemand von hinten niedergeschlagen, ihm dann die Kehle durchgeschnitten und die Augen ausgestochen.«

Pirlo sieht, wie Sophie den Mund verzieht. Obwohl er selbst die Abfolge schon kannte, findet er sie immer noch so widerlich wie seltsam. Wer macht so was nur? Und vor allem: Warum?

»Nehmen wir mal an, Sie waren das nicht«, fährt Grobulla fort. Pirlos sofortigen Missmut ignoriert er dabei. »Stellt sich die Frage, wie das alles so schnell gelingen konnte. Merkert hat es am Yachthafen von Düsseldorf erwischt, draußen, vor seinem Boot. Wir haben dort selbstverständlich alles durchsucht. Einen Anhaltspunkt für die Tat konnten wir trotzdem nicht finden. Klar ist: Wer immer für sie verantwortlich ist, hat einerseits viel riskiert. Der Schlag von hinten musste sitzen, andernfalls wäre Merkert, ein durchaus kräftiger Kerl, womöglich zum Gegenangriff übergegangen oder hätte einfach um Hilfe gerufen. Für das Durchschneiden der Kehle braucht es außerdem nicht nur einige koordinative Fähigkeiten, sondern vor allem eine ausgeprägte Bereitschaft, die Hemmschwelle dazu hinter sich zu lassen. Das alles mit großer Geschwindigkeit auszuüben, erfordert einiges an Kaltschnäuzigkeit, vor allem aber auch Entschlossenheit. Das ist aber noch nicht alles.« Grobulla stellt endlich die Tasse weg. »*Gleichzeitig* wusste der

Täter genau, was er tat, und wollte das auch exakt so. Andernfalls hätte das Detail mit den Augen keinen Sinn ergeben. Ganz offensichtlich kam es ihm aber darauf an, die Leiche genau *so* zurückzulassen.«

»Mit anderen Worten haben wir es mit einem sehr entschlossenen Menschen zu tun«, ergänzt Sophie.

»Oder mit mehreren«, antwortet Grobulla und sieht, wenn es nach Pirlos Geschmack geht, sie und ihn ein klein bisschen zu lange an. »Irgendwie fehlt mir die Phantasie dafür, dass das alles ein Mensch allein hinbekommen haben soll.«

»Haben Sie nicht vorhin gesagt, es habe bei Schmitz vor der Tat einen Anruf gegeben, ehe er zu diesem Lagerhaus gefahren ist, wo man ihn erwischt hat?«, fragt Pirlo. »Das spricht dann ja wohl eher für einen einzigen Menschen.«

»Nicht zwingend«, antwortet Grobulla. »Ohne allzu viel von den Ermittlungen preiszugeben, kann ich bestätigen, dass es eine halbe Stunde vor dem Zeitpunkt, zu dem nach einer ersten Schätzung der Tod bei ihm eingetreten ist, tatsächlich einen Anruf auf seinem Telefon gab.«

»Wie erfreulich.« Pirlo gähnt. Als er die irritierten Blicke der anderen bemerkt, zuckt er mit den Schultern. »Jemand ruft Schmitz an, bestellt ihn zu dem Lager …«

»Seinem«, unterbricht Grobulla ihn. »Es war das Lager *seines* Anzugunternehmens.«

»Da kommt er also hin«, fährt Pirlo unbeirrt fort, »und einer oder mehrere nehmen ihn aus dem Leben. Ich schlage vor, einer Ihrer Schlauköpfe sucht jetzt einfach raus, zu wem die Telefonnummer gehört, verhaftet ihn, und wir können endlich nach Hause gehen.«

»Die Nummer war unterdrückt«, erwidert Grobulla trocken.

»Natürlich war sie das.«

»Genauso übrigens wie bei Merkert. Ansonsten war es ein

ähnlicher Ablauf: Beide erhielten den Anruf etwa eine Stunde vor ihrem Tod, der wiederum per Durchschneiden der Kehle herbeigeführt wurde, nachdem sie zuvor jemand von hinten niedergeschlagen hatte.«

»Und die Augen?«, murmelt Sophie leise.

»Waren wieder ausgestochen«, bestätigt Grobulla. Er kratzt sich umständlich am Kinn. »Eine weitere Parallele ist außerdem, dass beide Opfer ein Thema mit Ihnen hatten, Pirlo.«

»Mit mir?«

Grobulla nickt. »Merkerts Problem mit Ihnen haben wir ja schon hinreichend besprochen. Auch Schmitz war aber wohl nicht allzu begeistert. Er soll sich im Vereinsheim darüber aufgeregt haben, dass Sie am Nachmittag aufgekreuzt seien, um, kaum dass Merkerts Körper kalt war, den nächsten Versuch zu wagen, diesen jungen Spieler, Serdar Irgendwas …«

»Tuncay. Serdar Tuncay.«

»Diesen Serdar Tuncay für Ihre Kanzlei unter Vertrag zu nehmen. Seine Ansage war wohl, dass er das mal mit Ihrem Laden persönlich klären werde.«

»Und?«

»Seine Frau hat gegenüber der Polizei erklärt, er habe ihr gesagt, dass er sich mit den Möchtegernspielerberatern in der Kanzlei treffen wolle.«

»Und?«

Grobulla verzieht den Mund. »War er hier oder nicht?«

»Kann sein.«

»Ist Ihnen das eigentlich wirklich ein so großes Bedürfnis?«

»Was meinen Sie?«

»Müssen Sie immer jedem zeigen, was für ein Idiot Sie sind?«

»Vorsicht jetzt.«

»Ja, er war hier!«, unterbricht Sophie die beiden Streithähne. »Schmitz war hier, aber Pirlo nicht.«

»Und was wollte er?«, fragt Grobulla.

Sophie zuckt mit den Schultern. »Ehrlich gesagt weiß ich es selbst nicht so genau.«

»Können Sie das vielleicht sogar noch ein klein bisschen präziser versuchen?«

Sophie schüttelt den Kopf. Dabei bedrückt es sie weniger, dass sie genau genommen von einer vertraulichen Mandatsanfrage berichtet. Auch Grobulla hat schließlich die Grenzen der Dienstgeheimnisverpflichtung inzwischen weit hinter sich gelassen.

Nein, Sophies Sorge ist eine andere: »Ich wünschte, ich könnte es. Aber offen gestanden fand ich seinen ganzen Auftritt einigermaßen rätselhaft. Er erzählte etwas darüber, dass wir für sein gesamtes Unternehmen ein Compliance-Programm aufstellen sollten, alles ganz besonders wichtig und aufregend und lukrativ.«

»Und?«

»Erst am Ende kam er darauf, dass wir das angesichts unserer überschaubaren Größe ja wahrscheinlich gar nicht würden stemmen können, vor allem dann nicht, wenn wir auch noch andere Projekte am Start hätten.«

»Wie die Spielerberatung.«

»Ganz genau, wie zum Beispiel die Spielerberatung. Nur war mir noch nicht klar, wer das war und wie das alles zusammenhängen könnte.«

»Ein offenes Wort«, setzt Pirlo an. »Bei mir ist das immer noch so.« Er deutet in Grobullas Richtung. »Und ich habe irgendwie den Eindruck, bei Monsieur Gulasch-Poirot sieht es nicht besser aus.«

»Ich verbitte mir diesen Ton«, grollt Grobulla.

Pirlo zieht eine Augenbraue in die Höhe. »Das war doch eigentlich ein Kompliment. Also zumindest fast.«

»Was auch immer.« Grobulla sieht zu Sophie. »Schmitz war also hier, und nach Ihrem Eindruck ging es ihm um diesen Jugendlichen?«

»Richtig.«

»Ist der denn so gut?«

Pirlo dreht an einer Strähne. »Ich glaube, das weiß im Moment keiner ganz genau. Er hat auf jeden Fall ein Traumtor geschossen und bringt aus dem Internet eine ziemliche Bugwelle mit. Den Rest erledigt der Fußball.«

»Was soll das heißen?«

»Wenn nur genug Leute darüber sprechen, dass Serdar der neue heiße Scheiß ist, führt kein Weg an ihm vorbei. Seine Leistung muss er zwar trotzdem bringen. Nach oben loben kann man ihn aber jetzt schon. Und genau das geschieht gerade.«

»Mit Ihnen als Berater.«

Pirlo nickt. »Der Vertrag ist druckfrisch.«

»War aber nur möglich, weil Merkert und Schmitz nicht mehr am Leben sind.«

»Das haben Sie gesagt.«

»Und Sie nicht bestritten.« Grobulla nickt sich auf eine fast liebenswerte Weise selbst zu. Das genügt ihm offensichtlich als Punkt zum Satzende. Kurz scheint er zwar noch einen weiteren Anlauf nehmen zu wollen. Dann beschränkt er sich allerdings darauf, das Nicken zu wiederholen. »Ich glaube, wir haben jetzt einen ganz guten Stand darüber, was wann passiert ist.« Er sucht Sophies Blick und senkt die Stimme. Was jetzt kommt, ist ihm offensichtlich wichtig. Und damit aus seiner Sicht bei ihr augenscheinlich besser aufgehoben. »Gehen Sie davon aus, dass diese beiden Morde für massive Unruhe sorgen werden. Das wäre schon ohne jeden Bezug zum Sport so.« Er sieht in Richtung Pirlo. »Ich gebe Ihrem Kollegen allerdings recht darin, dass dieser Fußballhintergrund das Ganze nicht weniger interessant macht.« Als er aufsteht, hustet er rasselnd. »Für den Moment gelingt es uns noch, gegenüber der Öffentlichkeit Details aus den Ermittlungen zurückzuhalten. Die Sache mit dem Ausstechen der Augen gehört beispielsweise dazu. Wir müssen uns aber nichts vormachen: Früher oder später kommt das heraus. Dann ist davon auszugehen, dass dieselben Fragen, die sich mir gerade stellen, auch andere umtreiben.«

»Im Sinne von: Wer hat etwas davon, dass diese beiden toten Funktionäre ausgerechnet zu der Zeit, in der er auch sportlich richtig durchstartet, plötzlich keinen Zugriff mehr auf Serdar Tuncay haben?«

»Das dürfte allerdings wirklich nicht allzu schwer zu beantworten sein.«

»Was meinen Sie dann?«

»Eher so etwas wie die Frage, wie das eigentlich alles zusammenhängt.«

»Und was ist die Antwort?«

Grobulla greift nach seinem Mantel. »Sagen *Sie* es mir. Sie haben schließlich meine Nummer.«

Kurz darauf sind Pirlo und Sophie im Besprechungsraum allein. Sie sieht ihn nachdenklich an. »Was meinst du, sollte dieser Auftritt von Grobulla?«

Pirlo fährt sich über den Bart. »Ich schätze, er hat die Nase voll davon, dass in seinem Zuständigkeitsbereich Menschen sterben, und will verhindern, dass das so weitergeht.«

»Hätten wir ihm sagen sollen, dass wir bei Schmitz waren?«

»Warum? Er hat ja nicht danach gefragt.«

Sie kaut auf ihrer Unterlippe. »Ich kann Grobulla gerade nicht richtig greifen. Was wollte er denn jetzt eigentlich von uns?«

»Wenn du mich fragst, kam es ihm vor allem darauf an, eine Warnung auszusprechen.«

»Er hat doch selbst gesagt, dass er nicht ernsthaft davon ausgeht, dass du hinter diesen Morden steckst.«

Pirlo schüttelt langsam den Kopf. »Ich glaube nicht, dass er uns klarmachen wollte, wer aus seiner Sicht die *Täter* sind.«

»Sondern?«

»Eher wollte er diejenigen warnen, die in der ganz schön tödlichen Serdar-Hierarchie als nächste *Opfer* auf der Liste stehen könnten.« Er sieht direkt in ihre erschrockenen blauen Augen. »Und zwar uns.«

DIE RECHTSWIDRIGE TAT

1.

SCHRITTE.

Auf dem Weg

Die ersten Schritte sind die schwersten. So jedenfalls hat er sich das vorgestellt. Gestern noch. Vorhin.
Die ersten Schritte, sobald er den Raum betritt. Sobald er sieht, was ihn erwartet. Wer ihn erwartet.
Der Rest wird seinen Gang nehmen. Seinen gewöhnlichen Ablauf. Ist das nicht immer so? Er vertraut jedenfalls darauf. Verlässt sich darauf. Auf sich.
Dann ist er da. Er spürt, wie seine Hände schwitzig werden. Wie seine Knie zittern. Er ist angespannt. Immer noch.
Trotz aller Entscheidungen.
Trotz allen Verstehens.
Trotz aller Einsicht in das, was kommt. In sein Schicksal.
Er hört, was zu ihm gesagt wird. Die Stimme ist ruhig. Klar. Aber auch streng.
Er nickt. Ja, er hat verstanden. Nein, er hat keine Fragen. Er weiß, wo er ist. Warum er da ist. Was von ihm verlangt wird.
Und dass es keinen Weg mehr zurück gibt.

2.

BLOODY HELL.

Im Stadion

Am Samstag spielt die Eintracht gegen den TSV Bocholt. Wie das im Fußball eben so läuft: Irgendwer spielt irgendwo immer gegen irgendwen. Egal, was sonst so ist.

Sicher, der Manager ist verstorben, kurz darauf auch der Präsident. Es spricht auch einiges dafür, dass hinter diesem Doppelschlag ein Skandal lauert. Hier und da macht das Gerücht von einer Mordserie die Runde. Andererseits: Es ist Wochenende. Spieltag. Also: Schweigeminute. Trauerflor. Und fertig.

»Der Joachim und der Roland hätten das doch gar nicht anders gewollt«, erklärt ein dicklicher Brillenträgersenior Pirlo in rheinischem Slang. »Und ein Hans-Peter Dallmann lässt sich von so was erst recht nicht kleinkriegen.« Was ihn selbst meint. Zwischenzeitlich hat sich Pirlo an das Gerede in der dritten Person gewöhnt. Wenn er davon auch noch nicht vollkommen überzeugt ist.

»Dallmann«, hat sich der Senior vorhin vorgestellt und Pirlo auf der kleinen Stahltribüne, die bei Eintracht Düsseldorf am nächsten an das herankommt, was ein VIP-Bereich sein könnte, heftig die Hand gedrückt. »Hans-Peter Dallmann. Versicherungsmakler für alle Fälle.«

Dann hatte er gelacht, wie er vermutlich immer lacht, wenn er das sagt. Wahrscheinlich hat ihm vor vielen Jahren ein motivierter Schulungsleiter bei einer dieser Massenveranstaltungen für angehende Wertanlagedrücker eingebimst, dass genau das genau so nötig sei, um total irre erfolgreich zu werden, und seitdem richtet sich ein Hans-Peter Dallmann eben danach. Wer weiß: Vielleicht macht er damit sogar alles richtig? Was dafür spricht: Er ist hier. Merkert und Schmitz sind es nicht mehr. Seine Bestürzung darüber hat er dabei, vorsichtig formuliert, gerade noch so im Griff.

»Jedenfalls ist es wichtig, dass wir uns jetzt nicht allzu sehr verrückt machen lassen durch das, was da passiert ist.«

»Sie meinen die Morde?«

Dallmann reißt die Augen auf. »So, wie Sie das formulieren, klingt es natürlich sehr dramatisch.«

»Wie nennen Sie es denn, wenn innerhalb von wenigen Tagen zwei Männer im besten Alter ganz plötzlich und gewaltsam das vorzeitige Ende ereilt?«

Dallmann scheint kurz in sich zu gehen. »Ja, gut. Dann sagen Sie eben *Morde* dazu.« Er sammelt sich einen Moment und fügt dann fast trotzig hinzu: »Weitergehen muss es hier trotzdem. Wir haben schließlich die Hütte voll. Gegen Bocholt spielen wir nicht jedes Wochenende.«

»Die sind nicht schlecht. Bissig. Unsere müssen endlich mal kämpfen!«, bemerkt einer aus Dallmanns Gefolge mit einer knarzenden Stimme. Was dem neuen starken Mann zwar erkennbar nicht passt. Er trägt es aber trotzdem mit Fassung.

»Die Jungs kommen schon noch in Schwung, Schnecki! Verlass dich da mal drauf. Man hat es als Aufsteiger am Anfang nie ganz leicht, gerade jetzt, wo noch diese ganze Unruhe von außen kommt. Schon deswegen tun wir alle gut daran, mal nur nicht die Nerven zu verlieren, sondern die Lage schön brav unter Kontrolle zu behalten. Der Bartels findet mit denen dann schon seinen Weg!«

Pirlo folgt Dallmanns Blick zu dem in der Coaching-Zone auf und ab tigernden jungen Mann mit der hohen Stirn und dem markanten Dreitagebart. Er trägt weiße Sneaker, einen engen Pullover und eine über den Knöcheln abschließende Röhrenhose. Jedenfalls optisch ist er damit schon mal bundesligatauglich.

Während Pirlo noch Michael Bartels beobachtet, ist Dallmanns Blick weitergewandert und klebt jetzt auf einem hageren Typen, der ebenfalls weiße Sneaker, Röhrenhose und einen engen Pulli trägt, das aber mit einem Lockenkopf und einem Musketierbart verbindet und damit auf den ersten Blick wie ein hipsteriger Zwilling von Bartels wirkt.

»Alles in Ordnung?«, fragt Pirlo.

»Die Presse«, grummelt Dallmann, ganz so, als stünden da mal wieder diese unzähligen Übertragungswagen von Sky. Kennt man doch.

Pirlo nimmt den Reporter genauer in Augenschein. Er verfolgt erkennbar kaum das Spiel, sondern nur die Umgebung. Als er Pirlos Blick bemerkt, winkt er und grinst.

»Parasiten!« Dallmann spuckt aus. Na hoppla. Das sind ganz schön finstere Gefühle für einen so um Sonnenschein bemühten Zeitgenossen.

»Wahrscheinlich macht er nur seinen Job. Hier war schließlich viel los.«

»Wenn Sie mich fragen, gibt es dabei aber nicht den geringsten Zusammenhang zu unserer Eintracht«, motzt Dallmann. »Wer weiß schon, was der Joachim und der Roland sonst so getrieben haben.« Dann reißt er sich zusammen. »Und was den Serdar anbelangt, dessen Interessen Sie ja nun also vertreten, da denke ich jedenfalls, dass wir alle, wie wir sind, gut beraten sind, den Jungen einfach mal in Ruhe machen zu lassen. Ein Hans-Peter Dallmann hat schon viele Talente kommen und gehen sehen. Deswegen kann ich Ihnen auch gern bestätigen, dass der Serdar zwar ein außergewöhnlicher Junge ist. Aber mehr eben auch noch nicht. Der steht ja schließlich noch ganz am Anfang seiner Karriere. Und zwar bei uns, und nirgendwo anders.«

»Eben. Wir sollten den behutsam aufbauen. Nur nichts überstürzen nach diesem einen Tor!«, knarzt sich wieder der Nebenmann ein. Da sich Dallmann diesmal daran nicht zu stören scheint, nimmt ihn Pirlo näher in den Blick. Wallende braune Haare. Kleine Augen. Lederne Haut. Das, was man ein »Original« nennt. Dass und wie Pirlo ihn mustert, scheint er mit geübtem Wohlwollen zur Kenntnis zu nehmen. »Falls Sie sich fragen, ob ich es wirklich bin: Ja, bin ich.«

Was Pirlo dann doch etwas überfordert.

Dallmann erlöst ihn. »Ich glaube nicht, dass Herr Dr. Pirlo mit den Feinheiten des niederrheinischen Fußballs vertraut ist, Schnecki. Wahrscheinlich war der Herr Anwalt, als du in der Zweiten Liga gezaubert hast, noch nicht mal geboren.«

»Als ob«, empört sich Schnecki.

»Freut mich jedenfalls.« Pirlo lächelt.

»Als ob.«

Und weg ist er.

Dallmann lacht. »Sie müssen ihm das verzeihen. Schnecki ist so was wie die gute Seele der Eintracht.« Ohne dass Pirlo das mitbekommen hätte, sind während Schneckis Zwischenspiel zwei Altbier in Dallmanns Händen aufgetaucht. Der neue große Name im Verein zu sein hat offensichtlich seine Vorzüge. Dallmann reicht ein Bier an Pirlo weiter. Am anderen nippt er selbst. »Das mit der Zweiten Liga stimmt übrigens.« Er deutet in die Richtung, in die sich Schnecki davongeschmollt hat. »Das ist tatsächlich Uwe Zimmermann.« Er scheint abzuwarten, ob Pirlo eine Reaktion zeigt. Als das ausbleibt, legt

Dallmann nach. »Vierunddreißig Zweitligaspiele für Union Solingen, als die in den Achtzigern noch eine richtig große Nummer waren. Danach hat er seine Laufbahn bei der Eintracht ausklingen lassen und es hier irgendwie zum Faktotum geschafft.«

»Und der Name?«

»Woher der kommt, weiß kein Mensch mehr. Wahrscheinlich nicht mal Schnecki selbst.« Dallmann zuckt mit den Schultern. »So ist Fußball.« Unten, am Platz, kommt Bewegung auf. »So übrigens auch. Sehen Sie sich diesen Geier an.«

Tatsächlich ist Bewegung in den Musketierbart gekommen. Pirlo beobachtet, wie er sich von seinem Platz an einem Wellenbrecher am Spielfeldrand löst und in Richtung des Trainerbereichs von Eintracht Düsseldorf schiebt. Der Anlass für diese Bewegung sorgt auch bei Pirlo selbst für Unruhe: Serdar steht am Spielfeldrand. Neben ihm redet Bartels auf ihn ein. Seine Hände schnellen nach hier und da und zeigen Muster an, die nur die beiden sehen können.

Von der Seite meldet sich Zustimmung. »Das würde auch ein Hans-Peter Dallmann nicht anders machen.« Ohne dass Pirlo danach gefragt hätte, kommt direkt darauf die Erklärung. »Der Michael hat das schon ganz richtig erkannt. Ich finde es gut, dass er vorn noch mal neue Impulse setzt.«

Während der auszuwechselnde Spieler, ein blonder Hüne mit Zopf, zur Ersatzbank joggt, spring Serdar in schnellen Bewegungen auf und ab. Das Publikum reagiert mit einem gespannten Raunen.

»Spüren Sie das?«, fragt Dallmann. »Wie das prickelt? Wie alle darauf hoffen, dass wir hier noch den Heimsieg holen? So was lässt auch einen Hans-Peter Dallmann nicht kalt.« Er wischt aufgeregt über seine Brille. »Wirklich nicht.«

Dann klebt er plötzlich mitten in Pirlos Gesicht. »Genau

deshalb habe ich Sie heute eingeladen. Hamza sagt mir, dass Sie sich jetzt um Serdar kümmern. Dann sind Sie aber auch einer von uns. Einer von dem hier!« Seine Hand beschreibt einen Halbkreis über das Stadion, die gut gefüllte Tribüne, die fast lückenlos besetzten Wellenbrecher, den kleinen Haufen der »Power vom Tower«-Ultras, die jetzt noch mal alles geben. »Das hier ist die Eintracht! Das sind wir!«

Während Serdar den fast drei Köpfe größeren Hünen abklatscht und endlich das Feld betritt, überschlägt sich Dallmanns Stimme gegen den aufbrandenden Jubel. »Jetzt werden wir mal gesehen! Und jetzt gehen wir nicht mehr weg! Der Verein ist größer als wir alle! Und keiner ist größer als der Verein! Dann spielt es für mich aber auch keine Rolle, wer hier warum nicht mehr unter uns ist. Dann geht es um Fußball! Um uns! Verstehen Sie?«

Pirlo nickt. Zum einen ist es das, was hier von ihm erwartet wird. Zum anderen hat er zumindest eine *Ahnung* davon, was einen Hans-Peter Dallmann bewegt. Parallel verfolgt er, der immer vorgibt, über allen Dingen zu stehen, angespannt, wie Serdar sich bei einem Eckball für Eintracht Düsseldorf in Richtung des gegnerischen Strafraums orientiert.

»Geben Sie zu, dass Sie das auch fühlen!«, raunt Dallmann von der Seite. »Dass Sie es *spüren*. Wenn Sie mich fragen, hat diese Mixtur niemand so treffend zusammengefasst wie Sir Alex Ferguson bei Manchester United: *Football, bloody hell!*«

Dann kommt die Ecke. Der Ball segelt weit vor das gegnerische Tor. Ein Knäuel aus Spielern springt hoch. Der Ball wird per Kopf geklärt und fliegt in hohem Bogen in Richtung Strafraumkante. Wo Serdar steht. Volley abzieht. Und trifft.

Zwei zu eins!

Das nächste Traumtor!

Serdar reißt die Arme hoch. Der Rest des Teams klatscht ihn

ab. Die »Power vom Tower« springt, jubelt, schreit. Am Spielfeldrand ballt Bartels die Faust.

Auch in den Reporter kommt Bewegung. Pirlo sieht, dass er sich mit dem Rücken zum Spielfeld gedreht hat und hektisch in seine Kamera spricht. Er vloggt. Wobei ihn das Spiel als solches kaum interessieren dürfte. Eher schon der Influencer mit den Traumtoren. Und diese Mordgeschichte. Was davon die Sahne und was die Torte ist, spielt fast schon keine Rolle.

Weswegen Pirlo plötzlich kapiert, dass er eigentlich eine Menge zu tun hat. Und zwar jetzt.

Er stürzt das Bier hinunter, reicht einem Hans-Peter Dallmann die Hand und eilt durch den allgemeinen Jubel, Fähnchen, Gelächter und Geproste in Richtung des Spielfeldrandes, um vor dem Reporter bei Serdar zu sein.

Football. Bloody hell. Aber wirklich.

3.

SPORTPLATZKODEX FÜR ANFÄNGER.

Am Spielfeld

Als Pirlo nach einem ungelenken Slalom durch den Tribünenjubel mit dem Abpfiff am Spielfeldrand ankommt, hat sich der Reporter bereits auf Höhe der Mittellinie positioniert, dort, wo die Spieler gleich vom Platz in Richtung des Vereinsheims stapfen werden.

»Pirlo«, stellt er sich vor, als er sich an ein paar ebenfalls wartenden Kindern vorbeigeschoben hat, deren schwarz-weiße Trainingsanzüge vermuten lassen, dass es sich um die Spieler der Nachwuchsmannschaften handelt.

»Fleischmann«, gibt der hagere Typ zurück. »Ich bin der neue Sportreporter von der *POST*.«

Sie klatschen sich ab, die eine Hand von oben in die andere. Das fingergewordene Allesgutklarallesgut. Sportplatzkodex für Anfänger. Nachdem das vorüber ist, kann das eigentliche Gespräch beginnen.

»Seit wann interessiert sich die *POST* denn für die vierte Liga?«

»Seit nie.« Fleischmann lacht. Pirlo lacht mit.

»Ich bin wegen des Jungen da«, erklärt Fleischmann.

»Welchem Jungen?«

»Na, welchem wohl?«

»Serdar Tuncay?«

»Klar! Wer kann denn hier sonst was?« Dass auch andere Fleischmann hören können, scheint ihn nicht weiter zu stören. Er ist der Reporter von der *POST*. Sie sind diejenigen, die froh sein dürfen, wenn er ihren Namen schreibt. Dass das mal klar ist.

Dann verändert sich sein Ton. »Denk dran, dass ich zuerst da war! Ich meine, nichts für ungut, Alter, aber der erste O-Ton gehört mir.« Worauf er gönnerhaft hinzufügt: »Wenn du mich als Quelle nennst, kannst du aber auch gern mein Material verwenden.«

»Was willst du denn fragen?«, erkundigt sich Pirlo.

Fleischmann grinst. »Den ganzen geilen Scheiß. Tor hier, Tor da, schön und gut.« Das klingt nach einem Aber. Was nicht gut ist. »Aber richtig heiß ist natürlich die Geschichte mit den Morden.«

»Welchen Morden?«

»Das meinst du nicht im Ernst, oder?«

»Was denn?«

»Dass du diese Geschichte nicht kennst.« Als Pirlo nicht reagiert, schüttelt Fleischmann ungläubig den Kopf. »In der letzten Woche sind sowohl der Manager als auch der Präsident dieses Vereins ums Leben gekommen. Dass die hier überhaupt spielen, ist fast schon eine Nachricht wert.«

»Und was hat der Junge damit zu tun?«

»Serdar?«

»Ja.«

Fleischmann sieht Pirlo an, als habe er Zweifel an dessen Verstand. »Na, der hat dieses Tor geschossen. Im Pokal! Weißt du doch!«

»Was ja für diese Todesfälle keine Rolle spielt.«

Jetzt dreht sich Fleischmann doch einmal ganz zu Pirlo um. »Sag mal, bist du bescheuert?«

»Was?«

»Was hier was mit was zu tun hat, entscheidet ja wohl derjenige, der darüber schreibt, oder nicht?« Er tippt Pirlo mit dem Zeigefinger auf die Brust. »Und hier ist jedenfalls *richtig* Musik drin. Mann, die Geschichte geht richtig steil! Sport und Mord. Besser geht es doch gar nicht! Der Junge hier wird als neues Toptalent entdeckt, und nebenher rennt noch ein Serienmörder rum. Perfektes True Crime, Mann!« Fleischmann schiebt Zeigefinger und Daumen zusammen. »Ich bin so kurz vor einem eigenen Podcast.«

»Parallel zu den laufenden Ermittlungen?«

Fleischmann starrt Pirlo an, als habe er jetzt gerade doch beschließen müssen, jede Hoffnung aufzugeben. Dann dreht er sich einfach um und filmt die langsam eintrudelnden und mit den Kindern abklatschenden Spieler. Serdar steht zwar noch am anderen Ende des Platzes, wo er mit einer Traube junger Menschen Selfies schießt. Irgendwann wird er aber auch hier vorbeikommen müssen. Pirlo weiß das. Und Fleischmann weiß es auch.

Was dann passieren wird, zeichnet sich ab: Fleischmann reckt Serdar sein Telefon entgegen und filmt ihn, während er ihm Fragen stellt, auf die der Junge keine Antworten geben kann. Und soll.

»Lass Serdar einfach in Ruhe, okay?«, zischt Pirlo daher in seine Richtung.

»Wer bist du, sein Vater?« Kurz scheint Fleischmann vorsichtig zu werden.

»Sein Berater«, knurrt Pirlo.

Fleischmann lacht auf. Dann fasst er sich. »Oh, warte, du meinst das ernst.« Jetzt lacht er noch mehr. »Mir war nicht klar, dass Influencer mit einem Saisontor schon einen *Berater* haben.«

»Zwei.«

»Was?«

»Mit zwei Saisontoren. Und außerdem hat Serdar auch zwei Berater.«

Fleischmann lacht noch mehr. »Hör mal, *Berater*, lass mich hier einfach meinen Job machen, okay? Du kannst mir nachher dankbar dafür sein, dass ich deinen Jungen in die Nachrichten bekommen habe, und gut ist.«

Pirlo rückt etwas näher. »Vergiss es einfach, *okay*? Serdar kann nichts für das, was gerade in diesem Verein los ist, also lass den Scheiß!«

Er ist selbst überrascht, wie bissig es klingt. Andererseits hat er hier wahrscheinlich nicht mehr viel Zeit, und wenn die Bilder eines verschwitzten Serdar, dem irgendwas zu diesen Morden entgegengerufen wird, einmal in Fleischmanns Telefon sind, ist es fast egal, was er daraufhin eigentlich macht. Er kann sich schließlich nicht in Luft auflösen. Für eine Caption im Sinne von »Influencer reagiert auf Mordvorwürfe in seinem Umfeld« wird es schon reichen. So oder so.

Außer natürlich, jemand unternimmt etwas dagegen. Etwas, was *wirklich* hilft. Zum Beispiel mit solchen zarten Worten: »Handy her, du Lappen!«

Pirlo muss gar nicht erst hinsehen. Die Stimme reicht völlig aus, um ihn wissen zu lassen, dass die Lage geregelt sein dürfte und etwas Entspannung einkehrt. Zumindest vorerst. Und nur bei ihm.

Fleischmann scheint sich dagegen noch nicht einmal angesprochen zu fühlen, bis eine seine Schulter packende Hand die Aufforderung untermauert. »Mach jetzt keinen Scheiß, Mann. Handy her!«

Erst jetzt dreht sich Fleischmann zu demjenigen, der nach ihm greift. Für einen Moment scheint ihn Ahmids zorniger

Blick tatsächlich zu beeindrucken. Dann schubst er ihn allerdings nach hinten weg und gibt seinem Stolpern eine kleine Freundlichkeit mit.

»Du spinnst ja. Verpiss dich und lass mich meinen Job machen!«

Was keine gute Idee ist. Nicht das Schubsen. Nicht das Ankeifen. Und die Gesamtschau schon gar nicht. Schon ohne einen Anlass braucht Ahmid wenig Anlauf, um für Theater zu sorgen. Hier hat er sogar einen.

Alles Weitere geht schnell: Eine Ohrfeige klatscht. Eine andere klatscht noch mehr. In Ahmids Augen erkennt Pirlo die Überraschung darüber, dass Fleischmann einen Kampfsport beherrscht. Welchen, ist egal. Ahmid kann keinen. Und kassiert daher heftig. Pirlo konzentriert sich derweil auf Fleischmanns in Richtung Rasen geflogenes Telefon. Einen großen Schaden dürfte es nicht erlitten haben. Noch wichtiger: Es sind keine Bilder von Serdar darauf, der jetzt an dem entstandenen Tumult vorbei vom Platz kommt und direkt Pirlo in die Arme läuft.

»Komm mit!«

»Warum?«

»Weil ich das sage!«

Etwas Besseres fällt ihm nicht ein. Aber so läuft das nun mal, oder nicht?

»Was ist los?« Neben Serdar ist Moritz aufgetaucht. Seine unverschwitzte Trainingsjacke spricht dafür, dass er nur auf der Bank gesessen hat. Wenn er denn überhaupt im Kader war.

»Moritz, gut, dass du da bist!« Pirlos Begrüßungshandschlag bleibt unbeachtet. Gerade geht es aber auch um anderes. »Lass uns zusehen, dass wir Serdar hier wegbekommen.«

»Warum?«

Im Augenwinkel versucht Pirlo auszumachen, wie sich die

Fleischmann-Telefon-Lage entwickelt hat, erkennt aber nichts weiter als ein allgemeines Durcheinander. Man muss es Ahmid wirklich lassen. Irgendwas kann jeder. Er kann das.

»Lass uns einfach vermeiden, dass jemand auf die Idee kommt, euch auf diese ganze Tragödie um den Verein anzusprechen. Das passt nicht zu Serdar.« Pirlo fixiert Moritz. »Und das passt auch nicht zu dir!«

Fleischmann hat es mittlerweile doch geschafft, sich aus dem Pulk hinter ihnen zu lösen. Die Mischung aus »hager« und »Kampfsport« hat augenscheinlich ihre Vorteile.

»Los jetzt!«, drängt Pirlo.

Serdar sieht Moritz fragend an. Dann nicken sie sich zu und folgen ihm in Richtung seines Wagens.

Kurz darauf sitzen ein verschwitzter und ein nicht verschwitzter Jugendlicher auf Pirlos Rückbank, während dieser durch Bilk steuert und auch nicht so genau weiß, was als Nächstes passieren soll. Insofern ist es fast ein Lichtblick, dass Sophie anruft.

»Wo steckst du?«

»Im Auto. Serdar und Moritz sind auch dabei.«

»Waren die nicht bei diesem Spiel?«

»Nicht nur einfach ›diesem Spiel‹, sondern einem *Kracher* gegen Bocholt«, korrigiert Pirlo sie bemüht heiter. Es ist ihm selbst unangenehm. Den Jungen könnte seine aufgesetzte Euphorie ohnehin kaum egaler sein. Das gilt auch dann, als er sie sogar noch schlimmer macht. »Serdar hat ein Tor geschossen!«

»Herzlichen Glückwunsch!«, jubelt sie mit.

Serdar nimmt es wortlos hin. Irgendwo hat er zwischenzeitlich einen Kaugummi hergezaubert. Er kaut und schweigt. Es ist also eigentlich alles wie immer.

»Wahrscheinlich ist es überflüssig, zu fragen, *warum* sie bei dir sind?«

»Es gab einen Tumult.« Er seufzt. »Ich wollte ihn schützen. Also sie. Ehrlich.«

Kurz verändert sich ihr Ton. »Sie sind aber schon freiwillig bei dir?«

»Selbstverständlich sind sie das!« Wenn es auch erleichternd wäre, wenn sie das selbst sagen würden. Was sie nicht machen. Natürlich nicht.

»Und was stellst du jetzt mit ihnen an?«

Pirlo weiß es immer noch nicht. Also sagt er das, was er meistens sagt: irgendwas. »Ich denke, wir nehmen uns mal die Zeit für ein Grundsatzgespräch. Oder zumindest so was in der Art.«

Sie scheint darüber nachzudenken. »Gut.«

»Warum hast du eigentlich angerufen?«, fragt Pirlo noch. Aber da hat sie schon aufgelegt. Es ging schließlich nicht mehr um Serdar und Moritz. Sondern um ihn. Und da ist das jetzt offensichtlich so.

4.

EIN GRUNDSATZGESPRÄCH. ODER SO.

Am Rhein

»Also, Jungs, was ist eigentlich los mit euch?« Keiner antwortet. Immerhin schaut auch keiner auf sein Telefon. Noch. »Ernsthaft, was?«

»Warum?«

Kurz ist Pirlo überrascht. Irgendwie hat er sich darauf eingestellt, dass das hier eine einseitige Aussprache bleibt. Ein paarmal dramatisch vor den beiden auf dem Rheindamm auf und ab stolzieren. Ein, zwei rhetorische Fragen stellen. Ein bisschen ins Gewissen reden, ein bisschen »Alter-Mann-macht-Theater«. Im besten Fall eine grundsolide Rocky-Balboa-Ansprache, wonach alle mehr oder weniger ergriffen sind. Dann fahren sie auch schon zurück, keiner schmollt mehr, alle halten sich an die Regeln, und alles ist in bester Ordnung. Oder so.

»Was meinst du?«

Serdar schweigt Pirlo allerdings wieder nur an. Wenn er sich nicht *sicher* wäre, dass der Junge gerade noch etwas gesagt hat, könnte er fast Zweifel daran bekommen, dass das *tatsächlich* geschehen ist. Moritz steht daneben und schweigt ebenfalls. Was wahrscheinlich so weit erwartbar war.

Pirlo entscheidet sich dazu, die Stimme zu senken. Im Gericht funktioniert das manchmal. »Du weißt schon, dass ich dir nur helfen will, oder?« Dass er sich direkt an Serdar wendet, muss Moritz jetzt eben verschmerzen. Wenn er bei dieser Beratersache unbedingt mitmischen will, soll es Pirlo recht sein. Es hat aber keiner gesagt, zu welchen Bedingungen.

»Mach es mir doch nicht so schwer, Serdar!«

»Machen Sie es *uns* doch nicht so schwer!«, kommt von dem zurück. Diesmal hat er dazu sogar den Mund bewegt. »Lassen Sie uns einfach in Ruhe!«

»Du weißt, dass das nicht so einfach geht. Du bist minderjährig, und wir haben einen Vertrag mit deinem Erziehungsberechtigten, nach dem wir uns um dich zu kümmern haben.« Genau genommen gilt das zwar aktuell nur für Serdar. Aber das sind Details. Viel wichtiger ist hier: »Alles, was wir wollen, ist, dass es dir gut geht und dass du dich gut entwickeln kannst!«

Serdar verzieht den Mund und schielt zu Moritz. Ist es ihm also doch aufgefallen. »Euch«, ergänzt Pirlo daher. »Wir wollen, dass es *euch* gut geht. Ach, zur Hölle, ihr wisst doch beide, was ich sagen will! Wir haben nur das Beste für euch im Sinn.«

»Und woher wollt ausgerechnet *ihr* wissen, was das ist?«

Hm. Das ist keine schlechte Frage. »Wir sind nun mal Berater. Das ist unser Job.«

»Wie viele andere Spieler beratet ihr denn?«

Jetzt ist es Pirlo, der den Mund verzieht. Der Junge ist gar nicht so dämlich. Was die Frage aufwirft, warum er trotzdem bisher davon ausgegangen ist. Und was es über ihn aussagt, dass das so war.

Bevor Pirlo eine Antwort geben kann, gibt sie sich Serdar schon selbst. »Dachte ich es mir doch.«

»Was?«

»Ihr habt außer uns niemanden.«

»Das weißt du nicht.«

Serdar zuckt mit den Schultern. »Wäre es so, stünde es

wahrscheinlich auf der Homepage. Da ist aber nichts. Also sollten wir hier vielleicht erst gar nicht so tun, als ob.«

Hoppla, denkt Pirlo. Und: *Fuck.* Hat ihn der kleine Lümmel hier tatsächlich abgekocht?

Dem könnte das alles augenscheinlich kaum egaler sein. Pirlo als Person. Die Lage als solche. »Können wir jetzt gehen?«

»Nicht, ehe wir geklärt haben, wo die Grenzen liegen.«

»Die Grenzen für was?«

»Das, was ihr allein entscheidet, und das, worüber wir uns abstimmen müssen.«

»Zum Beispiel?«

»Interview-Anfragen. Sponsoring. Wechselgerüchte. Und vor allem das, was gerade im Verein los ist.«

»Was meinen Sie?«

Pirlo seufzt. »Ihr wisst, was ich meine.«

»Nein. Was?«

»Die Morde.«

»Die Sie so nennen.«

Pirlo seufzt. »Die jeder so nennt, der sich damit befasst, dass diese beiden Leute tot sind.«

»Und?«

»Und was?«

»Was hat das mit uns zu tun?«

»Wenn es nach mir geht, nichts.«

»Wollen Sie uns dann nicht einfach damit in Ruhe lassen?«

»Klar, ich kann das machen. Wenn ihr euch nicht dazu äußert und euch von allem fernhaltet, was damit zu tun hat, bin ich zufrieden. Und wenn ihr mir Bescheid gebt, falls sich in dieser Richtung etwas tut.«

»Gut.«

»Was?« Pirlo ist ernsthaft überrascht.

»Ich sagte: Gut. Was haben Sie daran nicht verstanden?«

Serdar scheint mit den Gedanken ähnlich schnell zu sein wie vor dem Tor. Offensichtlich zieht er es nur einfach vor, sich auf den Kaugummibereich zu konzentrieren und nicht zu sprechen, wenn es nicht zwingend nötig ist. Was Pirlo schon angesichts seines sonstigen Umfelds nicht schlecht finden kann. Wirklich nicht.

Trotzdem ist die Lage hier nicht so einfach, wie es sich sein neuer Schützling vorstellt. Selbst wenn Pirlo es ihm eigentlich wünschen würde.

»Können wir dann gehen?«

»Nein.«

Serdar schnaubt. Ein bisschen mag Pirlo diese ganze jugendlich-trotzige Aufmüpfigkeit ja. Schon weil er glaubt, dass sie ihn an jemand ganz Bestimmten erinnert. Jedenfalls gefällt es ihm, seine eigene Pubertät auf diese Art zu verklären. Wobei: Wem nicht?

»Nein, ihr könnt nicht gehen. Und ehe hier wieder in irgendeiner Form getrotzt wird, erkläre ich euch auch, warum.« Pirlo wendet sich direkt an Serdar. »Du stehst kurz davor, etwas wirklich Großes zu erreichen, Junge. Und damit meine ich nicht irgendwelche Viertligatore. Glückwunsch übrigens dazu.«

Serdar kaut Kaugummi. Gut so. Mehr wird von ihm gerade auch nicht erwartet.

»Worauf ich rauswill, ist *tatsächlicher* Erfolg. Große Spiele mit großen Gegnern. Vielleicht eines Tages sogar die Bundesliga!« Pirlo versucht, Serdars Blick zu fangen, der jetzt ausnahmsweise wirklich zuzuhören scheint. »Dafür musst du aber die richtigen Schritte gehen und die falschen lassen, Serdar. Ob du es willst oder nicht, das Leben, das du bis vor ein paar Wochen geführt hast, vor deinem Tor gegen die Fortuna, ist vorbei – zumindest für den Augenblick. Jetzt bist du wer, bei den Leuten präsent und auf dem Schirm.« Pirlo sammelt sich kurz. »Erinnerst du dich an die DFB-Nominierungen für die letzte Europameisterschaft?«

Serdar zuckt mit den Schultern. Das für sich spielt hier allerdings keine Rolle. Wichtig ist, dass er *überhaupt* zugehört hat. Und dass er das auch zu erkennen gibt.

»Der Bundestrainer hat seine Entscheidungen mit dem *Momentum* begründet.«

»Nagelsmann«, murmelt Moritz. Er ist also auch noch da. Und hört ebenfalls zu. Gut so. Dann also weiter.

»Genau.« Pirlo nickt. »Nagelsmann hat erklärt, dass er seine Spieler nach dem *Momentum* auswählt, weil es nun mal das ist, worauf es im Sport ankommt. So wie gerade bei dir, Serdar.«

»Das weiß ich selbst«, motzt der.

»Einen Scheiß weißt du!« Pirlo ist erstaunt, dass er laut geworden ist. Und wie sehr. »Du denkst, dass du mit deinen Followern und deinen Likes gut aufgestellt bist! Du denkst, die Welt da draußen will Gutes für dich, nur weil sie das behauptet, aber das stimmt nicht!«

»Sie haben absolut keine Ahnung, was Sie da reden«, keift Serdar. »Ich hab das im Griff!«

Natürlich sagt er das. Wahrscheinlich einfach so, weil er es eben *muss*. Trotzdem wirkt er blass um die Nasenspitze. Angeschlagen. Nervös.

»Ist das so?«, schlägt Pirlo daher direkt in die Kerbe. »Ist das *wirklich* so?«

Kurz hält Serdar seinem Blick noch stand. Dann gerät das allerdings ins Wanken. Der Widerstand. Der Trotz. Die Wut. Tatsächlich dreht sich Serdar kurz darauf zur Seite. Moritz legt ihm eine Hand auf die Schulter. Die Geste ist fast rührend. Aber darum geht es hier nicht. Sondern darum, nachzulegen.

»Trotzdem marschierst du Supergenie am Bahnhof in einen

der Läden der Ben Hamids und versuchst irgendwelchen Scheiß zu bauen. Am *Bahnhof*! In einem Laden der Ben Hamids! Gerade, als es für dich in die richtige Richtung geht! Wie blöd willst du eigentlich sein?«

Pirlo hat keine Ahnung, ob die beiden Jungs wissen, was eine rhetorische Frage ist. Sie wissen aber, wie sich eine anfühlt. Und wann man den Mund hält.

»Was denkst du denn wäre passiert, wenn man es nicht gut mit dir gemeint hätte? Wie hast du dir das alles nur vorgestellt? Was meinst du, wie schnell du plötzlich dem Falschen einen Gefallen schuldest, irgendwelche neuen Freunde hast, die nicht mehr weggehen, oder irgendwo in der Pflicht stehst?«

Pirlo merkt selbst, dass er sogar noch lauter geworden ist. Auf der Brücke zum Damm sind Spaziergänger aufgetaucht, die sich erschrocken abwenden. Aufhalten kann er den Ausbruch trotzdem nicht. Was Serdar zu hören bekommt, ist als Ansage angebracht. Zum einen hier, vor allem aber auch gegenüber einem, der gar nicht da ist. Weil es nun mal genauso läuft. Weil sie sich in solchen Situationen verhakeln, weil sie darüber stolpern und weil sie darüber fallen, die Serdars dieser Welt. Die Hamzas. Und die Ahmids.

Dann sitzt man zu Hause und ist Vater, Mutter oder kleiner Bruder, und die Polizei steht in der Küche. Alle schreien. Keiner hört mehr zu. Es bringt ja sowieso nichts. Gar nichts bringt irgendwann irgendwas. Weil da nichts mehr ist als Scham. Verzweiflung. Angst. Und diese Frage. Immer wieder diese *eine* Frage. Gedrängt. Gepresst. Geschrien. Wie jetzt. »Was, zur Hölle, hast du dir eigentlich dabei *gedacht*?«

Serdars Schultern zucken. Diesmal liegt es aber nicht an einer demonstrativen Gleichgültigkeit. Er schluchzt. Auch Moritz ist blass.

Pirlo atmet durch. Streicht die Haare zurück. Bekommt sich

wieder auf die Reihe. Er ist dabei, den größten Fehler jedes Anwalts zu machen. Wahrscheinlich ist es auch der größte aller Berater: Er nimmt es persönlich.

Trotzdem ist es nicht nur falsch, an seinen Bruder zu denken. Diesmal passt es wirklich. »Denk dran, dass Ahmid und ich für dich da sind. Für *euch*. Sophie natürlich auch. Ihr seid nicht allein, Jungs. Trotzdem müsst ihr auch klarkommen, wenn gerade *keiner* da ist, um auf euch aufzupassen. Dazu gehört es, dass ihr auf eure Worte achtet. Auf eure Wirkung. Dass ihr nicht einfach mal eben Bock habt, euch zu einem Tor zu äußern, und dann ist im Video zu sehen, wie ihr zu irgendeiner Mordscheiße gefragt werdet. Es ist wichtig, dass ihr euch da schützt, verdammt nochmal! Dass ihr solche Situationen einzuordnen lernt, dass ihr hinterfragt, was ihr macht, wo ihr das macht und mit wem. Und dass ihr Bescheid gebt, wenn mal was ist. Wir sind doch da, verdammt! Wir sind da!«

Pirlo sieht, wie sich Serdar aufbäumt. Kurz ist er beeindruckt. Pirlo ist einsachtzig und nicht gerade ein halbes Hemd. Serdar ist ein ganzes Stück kleiner, zumindest noch. Trotzdem bringt er, wenn er sich so plötzlich aufrichtet, neben seiner Athletik einige Wucht mit. Für einen Moment stehen sie sich direkt gegenüber. Sie starren sich an. Pirlo zieht die Mundwinkel ein. Serdars Unterlippe zittert. Für einen Moment ist Pirlo unsicher. Will sich Serdar wehren? Streiten? Umarmen lassen? Oder zuschlagen?

Dann sinken seine Schultern herab. Vielleicht war es auch einfach alles zu viel für ihn. *Hard knock life*. Bundesligaversion. Wenn es nach Pirlo geht, kann Serdar sogar froh sein, das von ihm um die Ohren gehauen zu bekommen. Und nicht vom wahren Leben.

»Okay«, murmelt Serdar. Einfach nur das. Dann sieht er zu Moritz. Der nickt.

Pirlo zögert, entscheidet sich aber doch zu nehmen, was er bekommt. *Okay*. Immerhin.

»Dann meldest du dich also?«

»Ja.«

»Wann immer du Hilfe brauchst?«

Serdar nickt.

»Und wann immer jemand etwas von dir will?«

Serdar zögert kurz. Dann nickt er aber auch dazu.

»Gut. Wir sind immer für euch da«, brummt Pirlo schließlich. »Das gilt natürlich auf für dich, Moritz.«

»Klar.« Auch bei ihm klingt es tonlos. »Danke.«

»Okay.« Pirlo atmet durch. Diese Sache hier ist vorbei. Was auch immer es genau war. »Wo soll ich euch hinfahren? Serdar, du willst wahrscheinlich zurück zum Vereinsheim?«

»Nein.« Der Junge schüttelt den Kopf. »Meine Sachen hole ich morgen.«

»Ich kann euch auch woanders hinbringen.«

»Wir gehen einfach so.«

»Wieso? Was habt ihr denn vor?«

Serdar sucht Pirlos Blick. Diesmal hält er ihn auch fest. »Hausaufgaben machen.«

Und weg sind sie.

5.

MARGARINENWERBUNGSMODUS.

Im Frida

Sophie fährt sich durch die Haare und lässt sie locker über die Schulter fallen. Jetzt, im Sommer, leuchtet ihr Blond. In Kombination mit dem Trägerkleidchen sieht sie frisch, froh und *hot* aus. So weit, so gut. Wenn es jetzt noch jemandem gelingen würde, ihr ausnahmsweise mal ein entspanntes Lächeln auf die Lippen zu zaubern, hätte das Gesamtkunstwerk mindestens den Charme einer Margarinewerbung. *Natürliche Schönheit im Handstreich.* Oder so.

Da sie merkt, dass ihre Gedanken abschweifen, eher noch, dass sie einmal mehr abgeschweift *sind*, fängt sie im Spiegel vor den Toiletten der Tapasbar *Frida* ihre eigenen blauen Augen ein. Disziplin jetzt. Vor allem, da Entscheidungen zu treffen sind. Die zum Beispiel, ob sie doch noch einmal bei Pirlo anrufen soll. Kurz wägt sie ab. Dann lässt sie es aber doch sein. Was soll das schon bringen – außer Unruhe?

Vorhin hat sie sich schließlich wieder mal über ihn geärgert. Und das gleich in mehrfacher Hinsicht.

Zum einen ist ihr auf die Nerven gegangen, dass er ohne jede Absprache Serdar und Moritz irgendwohin mitgenommen hat, obwohl er *weiß*, wie sehr sie diese Alleingänge hasst. Wie, um alles in der Welt, soll es jemals gelingen, etwas vernünftig zu planen, wenn Pirlo einfach immer wieder macht, was ihm gerade einfällt, und dann noch nicht einmal Bescheid darüber gibt, was das gerade ist?

Zum anderen hat sie mit dem, was er als Grundsatzdiskussion verkauft hat, nichts anfangen können. Wenn es nach ihr geht, gibt es eigentlich nichts mehr zu besprechen. Sie haben die beiden Jungen unter Vertrag, Serdar ausdrücklich, Moritz bestimmt bald auch. Das Alltagsleben scheint organisiert, alles andere nicht besonders zu drängen. Wenn es nach Sophie geht, ist es langsam an der Zeit, Geld mit ihrem neuen Projekt zu verdienen. Sie können die finanzielle Entlastung schließlich nicht nur gut gebrauchen. Wie sich herausgestellt hat, sollte sie auch nicht zu kompliziert zu erreichen sein. Sophie hat ihre Hausaufgaben gemacht. Bei *beck-online*, der einzigen juristischen Datenbank, die sich *Recht.Schaffen* aktuell noch leisten kann, hat sie alles recherchiert, was über ihren neuen Job zu finden war. Danach verdienen Spielerberater zwischen acht und zwölf Prozent des Jahresbruttogehalts ihrer Schützlinge. Außerdem erhalten sie Anteile von Einmalzahlungen wie etwa Vertragsabschlüssen, Handgeldern oder Werbedeals. Jedenfalls bei Serdar hat das einiges Potenzial – zumindest mal abgesehen von der Steuersache. Mit anderen Worten: Der Junge soll weiter fleißig trainieren, dann, wenn Sophie für ihn geklärt hat, was er zu welchen Bedingungen wie in die Kamera halten darf, seine Videos drehen und ansonsten das tun, was er am besten kann. Den Mund halten und Tore schießen. Das Geld kommt dann fast von allein. Wie das eben im Fußball so ist.

Insofern hat Pirlo mit der Idee, sich in dieser Richtung neu aufzustellen, tatsächlich einen hellen Moment gehabt. Warum und wie Serdar zu ihrer Kanzlei gekommen ist, hat Sophie zwar noch nicht genau verstanden. Sie kennt Pirlo allerdings lange genug. Wenn er ihr es nicht erzählen *will*, bekommt sie es so schnell auch nicht heraus.

Entscheidend ist gegenwärtig aber sowieso nicht, *wieso* Serdar sich von ihnen beraten lassen will, sondern dass das *überhaupt* so ist. Und dass es so bleibt. Alles andere spielt genau genommen keine Rolle. Erst recht nicht die Morde.

Zwar hat Sophie seit Grobullas dramatischem Besuch in der Kanzlei nichts mehr von ihm gehört. Über einen News-Alert verfolgt sie aber natürlich trotzdem die weiteren Entwicklungen. Oder besser: Sie würde sie verfolgen, wenn es denn welche gäbe.

Überraschenderweise hält sich sogar die POST mit steilen Thesen zurück. Nach dem Tod ihres Spekulationsfaktotums Schwerdtfeger braucht das Klatsch-und-Gedöns-Blatt augenscheinlich noch Zeit, um sich im Skandalüberschriftenbereich neu zu erfinden. Sophie macht sich dennoch keine Illusionen. Irgendwann kommt die Welle. Dazu ist das, was geschehen ist, einfach zu *interessant*. Die Frage ist daher nicht, *ob* es weitere Berichte geben wird, sondern nur, *wann* und welchen Inhalt sie haben. Umso wichtiger ist es daher …

»Ist alles in Ordnung?«

»Was?«

»Ich habe nur gefragt, ob alles in Ordnung ist.«

Nein. Natürlich nicht. Sie war schließlich gerade in Gedanken. Vor einem Spiegel.

Der zu einer Toilette gehört.

In einem Restaurant.

Das sie mit jemand anderem betreten hat. Der jetzt neben ihr steht und sich in Erinnerung bringt.

Oh. Hoppla.

6.

ERYTHROPHOBIE. FORTGESCHRITTENENAUSGABE.

Am gleichen Ort. Nur jetzt etwas wacher.

Sophie starrt auf ein schüchternes Lächeln. Grübchen umranden die Mundwinkel. »Ich wollte nur kurz nachsehen, ob alles okay ist.«

»Klar. Sicher. Natürlich. Alles okay.« Was man eben so sagt. »Entschuldige, ich war einfach etwas in Gedanken.«

Sie wiederholt das, als sie sich zurück an den Tisch setzt. Und damit zu Tobi. Ihrem neuen Bekannten. Der Sportskanone von Tinder. Ihrem *Date*.

Während sie ihr Sommerkleidchen zurechtzupft, hat sie den Eindruck, dass sie errötet, das allerdings weniger margarinewerbungsartig, sondern eher in Richtung Feuerlöscher. Wohin aber mit der Erythrophobie-Eskalation? Spielt es dabei eine Rolle, ob sie tatsächlich rot wird, wenn sie das *Gefühl* hat, es sei so? Und sind diese Gedanken wirklich hilfreich? Sophies Gesichtstemperatur steigt jedenfalls weiter an. Was die Situation als solche nicht gerade verbessert. Ganz und gar nicht sogar.

»Wie gesagt, tut mir leid.« Zu allem Überfluss stammelt sie auch noch. Aber warum auch nicht? Wenn sie diese Verabredung schon in den Sand setzt, dann zumindest konsequent.

Wenigstens Tobi sagt das Richtige. »Das macht wirklich überhaupt nichts. Manchmal steht man einfach neben sich. Außerdem hast du ja auch viel um die Ohren.«

Sophie nickt. Gleichzeitig rasen ihre Gedanken. Hat sie das denn? Viel um die Ohren? Ja? Nein? Vielleicht? Was hat sie diesem Tobi denn *überhaupt* erzählt? Und wie schlecht kann ihre Rückkehr ins Dating-Game eigentlich laufen?

»Die Sache mit dem Fußball klingt auf jeden Fall richtig spannend.«

»Klar. Es ist eine tolle Herausforderung.«

Falls es Serdar tatsächlich mal in die Bundesliga schafft, kann Sophie ihn jedenfalls schon mal für seine Interviews vorbereiten.

»Ich finde es toll, dass du das machst. Es ist auch auf jeden Fall die richtige Zeit dafür!«

Was eine Lücke eröffnet, um wieder zurück in das Gespräch zu finden. Sophie sieht den freien Raum – und nutzt die Gelegenheit. Wenn auch, zugegebenermaßen, nicht besonders spektakulär. »Was meinst du?«

Tobi zuckt mit den Schultern. »Wenn ich heute noch mal achtzehn wäre, würde ich mit Sicherheit härter trainieren. Du weißt ja, dass ich in dem Alter mal bei Bayer Leverkusen auf der Liste stand.«

Nein, weiß sie nicht. Wie wenig kann man jemandem eigentlich zuhören?

»Damals waren einfach andere Sachen spannender, wichtiger auch, interessanter und so. Bisschen rauchen, ausgehen.« Er schenkt ihr einen intensiven Blick. »Mädchen.«

Immerhin weiß sie jetzt wieder, warum sie ihm nicht aufmerksamer gelauscht hat. Tobi ist nicht besonders sympathisch. Er sieht zwar ganz gut aus. Das kann den Mangel an Charme aber leider nicht wettmachen. Ein weiterer Grund für ihren vorherigen Gesprächsautopiloten offenbart sich unmittelbar danach: Tobi hat erkennbar kein Problem damit, das Gespräch auch ganz allein zu führen.

»Jedenfalls habe ich dann nicht mehr so viel getan, wie ich hätte tun müssen, um mein ganzes Potenzial abzurufen. Heute ärgere ich mich natürlich. Ich meine, ich bin Ende zwanzig und damit im besten Alter. Die ganze Welt liebt Fußball. Die ganze *fucking* Welt!« Er sagt das wirklich. »Schau dir die Amerikaner an. David Beckham hat in Miami einfach mal eben einen *Wanderzirkus* für die Alten Herren des FC Barcelona eröffnet. Dank Ted Lasso können die Leute heute sogar was mit diesem *soccer* anfangen, ehe sie sowieso alle *ausrasten*, weil in ein paar Jahren die WM im eigenen Land stattfindet. Oder *Arabien*! Mann, Mann, Mann. Wie die Saudis mit Cristiano Ronaldo, Neymar und so auf die Kacke hauen! Stell dir einfach mal vor, dass die einem Alexander Hack von Mainz 05 mit dreißig Jahren noch einen Vertrag gegeben haben. Alexander *Hack*! Von *Mainz*! Dann weißt du, was da gerade geht!«

»Wow.« Mehr fällt ihr nicht ein. Klar ist: Tobi *betont* gern, was ihm wichtig ist. Dazu gehören Fun Facts rund um Fußball. Die sie nicht interessieren. Mit oder ohne Fun. Klar ist ebenfalls: Das hier passt nicht. Nicht dieses Date. Nicht dieser Typ.

Kurz überlegt sie, ob sie irgendeine Höflichkeitsausfahrt ansteuern soll. Früher hätte sie sich mit Hannah auf einen möglichen Rettungsanruf verständigt, der die Chance eröffnete, wegen eines angeblichen Notfalls auszuchecken. Zu ihrer Überraschung kann sie aber nicht mal mehr sagen, wie lange sie sich schon nicht mehr bei ihr gemeldet hat. Die nächste Person, die ihr für einen Ausweganruf einfallen würde, wäre wahrscheinlich Pirlo, der aber gleich aus einer ganzen Menge Gründen nicht in Betracht kommt. Weswegen sich Sophie für den direkten Bruch entscheidet. Wenn auch über die Bande der Uhr gespielt. »Hoppla, schon so spät!«

Tobi presst die Lippen zusammen, bleibt aber höflich. »Hast du noch zu tun?«

»Ja«, antwortet sie. »Leider.«

»Was denn?«

Eigentlich geht ihn das nichts an. Er hat aber schließlich ebenfalls ein unschönes Date hinter sich. Da kann man als Teil einer zerfallenden Schicksalsgemeinschaft schon entgegenkommend sein. »Ich muss noch in die Kanzlei. Morgen ist ein Gerichtstermin, den ich vorbereiten will.«

»Kann ich mit?«

Sie sieht ihn überrascht an. »Nein.«

Er scheint darüber alles andere als glücklich zu sein.

»Vielleicht kann ich ja helfen?«

»In der Kanzlei?«

»Warum nicht?«

Weil dieses Jura-Zeug nichts ist, was man sich an einem Nachmittag aneignet, zum Beispiel. »Ich muss mich selbst erst mal in den Fall eindenken.«

»Und da kann ich nicht für *Erleichterung* sorgen?« Er setzt ein Grinsen auf, das im besten Fall alles Mögliche bedeuten soll.

»Nein.«

»Ganz sicher?«

»Ja.« Zwischenzeitlich dürfte die Wangenfarbe zurück sein. Diesmal sogar ganz ohne Erythrosephobie. Einfach nur so. Aus Wut.

»Schade. Wo wir uns doch gerade erst kennengelernt haben.«

Sie zuckt mit den Schultern und achtet dabei darauf, dass ihre Träger nicht verrutschen. »Du weißt, wie es ist: Mit einem eigenen Laden arbeitet man selbst. Und ständig. Auch am Sonntagabend.«

Er nimmt ihr aufgesetztes Lachen auf und zwinkert. Das Gröbste scheint damit ausgestanden. Zumindest fast.

»Ist es denn ein neuer Fall?«

»Ja.«

»Dann verstehe ich das natürlich.«

»Gut.«

»Worum geht es?«

Sie zieht die Augenbrauen hoch. »Ums Prinzip.«

Er lacht und klingt dabei ein kleines bisschen verzweifelt. Spätestens jetzt hat also auch Tobi verstanden, dass das Gespräch vorbei ist. Beziehungsweise dass es erst gar nicht anfängt. Quasi reflexhaft tut er ihr deswegen fast leid. Der Arme.

Ehe er die Gelegenheit hat, noch etwas zu fragen, ruckelt sie ein kleines Stück zur Seite, das klare Zeichen dafür, dass sie gleich aufsteht und das hier, was auch immer es war, tatsächlich vorüber ist. »Vielleicht sehen wir uns ja wieder.« Immerhin das lässt sie ihm. Und das hier: »Die Rechnung übernehme heute auf jeden Fall ich.«

Er protestiert zwar kurz anstandshalber. Sophie besteht allerdings darauf. Sie hat ihn warten lassen. Dann hat sie ihm nicht zugehört. Jetzt lässt sie ihn sitzen. Alles in allem hat sie quasi einen Pirlo-Hattrick des zwischenmenschlichen Vor-den-Kopf-Stoßens hingelegt. Dann soll Tobi wenigstens nicht auch noch dafür zahlen müssen.

7.

LICHTBLICK.

Auf dem Rückweg

Als Sophie das *Frida* verlässt, entscheidet sie sich, zu Fuß zu gehen. Die Sommersonne tut der Stadt gut. Überall sind Leute unterwegs, lachen, scherzen, lassen sich treiben. Zwar will sie tatsächlich noch in die Kanzlei, wählt dafür aber eine große Runde, die sie am Landtag und dem Roncalli-Varieté vorbei über die Promenade in die Carlstadt führt.

Beim Café von *Kunst im Tunnel* bemerkt sie ihre Unruhe das erste Mal. Wobei das nicht ganz stimmt. Richtiger ist, dass sie dort das Bewusstsein dafür das erste Mal *zulässt.* Kurz ist sie versucht, über sich selbst zu lachen. Dann blickt sie aber doch vorsichtig über ihre Schulter. Alles, was sie sieht, ist allerdings eine Mischung aus Sonnenanbetern, Spaziergängern und Stadttouristen. In diesem Mitgutsch-Panorama würde sie unmöglich jemanden entdecken, der ihr folgt – selbst wenn es so wäre. Trotzdem bleibt das ungute Gefühl. Mehr noch, es nimmt sogar zu.

In den drei Minuten zwischen dem Bestellen eines Kaffees und dessen Erhalt steigt die unwohle Anspannung weiter an. Irgendetwas ist da. Oder *irgendwer.*

Sophie versucht es mit Ansagen an sich selbst. Atmen. Denken. Ruhig bleiben. Was soll sie auch sonst tun? Pirlo anrufen etwa? Und dann? Was soll das bringen? Jemanden alarmieren und darauf hinweisen, dass etwas *komisch* ist?

Kurz drängt sich sogar der Gedanke auf, diesen Tobi anzurufen. Er ist ein attraktiver Mann. Langweilig zwar, ein bisschen laut vielleicht auch, aber ansonsten nicht einer, der so wirkt, als sei er auf genau *diese* eine Verabredung angewiesen. Was soll sie ihm aber sagen? Entschuldige, folgst du mir vielleicht? Selbst wenn es so wäre: Warum, um alles in der Welt, sollte er dann antworten: »O ja, entschuldige, ich wusste nicht, dass ich dich störe, wenn ich creepy bin.« Genauso verkehrt wäre es allerdings auch, ihn anzurufen, wenn er ihr *nicht* nachstellt. Auch Männer mit einem weniger ausgeprägten Selbstvertrauen als Pirlo würden daraus den so möglichen wie falschen Schluss ziehen können, dass sie sich *doch* für sie interessiert. Sophie lässt also all das. Mit Blick auf die Unruhe ist das zwar nicht wirklich erleichternd. Sie macht die Lage aber wenigstens nicht noch schlimmer.

Trotzdem, vielleicht auch deswegen, ist sie froh, dass sie eine Viertelstunde später das Gebäude erreicht, in dem sich die Kanzlei befindet. An jeder Ampel, jedem Zebrastreifen hat sie sich verstohlen umgesehen. Immer wieder hatte sie den Eindruck, dass jemand sie beobachtet. Und immer wieder konnte sie es an nichts Bestimmtem festmachen. Als sie durch die Glastür huscht, sind ihre Nerven entsprechend im Eimer.

Einmal mehr ploppt der Gedanke auf, Pirlo anzurufen. Ihn zu informieren. Nach seiner Meinung zu fragen. Sich einfach *auszutauschen*. Einmal mehr ringt sie den Impuls aber nieder. Dann steigt sie langsamer, geordneter, geradezu albern *bewusst* die Treppe bis zur Maisonette hinauf und ist froh über das, was dort auf sie wartet. Arbeit und Struktur. Etwas zu tun, was sie kann. Worin sie gut ist. Angesichts dessen, wie die Lage sonst so aussieht, ist das schon fast ein Lichtblick.

8.

BUBATZ-BENGEL.

Am nächsten Morgen

Gefahr im Verzug ist aufgeregt. Sophie kann das verstehen. Es steht schließlich viel auf dem Spiel. Er weiß das auch ganz genau. Praxiserfahrungsmäßig ist er in dem, worum es hier geht, wesentlich stärker aufgestellt als sie. Trotzdem wollte er sie unbedingt als Anwältin.

»Warum eigentlich?«, hat sie ihn vorhin auf dem Weg zum Termin gefragt.

»Weil Sie bei Instagram verdammt gut aussehen, Frau Anwältin.«

So einfach ist das also. Zumindest in der Gangsta-Rapper-Welt. Und solange die Verhandlung noch nicht läuft.

Jetzt, nach dem Aufruf zur Sache, ist *Gefahr im Verzug* doch angespannt. Und zwar sehr. Sein Bein hüpft unter der Verteidigerbank so heftig, dass Sophie kurz überlegt, ob sie eigentlich weiß, wo im Amtsgericht Langenfeld der Defibrillator hängt. Womöglich hat ihr Mandant ausgerechnet heute darauf verzichtet, vorab ein Tütchen durchzuziehen. Was auf eine bemerkenswerte Weise sehr und gar nicht konsequent wäre.

Der Anlass für die Anspannung ist dabei nachvollziehbar. Nach sieben Vorstrafen ohne Freiheitsentzug hat es Sophies Mandanten beim letzten Mal erwischt. Zweieinhalb Jahre wegen Handeltreibens mit Betäubungsmitteln. Eineinhalb davon hat *Gefahr im Verzug* tatsächlich abgesessen und dabei nicht nur einen Album-Release, sondern auch einen Tourauftakt verpasst. Das Label war nicht begeistert. Und das war noch vorsichtig ausgedrückt.

Die Regel war eigentlich einfach: Über Marihuana rappen war rebellisch und *wyld.* Auf Fotos rauchen war großartig. Auf der Bühne war es gerade so auch noch okay. Irgendwelchen anderen Scheiß damit bauen war nicht drin. Deswegen verurteilt werden schon gar nicht. Ganz gleich, wie *authentisch* das wirken mochte.

Die letzte Ansage des Managements war daher klar. *Gefahr im Verzug* war einsichtig. Der Wille war da. Schwierigkeiten gab es eher auf der Umsetzungsebene. Wie das eben manchmal so ist.

Dabei steht eigentlich viel auf dem Spiel: Wenn *Gefahr im Verzug* noch einmal verknackt werden sollte, fliegt er bei seinem Label raus. Was, nach Jahren des Markenaufbaus, auch dort schmerzen würde, weswegen die Geschäftsführerin ihre Markenrechtsanwälte von *Müller & Mahler* gefragt hat, wer für sie die Kohlen aus dem Feuer holen könnte. Die hatten auf die Tochter des Chefs verwiesen, und Sophie hat sofort zugesagt. Ihr Mandant muss ja nicht wissen, dass sie den tatsächlichen Hintergrund ihrer Mandatierung kennt.

Was er möglicherweise auch nicht wissen muss, aber zumindest wissen *könnte*, ist, dass er eigentlich gar kein Problem mehr hat. Jedenfalls nach der Papierlage ist das so. Sicher, *Gefahr im Verzug* hat mal wieder Cannabis angebaut. Nur war das seit kurzer Zeit erlaubt. Zumindest in gewissem Umfang und unter bestimmten Voraussetzungen.

»Die hier nicht gegeben waren«, fasst die Staatsanwältin, eine junge Frau namens Welke, die Anklage ohne jeden Hauch von Enthusiasmus zusammen. »Herr Haberle hatte den gesetzlich erlaubten Rahmen klar verlassen.«

Sophies Mandant zuckt kurz zusammen. Das Kind mit der bürgerlichen Identität ist allerdings schon vor langer Zeit in den Brunnen gefallen, genau genommen mit der ersten Verurteilung, über die öffentlich berichtet wurde. Seitdem ist klar, dass Harald Haberle ein kleines Drogenproblem hat. Und einen nicht gerade gangstarapkompatiblen Namen. Immerhin hat er sich durch weitere Verfahren eine gewisse Routine aneignen können, ihn im Gericht zu hören.

Der Schmerz kommt damit heute allein aus der vorgeworfenen Handlung: »Der Angeklagte durfte drei Cannabispflanzen für seinen eigenen Konsum anbauen. Bei ihm waren es allerdings sechs. Schon gar nicht durfte er das Cannabis weitergeben oder weitergeben lassen. Davon ist hier jedoch auszugehen.«

Sophie kennt die Anklage aus der Akte. Bei der Richterin und der Staatsanwältin ist es genauso. Um den Sachverhalt zu erfassen, muss man kein Raketenforscher sein. Was die Rechtslage anbelangt, sieht es da schon etwas anders aus.

Nachdem die Frage, ob, wie und wann Gras legal sein könnte, lange umstritten war, kam dazu am Ende ein Gesetz, das nicht nur wenig Klarheit schaffte, sondern darüber hinaus noch weitere Verwirrung. Richtig war, dass bei *Gefahr im Verzug* sechs Cannabispflanzen aufgefunden worden waren. Doch nur drei der Pflanzen verfügten schon über Blüten.

»Damit sind sie nur Stecklinge im Sinne des neuen Gesetzes und bei den Cannabispflanzen nicht mitzurechnen. Die drei verbleibenden Pflanzen waren erlaubt. Und für eine Abgabe an Dritte gibt es keine Nachweise«, erklärt Sophie in ihrem *Opening Statement*.

Ewenkie, die Richterin, rollt mit den Augen. Sie wirkt genervt, das allerdings mehr von der Situation als solcher als von

Sophie. Zu ihrer Erleichterung scheint das auch auf die Staatsanwältin zuzutreffen. Ein bisschen tut sie Sophie fast leid. Als Anwältin des Staates muss sie dessen Gesetze umsetzen, ganz gleich, wie unsinnig sie sein mögen. Das umfasst allerdings nur die Anklage. Die Verfahrenslösung liegt dagegen in der Hand der Sachbearbeitung. Die erkennbar keinen Bock hat. Und damit mal eben Haberle / *Gefahr im Verzug* vor einem Herzinfarkt rettet. Vor der Arbeitslosigkeit übrigens ebenfalls.

Die Abwicklung geht schnell. Sophie regt ein Rechtsgespräch an, die drei professionellen Verfahrensbeteiligten einigen sich darauf, dass sie sich wegen des neuen Gesetzes alle mehr oder weniger leidtun, und vereinbaren eine Einstellung gegen eine Auflage. *Gefahr im Verzug* hält in einem Gymnasium einen Vortrag darüber, dass Drogen keine gute Idee sind. In Anbetracht seiner Texte stellt Sophie sich das zwar herausfordernd vor, aber das ist ein anderes Problem für andere Menschen an einem anderen Tag.

Für den Moment genügt es ihr, dass *Gefahr im Verzug* zufrieden ist. Oder besser: enthusiastisch. Sophie spürt, dass ihr seine Freude guttut. Irgendwo in der Bauchgegend bläst sich ein kleiner, warmer Luftballon auf, der zu einem leichten, zufriedenen Gefühl zusammenschwebt und sie daran erinnert, warum sie diesen Job eigentlich so gern macht.

Nach dem dritten Insta-Reel über seinen Triumph vor Gericht und das knallharte boss-lawyer-babe an seiner Seite verabschiedet sich ihr Bubatz-Bengel schließlich von ihr, wahrscheinlich um sich liebevoll um seine Cannabispflanzen zu kümmern. Um diejenigen, die noch welche werden wollen, sowieso. Sophie fragt nicht, wie viele es damit insgesamt sind. Sie hofft einfach, dass die Polizei ihm nicht direkt hinterhergeht. Wobei das wahrscheinlich für die Richterin und die Staatsanwältin ganz genauso gilt.

9.

GRUNDWUT.

Am selben Ort

Während Sophie ihrem Mandanten nachsieht, schiebt sich ein langer Kerl mit Lockenkopf und Musketierbart in ihr Blickfeld.

»Wollen Sie mir eventuell ein Statement zu dem Fall geben?«

»Kommt drauf an, wer Sie sind.«

Der Kerl lacht. »Andi Fleischmann von der *POST*. Und Sie sind …«

»Sophie Mahler. Ich bin Rechtsanwältin.«

»Diejenige, die Herrn Haberle verteidigt hat?«

»Ich glaube, er zieht Herr *Gefahr im Verzug* vor. Für eine Stellungnahme gibt es allerdings keinen Anlass: Das Verfahren konnte eingestellt werden, die Unschuldsvermutung bleibt aufrechterhalten. Die ganze Geschichte ist damit für die Öffentlichkeit uninteressant.«

»Und wie sieht es bei Morden aus?«

»Bei was?«

»Bei Morden? Sind solche Geschichten denn für die Öffentlichkeit interessant?«

Sophie runzelt die Stirn. Instinktiv tritt sie gleichzeitig einen Schritt zurück. »Ich glaube nicht, dass dieses Gespräch besonders viel Sinn ergibt. Genau genommen ist es aus meiner Sicht sogar vorbei.«

»Das fände ich allerdings schade.«

»Sie werden es überleben.«

Fleischmann lacht wieder. »Ganz bestimmt sogar. Aber dann muss ich über das schreiben, was ich habe, obwohl es bestimmt so viel mehr gibt, was ich haben *könnte*.«

Jetzt ist es Sophie, die lacht. »Ich glaube nicht, dass es einen Zusammenhang zwischen *Gefahr im Verzug* und einem Mord gibt.«

»Das glaube ich auch nicht. Aber Sie haben ja auch noch andere Mandanten.«

Klar. Schön wär's. »Aktuell ist gegen keinen unserer Mandanten eine Mordermittlung anhängig.«

»Es wird aber im Umfeld von einem von ihnen ziemlich viel gestorben.«

Sophie legt den Kopf schief. »Sie sind überhaupt nicht wegen des Gras-Verfahrens hier, oder?«

Er kopiert die Geste. »Ihre schnelle Auffassungsgabe ist tatsächlich nicht nur ein Gerücht.« Fleischmann lacht. Gut sieht er dabei ja aus. Nervig ist er allerdings trotzdem. »Darf ich Sie denn zu einem Kaffee einladen?«

»Nein.«

»Auch nicht, um einmal ganz in Ruhe über Serdar Tuncay zu sprechen?«

»Ganz bestimmt nicht sogar.« Ehe Sophie ihn einfach stehen lässt, besinnt sie sich. Sie teilt zwar nicht Pirlos Medien-Affinität. Seine Regeln hat sie aber trotzdem verinnerlicht. *Versuch aus den Journalisten zumindest so viel rauszuholen, wie sie aus dir. Und lass sie, um Himmels willen, bloß nicht allein ins Denken kommen.*

»Sie haben sicher Verständnis dafür, dass ich zwischen Tür und Angel nicht für Ihre Fragen zu haben bin.«

»Ich war sowieso gerade in der Gegend.«

»In Langenfeld?«

Er sieht sich auf dem schmucklosen Vorplatz des Amtsgerichts um. »Ist doch schön hier.«

»Die einen sagen so, die anderen sagen so.«

»Und was sagen Sie zu den Morden und zu den Auswirkungen auf Serdar Tuncay?«

»Dass Sie Ihre Fragen an die Kanzlei richten können. Wir beantworten sie dann gern.«

»Ich glaube nicht, dass das besonders ergiebig ist. Erst recht nicht, nachdem ich Ihren Kollegen kennengelernt habe.«

Was einiges erklärt. Den Überfall hier genauso wie den Ergebnisdruck. Gleichzeitig fühlt sich Sophie bestärkt darin, das Gespräch zeitnah abzuwickeln. Pirlo kommt zwar grundsätzlich an keiner Kamera vorbei. Wenn aber selbst *er* nicht mit Fleischmann gesprochen hat, wird es gute Gründe dafür geben. Die sie mit ihm selbst bespricht. Und ganz bestimmt nicht mit dem Überfallbärtchen hier.

»Es bleibt dabei: kein Kommentar.«

»Dann bleibt es bei mir dabei, dass ich schreibe, was mein Verständnis ist.«

»Aus meiner Sicht kann das nicht viel sein.«

»Das sehen Sie dann ja.«

Damit dreht er sich um und geht davon. Wenn Sophie es nicht besser wüsste, würde sie fast meinen, dass das betont langsam passiert, ganz so, als warte er nur darauf, dass sie ihn zum Umdrehen auffordert. Das Haltwartensieicherzählealleswasichweiß bleibt allerdings aus. Sie besiegelt ihre Entscheidung mit einem ausgestreckten Mittelfinger für seinen schmalen Rücken. Das macht zwar nichts besser, ist aber wenigstens in sich konsequent. Immerhin hat Fleischmann den warmen Luftballon auf dem Gewissen. Das allein reicht schon für eine solide Grundwut. Es wird nicht besser dadurch, dass Sophie den Eindruck hat, nicht das letzte Mal von ihm gehört zu haben. Kurzentschlossen zieht sie ihr Knie an, um ihre Tasche darauf abzustellen und ihr Telefon rauszuholen. Pirlo sollte von Fleischmanns Auftritt hier wissen. Sie sollten *überhaupt* mal wieder miteinander sprechen. Dann verharrt sie allerdings mitten in der Bewegung.

Da ist es wieder. Dieses Gefühl. Jemand ist da. Jemand, der sie beobachtet.

Bewegt sich nicht auch etwas in der Spiegelung der Gerichtsfenster? Eine Gestalt? Jemand, der dort gerade noch nicht zu sehen war?

Ihr Blick schnellt herum. Leider folgt ihr Körper, was sich nicht mit der halb geöffneten Tasche verträgt, deren Inhalt sich über den Gerichtsvorplatz verteilt. Als Sophie sich nach dem fluchenden Zusammensammeln wieder aufrichtet, ist das Gefühl weg. Der Mensch ist es ebenfalls.

Wenn es ihn denn überhaupt gegeben hat.

10.

FUBAR.

Am Abend in der Kanzlei

»Fuck!« Pirlo flucht. Er steht auf. Marschiert durch den Raum. Fährt sich durch die Haare. Setzt sich hin. Und flucht dann weiter. »Was ist das nur für ein mieser Typ!«

Sophie hat tief Luft geholt, nicht zwingend, um ihm zu widersprechen, das dürfte hier, so groß ihr entsprechendes Anliegen wäre, schwierig werden, zumindest aber, um in *irgendeiner* Form für Entspannung zu sorgen. Nur: Es geht nicht. Die Lage ist wirklich beschissen. Das Fluchen angemessen. Und Fleischmann ein mieser Typ. So unwahrscheinlich es klingt: Pirlo hat nicht nur recht. Sie stimmt ihm auch zu.

Als er sie nach einer Weile durch den schwarzen Vorhang seiner Haare ansieht, wirkt er durcheinander, erschöpft und verloren. Genau in dieser Reihenfolge.

»Hätten wir das verhindern können? Wobei, warte. Das ist die falsche Frage. Natürlich hätten wir das verhindern können. Wir hätten es sogar *müssen*. Das ist schließlich unser verdammter Job. Den wir nicht gut erledigt haben. Lass es mich daher anders formulieren: *Wie* hätten wir das verhindern können?«

Sophie zuckt mit den Schultern. Sie weiß es wirklich nicht. Klar ist, dass sie beide die Gelegenheit hatten, persönlich mit Fleischmann zu sprechen. Klar ist auch, dass sie darauf verzichtet haben. Von ihren jeweils nicht besonders prickelnden Erlebnissen mit ihm haben sie einander zwischenzeitlich berichtet. In ihrer Meinung über den Journalisten sind sie sich ebenfalls einig. Sie waren es sogar schon, bevor er geschrieben hat, was jetzt auf dem Bildschirm ihres Laptops vor Sophie leuchtet. Und eine absolute Katastrophe ist.

> *True Crime um das Toptalent!*
> Strafrechts-Skandal um Serdar – Steht die Karriere des Shootingstars unter einem schlechten Stern?

Sophie mag alles, was mit Sprache zu tun hat. Irgendwie liegt das auch nah. Sie lebt schließlich davon. Für Fleischmanns Alliterationsgeschosse hat sie daher einen Grundrespekt. Die Überschrift ist nicht schlecht gemacht. Die Formulierungen sind catchy und bleiben im Kopf kleben. Leider. Alles andere ist nämlich einfach nur fies.

> Verspielt Sturmtalent und Instagram-Influencer Serdar Tuncay eine große Karriere, schon ehe sie überhaupt begonnen hat? Warum lässt er sich von Strafverteidigern beraten? Hat er Angst, die Fehler seines Vaters zu wiederholen? Und was hat das alles mit einer unheimlichen Mordserie zu tun, die das Pokalwunder Eintracht Düsseldorf erschüttert? Die *POST* klärt auf! Die *POST* bleibt dran! Verfolgen Sie hier exklusiv, wie sich der unheimliche True-Crime-Fall um Deutschlands heißeste Angriffshoffnung weiterentwickelt!

Sophie hat den Artikel schon dreimal gelesen. Besser wurde er dadurch ganz bestimmt nicht. Dasselbe gilt für ihre Laune. Zu allem Überfluss hat sich Fleischmann nicht mal irgendwelche Schnitzer erlaubt, die dazu führen würden, dass Pirlo und sie den Artikel rügen können und die *POST* ihn von ihrer Seite nehmen muss. Fleischmann weiß schon, was er tut. Er stellt offene Fragen. Er nimmt auf Geschehnisse Bezug, die es tatsächlich gibt. Er kommt seinem journalistischen Auftrag nach. Es ist daher eine schwache Genugtuung, dass er zumindest im Adjektivbereich weniger stark aufgestellt ist. Wobei ihm die »unheimlich«-Dopplung unheimlich egal sein dürfte. Seinen Lesern übrigens auch.

»Was machen wir denn jetzt?«

Sophie fällt selbst auf, dass ihre Frage schwach klingt. Sie fühlt sich gerade aber auch so. Dann kann sie das allerdings nicht nur zugeben, sondern den Ball auch zu Pirlo schieben. Er hat schließlich ein paar mehr Jahre Erfahrung in diesem Geschäft als sie. Wenn es hier jemanden gibt, der eine Idee hat, dann ihn. Zumindest hofft sie das. Wenn auch nicht lange.

»Hand aufs Herz: Ich weiß es nicht.« Er lehnt sich auf seinem Stuhl zurück und lässt die schwarze Matte in den Nacken fallen. »Was wir hier haben, ist ein erstklassiger Fubar-Moment.«

»Ein was?«

»Fubar.«

»Was soll das heißen?«

»Fucked up beyond all recognition. Wobei weniger entscheidend ist, was es heißt, als wie es sich anfühlt.«

»Wie denn?«

Pirlo grinst müde. »So wie jetzt. Ganz genau so wie jetzt.« Dann fuchtelt er mit einer unbestimmten Geste in Richtung ihres Computers. »Wobei wir die Situation annehmen müssen, wie sie ist. Die Geschichte ist sowieso draußen. Nachdem die *POST* sie heute online gestellt hat, erscheint sie morgen auch im Print. Wenigstens sehen wir auf den Fotos gut aus.« Was stimmt. Fleischmann hat die Bilder von der Kanzleihomepage genommen. So weit, so gut. Weniger erfreulich ist die

Bildunterschrift: *Die Strafverteidiger Sophie Mahler und Anton Pirlo schirmen ihren Mandanten kategorisch ab. Warum folgt Serdar Tuncay ihren strengen Anweisungen? Was haben sie zu verbergen?*

Pirlo fährt sich über die Augen. »Wie ich diesen Fleischmann einschätze, hat er sogar das mit dem Podcast ernst gemeint.«

Sophie tippt und klickt. Dann gibt es auch an dieser Front schlechte Nachrichten.

Pirlo nimmt es mit einem stoischen Nicken. »Wenn ich es richtig sehe, geht das alles hier erst mal nicht mehr weg. Weder Fleischmann, noch seine Berichte, noch sein Podcast.«

»Sieht so aus.«

Pirlo seufzt. »Wahrscheinlich können wir dann schon froh sein, wenn wir überhaupt das Mandat behalten.«

Woraufhin es Sophie kalt den Rücken hinunterläuft. Am Nachmittag steht der nächste Besuch bei ihrem Vater im Krankenhaus an. Ihre Mutter hat sie schon seit Tagen nicht gesehen. Das nächste Mal, wenn sie mit den beiden zusammenkommt, muss sie ohnehin nach finanzieller Unterstützung fragen. Bislang hatte sie allerdings die Hoffnung gehabt, dass es sich dabei um eine reine Überbrückungshilfe handeln würde, bis diese Sache mit Serdar zündet. Und nicht um den kompletten Ersatz für ungefähr alles.

Dann fällt ihr auf, dass Pirlo ihren Blick sucht. Er ringt sich ein Lächeln ab. Auch wenn sie ahnt, dass es aufgesetzt ist, freut sie die Geste. Es ist wie immer in solchen Situationen. Wenn sie mit dem Rücken zur Wand stehen, ist er da. Wenigstens das. Und wenigstens dann.

Er schnappt sich sein Telefon. »Lass uns versuchen, den Schaden zu begrenzen.«

»Wen willst du anrufen?«

»Hamza und Serdar.«

»In dieser Reihenfolge?«

Er verzieht den Mundwinkel. »Wahrscheinlich ist das völlig egal. Aber ja, lass es uns so herum versuchen.«

»Sicher?«

»Klar. Es gibt nichts Gutes, außer man tut es.« Er strafft den Rücken und streicht die Haare zurück. »Also los.«

11.

LAPPENGEFAHR. METAPHORISCH.

Im Auto. Und in Eile.

Als Pirlo kurz darauf aus der Tiefgarage schlittert, entgeht er nur knapp einem Zusammenstoß mit einer Wand. Und zwar der auf der gegenüberliegenden Straßenseite.

Für einen Moment wirkt er zu überrascht, um zu erschrecken. Dann, als die ungute Geschwindigkeit-Panik-Kombination erkennbar ausgestanden ist, die dazu geführt hat, dass er viel zu schnell viel zu weit aus der Ausfahrt unter dem Gebäude, in dem die Kanzlei sitzt, geschossen ist, und es gerade noch so geschafft hat, nicht über die gegenüberliegende Fahrbahn hinweg gegen die Außenfassade des nächsten Jugendstilkanzleibaus zu ballern, als der Puls wieder da ankommt, wo er hingehört, und als die Haare wieder sortiert sind, ringt er sich tatsächlich eine Entschuldigung ab.

»Schon okay«, murmelt Sophie.

Für jede Form von Auseinandersetzung oder Vorwurf ist sie gerade noch viel zu beeindruckt. Wovon genau, das kann sie dabei selbst nicht sagen. Das Spektrum der Möglichkeiten umfasst Pirlos eiligen Aufbruch ebenso wie dessen hektische Fahrmanöver und die Erkenntnis, sie jedenfalls für den Moment überlebt zu haben. Wahrscheinlich kreisen ihre Gedanken aber, wie seine, vor allem um das Gespräch mit Hamza. Beziehungsweise das, was es hätte sein *sollen*. Oder können, wenn, ja, wenn Hamza sich denn darauf eingelassen hätte. Hat er aber nicht. Was es stattdessen gab, als er nach Pirlos drittem Anlauf endlich an den Hörer ging: eisiges Schweigen. Und dann eine Ansage.

»Ich habe euch vertraut. Serdar hat euch vertraut. Ihr müsst das regeln. Mit ihm. Für ihn. Sonst regeln das andere für euch!«

Dann hatte er aufgelegt. Wie so oft bei Pirlo hatte Sophie nicht alles verstanden. Aber wie ebenfalls so oft genügte das, *was* bei ihr angekommen war, trotzdem, um zu begreifen, dass die Lage nicht gut war. Das jedenfalls schien auch bei Pirlo angekommen zu sein. Erst hatte er hektisch auf seinem Telefon herumgewischt, dann auf die Uhr gesehen, danach zu ihr.

»Wir müssen mit Serdar sprechen.«

»Wann?«

»Jetzt!«

Unmittelbar darauf war er aufgestanden und in Richtung Tiefgarage losmarschiert. Sophie hatte noch einen Augenblick gezögert. An Pirlos wilden Aktionismus hatte sie sich zwar einigermaßen gewöhnt. Seine Erfolgsstreuung war allerdings beachtlich. Wenn sie dann schon einmal selbst vor Ort war, ehe das Chaos ausbrach, sollte sie zumindest versuchen, die Stimme der Vernunft unterzubringen. Wenn sie bei Pirlo auch, bis dieser das Auto erreicht, nicht ankommt. Natürlich nicht.

Ihren nächsten Anlauf nimmt Sophie an einer roten Ampel, die Pirlo zu ihrer Erleichterung dazu veranlasst hat, den Mercedes tatsächlich zum Halten zu bringen.

»Wo fahren wir eigentlich hin?«

»Zum Training von Eintracht Düsseldorf. Wie viel Uhr ist es?«

»Halb sieben.«

»Dann ist es gleich vorbei. Wir sollten Serdar erwischen, ehe er in der Kabine verschwindet.«

»Warum?«

Pirlo kneift den Mundwinkel zusammen. »Das ist keine besonders schlaue Frage.«

»Vielen Dank. Hättest du vielleicht die Güte, mir zu erklären, wieso?«

»Weil es darauf gleich mehrere gute Antworten gibt. Und weil du sie dir eigentlich auch selbst geben kannst.« Womit er recht hat. Leider zeigt er ihr das auch. »Serdar hat dann weniger Zeit, sich mit Moritz darüber auszutauschen, ob sie überhaupt mit uns sprechen wollen«, rattert Pirlo los. »Vor allem hat dann aber auch noch nicht dieser Fleischmann-Artikel die Runde gemacht. Irgendwer wird ihn in der Kabine mit Sicherheit entdecken. Sobald das geschieht, wird Serdar dazu befragt und *kann* eigentlich nur etwas Falsches sagen, einfach so, weil es, wenn du mich fragst, nichts Richtiges dazu zu sagen gibt. Vor allem aber …« Die Ampel schaltet auf Grün. Pirlo drückt das Gaspedal durch. »… müssen wir verhindern, dass dieser Lappen Serdar als Erstes greifen kann.«

»Welcher Lappen?«

»Fleischmann.«

»Ich hatte ihn eher sportlich in Erinnerung.«

Pirlo zieht eine Augenbraue hoch. »Du weißt, was ich meine.«

»Einen metaphorischen Lappen.«

»Ganz genau.«

Kurz findet bei Sophie tatsächlich ein Schmunzeln seinen Weg. Bei Pirlo wäre jede Form von Mundwinkelentspannung ebenfalls willkommen, erst recht, wenn sie mit einer Veränderung nach oben einhergeht. Dann aber erscheint ein Anruf von Ahmid Khatib auf dem Display des Mercedes. Pirlo drückt ihn weg. Ahmid ruft wieder an. Pirlo drückt ihn wieder weg. Sophie überlegt, ob sie etwas dazu sagen soll. Dass er drangehen kann, zum Beispiel. Dass es wahrscheinlich sinnvoll ist, sich mit ihm abzustimmen, wenn er dabei hilft, sich um Serdar zu kümmern. Dass er vielleicht sogar einen eigenen, guten Zugang zu dem Jungen hat. Mit dem dritten Anrufwegdrücken verändert sich allerdings auch Pirlos Fahrstil. Sophie war gar nicht klar, dass sich die Verbissenheitsskala noch weiter ausschöpfen lassen würde. Und dass es möglich war, sich an Pirlos Seite noch weniger sicher zu fühlen. Sie entscheidet sich daher für ihre übliche Reaktion, insofern es um Pirlo und die Khatibs geht: keine. Und warum auch? Sie haben schließlich ganz andere Sorgen. Und sei es nur, diese Fahrt zu überleben.

12.

SUN TZU KUNG FU.

Am Vereinsgelände

Bei der Ankunft am Vereinsgelände von Eintracht Düsseldorf erkennt Pirlo sofort, dass sie rechtzeitig da sind. Und trotzdem zu spät.

Das Training ist noch nicht vorüber. Auf dem Platz stehen etwa zwei Dutzend Leute in einem losen Kreis zusammen. Was sich bewegt, sind allerdings nicht ein Ball oder ihre Füße. Sondern Fäuste.

Die Soziologie des Moments ist überschaubar: eine Gruppe, drei Untergruppen. Der Großteil der Spieler steht einfach nur herum und sieht zu. In ihrer Mitte halten manche einen hünenhaft großen Kerl mit Zopf fest. Und dann sind da noch Moritz und Serdar. Auch hier hält der eine den anderen. Das Ergebnis ist allerdings ebenso wenig effektiv wie das auf der anderen Seite. Schläge werden nicht nur ausgeteilt, sondern auch eingesteckt. Wobei Serdar deutlich mehr kassiert. Als Pirlo ihn unsanft zur Seite stößt und sich damit gleichzeitig für ihn einwechselt, gilt das auch für Pirlo. Die Begrüßung des Zopfes ist eine Rechte, die direkt unter Pirlos Auge landet. Begleitet wird sie von einem herzlichen »Verpiss dich!«. Immerhin muss sich Pirlo damit auf nichts Neues einstellen. Sein Besuch bei der Eintracht beginnt, wie der andere endete. Apropos Fleischmann: Der Journalist ist natürlich auch da. Soweit Pirlo das aus dem Augenwinkel beurteilen kann, schießt er fleißig Fotos und könnte über das Chaos wahrscheinlich kaum glücklicher sein. Darüber, dass Pirlo solide auf die Fresse bekommt, möglicherweise ebenfalls nicht.

Der Hüne bringt noch zwei weniger präzise Schläge unter, die irgendwo in Pirlos Bart versanden. Dann flacht das Tempo endlich ab. Den größten Effekt hatte ohnehin der Schwinger gleich zu Beginn. Nach dem Abebben des Schlaghagels braucht Pirlo daher einen Moment, um sich zu orientieren. Als sich seine Optik wieder zusammenkalibriert hat und ihm verrät, dass sich der Großteil der Trainingsgruppe in Richtung der im Vereinsheim gelegenen Kabinen entfernt, erkennt er unmittelbar vor sich in Schnecki auch den Retter des Tages. Oder zumindest den Schlimmeresverhinderer.

»Danke fürs Dazwischengehen.«

»Was hätte ich anderes machen sollen?«, raucherknarzt es zurück. »Wenn du Zopfis Faust weiter so mit deinem Auge angegriffen hättest, hätte er sich am Ende noch einen Finger verstaucht. Und wer soll dann am Wochenende gegen Rödinghausen stürmen?«

Woraufhin ausnahmsweise auch Pirlo mal nichts einfällt. Viel wichtiger als ein weiterer Austausch mit Schnecki ist ohnehin, wo zwischenzeitlich eigentlich Serdar steckt. Wobei sich Pirlo trotz des brummenden Schädels schon versucht, zu merken, dass sie hinterfragen sollten, wo Schnecki eigentlich hergekommen ist. Warum er plötzlich da war, um den handfesten Streit in der Mannschaft zu schlichten, als Pirlo dazwischengegangen ist. Und vorher nicht.

»Wir sind hier!« Sophies Ruf aus Richtung der Tribüne sorgt zwar für eine angesichts der eingesteckten Prügel viel zu schnelle Kopfbewegung. Andererseits kann Pirlo ihre blonden Haare auf der untersten Sitzreihe nahe des Spielfeldrands schnell ausmachen. Im warmen Licht der Abendsonne glänzt ihm Sophies Schopf wie ein kleiner Leuchtturm entgegen. Die Erleichterung ist sogar noch größer, als Pirlo neben ihr die beiden Jungen entdeckt.

»Was zur Hölle war denn da gerade los?«, fragt er, als er zu der überschaubaren *Recht.Schaffen*-Schicksalsgemeinschaft gestapft ist.

Die Reaktion fällt erwartbar aus: Es gibt keine. Zumindest dann, wenn Kaugummikauen nicht gilt. Das allerdings erfolgt mit einigem Engagement. Serdars Kiefermahlen wirkt wild entschlossen. Dasselbe gilt für sein Schweigen. Jedenfalls dann, wenn Pirlo die Fragen stellt.

»Der Typ, der Serdar geschlagen hat, heißt in der Mannschaft Zopfi«, erklärt stattdessen Sophie. »Du ahnst wahrscheinlich, warum.«

»Wegen der Haare?«

Sophie lächelt in Richtung der beiden Jungs. »Seht ihr, er ist viel weniger dämlich, als ihr dachtet.«

»Haha.« Außer Pirlo lacht keiner. Und der auch nicht mal richtig.

Sophies Blick ersetzt ein Schulterzucken. Wenigstens hat sie es versucht. »Sein bürgerlicher Name ist jedenfalls Olaf Schmitz.«

»Aha«, murmelt Pirlo, während er sein rechtes Jochbein betastet. Alles schmerzt. Murmeln inbegriffen.

»Der Nachname ist kein Zufall«, unterbricht Moritz Pirlos Selbstmitleid. »Zopfi ist der Sohn von Schmitzi.«

»Warte, meinst du diesen Präsidenten?«

»Diesen *toten* Präsidenten«, präzisiert Sophie. »Aber ja, genau den.«

Pirlo nickt, so, wie man das eben macht, wenn man gerade etwas begreift. Oder sich zumindest wünscht, es wäre so. Dann sieht er allerdings selbst ein, dass das nicht so ist. Mit Nicken oder ohne.

»Und?«

»Mann, wie schwer kann man eigentlich von Begriff sein?« Pirlo sieht erstaunt auf. Serdar kaut zwar weiter nur Kaugummi. Moritz scheint allerdings langsam auf Temperatur zu kommen. »Zopfi hat uns heute gezeigt, wo wir in der Mannschaft stehen. Aber das mal so richtig und vor allen.«

»Euch?«

»Klar. Serdar und mir.«

Natürlich. Wem sonst? So sehr Pirlo das Aufeinanderkleben der beiden Jungs nervt, ein bisschen imponiert ihm dieses Loyalitätsabfeiern auch, insbesondere, wenn es so weit geht, dass der eine Schläge kassiert. Und der andere quasi mittelbar gleich mit.

»Und was hat das gesollt?«

»Das meinen Sie nach diesem Artikel doch nicht ernst, oder?«

»Dem in der *POST*?«, fragt Pirlo vorsichtig.

»Na klar!«, knallt es ihm entgegen.

»Aber was hat denn das eine mit dem anderen zu tun?« Aus Pirlos Sicht ist das eine absolut angebrachte Frage. Und überhaupt: »Wo steckt eigentlich dieser Fleischmann, der das alles verbrochen hat?«

Sophie kräuselt die Lippen. »Er hat anscheinend ausgenutzt, dass noch keiner wusste, wie er aussieht, und das Training vom Rand des Platzes aus beobachtet.«

»Inklusive der Schlägerei?«

»Klar.«

Also hat sich Pirlo doch nicht geirrt. Der Journalist dürfte damit direkt das Material für seine nächste Folge beisammenhaben. Und warum auch nicht? Wieso soll denn mal was gut laufen für die Kanzlei *Recht.Schaffen* und / oder die armen Seelen, die sich in die Fänge ihrer Anwälte verirren?

»Lass uns einfach abhauen.« Pirlo klingt müde. Was daran liegt, dass er müde *ist*. Und zwar sehr. Dass es im Vereinsheim rumort, macht die Lage nicht besser. Vereinzelt sind Rufe zu hören. Hier und da lacht auch jemand dreckig. Dann ist es wieder ganz still. Das ist eigentlich mit am unheimlichsten.

Pirlo wendet sich zu den beiden Jungen. »Ich schlage vor, ihr kommt mit. Und ich schlage vor, dass das diesmal ohne jede weitere Diskussion geschieht. Es ist schließlich nicht gerade so, dass ihr hier besonders willkommen seid. Dass sich eure Mannschaftskameraden gerade noch so bremsen konnten, euch zu Hilfe zu eilen, dürfte sogar euch aufgefallen sein.« Er nickt in Richtung Moritz, fixiert aber Serdar. »Wenn du diesmal noch irgendwelche Fragen hast, dann stell sie ihm. Er scheint da mehr Durchblick zu haben als andere. Zum Beispiel du.« Dann drückt er den Rücken durch. »Lasst uns aufbrechen, ehe jemand auf die Idee kommt, dass wir vermisst werden könnten. Deine Sachen kannst du später holen, Serdar. Du weißt ja mittlerweile, wie das funktioniert.«

»Vielleicht holt sie auch einfach Ahmid«, ergänzt Moritz.

Immerhin ihn hat Pirlo zwischenzeitlich anscheinend auf seiner Seite. Wenn das, was er sagt, genau genommen auch die nächste Baustelle aufmacht. Er muss unbedingt seinen Bruder erreichen und die Lage deeskalieren. Viel spricht dafür, dass Ahmid vorhin einfach nur so angerufen hat und dass seine weiteren Versuche dem geschuldet waren, dass Pirlo direkt aufgelegt hat, was man, jedenfalls in Ahmids Welt, schlichtweg nicht macht. Jedenfalls dann nicht, wenn *er* derjenige ist, der anruft. Im Stillen gratuliert sich Pirlo dazu, dass er Ahmid weder hat wissen lassen, wohin er auf dem Weg war, noch weswegen. Wäre sein Bruder hier mit aufgeschlagen, hätte er den Konflikt im Spielerrund wahrscheinlich nicht mit einem diplomatischen Auge entschärft. Die Bilder, die Fleischmann geschossen hat, versprechen zwar eine Menge neues Ungemach. Die aber, die er mit einem Ahmid in Hochform geschossen haben würde, wären im Vergleich dazu wahrscheinlich direkt die nächste Fubar-Katastrophe gewesen.

»So oder so werden wir das mit euren Sachen regeln. Für den Moment genügt es, wenn wir erst mal loskommen.«

»Ich habe keine Angst vor denen«, murrt Serdar. Es klingt trotzig und ängstlich zugleich. Er ist aber eben auch sechzehn Jahre alt. Da läuft diese Kombination noch ganz flüssig.

»Ich auch nicht«, ergänzt Moritz.

»Darum geht es doch auch gar nicht«, antwortet Pirlo.

»Worum dann?«

Scheiße. Die Rückfrage war ja klar. Pirlo unterdrückt sowohl ein Seufzen als auch das eigentlich immer entspannende Haaredrehen. Gerade ist für beides einfach keine Zeit. »Wer sich über den Schaden eines Tuns nicht völlig im Klaren ist, der kann auch den Nutzen nicht vollständig begreifen.«

»Was?« Die Frage kommt gleichzeitig von Moritz und Serdar.

Sophies Gesicht schließt sich allerdings an.

»Sun Tzu.«

»Sun *wer*?«

Pirlo verdreht die Augen. »Jemand, der gesagt hat, dass Rückzug manchmal schon okay ist. Erst recht, wenn man ansonsten Gefahr läuft, noch mehr auf die Mappe zu bekommen. Da unsere Kung-Fu-Fertigkeiten überschaubar *und* wir hier in der Unterzahl sind, ist das allerdings ziemlich wahrscheinlich. Also wenn ich die Herren jetzt langsam mal bitten dürfte …«

»Sie sind noch da«, hört er dann aber auch schon in seinem Rücken. »Gut!«

Fuck. Denkt Pirlo. Nicht das auch noch. Kann ja sein, dass Fleischmann nicht mehr zu sehen ist. Eine Prügelei ist aber auch dann scheiße, wenn keiner das Ergebnis für die Nachwelt festhält. Erst recht, wenn man sie verliert.

Wirklich unangenehm wird die Situation aber vor allem dadurch, dass aus den Gesichtern der gerade noch ach so mutig vor ihm sitzenden Tapferkeitsmedaillenanwärter Moritz und Serdar jede Farbe gewichen ist.

Pirlo zwinkert Sophie zu. Wenn er schon das nächste Mal kassiert, kann er zumindest vorher noch so tun, als sei das alles überhaupt kein Problem. Dann dreht er sich um und ist erstaunt.

Vor ihm stehen nicht etwa Zopfi und die Wilden Kerle, sondern ein einzelner Mann mit Dreitagebart und einer Baseballmütze mit dem Vereinslogo. Sein Lächeln ist breit und freundlich, die Körpersprache offen. Das ist umso bemerkenswerter, da es ihm gleichzeitig gelingt, aufrichtig geknickt zu wirken. Auf Pirlo wirkt es, als sei die Situation für den anderen so unangenehm wie für ihn selbst. Dann mustert er ihn genauer. Es ist schließlich das erste Mal, dass er Michael Bartels aus der Nähe sieht. Der Trainer der Herrenmannschaft von Eintracht Düsseldorf ist jung und sportlich. Obwohl er nicht besonders groß ist, *wirkt* er so, als habe er einiges zu sagen. Und als wolle man das auch tatsächlich hören.

13.

FLOSKELIGST.

Bartels

»Hallo. Schön, dass ich Sie hier noch erwische«, sagt Bartels und streckt erst Sophie, dann Pirlo die rechte Hand entgegen. Die Stimme ist angenehm, warm, dabei aber auch klar im Ton. Ließen sich diese Eigenschaften in einen Händedruck übersetzen, wäre er genau so, wie der dieses Mannes. Das alles trägt wesentlich zur Entspannung bei. Zumindest bei Pirlo.

»Hören Sie, es tut mir leid, was da vorhin passiert ist.« Bartels fährt sich in einer verlegen wirkenden Geste über den Bart. »Ich habe zwar selbst nichts davon mitbekommen, weil ich schon in der Kabine war, um an der Taktiktafel die Besprechung des nächsten Gegners vorzubereiten. Von meinem Co-Trainer habe ich allerdings gehört, dass es nach dem Training ziemliche Unruhe gegeben hat.«

»Und eine Schlägerei«, ergänzt Pirlo.

Bartels nickt. »So klang es auch für mich.« Er hebt die Hände. »Wie gesagt, ich bedaure das sehr. Es ist eigentlich meine Aufgabe, diese Jungs zu beschützen und für sie da zu sein.« Er nickt in Richtung Moritz und Serdar, die beide reflexhaft den Kopf senken.

Wieder dringt Lärm aus dem Vereinsheim herüber. Wenn es nach Pirlo geht, ist das ein guter Anlass, noch einmal auf die

Idee des Auscheckens zurückzukommen. Bartels hat aber erkennbar noch etwas auf dem Herzen.

»Ich könnte verstehen, wenn Sie nicht gerade besonders begeistert von meiner Mannschaft sind, Herr Dr. Pirlo.« Bartels tippt sich unter das rechte Auge, dorthin, von wo bei Pirlo der Schmerz ausstrahlt. »Die Begrüßung war schließlich alles andere als herzlich.« Bartels zeigt ein Lächeln, das gleichzeitig offen und entwaffnend ist. »Ich kann das nicht wiedergutmachen und will daher erst gar nicht so tun, als ob. Eine Freikarte brauche ich Ihnen auch nicht anbieten. Wie ich höre, haben Sie zu der neuen Vereinsführung ohnehin schon einen engen Draht.«

Pirlo überlegt, ob er hier einen Zwischenton vernommen hat. Irgendwas Aggressives oder Provozierendes zum Beispiel. Dann verwirft er den Gedanken. Bartels hat einfach nur die Lage festgehalten, wie sie tatsächlich ist. Er ist der Trainer der ersten Mannschaft. Dass er sich informiert hält, kann Pirlo ihm kaum vorwerfen. Dann sollte er es aber auch gar nicht erst versuchen.

»Alles, was ich sagen kann, ist, dass ich mein Team so nicht kenne. Das sind eigentlich alles gute Jungs.«

Klar. Eigentlich.

»Glauben Sie mir, wenn ich auch nur im Ansatz geahnt hätte, dass es nach dem Training ungemütlich für Serdar oder Moritz werden könnte, hätte ich alles unternommen, um das zu verhindern. Ganz bestimmt wäre ich dann auch nicht einfach in der Kabine verschwunden. Allein daran, dass das so war, können Sie schon ablesen, wie plötzlich das auch für mich gekommen ist, selbst wenn …« Er unterbricht sich.

»Selbst wenn was?«, fragt Sophie.

Bartels nimmt seine Mütze ab und kratzt sich an einer trotz seines eher jungen Alters bereits deutlich erkennbaren Geheimratsecke. »Na ja, im Nachhinein frage ich mich natürlich schon, ob ich die Dynamik in der Mannschaft richtig analysiert habe. Ich meine …« Da ist es wieder, das entwaffnende Lächeln.

»Der Druck ist im Kader natürlich hoch. Wir erleben die beste Saison der Vereinsgeschichte. So hochklassig haben wir noch nie gespielt. Seit dem Sieg gegen die Fortuna sind wir jedenfalls in unserem Viertel die großen Helden. Dazu kommt morgen Abend die Auslosung der nächsten DFB-Pokalrunde in der Sportschau. Natürlich wollen da gerade auch diejenigen, die seit Jahren die Knochen hinhalten, ein Stück vom Ruhm abbekommen. Der Konkurrenzkampf lebt. Junge Spieler melden Ansprüche an und bedrängen die anderen, die damit offensichtlich auch mal mehr schlecht als recht klarkommen.«

»So wie Herr Schmitz?«, fragt Pirlo.

Bartels nickt. »Klar. Das gilt zwar auch für einige andere treue Seelen. Aber Zopfi gehört auf jeden Fall dazu. Hinzu kommt, dass er gerade keine besonders leichte Phase durchmacht.«

»Zum Beispiel wegen des Todes seines Vaters?«

Bartels stimmt ungerührt zu. »Ganz genau. Und dann kochen eben auch mal die Emotionen hoch.« Er zuckt mit den Schultern und lächelt wieder. Ehe Pirlo für sich entschieden hat, ob er das an dieser Stelle passend findet, folgt die floskeligste aller Floskeln. »So ist Fußball.«

Pirlo gibt sich erst gar keine Mühe, sein Erstaunen zu verbergen. So einfach ist das also für Bartels. Der Druck im Kader. Der Konkurrenzkampf um die Positionen. Serdar, der den Altgedienten auf die Pelle rückt. Dann fliegen unter Mannschaftskameraden eben auch mal Fäuste. Kennt man doch. Weiß man ja. Matthäus gegen Lizarazu bei Bayern. Bellamy gegen Riise bei Liverpool. Dyer und Bowyer haben es bei Newcastle sogar fertiggebracht, sich als Mannschaftskameraden zu verprügeln. Im vollen Stadion. Während des Spiels. Jetzt waren eben Zopfi und Serdar dran. Kann ja mal passieren.

»Vielleicht sollten wir darüber bei anderer Gelegenheit sprechen«, murmelt er. Sein Blick geht zu den Jungen. Serdar und Moritz verharren immer noch in der Schockstarre. Es wird Zeit, daran etwas zu ändern. Er ist schließlich *tatsächlich* für ihr Wohlergehen verantwortlich.

»Vielleicht«, antwortet Bartels. Sein Lächeln scheint wie festgefroren. Pirlo nimmt es irritiert zur Kenntnis und entscheidet sich dagegen, wütend auf ihn zu sein. Zumindest für den Moment. Zum einen kann er nicht ständig nur alle beschissen finden. Schon gar nicht auch diejenigen, die wenigstens in Grundzügen freundlich zu ihm sind. Zum anderen dröhnt sein Schädel zwischenzeitlich doch recht kräftig von der So-ist-Fußball-Geraden, die er eingesteckt hat. Er streckt daher die Hand aus und verabschiedet sich artig von Bartels. Sophie hält es ebenso und sammelt die Jungs ein, um sich in Richtung des Mercedes zu verabschieden.

»Bring du die beiden nach Hause«, raunt Pirlo ihr zu.

»Und du?«

»Ich laufe von hier zur Bahn.«

»Wenn du willst, nehmen wir dich mit.«

»Wahrscheinlich sollte ich mich erst mal sammeln.«

»Sicher?«

»Danke. Ja.«

»Du weißt, dass du …?«

»Was?«

»Na ja.«

»Scheiße aussiehst?«

»Das hast du gesagt.«

»Und du gemeint.«

Sophie lächelt. »Der Cut unter dem Auge steht dir.«

»Nicht.«

Sie lacht. »Richtig.«

Pirlo winkt ab. »Es passt schon. Das verleiht mir mehr *street cred*.«

»Du weißt, dass dem schon entgegensteht, dass du überhaupt solche Ausdrücke verwendest?«

Woraufhin er demonstrativ auf seine Uhr sieht. »Ich glaube, ich habe wirklich noch zu tun.«

Sie lachen beide. Wenn auch nicht wirklich von Herzen.

Eines fehlt allerdings noch. Überraschenderweise. »Vergiss nicht, Ahmid anzurufen. Er wird sich sonst Sorgen um die Jungs machen.« Pirlo zieht eine Augenbraue hoch. Sophie sieht es und ergänzt: »Immerhin ist er nach meinem Verständnis Teil unseres Teams.«

Pirlo nickt. Was soll er auch sonst tun? Er weiß nicht, ob er sich jemals daran gewöhnen wird, dass Sophie seinen Bruder nicht nur kennt, sondern die beiden auch noch ein relativ normales Verhältnis zueinander haben. Der Einzige, der das alles seltsam macht, ist er selbst. »Kann schon sein, dass das, was ich vorhabe, damit zusammenhängt.«

Sophie hebt überflüssigerweise einen Daumen. Dann ist sie weg, und er ruft Ahmid an. Früher oder später muss er das ohnehin tun. Dann kann er die umgekehrte Hase-Igel-Konstellation, dass er diesmal schon eine dicke Backe hat, wenn er seinen Bruder überhaupt erst trifft, direkt ausnutzen. Auch wenn das wirklich nur ein schwacher Trost ist.

14.

KING.

An der Nordstraße

Pirlo entdeckt Ahmid im *Café King* schon von außen. Er kann von seinem Bruder halten, über ihn denken und manchmal sogar über ihn *sagen*, was er will, seine Verlässlichkeit ist jedenfalls nicht bestreitbar. Wenn sie auch sehr bereichswählerisch ausfällt. Was Ahmid dann aber mal ins Herz geschlossen hat, bleibt dort. Das Wettbüro *Café King* gehört dazu. Am Dienstag ist Ahmid dort. Zumindest dann, wenn nicht anderswo irgendeine absolut großartige Sache laufen könnte, die endlich den Durchbruch auf dem Gangster-Clan-Toni-Montana-Level verspricht. Oder zumindest dem, was Ahmid dafür hält. Womit es angebracht ist, die *Café-King*-Einordnung zu präzisieren: An einem *guten* Dienstag ist Ahmid dort. Heute ist einer.

Pirlo betritt den muffigen Laden mit gemischten Gefühlen. Er kann sich nicht erinnern, wie oft er von seiner Mutter losgeschickt worden ist, um seine beiden älteren Brüder dort einzusammeln. Er *will* es auch nicht.

Wie er mit einem robusten Griff unter die Schultern an einem der wackligen Stehtische auf einen ungefähr gleich stabilen Hocker platziert wurde, damit er wenigstens auch ein Spiel auf einem der vielen am oberen Wandende angebrachten Fernseher sehen konnte, während wahlweise Mahmed, Ahmid oder beide »nur noch eine Wette« unterbringen wollten, weil sie gerade »ein gutes Gefühl« hatten, gehört nicht gerade zu den Höhepunkten seiner frühen Jahre. Manches hat er trotzdem nicht vergessen. Kaum ist er durch die Tür, ist das alles auch sofort wieder da.

Der intensive Geruch des Çay, zum Beispiel, den Murat, der aus Istanbul stammende Betreiber, dort ausschenkt. Die Namen haben sich geändert, von *Café Hagi* zu Ehren des Stars von Galatasaray, über *Café Drogba* aus ähnlichen Gründen, bis es Murat 2009 witzig fand, sein Geschäft nach dem Berliner Bistro zu benennen, in dem »Don Ante« den Schiedsrichter Hoyzer zu Spielmanipulationen überredet hatte. Der Çay-Geruch ist aber immer gleich geblieben. Und das jenseits aller Sperrstundenregeln quasi rund um die Uhr. Irgendwo spielt irgendwer schließlich immer gegen irgendwen.

Zum *King*-Gesamtkunstwerk gehören natürlich auch die unzähligen Wimpel und Schals. Als Kind hatte Pirlo stundenlang versucht, hinter dieser Fülle aus intensiven Farben und fremden, faszinierenden Namen einen Zusammenhang zu erkennen, bis Mahmed ihn, nachdem er es gar nicht mehr anders ausgehalten und sich auf einem der endlos langen Zu-Fuß-Heimwege bis nach Bilk endlich einmal zu fragen getraut hatte, ausgelacht und dann darüber aufgeklärt hatte, dass es tatsächlich gar kein System gab, sondern Murat einfach aufhängte, was irgendwo herkam, danach *da* war, gut aussah und einen halt zum Träumen brachte. Da ihm das mit dem Träumen einleuchtete, sah Pirlo danach, wann immer er ein Fußballmagazin in die Hände bekam, die besonders abenteuerlich klingenden Namen nach. Real Betis Balompié. Panathinaikos Athlitikos. Beşiktaş Jimnastik Külübü. Und dabei ist es auch geblieben.

Eine weitere erinnerungsaufwärmende Originalzutat des Cafés ist Murat selbst. Meist gehörten die Hände, die Pirlo auf einen der aus seiner Sicht viel zu hohen, viel zu gebrechlichen Stühle beförderten, zu dem damals wie heute mit einem gemütlichen Bäuchlein daherkommenden Türken mit dem schwarzen Vollbart, den grauen Strähnen und den verschmitzten Augen, die jetzt aufleuchten, als sie Pirlo in der Tür entdecken.

Die Begrüßung fällt trotzdem kompakt aus. »Çay?« Man muss es schließlich nicht übertreiben.

»Gern«, antwortet Pirlo. »Danke.«

Dann hat Ahmid ihn bemerkt, der seine Freude ebenfalls gerade noch so im Griff hat. Zumindest nach außen. »*Wallah*, was willst du hier?«

»Reden.«

»So?«

»Was meinst du?«

»Du siehst scheiße aus.«

Was wahrscheinlich stimmt. Pirlo hat sich in einer Apotheke am Bahnhof zwar kühlende Creme und darüber ein Pflaster organisiert. Die Platzwunde direkt unter seinem Auge ist dadurch aber fast noch präsenter, zumal die Haut rechts und links des Pflasters schon langsam hämatomig dunkel wird.

»Ich hoffe natürlich sehr, dass ich dich in meinem Zustand vor deinen Freunden nicht blamiere.«

»Erzähl keinen Scheiß!«

Womit aus Ahmids Sicht erst mal alles gesagt sein dürfte. Jede Nachfrage zu dem Pflaster ist offensichtlich überflüssig. Wozu auch? Ahmid hat Pirlo im Krankenhaus besucht. Dort hatte er alle möglichen Verbände. Jetzt hat er wieder einen, wenn auch eher in einer Anfängerausgabe. Er ist sein Bruder. Er bringt sich in Schwierigkeiten. Was gibt es an der Stelle mehr zu wissen?

»Also, was willst du jetzt?«

»Reden. Immer noch.«

»Hier?« Ahmids Blick rast durch den Raum. Außer Murat sind an diesem Dienstagabend drei weitere Gestalten vor Ort, die, wie Ahmid, jeweils für sich an einem der hohen Tische sitzen oder stehen, über Wettscheinen kauern und, wenn Pirlo das richtig erkennt, Pokalspiele in Schottland und Serbien verfolgen. Was man eben so macht.

»Mir ist eigentlich egal, wo.«

»Und worüber?«

»Über den Laden.«

»Welchen?«

Pirlo verdreht die Augen. »Die Kanzlei.«

»Was denn jetzt, den Laden oder die Kanzlei?«

»Die Kanzlei *ist* der Laden.«

»Aber ihr verkauft doch gar nichts.«

»Sie ist es in diesem Beispiel.«

»Welchem Beispiel?«

»Das ich verwendet habe, als ich über sie sprechen wollte. Das mit dem Laden.«

»Welchem?«

Pirlo seufzt. »Hör auf, mich zu verarschen.«

»Wenn du aufhörst, mich zu nerven.«

»Glaub mir, das würde ich gern. Ehrlich gesagt sogar nichts lieber als das. Aber wir müssen *wirklich* über die Kanzlei sprechen. Oder den Laden. Ganz wie du willst.«

»Von mir aus«, entscheidet Ahmid. »Aber nicht hier.«

»Warum das denn?«

»Das ist ja wohl kaum der Rahmen für eine vertrauliche Diskussion. Nicht, wenn es ums Geschäft geht.«

Pirlo sieht sich um. Seit er den Laden betreten hat, ist außerhalb der Bildschirme ungefähr überhaupt nichts geschehen. »Entschuldige, ich hatte nicht den Eindruck, dass die Industriespionage hier besonders blüht.«

»Erzähl keinen Scheiß. Was die Amateure da machen, meine ich nicht.«

»Sondern?«

»Das Geschäft eben.«

»*Welches* Geschäft?«

»Meins.« Ahmid nickt in Richtung des Bildschirms. Dort bemühen sich Kilmarnock und Aberdeen um den Ball. Schottischer Pokal, zweite Runde. Als Pirlo wieder zu seinem Bruder sieht, wedelt der mit dem Tippschein. »Bei der Heimmannschaft fehlt der Kapitän. Die anderen haben gerade den Trainer gewechselt. Da ist jetzt Feuer drin. Das ist eine sichere Siegwette.«

Was bei Pirlo direkt die nächste Erinnerung auslöst. Oder besser, *triggert*. Denn, richtig, da war doch was.

»Machst du das immer noch?«

»Was?«

»Diese Sache mit der Siegwettenkombination.«

»Diese *todsichere* Sache.«

»Mit der Siegwettenkombination.«

»Genau.«

Ahmid nickt. So ist er eben. Verlässlich.

»Soll ich es dir noch einmal erklären?«

»Nein. Wirklich nicht.«

»Du könntest davon auch profitieren, *akin*. Du weißt doch, ich habe damit mal dreißigtausend Euro gewonnen.«

Was stimmt. Ahmid hat mit seinem ganz persönlichen Glaubensbekenntnis dazu, über die Woche zu zehn Spielen aus zehn Wettbewerben »Hintergrundinformationen« in allen möglichen Internetforen zu sammeln, dann auf den Favoriten als Gewinner zu setzen und die Wetten als gebündeltes Gesamtkunstwerk abzugeben, tatsächlich einmal groß abgeräumt. Was auch stimmt, ist, dass das fünfzehn Jahre her ist. Und sich nicht wiederholt hat.

Auf dem Bildschirm bejubelt Kilmarnock nach einem Freistoß das dritte Tor. Aberdeen hat noch keines. »Immerhin haben sie ihren Kapitän dabei«, sagt Pirlo. »Das wird sie trösten.«

Ahmid schnaubt und würgt seinen Wettschein. Sein Blick lässt allerdings keinen Zweifel daran, für wen das Papier sich stellvertretend opfert.

»Was *willst* du eigentlich?«

»Reden.«

»Auf einmal?«

»Glaub mir, ich würde auch gern darauf verzichten. Es ist aber wirklich wichtig.«

»Und dann, wenn er das selbst für richtig hält, marschiert der feine Herr Anwalt also sogar ins Wettbüro?«

Pirlo legt den Kopf schief. »Das ist es, was dich eigentlich stört, nicht wahr?«

»Was?«

»Dass ich vorhin nicht drangegangen bin, als *du* mich sprechen wolltest.«

»Wie kommst du denn jetzt darauf?«

»Erzähl mir keinen Scheiß. Du hast angerufen. Ich habe dich weggedrückt. Jetzt bist du wütend.«

»Also hast du mich *doch* weggedrückt!«

»Natürlich habe ich das. Ich habe nie etwas anderes behauptet.«

Kurz stockt Ahmid. Dann hat er sich aber schnell wieder gefangen. »Darum geht es doch gar nicht!«

»Eben!«

»*Habibis*, etwas leiser bitte«, mahnt Murat von der Theke. »Die anderen wollen sich hier auf die Spiele konzentrieren.«

»Entschuldigung«, murmeln Pirlo und Ahmid im brüderlichen Gleichklang.

Dann gibt sich Pirlo einen Ruck: »Ich war vorhin auf dem Weg zum Sportplatz.«

»Zu welchem?«

»Mann, zu welchem wohl? Dem von Serdar natürlich.«

»Und Moritz.«

»Was?«

»Moritz. Du weißt schon. Wir sind für beide verantwortlich. Das sind doch jetzt unsere Jungs.«

Jetzt ist es Pirlo, der kurz zögert. Sein skeptischer Blick findet allerdings kein Anzeichen dafür, dass Ahmid das nicht ernst meinen könnte. Das sind also seine Jungs. Beziehungsweise ihre. Allerhand.

»Jedenfalls war es eilig. Deshalb konnte ich am Telefon nicht sprechen.«

»Was war los?«

Pirlo seufzt. Dann entscheidet er sich für den direkten Weg. Mit allen erwartbaren Nebenwirkungen. »Lass es mich dir einfach zeigen.«

Er tippt auf dem Telefon herum und sucht mit seinem Namen und dem Serdars unter den News nach Fleischmanns Bericht, der sich damit befasst, dass der Junge jetzt von Strafverteidigern beraten wird, und darüber spekuliert, was das bedeuten könnte. Tatsächlich findet Pirlo den Link zu dem Bericht der *POST* sofort. Wenn auch nicht nur. Direkt darunter gibt es zwischenzeitlich einen weiteren. Datum des Hochladens: vor einer Stunde. Lesedauer: zwei Minuten. Pirlo ist sogar noch schneller.

Die untere Hälfte des Beitrags besteht darin, den Inhalt seines Vorgängers einzukopieren. Die obere enthält im Wesentlichen ein Foto und eine Überschrift. Das Bild ist gestochen scharf. Fleischmanns Handykamera kann offensichtlich was. Fleischmann selbst übrigens auch. Der Schnappschuss ist geradezu sensationell gut gelungen. Obwohl das, worauf sich die Aufnahme konzentriert, durch einige unscharf aufgelöste Trikotrücken aus einer Spielertraube zu sehen ist, kann man das eigentliche Motiv klar erkennen.

Ein blond bezopfter Hüne hat sich im Sonnenuntergang zu ganzer Größe aufgerichtet und schlägt einen bärtigen Kerl im Anzug. Dessen taumelnder Körper ist verdreht, der Kopf wirbelt in Richtung der Kamera. Sein Gesichtsausdruck ist durch den Aufprall der Faust ziemlich verschoben, der schwarze Bart allerdings gut erkennbar, ebenso, dass das, was da gerade geschieht, ziemlich schmerzhaft sein muss. Den spektakulären Rest erledigen fliegende schwarze Haare. Das Foto ist beeindruckend, seine Botschaft schlicht. Obwohl der eine schlägt und der andere kassiert, lässt schon die Kleiderauswahl keinen Zweifel. Eine Mannschaft wehrt sich gegen einen Anzugträger. Einen Eindringling. Den modernen Fußball. Was auch immer. In jedem Fall wirkt es gerecht.

»Was ist los?« Ahmid klingt besorgt.

»Nichts«, murmelt Pirlo. Es ist mehr ein Reflex als eine Entscheidung, eine letzte Mahnung an sich selbst, vernünftig zu bleiben. Überlegt. Bedacht. Eine Art Ruhe vor dem Sturm.

Dann lässt er aber einfach los.

Dass er das Chaos nicht aufhalten kann, ist ihm klar. Ahmid kann – und wird – im Zweifel selbst googeln. Das ist aber nicht alles. Pirlo *will* hier auch nichts mehr bremsen. Nicht sich. Nicht seinen Bruder. Erst recht hat er keinen Bock, darauf herumzureiten, dass unnötige Gewaltdarstellungen gegen den deutschen Pressekodex verstoßen. Was es hier braucht, ist weniger Jura und mehr wahres Leben.

Was Fleischmann sich geleistet hat, ist zu viel. Das galt schon für den ersten Beitrag. Es gilt jetzt für den zweiten. Für das Bild. Erst recht für die Überschrift.

»Verteidigung gegen Verteidiger – Wie eine Mannschaft gegen das kriminalitätsnahe Umfeld ihres Jüngsten aufsteht!«

Als Pirlo zu Ahmid sieht, hält der sein Telefon in der Hand. Der Bildschirm zeigt den aktuellen Fleischmann-Bericht. »*Sawf yahtariq fi aljahim!* – Dieser Kerl soll in der Hölle schmoren!«

Er steht auf. Legt einen Schein auf den Tisch. Streckt sich. Dann zeigt er auf Pirlos Gesicht. »Da kommt das also her?«

Pirlo fasst instinktiv an seine Wunde. »Ja.«

Ahmid schnaubt. Presst die Lippen zusammen. Dann nickt er. Seine Entscheidung scheint gefallen. Welche auch immer es ist, an ihrem Ergebnis besteht kein Zweifel: Es geht los.

»Was hast du vor?«

Ahmid sieht Pirlo für einen langen Moment einfach nur an. Die Augen sind dunkel. Klein. Und voller Wut. »Wenn du mich fragst, gibt es jetzt nur eines, was hilft.«

Pirlo schluckt. »Und was?«

»Zuschlagen.«

15.

BAMM. BAMM. BAMM!

Danach. Woanders.

Pirlos rechte Faust schießt nach vorn. Sie trifft. Schnellt zurück. Pirlo zieht die linke Deckhand aus ihrem Schutzbereich zwischen Ohr und Wange fast automatisch nach. Katapultiert sich danach mit maximalem Schwung wieder in die Streckung. Dann ein Ausfallschritt. Kurz nach links. Schnell nach rechts. Und wieder die beiden Fäuste. Rechts, links, rechts. Bamm. Bamm. Bamm!

»Noch einmal«, schreit Ahmid.

Pirlo gehorcht. Ausfallschritt. Zielen. Rechts, links, rechts. »Einmal noch!«

Pirlo schwitzt. Seine Haare kleben ihm auf der Stirn. Die Wunde unter seinem Auge pocht. Rechts, links, rechts.

»Gib alles!«

Pirlo hat keine Kraft für einen Fluch. Er hat auch keinen Nerv dafür. Alles, was es gibt, sind seine Schläge. Ihn. Und Ahmids Stimme. Bamm. Bamm. Bamm!

»Gut so!«, kommt es dann aus dem Hintergrund. »Das genügt.«

»Danke«, murmelt Pirlo. Zumindest glaubt er das. Für den Moment ist er viel zu erschöpft, um bestimmen zu können, ob das auch wirklich bei seinem Bruder angekommen ist. Der lobt ihn allerdings auch so.

»Das war eine starke Runde.« Ahmid klopft ihm auf den Rücken. »Gut, dass du die Wut mal richtig rauslassen konntest. Wenn auch nur hier.«

Pirlo nickt. Beides ist richtig. Es war nicht nur gut, die Fäuste fliegen zu lassen. Es war auch wichtig, das auf den Boxsack zu beschränken.

Er weiß, dass er Ahmid dafür dankbar sein sollte, dass der aus dem *Café King* den direkten Weg zu dem Fitnessstudio angetreten hatte, das bei ihm mit dem Wettbüro intensiv um den Titel »zweites Zuhause« konkurriert. Wer weiß schon, was passiert wäre, wenn sein Bruder einen Besuch bei Fleischmann vorgeschlagen hätte? Pirlo gefällt zwar die Vorstellung, dass er spätestens auf dem Weg zu dessen Redaktion schon irgendwann zur Vernunft gekommen wäre. Wirklich sicher ist er sich allerdings nicht.

Die Muckibude ist im Vergleich dazu jedenfalls die deutlich entspanntere Variante. Auch wenn Pirlo manchmal noch nicht ganz glauben kann, dass Ahmid nach dem gefühlt hundertfünften Anti-Aggressionstraining diese Erkenntnis nicht nur, als erstes kleines Wunder, angenommen hat, sondern sich, als zweites großes, sogar konsequent danach richtet. Wenn sich in seinem Umfeld überhaupt noch mal jemand eine einfängt, dann eigentlich nur sein kleiner Bruder, und das möglicherweise sogar weniger aus angestauter Wut als aus Tradition.

Sogar noch verblüffender als der Umstand, *wo* Ahmid sich quasi reflexhaft hinbegibt, wenn er spürt, dass sich der Puls beschleunigt, und *was* er dann dort macht, ist allerdings, *wer* er dabei ist. Ganz gleich, wo Pirlo sich hinter seinem Bruder herschleppt, die Leute begrüßen ihn mit Handschlag, Lächeln, manchmal sogar mit Umarmungen. Verblüffenderweise schließt das auch die Frauen mit ein.

»Ich kann immer noch nicht fassen, dass es dir möglich ist,

irgendwo kein Arsch zu sein«, keucht Pirlo, während er sich zu einem Sit-up hochquält.

»Die einen sagen so, die anderen sagen so«, antwortet Ahmid grinsend. »Wobei die anderen die Leute hier sind. Und du bist der eine.«

»Der was davon sagt?«

»Haha.« Ahmid verdreht die Augen. »Schlaumeiere hier nicht rum. Halt den Mund. Mach einen Sit-up. Damit hast du genug zu kämpfen.«

Was richtig ist. Wobei es sich für Pirlo so anfühlt, als könne man »genug« womöglich auch durch »zu viel« ersetzen. Immerhin: Zweimal quält er sich noch hoch. Dann rollt er sich zur Seite und greift nach seinem Telefon.

»Nicht mogeln«, warnt Ahmid.

»Mach ich nicht.«

»Dir ist schon klar, dass ich dich sehen kann?«

»Dann wird dir auch auffallen, dass ich mich nicht drücke«, keucht Pirlo zurück, während er weiter nach seinem Telefon angelt. »Sondern nur die Prioritäten verschiebe. Und zwar dorthin, wo sie eigentlich liegen sollten.«

»Alter, der letzte Beitrag von diesem Lauch ist keine drei Stunden alt. Seitdem ist keiner umgebracht worden, keiner hat ein Tor geschossen, und nicht mal du hast was aufs Maul bekommen. Worüber soll der denn dann schreiben?«

»Fleischmann? Über gar nichts.«

»Und wonach willst du dann angeblich so wichtig schauen?«

Pirlo tippt auf seinem Telefon herum und streckt es dann seinem Bruder hin. »Nach dem hier!«

Ahmids Blick bleibt auch dann noch skeptisch, als er das Gerät in der Hand hält. »Was ist das?«

»Die Kommentarspalte.«

»Und was schreiben die Leute dort so?«

»Lies es selbst. Und denk dran, wo du gerade bist.«

»Warum?«

»Weil das mit der Aggressionsbewältigung nicht in die Hose gehen darf, wenn du ausnahmsweise nicht deinem pawlowschen Fitnessstudioreflex folgen kannst.«

Ahmid verzieht den Mund. »Bist du bescheuert? Wir sind doch schon da.«

»Eben. Aber woher soll ich denn wissen, ob der Weg das Ziel ist. Oder der Weg der Weg.«

Ahmid ringt erkennbar noch kurz damit, welcher Spruch als Antwort richtig ist. Dann beschränkt er sich aber einfach darauf, Pirlo gemächlich wieder zurück in die Horizontale zu drücken. Und zwar mit dem Fuß. Pirlos damit einhergehende Schnappatmung nutzt Ahmid für die Posts, die Pirlo ihm hingehalten hat. Er liest. Runzelt die Stirn. Und wird blass.

Als sich Pirlo mühsam wieder insgesamt aufgerichtet hat, nimmt er seinem Bruder langsam das Telefon aus der Hand. Seinen fragenden Blick beantwortet er mit einem Nicken. Das ist jetzt auch tatsächlich mal nicht der Platz für pseudocooles Rumgelaber. Sondern für echten Ernst. Leider.

»Meinen die das so, wie sie es schreiben?«, fragt Ahmid.

»Was weiß denn ich?«

Mehr fällt Pirlo dazu beim besten Willen nicht ein. Ahmid überlegt aber ohnehin allein weiter. »Wobei, wenn sie es nicht so meinen, warum sollten sie es dann posten?«

»Hm.«

»Das ist aber noch nicht das Krasseste.«

Pirlo ahnt, worauf er hinauswill.

Ahmid sieht ihn irritiert an. Er wirkt überfordert. Ausnahmsweise mal zu Recht. »Hast du gesehen, *wie viele* das sind?«

»Ja«, antwortet Pirlo. Er scrollt mit dem Daumen durch die

in den letzten Stunden angesammelte Liste. Der Durchlauf findet dabei kein Ende. Ein Kommentar reiht sich an den nächsten. Manche sind so, manche sind so. Aber viele gehen doch in eine sehr bestimmte Richtung. Bamm. Bamm. Bamm!

16.

ABENDLANDAUFRECHTE.

In der Nacht

Irgendwann nach Mitternacht sitzt Pirlo zu Hause an seinem Computer und überlegt, ob er gerade zündelt. Oder ob er sich einfach nur wehrt. Und ob es auf den Unterschied überhaupt ankommt.

Zur Sicherheit steht er auf, kocht noch einen Tee und dreht die Schallplatte um. Bob Dylan. Was Ruhigeres also. Genau das, was er braucht. *My Back Pages* rollt langsam durch den in warmes Licht getauchten Raum. Ein Song über Einsicht und so weiter. Wenn es damit denn so einfach wäre.

Fleischmann hat eine Tür geöffnet, durch die viele gegangen sind. Viele, viele sogar. Möglicherweise hat der Journalist das noch nicht einmal beabsichtigt. Warum auch? Was er verkaufen will, ist schließlich eine Geschichte rund um Mord und Totschlag. True Crime, Fußball und so weiter. Der kulturelle Hintergrund seiner Protagonisten kann ihm dabei nicht nur fast egal sein. Wird er zu groß, lenkt er am Ende vom eigentlichen Thema ab.

Pirlo ist sich daher sogar *sicher*, dass Fleischmann das Thema nicht wollte. Dafür spricht schon, dass er die Kommentarspalte überhaupt offen gelassen hat. Seine Fragen, diese zehn, zwanzig Wörter, auf die es ankommt, sind ihm möglicherweise einfach nur durchgerutscht. Casual. Wie das manchmal so ist.

Das Umfeld von Serdar Tuncay wirft Fragen auf: Warum braucht ein Sechzehnjähriger, der nach seinem Tor gegen die Fortuna noch von Joachim Merkert, der treuen Seele des Vereins, vertreten wurde, plötzlich einen Berater? Warum muss das mit Dr. Anton Pirlo ein bekannter Strafverteidiger sein, der bisher mehr mit arabischen und albanischen Clans zu tun hatte als mit Fußball? Und warum setzt dessen Kanzlei mit Ahmid Khatib zur Unterstützung des Eintracht-Düsseldorf-Talents im Alltag ausgerechnet einen mehrfach verurteilten Straftäter ein?

Das war es im Prinzip schon. Fleischmann bezieht sich auf Fakten. Pirlo hat Mandanten aus diesem Umfeld verteidigt. Die Sportberatung gehört noch nicht lange zu seinem Portfolio, genau genommen sogar erst seit wenigen, übrigens durchgehend unruhigen Tagen. Ahmid ist ein verurteilter Straftäter. In den letzten Jahren ist er zwar deutlich ruhiger geworden. Mit den Verurteilungen in seiner Jugend hätte er allerdings problemlos eine Einzimmerwohnung tapezieren können, Küche und Bad inklusive. Unklar ist zwar, woher Fleischmann das weiß. Dass es inhaltlich richtig ist, steht allerdings nicht zur Diskussion.

Ansonsten bleibt Fleischmann seinem Erfolgsrezept treu. Fragen stellen. Die Leser zum Spekulieren einladen. Locken. Nichts, wogegen die Kanzlei rechtlich wirklich etwas unternehmen könnte. Dazu bewegt er sich hier viel zu nah an einem: »Das wird man ja wohl noch fragen dürfen!« In Kombination mit dem Bild, in dem sich Pirlo eine Gerade von dem blonden Hünen einfängt, hat sich allerdings in der Kommentarspalte ein Eigenleben entwickelt, die sich in Richtung »Das wird man ja noch sagen dürfen!« verschoben hat. Und zwar deutlich.

Den Auftakt macht einer, der sich @Lord_Argwohn nennt.

Auch er stellt eigentlich nur Fragen. Ihr Tempo ist allerdings ein ganz anderes. Für ihren Inhalt gilt das erst recht.

»Wie lange sollen wir eigentlich noch dabei zusehen, wie die Schwarzköpfe unseren Fußball unterwandern? Wann macht unsere Gesellschaft endlich die Augen auf?«

Ab da geht es richtig los. Gegenüber dem, was folgt, sind Merkerts Bombenleger-Provokationen fast neckische Spielereien. Dabei findet übrigens auch Fleischmann nicht nur Freunde.

»Wie kann man nur so naiv sein und sich ernsthaft wundern, dass diese Leute sich von irgendjemand anderem vertreten lassen als ihresgleichen? Auch wenn es Herrn Fleischmann nicht passt: Kaum haben die Deutschen mal einen davon aufgebaut, wird er direkt zurück in den Wüstenstamm getrieben!«

»Araber bleibt Araber bleibt Araber! Wann wollen wir das endlich verstehen?«

»Es ist doch immer dasselbe: Kaum kann einer von denen mal was, soll er für einen von ihren Diktatoren spielen, und wir Schlafschafe schauen wieder nur zu, wie sie die Talente unserer Nationalmannschaft wegklauen!«

Was wiederum nicht unwidersprochen bleibt. »Dort spielen doch auch nur solche!«

Und so weiter. Pirlo hat die Zahl schon mehrfach nachgesehen. Mittlerweile kann er sie sogar selbst glauben. In der ersten Stunde gab es satte fünfhundert Posts. Der Schwarm hatte Fleischmanns Beitrag entdeckt – und sich dann darunter breitgemacht.

Immerhin hatte es eine ganze Weile gedauert, bis der erste Schwenk zu Sophie kam. Ausbleiben konnte er trotzdem nicht. Natürlich nicht. Der Schutz für die »blonde Unschuld, die offensichtlich auch mit runtergezogen wird« fiel allerdings überschaubar aus, nachdem @helmutpasstauf darauf hingewiesen hatte, dass ihr Vater a) ein Vertreter des Großkapitals und b) wegen irgendwelcher Machenschaften im Knast gelandet war. Von da an war auch sie untendurch.

Was dann noch blieb, war das *eigentliche* Thema. Das, worauf es Fleischmann ursprünglich angekommen war. Die Morde. Nur eben jetzt mit einem glasklaren Ausländerkontext. Na halleluja! Wie viel besser konnte es für die Abendlandaufrechten denn laufen?

Pirlo brauchte jedenfalls nicht lange, um zu begreifen, dass Grobulla ihm wahrscheinlich nicht weniger als seinen Job gerettet hatte, als er die Untersuchungshaft seines Lieblingsverteidigers geheim hielt. Das, was Pirlo im Internet findet, übertrumpft sich dahingehend sowieso schon an Vermutungen. Wenn man es überhaupt so nennen will. Eigentlich *weiß* man ja, was passiert ist. Die Schwarzköpfe haben den Kartoffelmanager, der sich vor den Jungen gestellt hat, um die Ecke gebracht. Als der Präsident sich gewehrt hat, musste der als Nächster dran glauben. Hat der Kanakenanwalt den Jungen denn seitdem unter Vertrag oder nicht? Hat er nicht von dem Sohn des Präsidenten vor versammelter Mannschaft eins auf die Fresse bekommen? Hat Fleischmann nicht geschrieben, dass man bei den Toten Stichverletzungen festgestellt hat? Na? Hat man, oder hat man nicht? Und wer ist denn bekanntermaßen schnell mit dem Messer? Na bitte! Na also! Nur weil von denen noch keiner im Knast ist, heißt das schließlich nicht, dass die das nicht waren. Im Gegenteil, die werden ja geschont, wo es nur geht. Womöglich wird deshalb sogar umgekehrt ein Schuh draus: *Weil* die noch nicht im Knast sind, ist doch klar, dass sie hinter den Morden stecken. Oder so.

»Ärger dich nicht«, hatte Sophie vorhin am Telefon gesagt. »Zumindest nicht zu viel. Kühl deine Wunde, ruh dich aus und lass uns morgen in der Kanzlei darüber sprechen, was wir tun. Beziehungsweise, ob wir *überhaupt* was machen.«

Arland hatte sich ähnlich geäußert. »Nimm es hin, Junge. Kein Mensch interessiert sich für die *POST* und erst recht nicht für deren Kommentarspalte. Die paar Verrückten dort kannst du einfach ignorieren. Wahrscheinlich sind das sowieso nur drei Leute, die mit ihren mehrfachen Accounts das Internet vollschmieren.«

Den Vernunfthattrick machte schließlich Ahmid voll. Ausgerechnet. »Lass das gut sein. Du kannst die sowieso nicht alle verhauen. Und mit diesem Fleischmann wird es am Ende nur noch schlimmer. Denk einfach an diesen kleinen Inder, mit dem du mir früher auf die Nerven gegangen bist. Den mit der Brille.«

Pirlo hat sofort gewusst, wen er meinte. Mit dem Beginn seines Studiums hatte er die Lehren Gandhis entdeckt und bei seinem Bruder in der Praxis erprobt. Mit, vorsichtig formuliert, wechselndem Erfolg. Das Buch ist immer noch in seiner Wohnung. Auch nach dem Spruch, den Ahmid meint, muss er nicht lange suchen. Pirlo hat ein Post-it angebracht, damit er ihn immer parat haben konnte, wenn Ahmid mal wieder auf dem Weg zur Höchstform war. Oder wenn er ihn selbst dorthin bringen wollte.

Hass kann nur durch Liebe überwunden werden. Ein echter Gandhi eben. Der in dieselbe Richtung geht wie das, was auch diejenigen, die noch leben, erklärt haben. Womit sie ja recht haben mögen. Gandhi sowieso. Nur musste der auch keinen entsetzen Spielervater beruhigen und keine in die Pleite steuernde Kanzlei retten. Jedenfalls nach allem, was Pirlo weiß.

Er streckt den Rücken durch, steht auf, geht in die Küche, kocht jetzt doch einen Kaffee, setzt sich wieder hin, genießt das Privileg, von wohlmeinenden Menschen beraten worden zu sein. Und entscheidet sich anders.

Der Rest geht schnell. Pirlo hat LinkedIn auf dem Telefon. Er nutzt die App zwar nur, um sich durch ein gelegentliches Neidgestalke zu versichern, dass es seine ehemaligen Kommilitonen im Leben auch nicht wirklich besser erwischt haben. Treu bleibt er ihr aber trotzdem. Und warum auch nicht? LinkedIn ist das, was Facebook einmal war und was Instagram und TikTok nicht werden. Ein fresher Spielplatz für freshe Erwachsene, ein Ort, in dem sie gut ausgeleuchtet in die Kamera lachen können, während sie beseelt, erleuchtet und dankbar sind, aufwühlende Gedanken haben / fühlen / sharen zu dürfen, als Coach / Entrepreneur / New Work Evangelist. Oder eben Journalist. Und dann muss man noch nicht mal tanzen können.

Wie sich herausstellt, ist es alles andere als überkomplex, einen Beitrag zu verfassen. Als Pirlo kapiert hat, wo dafür welches Kästchen ist, legt er einfach los. Was er in etwa sagen will, ist ihm schließlich klar. Im Übrigen hilft der Autopilot. Zumindest hofft er das. Seine Finger fliegen über das Display. Wahrscheinlich tippen sie schneller, als er denkt. Vielleicht ist das nicht gut. Vielleicht ist es aber auch einfach egal.

> Herzlichen Glückwunsch zum großartigen Hetzerfolg von @andifleischmann!
> Mit geschickten journalistischen Winkelzügen gelingt es ihm in der @post zugunsten eigener Klickzahlen die Karriere eines aufstrebenden jungen Fußballers mit Migrationshintergrund im Handstreich zu ruinieren, indem er ihn in die Nähe von Kriminalität rückt und zugunsten seines eigenen True-Crime-Formates noch nicht einmal vor Mordspekulationen zurückschreckt. Und das Internet dankt es ihm.

Meine Fragen an die Community da draußen: Wo hört Verständnis auf? Und wo fängt Feigheit an?
#nachdenklich #hatespeech #deutschland

Unter dem Post fügt Pirlo einen Screenshot des Kommentarspalten-Beitrags seiner neuen Bekannten Lord Argwohn und des Aufpasserhelmuts ein. Dann überwindet er sich und liest noch einmal über seinen Text. Wenig überraschend findet er ihn absolut großartig. Andi Fleischmann ist namentlich erwähnt. Die Fragen an die Community haben mit nichts irgendwas zu tun. Es kann also jeder schreiben, was Pirlo will. In welche Richtung das geht, lassen schon die Hashtags erkennen. Kurz überlegt er noch, ob er irgendwas in Richtung »Quo vadis, Gesellschaft?« anfügen soll, oder ein krampfig abgewandeltes Heine-Zitat. »Denk ich an die Migrationsdebatte in der Nacht, bin ich um den Schlaf gebracht.« Irgend so was.

Hm. Schlecht wäre das wahrscheinlich nicht. Andererseits: So ist es eigentlich schon deep genug. Außerdem ist es ja auch wichtig, bei all den Weisheiten die eigene nicht zu vergessen: Erst schlagen, dann fragen. Denkt er. Und macht es dann genau so.

Pirlo klickt auf Senden. Dann wartet er ab.

17.

WENN'S LÄUFT.

Am nächsten Morgen

Am nächsten Morgen geht es schnell und läuft gut. Beides ist zwar ungewöhnlich, dafür aber umso mehr willkommen. Der Erfolg ist so beachtlich, dass noch nicht einmal Sophie wütend ist, weil Pirlo einmal mehr unabgestimmt nach vorn geprescht ist. Arland ist sowieso alles recht, was nichts mit neuen Katastrophen zu tun hat. Ahmid ist zufrieden damit, dass er nichts beitragen muss, und Pirlo ist sowieso fest entschlossen, nichts zu hinterfragen. Die Lage entwickelt sich also eigentlich ganz gut. Ausnahmsweise mal.

Der frohe Reigen beginnt um kurz nach acht. Unter normalen Umständen ist Pirlo zu einer derart unchristlichen Stunde noch nicht so recht unter den Lebenden. Diesmal hat er allerdings das Gefühl, dass bei LinkedIn etwas lauern könnte. Was sich als zutreffend herausstellt. Und dann auch noch richtig gut ist.

Sein Beitrag hat schon am – jedenfalls aus Pirlos Sicht frühen – Morgen über tausend Likes. Pirlo selbst hat zwar nicht viele Netzwerkkontakte. Seinen Beitrag haben aber ein paar Lawfluencer geteilt. Einige Politiker. Und vor allem die *POST*. Wobei das nur ein Teil der Wahrheit ist. In ihrer ganzen Pracht gehört dazu, dass die *POST* klein beigegeben hat. Ihren Fehler anerkennt. Sich entschuldigt und danach auch Andi Fleischmann dazu gezwungen hat. Was zwar nirgends steht. Die Chronologie der Beiträge spricht allerdings für sich. Ihr Gleichlauf mit dem allgemeinen Rassismus-geht-gar-nicht-auch-und-oder-erst-recht-nicht-wenn-man-ihn-versteckt-und-Medien-können-sich-nicht-alles-erlauben-Vibe ebenso.

Die persönliche Nachricht, die Fleischmann nur für dessen Augen in Pirlos LinkedIn-Briefkasten hinterlassen hat, hilft bei der Aufklärung natürlich auch ein Stück weiter.

> Herzlichen Glückwunsch. Sie haben gewonnen. Ein Arschloch sind Sie aber trotzdem.

Pirlo findet allerdings erst gar keine Zeit, um zu entscheiden, ob er sich über Fleischmanns Nachricht freut, ärgert oder sie einfach auch direkt wieder posten will. Ehe er über solche Fragen nachdenken kann, ruft das öffentlich-rechtliche Fernsehen an. Ob er nach Hamburg kommen könne. In Bahrenfeld werde am Nachmittag eine Talkrunde aufgezeichnet. Dafür wolle man ihn gern gewinnen. Thema: *Hass im Stadion – Ein Problem der Kurve oder ein Spiegel der Gesellschaft?* Die Redakteurin habe ihn auf LinkedIn gesehen. Tatsächlich findet Pirlo sie, noch während er ihr telefonisch zusagt, unter seinen dreiundsiebzig neuen Vernetzungsanfragen. Ines Schulmann hat rote, lockige Haare, grüne Augen und ein Lächeln, das wahrscheinlich verwegen wirken soll. Pirlo betrachtet das Foto. Er freut sich. Das Leben ist gut. Vielleicht sogar *so* gut, dass er am Abend herausfinden kann, ob er ihr Lächeln richtig gelesen hat.

Auf dem Weg nach Hamburg leistet auch die Deutsche Bahn ihren Teil. Hier liegt er darin, auf den zwanzig Gleiskilometern zwischen Düsseldorf und Essen erst eine routinierte Stunde Verspätung zusammenzusammeln, womit sie Pirlo immerhin wissen lässt, dass das alles kein Traum ist, sondern tatsächlich passiert. Dann kommt sie, o Wunder, trotzdem gerade noch pünktlich in Altona an. Ein aufgeregter Sendervolontär sammelt Pirlo schon am Gleis ein und begleitet ihn zu einem dunklen SUV, auf dessen Rückbank eine Frau Schulmann sitzt, die im wahren Leben sogar noch bemerkenswerter ist als auf dem Foto. Ihr Lächeln übrigens ebenso.

Kurz vor Beginn der Aufzeichnung trifft er die weiteren Teilnehmer der Talkrunde. Der Moderator ist ein nervöser Mensch mit zeitlosem Gesicht und strengem Gelscheitel, der jeden Satz dreimal neu beginnt. Auf der Fahrt hat sich Pirlo die letzten beiden Folgen seiner Sendung angesehen. Von dieser Stelle droht keine Gefahr. Dasselbe gilt für den Manager eines Bundesligavereins, in dem ein muslimischer Spieler ein Tor mit dem Tauhid-Finger bejubelt haben soll, was einen Boulevardaufklärer dazu inspiriert hat, ihn auf *X* als Islamisten zu bezeichnen, eine Spielerin des deutschen Frauen-Meisters aus München, die über eine Flut ungefragt zugesendeter DickPics berichtet, und den bebrillten Chefredakteur eines Fußballmagazins, der sich gegen Homophobie einsetzt.

Immerhin er haut ein paar Rätselhaftigkeiten raus: »Wohlgemerkt, es geht überhaupt nicht darum, aus Stadien verkappte Benimmschulen zu machen. In den meisten Arenen geht es ohnehin schon viel zu gesittet zu. Soll heißen: Wer auf die Etikette achtet und der Meinung ist, dass der Bessere gewinnen soll, kann gern zum Handball oder Basketball gehen. Beim Fußball hingegen fehlt ohne gepflegte Pöbeleien und treffsichere Herabwürdigung die nötige Würze.«

Wirklich viel streiten kann man darüber allerdings nicht. Der Moderator gibt sich zwar Mühe und fragt in die Runde, was denn »gepflegte Pöbeleien« seien. Für den Redakteur ist aber auch hier alles klar: »Ein Problem haben wir überall dort, wo Rufe schon bei kurzzeitigem Einschalten des Hirns als menschenverachtend und diskriminierend zu erkennen sind.« Danach schaut er triumphierend in die Runde. Leisten kann er sich das. Wer will ihm schon ernsthaft widersprechen? Und wer hat überhaupt Bock, sich auf eine Debatte darüber einzulassen, was noch-nicht-menschenverachtend oder gerade-so-keine-Diskriminierung sein könnte? Bei einem Weltoffenheitsformat? Im Fernsehen? Na eben.

Das führt dazu, dass noch mehr Zeit für Pirlo bleibt. Was ja auch ganz schön ist.

»Müssen wir unsere Talente mehr schützen?«, fragt der Moderator. Es ist ein Elfmeter ohne Torwart.

»Ganz bestimmt«, antwortet Pirlo. Er spricht langsam und bemüht sich, nicht zu lächeln. Selbst wenn das hier viel zu einfach ist. Im Übrigen verlässt er sich auf seine tiefe Stimme. »Wobei das nicht nur Übergriffe von Seiten der Stadionbesucher betrifft, sondern auch solche aus den Medien.«

Dann ist endlich Zeit für seine Geschichte. Da Fleischmann die gesamte Hamza-Tragödie hervorgekramt hat, kann Pirlo sogar darauf aufsetzen und einfließen lassen, dass und warum sich um Serdar keine selbst ernannten Spielerberater, sondern renommierte Anwälte kümmern. Die übrigens im Hauptberuf eine Strafrechtskanzlei leiten. Dass es sich um eine handelt, die dringend neue Fälle gebrauchen könnte, lässt Pirlo weg. Den Namen ebenfalls. Ausnahmsweise. Die Reklame dürfte aber auch so hinreichend deutlich sein. Wie gesagt: Wenn's läuft, dann läuft's. Es wundert ihn daher schon fast nicht mehr, wie lange er sprechen darf, ohne dass ihn jemand unterbricht.

»Jedenfalls dürfen wir bei allem Verständnis für das Bedürfnis nach einer schnellen Schlagzeile nicht die davon betroffenen Menschen vergessen. Wer weiß, ob Serdar Tuncay der nächste Lukas Podolski ist? Wer weiß, ob er einer dieser selten gewordenen Stars sein kann, die es auch ohne die Rückendeckung eines Nachwuchsleistungszentrums schaffen? Wer weiß, ob wir in ein paar Jahren nicht sogar über das neue leuchtende Vorbild für gelungene Integration sprechen?« Pirlo hebt die Hände. Jetzt darf er auch tatsächlich mal lächeln. »Ich kann das alles heute bestimmt noch nicht sagen. Was wir aber jetzt schon *wissen*, ist, dass wir den Jungen Fußball spielen lassen sollten. Was in dem Verein um ihn herum geschehen ist und geschieht, ist ohne Zweifel eine Tragödie. Es ist allerdings auch eine, die mit meinem Spieler ganz bestimmt nichts zu tun hat.«

Was ein gutes Schlusswort wäre. Alle nicken. Alle sind einverstanden. Alle scheinen aber auch nichts dagegen zu haben, dass Pirlo noch weiterplaudert. Dem fällt sogar eine situationsadäquate Weisheit ein: *Sprich nur, wenn du das Schweigen verbessern kannst.* Wieder Gandhi. Aber den hat er ja schon einmal erfolgreich ignoriert. Außerdem: Was weiß der schon darüber, wie es ist, unschuldig verfolgt zu werden? Was, na ja, vielleicht doch kein guter Vergleich ist. Jedenfalls, was weiß der schon darüber, unschuldig von *Grobulla* verfolgt zu werden? Eben. Nichts. Demgegenüber kann man also durchaus mal nachtreten. Und warum auch nicht? Grobulla hat schließlich angefangen.

»Die Aufklärung dieser tragischen Todesfälle liegt in den Händen der Staatsanwaltschaft. Sie allein hat die Aufgabe, zu klären, ob und wie die beiden verstorbenen Vereinsverantwortlichen sich in falsche Gesellschaft begeben haben. Man kann jemanden schließlich auch umbringen, ohne dann gleich noch die Augen auszustechen. Wenn die Staatsanwaltschaft ihre Ermittlungen nicht gebacken bekommt, ist das aber allein ihr Problem. Ganz bestimmt darf sie dann nicht in ihren üblichen Aktionismus ausbrechen und einfach irgendwen wegen irgendwas verhaften.« Pirlo bemerkt, wie der Moderator klappspatenmäßig nach vorn zuckt. Gesund sieht das nicht aus.

Glücklich ebenfalls nicht. Zeit also, den Monolog hier rund zu machen. Schließlich geht es um Serdar. Zumindest auch. »Im Ergebnis ist es daher wichtig, dass wir unseren Nachwuchskickern nicht nur die Chance geben, sich auf dem Platz zu entwickeln, sondern auch daneben.«

Alle nicken. Auch der Moderator. Pirlo lächelt in die Kamera. Hat er also doch noch mal die Kurve bekommen.

Danach gibt es ein gemeinsames Bier an der Bar des Senders. Alle scheinen zufrieden zu sein. Irgendwer reißt den halb lustigen Witz, dass es wahrscheinlich noch nie eine bessere Fernsehwerbung für eine Spielerberatung gab – und dann auch gebührenfinanziert. Pirlo lässt es gut sein. Zum einen ist es schön, auch mal einen Streit liegenzulassen. Und zum anderen stimmt es ja sogar.

Als sich die Runde auflöst, taucht Ines Schulmann auf und fragt, ob sie Pirlo zur Bahn bringen soll. Oder woanders hin. Sie lächelt. Er auch. Dann entscheidet er sich für woanders. Wenn's läuft, dann läuft's. Sogar bei ihm.

18.

KEIN GLÜCK.

Am nächsten Mittag

»Vielleicht ist das manchmal so. Erst hat man kein Glück, und dann kommt auch noch Pech dazu.« Pirlo klingt kleinlaut. Was jetzt aber auch nichts mehr bringt.

Sophie schüttelt genervt den Kopf. »Spar dir deine Floskeln!«

»Das war ein Fußballzitat.«

»Dann spar dir deine Fußballzitate! Wobei, warte: Spar dir *gerade* die.«

Er holt schon Luft, um zu widersprechen, scheint dann aber ihren Blick zu bemerken. Wenn der auch nur im Ansatz so wütend ausfällt, wie sie es *ist*, sollte das tatsächlich genügen, um für Ruhe zu sorgen. Selbst bei einem Herrn Pirlo. Es spricht insofern für sich, dass er sich offensichtlich nur sammeln musste. Als sich tatsächlich schon der nächste Anlauf abzeichnet, streckt sie ihm die flache Hand entgegen. »Lass es einfach!« Immerhin: Der Schweigefuchs wirkt. Sophie lässt den Arm sinken. »Lass *mich* einfach!«

Sie wendet sich ab und verlässt den Besprechungsraum in Richtung ihres Büros. Sie kommt bis zur Tür. Dann kann er es doch nicht gut sein lassen. Natürlich nicht.

»Du weißt aber schon, dass das gerade ziemlich unfair ist, oder?«

Einen Augenblick verharrt ihre Hand auf der Klinke. Dann entscheidet sie sich doch dagegen, sie einfach runterzudrücken und sich dorthin zurückzuziehen, wo sie sich von all dem erholen kann, was allein in der letzten Stunde schon wieder los war. Von Pirlo sowieso.

»Warum?«

Für einen Moment scheint er überrascht zu sein, dass das Gespräch doch nicht endet. Direkt darauf schaltet er aber auch schon wieder um. Reden kann er schließlich. Leider weiß er das auch selbst. Und verlässt sich ganz möglicherweise ein kleines bisschen zu sehr darauf, dass das, was er von sich gibt, schon irgendwie schlau sein wird.

»Das ist es aber nicht.«

»Was ist was nicht?«

»Schlau.«

»Entschuldige: Was?«

Sophie schüttelt sich. Sie sollte sich zusammenreißen. Ein Gespräch mit Pirlo ist anstrengend genug. Dabei zu ihm durchzudringen, sogar eine echte Herausforderung. Es genügt daher völlig, wenn sie sich mit dem auseinandersetzt, was er tatsächlich sagt. Ihre Gedanken darüber kann sie auch nachher noch ordnen. Wenn sie dann noch den Nerv dazu hat.

»Ich meine deinen Auftritt im Fernsehen.«

»Das ist mir klar. Entgegen deiner Annahme bin ich nicht total bescheuert.«

»Warum verhältst du dich dann so?« Ernsthaft: Warum eigentlich? »Und warum immer wieder?« Sie stemmt die Hände in die Hüften. »Ist dir eigentlich klar, dass diese Sendung keinerlei Schaden hätte herbeiführen müssen? Weder für dich, noch für Serdar, noch für irgendwen? Wenn wir schon beim Fußball bleiben müssen: Das war ein Elfmeter ohne Torwart! Und das, *obwohl* es um Fußball ging! Ist dir eigentlich klar, wie wenig wahrscheinlich es war, dass du das verkackst?« Pirlo kommt zu keiner Antwort. »Lass mich dir ein Beispiel geben, mein Lieber: Das letzte Mal, dass der Düsseldorfer Fußball im Fernsehen vorkam, war, als die Fortuna die Relegation geschafft hat und die Zuschauer vor dem Abpfiff auf den Rasen gerannt sind. Danach hat Johannes B. Kerner im Fernsehen eine Schaufensterpuppe an einem Fanschal angezündet, um zu zeigen, dass Pyrotechnik gefährlich ist. *Das* ist die Messlatte für journalistische Tiefe, wenn es um Fußball geht! Aber selbst die hast du mühelos unterboten und die ganze Angelegenheit einfach eigeninitiativ abgefackelt.«

»Was ...?«

»Komm mir nicht mit *was*!« Sophie ist jetzt in Fahrt. Aber mal so richtig. »Du weißt genau, was ich meine! Ein gut vorbereiteter Mensch, ein *echter* Berater, hätte die Gelegenheit genutzt und Serdar als Marke positioniert, als kommenden Superstar, der sich gegen alle Umstände und Widrigkeiten durchsetzt. *Cinderella story* und dann auch noch *against all odds*! Ein souveräner Beistand hätte das Gespräch gelenkt und dafür gesorgt, dass Serdar Tuncay, *unser* Spieler, ein junger Mann mit vielen Talenten, Angreifer, Influencer, Identifikationsfigur, danach jemand ist, mit dem das ganze Land mitfühlt und mitfiebert, der nicht nur ein Traumtor schießen kann, sondern auch jemand ist, der ans Herz geht, der eine Zukunft hat, die wir ihm nicht verbauen dürfen, den die großen Vereine nicht nur als sportliche Verstärkung haben wollen, sondern geradezu haben *müssen*!«

Pirlo schluckt. Das ist ganz schön viel in kurzer Zeit. Und dann hat Sophie zu allem Überfluss auch noch recht. Trotzdem kann er das nicht einfach so stehen lassen. Er *muss* einfach etwas dazu sagen. Am besten etwas Schlaues. Und zwar nach Möglichkeit *jetzt*.

»Ach komm schon …«

»Nichts, *ach komm schon*!« Sie klingt schrill. Aber hey, sie *fühlt* sich auch so. »Genau das ist nämlich das Problem. Du baust irgendwelchen Scheiß und denkst, dass du danach mit diesem Ach-komm-schon-Gebrumme davonkommst. So läuft das aber nicht! So läuft das übrigens auch sonst nie!«

Pirlo stutzt. Dreht an den Haaren. Und geht zum Angriff über. »Ich baue also irgendwelchen Scheiß?«

»Allerdings.«

»Indem ich mich ins Fernsehen setze und Werbung für unsere Kanzlei mache?«

»Die nichts bringt.«

Er wirft die Arme in die Luft. Die Haare fliegen mit. »Es ist *halb elf* am Folgetag! Wie, um alles in der Welt, willst du wissen, dass die Leute, die mich gesehen haben, sich nicht noch dazu melden?«

»Um was zu tun? Dir sagen, dass du so schön über dich erzählt hast und dich für dein Thema mit der Staatsanwaltschaft zu bedauern?«

Pirlo verdreht die Augen. »Das war ja klar.«

»Was?«

»Ach, nichts.«

Was albern ist. Vollkommen sogar. Schon deshalb wäre es falsch, sein trotziges Gehabe mit einer Reaktion aufzuwerten. Nur ist vernünftig denken und vernünftig handeln eben nicht immer dasselbe. In Perfektion hat sie das von ihm gelernt. Wahrscheinlich ist er also auch noch daran schuld.

»Was war klar?«

Pirlo ist zurück in den Besprechungsraum, Sophie allerdings hinterher. »*Was* war klar?«

Er zuckt mit den Schultern. »Dass du damit auch wieder ein Problem hast.«

»Wenn ich von Werner erfahre, dass du im Fernsehen bist, *während* du im Fernsehen bist? Ja, klar, kann schon sein, dass ich damit ein Problem habe, mein Lieber! Vielleicht liegt das auch einfach daran, dass es ein verdammtes Problem *ist*! Erst recht, wenn ich dir dann dabei zusehen kann, wie du es auf deine ganz eigene, bezaubernde Art immer größer machst.«

»Du fandest mich also bezaubernd?«

»Nein!«

»Ein bisschen zumindest?«

Sie atmet aus. Lange. Und viel. So kommen sie hier nicht weiter. Weder mit Sticheleien noch mit Vorhaltungen für etwas, das sowieso schon geschehen ist, erst recht nicht mit irgendwelchem pseudocleverem Streitgehabe. Es fehlt dafür nicht nur an den erforderlichen Nerven, sondern vor allem auch an der notwendigen Zeit.

»Hör zu, Pirlo, ich kann das so nicht.«

Er sieht sie überrascht an. Der Wechsel in ihrer Tonlage ist ihm also aufgefallen. Der in ihrer Stimmung eventuell auch. Wenn auch möglicherweise zu spät.

Sie fährt fort. »Ich weiß, dass du das gestern gut gemeint hast. Dass du die Chance gesehen hast und nicht das Risiko. *Erst schlagen, dann fragen* und so weiter. Mir ist das alles klar. Ich will auch gar kein Geheimnis daraus machen, dass ich diese Art mag. Beziehungsweise: Ich *mochte* sie. Wir sind damit ja auch weit gekommen. Es ist nur so, dass mir dabei auch etwas fehlt. Im Fußball würde man sagen: Wir müssten mal den nächsten Schritt machen. Und jetzt schau nicht so überrascht. Dir war doch klar, dass ich mir das alles ansehe. Wie diese Branche funktioniert. Wie sie denkt. Natürlich auch, wie sie spricht. Genau dieser nächste Schritt ist allerdings das Problem. Wir gehen ihn nicht. Nie. Stattdessen bewegen wir uns mal ein Stück vor, dann wieder ein Stück zurück. Unter dem Strich treten wir aber auf der Stelle.«

Sophie pausiert kurz. Sammelt sich. Holt Luft. Sie weiß, dass das jetzt möglich ist. Pirlo dreht langsam an seinen Haaren. Er hört ihr zu.

Als sie weiterspricht, klingt ihre Stimme ruhig, fast sanft. »Ich weiß, dass du es gut gemeint hast, Toni. Aber gut meinen und gut machen sind nun einmal nicht dasselbe. Es geht mir dabei auch nicht um irgendwelche Vorwürfe. Vielleicht liegt der Fehler einfach bei mir. Du bist, wie du bist. Du machst, was du machst. Immer und immer wieder. Ich bin diejenige, die das nicht einsehen will. Die sich darüber aufregt, dass du den nächsten Alleingang abziehst, die aber, ganz gleich, mit wie viel Wüten, Fluchen oder auch Bitten ich das zu verhindern versuche, am Ende damit leben muss, dass du einfach *irgendwas* machst, wovon du glaubst, dass das schon so passt, während die Konsequenzen daraus uns beide treffen.«

»Ich bin wirklich davon ausgegangen, dass uns das hilft.« Pirlo sieht traurig aus. Niedergeschlagen. Situationsangemessen.

»Ich weiß.« Sie ringt sich ein Lächeln ab. »Die Idee mit dem Post auf LinkedIn war ja auch gut. Wer hätte gedacht, dass das eine solche Welle nimmt?«

»Die gute alte Rassismuskeule.«

Sie lächelt schwach. »Genau die.«

Sophie weiß, dass sie noch nie weiter voneinander entfernt waren. Dass das nicht *irgendein* Gespräch ist, sondern eine echte Krise. Trotzdem will sie ihn jetzt am liebsten anfassen. In den Arm nehmen. In den Arm genommen werden. Ihn einfach *spüren*. Sie seufzt. Man kann über Anton Pirlo sagen, was man will. Intensiv ist es mit ihm jedenfalls immer. Im Guten wie im Schlechten.

»Eine Weile ist es ja sogar ganz gut gelaufen. Ich kenne niemanden, der es hinbekommt, aus einer eigentlich beschissenen Lage so viel Erfreuliches zu zaubern.« Sie lächelt. Auch wenn es Kraft kostet. »Das gilt bei dir eben leider auch umgekehrt.«

Sophie deutet auf den Besprechungstisch. Die einzelnen Seiten liegen noch genau dort, wo sie gelandet sind, als Pirlo vor einer halben Stunde die beiden frisch eingetroffenen Faxnachrichten durch den Raum geworfen hat.

»Du weißt, dass das absehbar war.«

»Dass die Staatsanwaltschaft gegen mich ein Ermittlungsverfahren wegen versuchter Strafvereitelung eröffnet?«

»Nachdem du ausgeplaudert hast, dass bei den beiden Mordopfern die Augen ausgestochen worden waren.« Sophie schüttelt den Kopf. »Wie *konntest* du nur? Die ganze Zeit hat es zu den Todesfällen von Merkert und Schmitz so gut wie keine Details gegeben. Noch nicht einmal Fleischmann hat in dieser Richtung irgendwas nach außen getragen, auch wenn das wahrscheinlich einfach daran lag, dass er nichts weiter wusste und es daher auch schlichtweg nicht *konnte*.«

»Das Ermittlungsverfahren ist trotzdem ein Witz«, murmelt Pirlo. Vielleicht merkt er sogar selbst, dass es lahm klingt.

»Natürlich ist es das«, antwortet Sophie so ruhig wie möglich. Es klappt nur nicht besonders lange. »Der Täter wird sicher nicht vor Angst und Schrecken erstarren, wenn er erfährt, dass die Staatsanwaltschaft weiß, dass er den Opfern die Augen ausgestochen hat – weil er das ja selbst war, verdammt nochmal!«

Sie spürt, wie ihre Wangen glühen. Ganz ausnahmsweise stört sie das allerdings nicht. Alles, was hilft, ihre Wut zu kanalisieren, ist willkommen. Und sei es auch ihr Gesicht.

»Was meinst du, wie lange es dauert, bis irgendein wacher Geist darauf kommt, die Frage zu stellen, warum *wir* das eigentlich wissen? Was *uns* das eigentlich angeht? Wieso kennen die Spielerberater von Serdar Tuncay Details aus den Ermittlungen zu zwei Morden, von denen sie doch gerade behaupten, dass sie *nichts* mit dem Jungen zu tun haben?«

Pirlo dreht an seinen Haaren. Offensichtlich hat sie einen wunden Punkt erwischt.

»Was glaubst du, wird Grobulla antworten, wenn ihn jemand darauf anspricht? Warum sollte er jetzt noch verschweigen, dass er dich *verhaften* hat lassen?«

»Zum Beispiel, weil ich unschuldig bin.«

Sophie lacht auf. »Das sagen *alle*!«

»Aber hier stimmt es! Er hat es, als er hier war, doch selbst zugegeben!«

»Er hat uns gewarnt, dass wir keinen Scheiß bauen sollen, Toni. Genau genommen hat er uns sogar darum *gebeten*! Und weißt du, was: Ich verstehe das. Es muss für Grobulla schlimm genug sein, dass in *seiner* Stadt, vor *seiner* Nase innerhalb sehr kurzer Zeit gleich zwei Menschen ums Leben kommen, die irgendwie zusammenhängen, ohne dass erkennbar ist, wie und warum. Zu allem Überfluss hat er dann noch einen Journalisten an der Backe, der die Geschichte gehörig aufbläst, während trotzdem nichts vorangeht. Vollends gelungen ist das Katastrophenpanorama aber natürlich erst, nachdem der ehemalige Hauptverdächtige die glorreiche Idee hat, darüber auch noch das gesamte *Land* zu informieren.«

»So war das nicht gemeint.«

»Natürlich nicht!« Sophies Arm schießt in Richtung der Papiere. »Wobei das ja noch nicht mal das ist, was *uns* am Härtesten trifft!«

Zu allem Überfluss wagt Pirlo ein schiefes Grinsen. »Komm schon, dieses Anwaltszeug kannst du doch nicht ernst nehmen?«

»*Dieses Anwaltszeug* ist eine strafbewehrte Unterlassungserklärung von den Rechtsvertretern der Familie Merkert. Bei unserem Glück ist es nur eine Frage der Zeit, bis wir auch noch eine von den Schmitz-Angehörigen erhalten.«

»Das ist doch lächerlich.«

»Ist es das? Ist es das *wirklich*? Ist es tatsächlich *lächerlich*, wenn ein erwachsener Rechtsanwalt, dem man weder auf den ersten noch auf den zweiten Blick ansehen kann, dass er nun mal die Neigung dazu hat, absolut hirnverbrannten Scheiß von sich zu geben, und bei dem man daher, leider, leider, davon ausgeht, dass er weiß, was er tut ... wenn so jemand also im *Fernsehen* sagt, dass Menschen, die gerade erst ermordet worden sind, in irgendwelche *Machenschaften* verstrickt waren?«

»Gewesen sein könnten.«

»Das macht es nicht besser!«

»Aus irgendeinem Grund wird man sie schon umgebracht haben.«

»Vielleicht ist das tatsächlich so.« Wann hat sie eigentlich das letzte Mal so laut geschrien? Und wann hat es dann trotzdem so wenig gebracht? »Aber das ist dann, verdammt nochmal, nicht unser Problem!«

»Das sage ich doch auch gar nicht.«

»Du hast es aber dazu gemacht!« Sie zeigt auf den Tisch. »Zweihundertfünfzigtausend Euro für jede Wiederholung dieser Behauptung!«

»So einfach ist das ja gar nicht.«

»Allerdings auch nicht so schwer! Es haben schon Leute Unterlassungserklärungen wegen weit weniger abgegeben.«

»Ich sage das ja nicht mehr.«

»Kann sein.« Sophie ist jetzt wieder ruhiger. Sie fühlt sich zwar nicht so. Das, was sie zu sagen hat, ist aber eine nüchterne Wahrheit – und sollte daher genau so vorgetragen werden. »Es kommen aber auch noch die Anwaltskosten für die Rechtsverfolgung dazu.«

»Und?«

Sie sieht ihn lange an. Schwarze Haare, die in eine Stirn fallen, auf der sich langsam tiefe Falten abzeichnen. Als sie den angespannten Blick dazu bemerkt, weiß sie, dass Pirlo die Antwort kennt. Und dass er Angst hat, sie zu hören.

»Wir können uns das nicht leisten, Toni. Wenn diese Forderung durchgeht, war es das endgültig.«

Die Klingel verhindert, dass Sophie erfährt, ob er dazu noch etwas sagen will. Ob er dazu überhaupt noch etwas sagen *kann*. Da Wang nicht mehr da ist, geht sie an den Empfang und drückt den Türöffner.

Pirlo folgt ihr mit gesenktem Kopf. »Wer ist das?«

»Keine Ahnung.«

»Hast du nicht gefragt?«

»Nein.«

Im Treppenhaus sind schnelle Schritte zu hören. Wer immer zu ihnen kommt, legt ein ziemliches Tempo an den Tag.

»Meinst du, es sind die Anwälte von Schmitz?«

Sophie weiß nicht, ob die Frage witzig sein soll. Es klingt nicht danach. Auch wenn es abwegig ist. Vielleicht ist Pirlo aber mittlerweile auch ernsthaft nervös. Oder einfach nur in der Realität angekommen, wie sie ist. Was ja durchaus dasselbe bedeuten kann.

»Das ist eine Unternehmerfamilie. Ich glaube nicht, dass sie auf Anwälte angewiesen sind, die ihre Post selbst ausliefern.«

Kurz darauf bestätigt sich das. Vor der Kanzleitür erscheint Michael Bartels. Nichts lässt erkennen, dass er die Treppe zu Fuß genommen hat. Seine Haltung wirkt frisch und ausgeruht. Sie passt damit allerdings nicht zu seiner Miene. Er scheint besorgt zu sein. Und zwar sehr.

Sophie übernimmt die Begrüßung. »Herr Bartels, ich hätte nicht gedacht, dass wir uns so schnell wiedersehen.«

Er verzieht den Mund. »Ich auch nicht.«

»Was können wir für Sie tun?«

Er deutet in Richtung der Kanzleiräume. »Haben Sie einen Moment für mich?«

Sophie wirft einen Blick über die Schulter. Pirlo steht immer noch an der Theke, hinter der ansonsten Wang sitzt. Falls er erleichtert sein sollte, dass nicht die Anwälte der Familie Schmitz geklingelt haben, sieht man ihm das jedenfalls nicht an. Im Gegenteil: Er sieht furchtbar aus.

Als sie sich wieder zu Bartels dreht, scheint der zu ahnen, wie ihre Antwort ausfallen soll. Er kommt ihr daher zuvor. »Bitte! Es ist mir wirklich wichtig!«

»Ich nehme an, es geht um Serdar?«

Er nickt. »Ja. Ich ...« Bartels sucht nach Worten. »Ich muss ihn aus der Mannschaft nehmen.«

»Jetzt? In dieser Form?«

Bartels senkt den Blick. »Ja.«

»Aber dann war es das für ihn.«

»Ich weiß. Es tut mir leid.«

19.

EFFENBERGANALOGIE.

Im Besprechungsraum

»Der Kaffee ist ganz schön stark«, murmelt Bartels. Dann lächelt er seine beiden Gastgeber an. Es ist die Zahnpastavariante, die er bereits auf dem Sportplatz an den Tag gelegt hat. Nur, dass diesmal keiner der beiden reagiert.

Pirlo fährt sich über den Bart. »Sie sind also den ganzen Weg von der Eintracht hierhergekommen, nur um uns zu erzählen, dass Serdar unter Ihnen nicht mehr für die erste Mannschaft spielt?«

Bartels zieht einen Mundwinkel nach oben. »Es ist leider nicht so, dass wir die Gelegenheit haben, den ganzen Tag auf dem Vereinsgelände herumzuhängen. Ich trainiere die Mannschaft zwar fünfmal die Woche. Ansonsten arbeite ich aber als Sportlehrer im Heine-Gymnasium. Ich bin daher auf dem Weg vom einen zum anderen von zu Hause gekommen. Meine Wohnung ist nicht weit von hier.« Er kratzt sich so intensiv an seinem Dreitagebart, dass bei Pirlo der Gedanke aufkommt, Bartels könne auf seine Sympathie spekulieren, indem er ihn spiegelt. »Nicht, dass das einen Unterschied macht.«

»Das glaube ich allerdings auch.« Sophies Ton verheißt Ungemach. »Was meinen Kollegen und mich allerdings *tatsächlich* beschäftigt, ist, dass sie Serdar nicht mehr einsetzen wollen.«

»Warum erzählen Sie uns das überhaupt?«, brummt Pirlo.

Bartels sieht ihn überrascht an. »Ich dachte, Sie seien seine Berater. Darum geht es doch die ganze Zeit, oder?«

»Dann stelle ich meine Frage anders: Besuchen Sie alle Berater Ihrer Spieler, wenn Sie sich entschieden haben, dass Sie nicht mehr auf sie setzen?«

»Längst nicht alle meine Spieler *haben* Berater«, antwortet Bartels. »Wir sprechen schließlich über die vierte Liga.« Worauf ein entschuldigendes Lächeln folgt. »Wobei mir klar ist, dass Sie auf etwas anderes hinauswollen. Glauben Sie mir, ich habe wirklich nicht vor, Ihnen in irgendeiner Form auszuweichen. Ich will das hier auch richtig machen, schon allein, weil ich es Serdar schulde. Mir fehlt, was solche unangenehmen Gespräche anbelangt, nur einfach die Erfahrung, gerade *weil* ich sie nicht ständig führe.« Er fährt sich über die Dreitagebartwange. Diesmal wirkt es unbedachter. Und echter. »Vielleicht können Sie sich an das erinnern, was bei der Weltmeisterschaft 1994 mit Stefan Effenberg passiert ist.«

Kurz überlegt Pirlo, ob das eine perfide Art sein könnte, ihm zu zeigen, dass er alt ist. Es wird nicht besser dadurch, dass Bartels sich an Sophie wendet und ergänzt: »Sie wahrscheinlich nicht. Möglicherweise waren Sie damals noch nicht einmal geboren.« Was zwar nicht richtig ist, seine Wirkung aber nicht verfehlt. Sophie errötet. Pirlo ist sauer. Gerade *weil* er sich erinnert.

»Erlauben Sie mir zu erklären, was ich damit meine.« Bartels räuspert sich umständlich. Bis gerade war Pirlo noch davon ausgegangen, dass er es nicht schaffen könnte, ihm noch mehr auf die Nerven zu gehen. Und dann gelingt es ihm doch ganz einfach.

»Stefan Effenberg war ein großartiger deutscher Mittelfeldspieler.«

»Er lebt noch«, knurrt Pirlo. »Glaube ich zumindest.«

»Aber er spielt nicht mehr«, antwortet Bartels. »Jedenfalls war er vor der WM 1994 in der Nationalmannschaft gesetzt. Man kann das gar nicht hoch genug einschätzen! Deutschland war der Titelverteidiger. Im ersten Spiel gegen Bolivien standen nur zwei Spieler in der Startelf, die vier Jahre zuvor in Italien nicht die Weltmeisterschaft gewonnen hatten.«

»Und? Wie bringt uns das hier weiter?« Pirlo hofft, dass er ausspricht, was Sophie denkt. Falls das nicht so sein sollte, ist es aber auch egal. Serdar spielt nicht mehr. Das ist eine Katastrophe. Punkt. Bartels' Effenberg-Analogie macht das nicht besser. Er kann sich jedenfalls nicht vorstellen, dass Hamza die Nachricht wesentlich entspannter aufnimmt, wenn Pirlo darauf hinweist, dass vor gefühlten hundert Jahren schon mal irgendwer irgendwas anderes verkackt hat. Als er wieder zuhört, läuft es trotzdem genau darauf hinaus. Was ja klar war. Leider.

»Jedenfalls hat Berti Vogts entschieden, Effenberg nach einem Skandal nach Hause zu schicken. Manchmal ist es wichtig, eine Entscheidung zu fällen, die gut für die Mannschaft ist, selbst wenn das einem einzelnen Spieler weh tut. Wobei die Geschichte eine bittere Pointe hat. Das nächste Spiel hat Deutschland im Viertelfinale als haushoher Favorit gegen Bulgarien in den Sand gesetzt.« Bartels greift sich wieder an den Bart. »Warum erzähle ich Ihnen das alles?«, fragt er schließlich.

Pirlo hätte da einen Antwortvorschlag: »Weil Sie zu feige sind, für Ihre Entscheidung einzustehen, und sich wohler damit fühlen, wenn Sie sich hinter irgendwelchen Vergleichen verstecken.« Hoppla. Ausgesprochen klingt das gar nicht mal so nett. Ehrlich ist es aber trotzdem.

Bartels reagiert mit der sonderbaren Kombination eines Lächelns bei gleichzeitigem Kopfschütteln. »Ich hatte befürchtet, dass Sie das so sehen könnten, Herr Dr. Pirlo. Offen gestanden kann ich Ihre Enttäuschung auch gut verstehen.«

»Die von Serdar dürfte noch wesentlich größer sein.«

Jetzt verschwindet das Lächeln. Bartels sieht betroffen aus. »Ich habe mir die Entscheidung auch nicht leicht gemacht.« Klar. Was man eben so sagt. »Trotzdem ist sie richtig.« Selbstverständlich. »Am Ende geht es vor allem auch darum, Serdar zu schützen.«

»Was ist mit Moritz?«, fragt Sophie. »Um den haben wir uns schließlich ebenfalls zu kümmern.«

Bartels errötet. Schön zu sehen, dass sie ihn mit der Erinnerung daran, dass es neben seinem Starspieler ja noch einen zweiten Jugendlichen gibt, so leicht aus der Fassung bringen kann.

»Sicher«, murmelt er. »Für Moritz gilt das natürlich genauso.« Er räuspert sich. »Wir müssen *beide* schützen.« Dann bemerkt er Pirlos kritischen Blick. »*Ich* muss das jedenfalls tun.«

Kein Zweifel, Bartels ist im Stress. Was auch immer er glaubte, in dem Gespräch mit Pirlo und Sophie zu finden – Verständnis für seine Entscheidung, Unterstützung bei der Mitteilung gegenüber den Jungen, Dankbarkeit dafür, sie zu schützen –, er hat es nicht gefunden. Und zwar noch nicht einmal im Ansatz.

Die ausgebrochene Nervosität steht ihm nicht besonders. Im Gegenteil: Der Kopf wird rot, der Blick unruhig, die Stirn glänzig. Auch die Redegeschwindigkeit nimmt deutlich zu.

»Wenn ich Serdar – und Moritz – in der Mannschaft lasse, wenn sie dort weiter spielen oder auch nur weiter mit ihr trainieren, laufen wir Gefahr, dass sich das, was sich nach dem Training ereignet hat, wiederholt, oder es, noch schlimmer, aus einer Spielsituation heraus zu einem Übergriff kommt, wenn etwa einer der älteren Spieler aus Versehen das Bein stehen lässt oder eine Grätsche zu hoch ansetzt.«

»Ist es nicht Ihre Aufgabe, genau an dieser Stelle einzugreifen und die Mannschaft zu führen?«

»Doch.« Bartels' Gesichtsfarbe nimmt die nächste Farbstufe. »Aber was machen wir, wenn sie mir nicht folgen?«

Was eine harte Frage ist. Nicht nur, weil Bartels damit die Angst vor einem eigenen Scheitern eingesteht. Sondern weil Pirlo darauf auch keine Antwort hat. Sicher, dass Serdar nicht weiter bei Eintracht Düsseldorf auftrumpfen kann, ist bitter. Immerhin kann er aber aktuell *überhaupt* spielen. Bartels' Sorge darüber, dass sich das ändern könnte, ist nicht ganz von der Hand zu weisen. Dass der Sohn von Schmitz kein Problem damit hat, ordentlich zuzulangen, weiß schließlich keiner besser als Pirlo. Und wer kann schon sagen, wie viele andere in der Mannschaft bereit sind, seine Rachegelüste zu teilen und / oder ebenfalls »ein Zeichen zu setzen«?

»Zopfi ist der Schlimmste.« Offensichtlich hat Bartels Pirlos Gedanken erraten. Was hier aber auch nicht allzu schwer war. »Aber er ist nicht allein.« Bartels seufzt. »Die Mannschaft ist eine verschworene Einheit. Joachim Merkert hat den Kader in den letzten Jahren nur punktuell verstärkt. Die meisten spielen schon seit unserem ersten Aufstieg vor drei Jahren zusammen. Das ist ein gewachsenes Team. An sich sind das auch alles wirklich gute Jungs.«

Sophie lacht auf. Besonders froh klingt sie allerdings nicht.

Bartels geht nicht darauf ein. »Ich will nicht sagen, dass ich die Dynamik in der Mannschaft bedingungslos gutheiße oder dass ich die Haltung jedes Einzelnen nachvollziehen kann. Das kommt aber alles auch nicht einfach aus dem Nichts.« Er hebt die Hände. »Verstehen Sie mich nicht falsch, ich will hier nichts entschuldigen. Aber genau das, dass die Mannschaft diesen langen Weg gemeinsam genommen hat, ist gleichzeitig Fluch und Segen. Die meisten haben schon in der sechsten Liga für die Eintracht auf dem Platz gestanden. Sie haben, wie gesagt, einen langen Weg hinter sich. Zwei Aufstiege in Folge fallen nicht vom Himmel. Das war das Ergebnis verdammt guter, verdammt harter Arbeit. So was prägt. Zwei Saisons lang haben wir fast jedes Spiel gewonnen. In der sechsten Liga haben wir zweimal verloren, in der fünften auch nur dreimal mehr. Jetzt ist das anders. Zum ersten Mal seit Jahren treffen wir auf Gegner, die uns herspielen. Die Mannschaft ist diese Art von Rückschlägen nicht gewohnt. Dasselbe gilt für den Abstiegskampf. Dazu kommt plötzlich auch eine ganz neue Art von Druck.«

Bartels stützt die Ellbogen auf den Tisch und verschränkt die Hände. Es wirkt, als wolle er Pirlo und Sophie beschwören. Vielleicht ist es sogar so. »In der sechsten Liga sind wir noch über die Dörfer getingelt. Unter den Zuschauern war kaum mal jemand, der nicht irgendwen auf dem Platz persönlich kannte. Selbst vor einem Jahr haben wir noch regelmäßig vor ein paar Dutzend Leuten gespielt. Jetzt treten wir in Aachen vor fast dreißigtausend Zuschauern an. In Wuppertal und Oberhausen passen auch zwanzigtausend ins Stadion. Das ist eine ganz andere Dimension. Ich habe natürlich mitbekommen, dass Sie Ihre Reibereien mit Roland Schmitz hatten. Ohne ihn, seine Werbeideen, seine Geduld, Unterstützung und *Vision* wäre der Verein aber bestimmt nicht da, wo er heute steht.«

»Wobei weiterhin offen ist, was das mit Serdar zu tun hat.«

»Ist das denn nicht klar?«

»Nein.«

Bartels' Finger verschränken sich noch fester. »Alles und nichts, wahrscheinlich.«

»Oha. Wollen Sie vielleicht versuchen, das *noch* genauer zu fassen?«

»Entschuldigung. Schauen Sie, es hat sich bei uns einfach viel zu schnell viel zu viel geändert. Der Sprung von der zweiten Liga in die erste ist groß. Der von der sechsten in die vierte ist gigantisch. In den Kadern unserer Gegner sind fast alle Profis. Bei uns arbeiten die meisten tagsüber, ein paar studieren, und dass Serdar und Moritz noch in die Schule gehen, ist Ihnen ja bekannt. Die beiden heben sich aber nicht nur durch ihr Alter ab. Das, was wir gerade mit Serdar erleben, dieser *Hype*, das hat es in der Geschichte von Eintracht Düsseldorf noch nie gegeben. Sogar noch nicht einmal im Ansatz.«

»Na, herzlichen Glückwunsch.«

Bartels lässt sich von Pirlos Kommentar allerdings nicht durcheinanderbringen. Jedenfalls nicht mehr. Und nicht jetzt. »Die Aufstiege haben den Verein elektrisiert. Der Sprung ins Teilnehmerfeld des DFB-Pokals war erst recht sensationell. Lassen Sie uns aber ehrlich sein: Außerhalb des Eintracht-Düsseldorf-Kosmos hat das kaum jemanden interessiert. Das hat sich noch nicht einmal dramatisch geändert, als wir ausgerechnet die Fortuna zugelost bekommen haben. Bis dann das Spiel selbst kam. Und das Tor von Serdar.« Bartels nippt an seinem Kaffee. »Ich mache mir keine Illusionen. Außerhalb von Düsseldorf kennt uns immer noch kein Mensch. Vorher war das aber auch innerhalb unserer eigenen Stadt so. Das hat sich über Nacht geändert. Wir sind jetzt wer. Und wir haben einen richtigen Star.«

»Der nicht mehr spielt«, knurrt Pirlo.

»Der nicht mehr spielen *kann*«, korrigiert Bartels ihn. »Jedenfalls nicht bei den Männern. In der Jugend kann sich Serdar natürlich fit halten. In der ersten Mannschaft gibt es derzeit aber keinen Platz für ihn. Und ja, Sie haben recht: Normalerweise ist es meine Aufgabe, das Team in den Griff zu bekommen, meine Spieler zu schützen und die Besten spielen zu lassen. Normalerweise werden bei einem Verein aber auch nicht innerhalb einer Woche der Manager und der Präsident ermordet. Und normalerweise ist nicht der Mittelstürmer der Sohn dieses Präsidenten, dessen Position ausgerechnet durch einen Jungstar bedroht wird, den und dessen Umfeld die *POST* in die Nähe der Morde rückt.« Bartels hebt präventiv die Hände. »Wofür Serdar nichts kann. Sie natürlich auch nicht. Damit haben Sie, Herr Dr. Pirlo, ja gründlich aufgeräumt.«

Was Pirlo gern hört. Auch wenn es die Lage als solche kein bisschen besser macht.

Bartels stürzt den Rest seines zwischenzeitlich wahrscheinlich kalten Kaffees hinunter. Dann nickt er Sophie und Pirlo zu. »An meiner Entscheidung muss ich leider trotzdem festhalten. Ich bin Ihnen aber dankbar, dass ich sie Ihnen erklären konnte.«

»Und was ist mit den Jungs?«

Bartels sieht irritiert auf. »Was meinen Sie?«

»Sie haben mit uns gesprochen. Wann sprechen Sie mit ihnen?«

Bartels seufzt. »Das mache ich natürlich auch noch.«

»Aber?«

Er zuckt mit den Schultern. »Wenn sie schon Berater haben, dann erkläre ich es auch denen.«

»Weil Sie hoffen, dass wir die beiden beruhigen?«

»Klar.«

»Und dass wir nicht noch mal so was abziehen wie bei Fleischmann.«

Bartels sieht aus, als habe er auf eine Zitrone gebissen.

Pirlo genießt das einen Augenblick. Dann legt er nach. »Kann es sein, dass Sie auch *deshalb* hier vorbeischauen, Herr Bartels? Weil die Entscheidung, auf Serdar zu verzichten, vielleicht nicht angenehm ist, sie aber gelernt haben, dass es, wenn wir nicht glücklich sind, auch richtig *unangenehm* werden kann?«

»Zumal Sie hier nicht nur einen Jungen bestrafen«, fügt Sophie hinzu. »Sondern gleich zwei.«

»Serdar wird auch so seinen Weg gehen«, murmelt Bartels. »Also *zumindest* mal er. Wenn Sie wollen, können Sie ihn wahrscheinlich schon im nächsten Transferfenster zur Fortuna transferieren.«

»Das im Januar beginnt«, ergänzt Sophie.

Pirlo staunt schon gar nicht mehr darüber. Er hat sich daran gewöhnt, dass sie solche Sachen einfach *weiß*. Und alles andere irgendwie auch.

»Was ist, wenn sich bis dahin keiner mehr an Serdar erinnert?«

»Das wird nicht passieren. Er hat immerhin in *diesem* Spiel *dieses* Tor geschossen. So was bleibt.«

In Bartels' Blick ist das Flackern zurück. Es ist offensichtlich, dass es ihm langsam reicht. Wobei das eigentlich auch für alle anderen gilt.

»Sie wissen, dass das falsch ist!«

»In einer perfekten Welt mag es das sein. Aber nicht in dieser hier. Und nicht in *meiner* Mannschaft.«

»Die Leute werden nach Serdar fragen. Man wird Sie auch ohne unser Zutun für Ihre Entscheidung kritisieren.«

»Dann werde ich das aushalten müssen. So ist Fußball. Vielleicht sieht in zwei Wochen alles wieder ganz anders aus. Für den Moment ist es aber, wie es ist.«

Und dann lächelt er tatsächlich doch noch einmal Sophie zu. Wenn auch, wie Pirlo erleichtert feststellt, ohne Erfolg.

20.

SO VIEL DAZU.

Im Primitivo

»Was denkst du?«

Pirlo stellt sein Weinglas ab. »Weiß ich noch nicht.«

Das bringt sie zwar beide nicht wirklich weiter. Sie sprechen aber überhaupt mal wieder miteinander. Das ist immerhin ein kleiner Fortschritt.

Er dreht an seinen Haaren. »Hamza wird außer sich sein. Serdar auch.«

»Beides kann ich verstehen.«

Pirlo seufzt. »Ich auch. Leider kann ich es aber nicht ändern.«

»Vergiss übrigens Moritz nicht.«

»Was?«

Sophie rollt mit den Augen. »Moritz. Groß. Schlank. Blond. Dieser andere Junge, den wir vertreten und den bei der Aufzählung immer alle vergessen. Unter anderem du.«

»Sehr witzig. Ich weiß, wer Moritz ist.«

»Und dass wir ihn vertreten.«

»Von mir aus auch das.«

»Ist dir aufgefallen, wie unangenehm es Bartels war, als ich ihn darauf angesprochen habe?«

»Dass wir Moritz vertreten?«

»Dass es ihn *überhaupt* gibt.«

»Nicht wirklich. Was war da?«

»Er wurde rot.«

»Das passiert den Besten.«

»Ich meine das ernst. Er wirkte plötzlich ganz aufgeregt und hat sich in diesen Monolog geflüchtet.«

»Den über die Eintracht, Fußball und so?«

»Und da sagen die Leute immer, du bekommst nichts mit, weil du nur um dich kreist.«

Pirlo grinst und winkt Giampiero. Da Paolo die Küche der *Casa Palmieri* umbaut, sind sie ins *Primitivo* gegangen, ein gemütliches Restaurant mit warmem Licht und gutem Wein. Wahrscheinlich ist es ein Zufall, dass Pirlos Wohnung direkt ums Eck liegt. Vielleicht ist er nach dem langen Gespräch mit Michael Bartels einfach müde. Oder faul. Trotzdem erwischt sich Sophie dabei, dass sie darüber nachdenkt, ob er sich nicht möglicherweise *doch* etwas dabei gedacht hat, als er vorgeschlagen hat, sich dort für ein Glas Wein zu treffen. Zu dem zwischenzeitlich noch zwei weitere gekommen sind.

»Tut es eigentlich noch weh?«, fragt sie.

Pirlo tastet vorsichtig über seine Wange. »Wie verrückt. Aber das würde ich niemals zugeben. Erst recht nicht vor dir.«

Sie lacht. Es tut gut, ihn mal wieder in einer normalen Verfassung zu erleben. Gerade fühlt es sich noch nicht einmal so an, als müssten sie sich dafür besonders zusammenraufen. Und das, obwohl alles andere einigermaßen beschissen ist.

Dann kehrt er allerdings zu der Sache mit den Fußballjungs zurück. Wahrscheinlich, weil das nun mal die aktuellste aller Krisen ist. Und nicht, weil er es vermeiden will, mit Sophie darüber zu sprechen, was eigentlich mit ihnen beiden ist. Oder was mit ihnen sein könnte. Oder?

»Lass es uns vom Ergebnis her betrachten: Wir müssen das Mandat behalten.«

»Das Beratungsverhältnis«, murmelt sie. Ein bisschen Präzision darf schließlich sein. Auch jetzt.

»Was auch immer. Wir müssen es jedenfalls hinbekommen, dass wir die Jungs nicht verlieren. Und zwar keinen von beiden. Wenn ich es richtig sehe, steht und fällt die Beratung von Serdar dabei mit der von Moritz und umgekehrt.«

Sophie unterdrückt ein Augenrollen. Also gut, sprechen sie eben über ihren Beruf. Das ist zur Abwechslung wahrscheinlich auch mal gar nicht so verkehrt. »So verstehe ich es auch. Selbst wenn sein eigener Trainer nicht besonders angetan von Moritz' Qualitäten zu sein scheint.«

»Dafür von dir umso mehr.«

Und genau *das* ist das Problem mit Pirlo. Er springt nicht nur zwischen Themen, sondern gleich zwischen ganzen Gesprächsebenen. Zu allem Überfluss geht sie auch noch darauf ein. Es besser zu wissen, bedeutet schließlich nicht immer auch, es besser zu machen.

»Wie meinst du das?«

»Was?«

»Das, was du gerade über Bartels gesagt hast?«

»Dass er deine Qualitäten zu schätzen scheint? Ich bitte dich. Immer dieses ganze Lächeln. Dazu das viele Mansplaining. Viel offensiver hätte er ja wohl kaum flirten können.«

»Du meinst in der Kanzlei?«

»Wieso, habt ihr euch auch noch woanders getroffen?«

Sophie trinkt. Weil es guttut. Und weil es hilft, ein Lächeln zu verstecken. »Nein. Nur dort.«

»Dann hat jedenfalls *mir* das völlig gereicht.«

»Für was? Eifersucht?«

Pirlo verzieht den Mund. »Als ob. Auf *diesen* Typen?«

»Eben. Nur weil er jung, sportlich, gepflegt, erfolgreich und einnehmend ist, gut reden kann und ein Trainerzuversichtsdauerlächeln hat, das Jürgen Klopp daneben wie einen manisch Depressiven wirken lassen würde?«

Pirlo knurrt. Trinkt. Setzt zu einer Antwort an, winkt dann aber doch nur Giampiero. Sophie bekommt auch einen neuen Wein. Sie nimmt einen Schluck. Dann erlöst sie Pirlo von seinen Qualen.

»Du weißt schon, dass du dir keine Sorgen zu machen brauchst. Zumindest nicht hier.«

»Weil du keine Männer triffst?«

»Das habe ich nicht gesagt.« Sie schmunzelt. Er versteht es wirklich nicht. Das ist fast ein bisschen süß. »Aber Michael Bartels trifft keine Frauen.«

Pirlo verdreht die Augen. »Warum sollte ein so gutaussehender Kerl keine Frauen treffen. Ich meine ...« Er zögert. »Also du meinst ...« Kleine Nachdenkpause. »Im Ernst?«

Sophie lacht. »Ja, im Ernst.«

»Aber ... wie kommst du darauf?«

Sie versteckt ihr Gesicht hinter ihrem Glas. Darüber hat sie noch nicht gesprochen. Nie. Obwohl es dafür eigentlich keinen Grund gibt. Zumindest keinen guten. »Du weißt, dass ich früh meinen Bruder verloren habe.« Pirlo nickt. »Und dass er, wie soll ich sagen, immer sehr für sich war. Patrick ist nie wirklich in der Welt angekommen, die mein Vater für ihn vorgesehen hatte.«

»Dabei ist der doch so ein Herzchen.« Sie weiß, dass das bei Pirlo nicht viel mehr als ein Reflexkommentar ist. Trotzdem nervt es gerade. Er merkt es aber auch selbst. »Entschuldigung.«

»Gestorben ist er bei einem Unfall«, fährt Sophie fort. »Das hat mich jahrelang beschäftigt. Noch viel mehr habe ich aber darüber nachgedacht, warum er vorher nicht *gelebt* hat. Also zumindest nicht wirklich. Nicht so, wie ich mir das für ihn gewünscht haben würde.«

»Und das ist die Antwort? Dass Patrick schwul war?«

Es ist seltsam, das so ausgesprochen zu hören. Auch wenn es stimmt. »Ich denke schon. Wir haben darüber nie gesprochen. Weder er noch ich, schon gar nicht unsere Eltern. Aber wenn ich mir alles, was ich über meinen Bruder weiß, was ich über ihn erfahren und mitbekommen habe, vor Augen führe, denke ich, dass das ein wesentlicher Grund dafür war, dass er immer so, na ja, so *unglücklich* war. Versteh mich nicht falsch, nicht etwa, weil er sich für Männer interessierte, sondern weil er in einem Umfeld aufwuchs, in dem es schon ein Skandal gewesen wäre, wenn er sich geweigert hätte, etwas anderes zu *studieren* als das, was mein Vater für ihn vorgesehen hatte. Ich glaube, das Wissen darum, dass er alle anderen Erwartungen – die einer passenden Ehefrau, von Familie, Kindern und der nächsten Generation der Mahler-Dynastie – nicht würde erfüllen können oder zumindest nicht würde erfüllen *wollen*, hat ihn geradezu erdrückt.«

Pirlo lässt das erkennbar sacken. Sie ist froh, dass er ausnahmsweise mal nichts sagt. Auch ein Toni Pirlo hat nun mal seine Momente. Das bestätigt er, als er sein Glas zum Anstoßen hebt: »Auf deinen Bruder!«

»Auf Patrick!«

Mit einer schnellen Bewegung wischt Sophie eine kleine Träne aus dem Augenwinkel. Vielleicht ist das gerade alles ein bisschen viel. Der Abend mit Pirlo. Dass er überhaupt mal wieder so nah ist. Der viele Wein. Und dann auch noch ein Gespräch über Patrick. Um den es ursprünglich eigentlich gar nicht ging.

Sie räuspert sich. »Jedenfalls habe ich bei Michael Bartels ähnliche Vibes.« Sie weiß nicht, wie sie es hätte besser ausdrücken können.

Pirlo versteht es auch so. Er scheint darüber nachzudenken

und dann zufrieden genug zu sein. Zumindest damit. Alles andere ist aber leider auch noch da.

»Zurück zu Serdar …«

»Und Moritz.«

»Zu unseren beiden Überfliegern, bei denen es ehrlich gesagt alles andere als überfliegerig läuft, seit wir auf der Bildfläche erschienen sind.«

»Wofür die Jungs ja aber nichts können. Wir übrigens auch nicht.«

»Erklär das mal Hamza. Oder Moritz. Oder vor allem Serdar. Bevor er uns kennengelernt hat, war die Welt voller Sonnenschein. Jetzt sind wir da und haben das Licht ausgemacht. Selbst der am wenigsten abergläubige Mensch muss doch geradezu zu dem Ergebnis kommen, dass dieses Beratungsverhältnis auf einem Indianerfriedhof errichtet wurde.«

Sophie dreht nachdenklich ihr Glas. Pirlo hat ja recht. Das alles beschreibt allerdings nur den Befund. Und nicht die Lösung.

»Was sagt eigentlich Ahmid dazu?«

Pirlo verschluckt sich. Wie das eben ist, wenn die Sprache auf einen der Khatibs kommt. Sophie hat sich daran gewöhnt. Auch wenn sie es nicht versteht. »Alles okay?«

»Klar.« Er hustet. »Ich habe nur …«

»Dich verschluckt?«

»Auch.«

»Was noch?«

»Ahmid vergessen.«

Sie lächelt. »Das kann ja mal passieren. Wir informieren ihn morgen. Schlechte Nachrichten werden nicht besser, wenn man sie schnell verteilt.«

»Außer natürlich, sie kommen auch so bei ihm an.«

»Und dann?«

Pirlo sieht sie an, als habe er sie gerade erst entdeckt. Was verstörend wirkt. Und verstörend *ist.*

»Das willst du gar nicht wissen.« Er stößt auf. Der Stress bekommt ihm nicht gut. Wirklich nicht. »Ich übrigens auch nicht.«

Damit steht er tatsächlich auf. Und geht.

Sophie bleibt noch eine ganze Weile sitzen. Sie trinkt aus. Wehrt Giampieros Avancen ab. Schreibt ihrem Vater eine Gute-Besserungs-Nachricht. Versucht, nichts zu denken. Was eher so mittel klappt. Das war sie also, die erste Verabredung von Pirlo und ihr seit Wochen. Seit er sich eine Kugel für ihren Vater gefangen hat. Seit ihrem ersten Kuss. Seit sie pleite sind. Das Date, bei dem bestimmt auf einmal alles anders wird. Weil sie es wollen. Und weil sie es brauchen. Das übrigens auch, wonach sie allein im Restaurant sitzt und auf die dunkle Straße starrt.

So viel also dazu.

21.

NAGELSMANN.

Kurz darauf. Pempelfort. Schischa-Bar.

»Nein.« Mehr sagt Ahmid erst mal nicht. Und dann, nach einer sehr langen Zeit. »Lass mich einfach.«

Was Pirlo natürlich nicht macht. Nicht, weil er nicht will. Sondern weil er es nicht *kann.* Es genügt dafür, dass er nicht weiß, was dann als Nächstes passiert. Auch wenn es so wirkt, als sei es dasselbe, was Ahmid macht, seit Pirlo ihm die Nachricht von Serdars zeitweisem Karriere-Aus mitgeteilt hat – nämlich nichts. Die Sache mit der Gewalt mag dank des Fitnessstudios raus sein. Es sind allerdings auch ein paar andere Eskalationsstufen denkbar. Von allen möglichen Reaktionen Ahmids ist die jetzt daher die am wenigsten wahrscheinliche. Und die am meisten beunruhigende.

»Willst du wirklich nicht darüber reden?«

»Nein!« Ahmid sieht nicht mal auf. »Wie oft soll ich das eigentlich noch sagen?«

»Mach dir einfach nicht zu viele Sorgen«, murmelt Pirlo. »Das wird schon alles wieder.« Er hat keine Ahnung, ob er das nur Ahmid sagt oder auch sich selbst. Oder ob er überhaupt daran glaubt. »Serdar hat das Zeug für einen guten Vertrag. Für eine höhere Liga. Den Durchbruch und so weiter.«

»Und woher willst ausgerechnet *du* das wissen?«, fragt Ahmid. Es klingt weder fies noch patzig, einfach nur nach einer ernst gemeinten Frage. Die Pirlo nicht beantworten kann. Wenn es ihm auch jetzt erst auffällt.

»Ich glaube einfach sehr an ihn?« Er merkt selbst, dass das schwach klingt. Mehr wie ein Vorschlag als wie eine richtige Antwort.

Ahmid hebt den Kopf. »Du hast ihn doch kein einziges Mal spielen sehen.«

»Das stimmt nicht.« Wirklich nicht. »Ich war da, als die Eintracht gegen Bocholt gewonnen hat.«

Ahmid quittiert es mit einer wegwerfenden Handbewegung. »Na gut, ein Mal. Du hast ihn *ein Mal* spielen sehen.«

»Und Moritz habe ich beim Torschusstraining beobachtet.« Oder was auch immer es gewesen sein sollte, was der Schlaks mit den von Bartels aufgelegten Bällen veranstaltet hatte.

»Weißt du, wie oft ich die beiden gesehen habe?«

»Nein.« Woher auch? Pirlo hat Ahmid schließlich nie danach gefragt. Serdar und Moritz übrigens auch nicht. Was möglicherweise keine Glanzleistung ist. Auch nicht, dass er das vorher gar nicht erst bemerkt hat.

»Jeden Tag«, beantwortet Ahmid seine eigene Frage. »Seit zwei Wochen begleite ich die Jungs jeden einzelnen Tag.«

Es klingt, als sei das mindestens eine kleine Ewigkeit. Was nur vordergründig witzig ist. Tatsächlich kann sich Pirlo nicht daran erinnern, dass Ahmid mal so lange an einer Sache drangeblieben ist. Und hier wäre kein Ende absehbar gewesen. Zumindest eigentlich.

»Dir ist schon klar, dass die beiden weiterhin am Leben sind und so. Du kannst dich auch jetzt noch um sie kümmern. Genau genommen *solltest* du das sogar.«

Ahmid schnaubt. »Wozu?«

»Um sie dorthin zu bringen, wo sie hingehören, zum Beispiel.«

»Und was soll das sein?«

»Keine Ahnung. Wahrscheinlich die Bundesliga.«

»Wenn sie schon in der Regionalliga nicht spielen? Wie stellst du dir das eigentlich vor?«

Was eine gute Frage ist. Diesmal ist sie auch tatsächlich fies. Ob sie so gemeint ist oder nicht.

»Qualität setzt sich durch«, floskelt Pirlo. Was soll er auch sonst sagen? »Außerdem verpasst Serdar, wenn er im Winter wechselt, höchstens drei, vier Monate. Dann wird ihn schon noch jemand haben wollen.« Zumindest hofft er das. Kurz. Dann kommt die Realitätskeule. Und das ausgerechnet von seinem Bruder.

»Das glaubst du doch alles selbst nicht.«

»Hm?«

Ahmid hat sich jetzt aufgerichtet. Die absolute Niedergeschlagenheit ist vorüber. Sofort ist Pirlo alarmiert, obwohl Ahmid ruhig ist. Noch.

»Serdar hat ein Tor im Pokal geschossen. Ein einziges.«

»Und eines in der Liga.«

Wieder die wegwerfende Handbewegung. »Du weißt genau, dass das nicht dasselbe ist. Ligatore sind für die Liga wichtig. Pokaltore für die Sportschau. *Das* ist das Schaufenster, in dem wir Serdar sehen müssen.«

Ahmid nimmt einen so langen Zug von seiner Schischa, dass es Pirlo schon beim Zusehen den Magen verdreht. Zur großen Freude und zum noch größeren Spott seiner Brüder hat er es im Wasserpfeifenbereich nie über zaghafte Amateurschritte hinausgebracht. Immerhin scheint der Inhalierexzess bei Ahmid einigermaßen zur Beruhigung beizutragen. Vielleicht ist er auch nur im Lungenbereich gelähmt. Beides ist möglich.

Als er wieder zu sich kommt, raunt er heiser: »Bartels ist das Problem.«

Pirlo dreht an seinen Haaren. »Ich weiß nicht, Bruder.« Er hat keine Ahnung, warum er manchmal so redet. Hier ist es aber vertretbar. Es passt ja auch alles. Ahmid braucht das gerade. Und er ist sein Bruder. »Bartels meint es auch nur gut. Zumindest glaube ich das.«

»Unsinn.«

Pirlo seufzt. »Und warum?«

»Der will sich auf den letzten Metern nur nicht angreifbar machen.«

Was dann aber doch ganz interessant klingt. »Was meinst du damit?«

Ahmids Augen glänzen. »Glaub mir, Alter, Bartels steht auf dem Sprung.«

»Und wohin?«

»Keine Ahnung.«

»Aha.«

Worauf Ahmids Arm nach vorn schnellt und eine kräftige Hand Pirlo am Oberarm packt. »Ich meine das ernst, Mann. Der ist nicht mehr lange da. Denk doch mal nach: Zwei Aufstiege in zwei Jahren, dazu der Sieg gegen die Fortuna – da *muss* doch fast was Besseres gehen als dieser bekackte Stadtteilverein. Wenn du mich fragst, spekuliert der spätestens für den Winter auf die dritte Liga – wenn nicht noch mehr.«

»Ist Bartels für so was nicht noch ein bisschen jung?«

»Der Typ ist vierunddreißig.«

»Eben.«

»In dem Alter hat Nagelsmann schon die Bayern trainiert.«

Worauf Pirlo nicht genau weiß, was er sagen soll. Zumal ihn die Frage ablenkt, was eigentlich *er* mit vierunddreißig getrieben hat – die bestimmt nur unangenehm ist, weil sie hier nicht hingehört.

Ahmid grätscht dazwischen, ehe sich diese Gedanken verselbständigen können. »Wenn Bartels wirklich nicht auf Serdar setzt, müssen wir das ändern.«

»Wie soll das gehen?«

Ahmid zuckt mit den Schultern. »Ich weiß es nicht. Aber mir fällt bestimmt was ein.«

Was nicht gut klingt. »Halt einfach für den Moment die Füße still, okay?«

»Um *worauf* zu warten?«

»Das weiß ich selbst noch nicht genau.« Wobei: Ist es wirklich schlau, das zuzugeben? »Aber es wird mir schon noch was einfallen.«

Ahmid nickt. »Viel Zeit hast du nicht.« Pirlo hält die Luft an. »Jedes Spiel, das Serdar verpasst, versaut seinen Marktwert ein kleines bisschen mehr – und damit auch seinen nächsten Vertrag.«

Pirlo atmet auf. So hat Ahmid das also gemeint. Beziehungsweise: *Nur* so. Zumindest hofft er das.

22.

ANDERS.

In der Kanzlei

Kurz vor Mitternacht räumt Sophie den letzten Teller aus der Spülmaschine. Für den Moment fühlt sich das sogar richtig gut an. Zum einen hilft das strukturierte Tun dagegen, dass sie von dem vielen Wein einen sitzen hat, damit aber jetzt weder etwas anfangen kann noch will. Zum anderen ist die Kanzlei damit am nächsten Tag ein klein bisschen besser aufgestellt. Seit Wang nicht mehr da ist, kümmert sie sich regelmäßig um diese Dinge. Den Druckerstau. Den Müll. Die Spülmaschine. Der Fairness halber ruft sie sich in Erinnerung, dass Pirlo bis vor kurzem im Krankenhaus war und ihr schon deshalb nicht helfen konnte. Er hat sich seitdem allerdings auch nicht wirklich Mühe gegeben, irgendwie in die Sache hineinzufinden. Wahrscheinlich geht er einfach davon aus, dass sich jede Nacht die Kanzlei wie durch ein Wunder von selbst reinigt. Falls er denn überhaupt darüber nachdenkt. Sie streckt den Rücken durch und lässt die Schultern kreisen. Wer hätte gedacht, dass sich die Mischung aus permanentem Stress bei gleichzeitiger Abwesenheit von Sport so wenig gut anfühlen könnte?

In Ermangelung einer besseren Beschäftigung sieht sie auf die Uhr. Es ist kurz nach zwölf. Selbst wenn sie in ihrem Leben noch jemanden hätte, mit dem sie regelmäßig telefonieren würde, wäre es dafür keine geeignete Uhrzeit. Was die Frage aufbringt, was sie sonst mit sich anstellen soll. Der Abend hat schließlich gerade erst begonnen. Die Weinwirkung ist eigentlich auch genau richtig. Nicht zu viel, aber ganz bestimmt auch nicht zu wenig.

Tanzen wäre eine Möglichkeit. Ins *Sir Walter* oder ins *Paradise Now* kann sie auch allein gehen. Wenn sie nicht will, bleibt es ohnehin nicht lange so. Die Aussicht darauf ist jedenfalls verlockender als das absehbare Scheitern daran, sich mit halb süffigem Kopf auf eine Netflix-Serie oder ein Buch einzulassen. Mit Tinder hat sie nach dem Tobi-Debakel ohnehin schon wieder abgeschlossen.

Bevor Sophie es sich anders überlegen kann, zückt sie ihr Telefon und öffnet die Uber-App. Solange da draußen irgendwer sein könnte oder sogar *ist*, der sie verfolgt, läuft sie keinen Meter mehr, den sie nicht laufen muss. Schon gar nicht nachts.

Ehe sie ihre Bestellung angeben kann, vibriert das Telefon. Der Anruf irritiert sie. Der Anrufer erst recht.

Als sie das Gespräch angenommen hat, lässt er sie gar nicht erst zu Wort kommen.

»Wo sind Sie?«

Für etwas anderes als die Wahrheit ist sie zu perplex. »In der Kanzlei.«

»Sind Sie allein?«

Sie sieht sich um. Es ist mitten in der Nacht. Außer in der Küche brennt nirgendwo Licht. »Natürlich bin ich allein.«

»Wo ist Pirlo?«

Das darf er eigentlich nicht fragen. Sie kann es aber trotzdem sehr leicht beantworten. »Ich weiß es nicht.«

Am anderen Ende wird es kurz still. Sie nutzt die Gelegenheit zum Gegenstoß. »Was wollen Sie eigentlich von mir?«

»Das weiß ich noch nicht.«

»Sie wissen nicht, was Sie wollen, und rufen dann mitten in

der Nacht an? Offen gestanden reicht es mir völlig, dass ich solche Eskapaden von *einem* Mann ertragen muss. Für Sie ist daneben wirklich kein Platz.«

Der Anrufer grummelt. »Hören Sie, ich habe keine Zeit für irgendwelche Scherze.«

»Gut. Ich habe auch nicht gelacht.« Sie atmet durch. Mittlerweile hat sie sich ausreichend gefangen. Wenn er nicht klarkommt, ist das sein Problem. Und zwar *nur* seines. »Ich gebe Ihnen noch einen Versuch, sich zu erklären. Falls dann immer noch nichts kommt, lege ich einfach auf, und wir tun so, als habe es diesen seltsamen Anruf nie gegeben.« Er antwortet nicht. Sie verstärkt den Griff um ihr Telefon. »Haben Sie das verstanden?«

»Ja.«

»Und?«

Er scheint nachzudenken. Dann fragt er: »Sie sind *jetzt* in der Kanzlei?«

»Das sagte ich doch bereits.«

»Und wo waren Sie davor?«

»Das geht Sie überhaupt nichts an.«

»Sagen Sie es mir einfach.«

»Ich lege jetzt auf.«

»Bitte!«

Sie zögert noch kurz. Eigentlich ist es ja aber egal. »Ich war aus. Mit Pirlo.«

Es ist unmöglich zu bestimmen, ob er das als etwas Gutes aufnimmt oder nicht. Eigentlich ist es unmöglich, zu sagen, was das hier *überhaupt* soll.

»Sagen Sie mir jetzt endlich, was los ist, verdammt nochmal!«

Grobulla seufzt. »Heute Nacht hat jemand versucht, den nächsten Menschen aus diesem Verein zu töten.«

»Was?«

»Sie haben schon richtig gehört.«

»Und dann rufen Sie *hier* an und fragen ohne jedes Wort dazu, ohne jede *Belehrung* über irgendwelche Rechte, danach, wo Pirlo steckt? Wo *ich* stecke?« Sophie fällt natürlich auf, dass sich ihre Stimme überschlägt. Es ist ihr allerdings absolut egal. Wann, wenn nicht jetzt? »Haben Sie vollkommen den Verstand verloren, Grobulla?«

Er antwortet nicht. Für einen langen Moment hört sie nichts außer seinen rasselnden Atem. Dann grollt leise seine Stimme durch den Hörer. »Es ist anders, als Sie denken.«

»Wie, anders?«

Grobulla seufzt. »Schlimmer. Viel, viel schlimmer.«

DAS ABWENDUNGSINTERESSE

1.

STIMME.

Draußen

Es ist so weit.
Er hört die Stimme, die den Namen ruft, der seiner ist. Und doch nicht. Er spürt, wie sein Herzschlag erst aussetzt und dann beschleunigt.
Er geht los.

2.

DAMPFSCHWADEN.

Kurz nach Grobullas Anruf

Noch bevor Sophies Uber in die Lorettostraße einbiegt, sieht sie das durch die Nacht flackernde Blaulicht. Für einen kurzen Moment ist es fast beruhigend, dass Grobullas seltsamer Anruf offenbar tatsächlich ernst gemeint war. Dann trifft sie das, was daraus folgt, mitten in die Magengrube. Sie weiß zwar noch nicht genau, was sie dort erwartet. Fast sicher ist aber: Was Pirlo und sie bisher zur Rettung der Kanzlei versucht haben, worauf sie bisher *hofften*, ist vorbei. Und zwar fast alles.

Auf der Höhe des ersten Polizeifahrzeugs steigt sie aus und bewegt sich an mehreren Uniformierten vorbei. Ein Feuerwehrwagen steht ebenfalls dort. Ein Krankenwagen fährt gerade mit eingeschaltetem Blaulicht davon. Das Martinshorn braucht es nicht. Um ein Uhr nachts gibt es hier weder Verkehr noch Schaulustige. Überhaupt ist die gesamte Szenerie sonderbar ruhig. Die Beamten sind zwar geschäftig unterwegs, wirken gleichzeitig aber auch, ja was eigentlich? *Bedrückt*, entscheidet Sophie für sich. Das ist es. Die Leute wirken bedrückt. Die ganze Situation als solche verströmt diese Atmosphäre.

»Irgendwie unheimlich, oder?« Dass Grobulla fast aus dem Nichts neben ihr auftauchen kann, zeigt ihr mehr als alles andere, wie sehr sie sich von dieser Stimmung in Beschlag hat nehmen lassen.

»Wenn *Sie* das schon sagen.«

Er nippt an einem dampfenden Gebräu aus einem Pappbecher. »Allerdings.« Dann nickt er in Richtung des Bechers. »Wollen Sie auch einen? Die von der Spurensicherung haben Thermoskannen mit Kaffee dabei.«

»Nein, danke.« Sie sehen zu, wie die Feuerwehr ihre Sachen zusammensammelt. Zu löschen hat es anscheinend ohnehin nichts gegeben.

Sophie dreht sich zu dem Oberstaatsanwalt. »Wollen Sie mir endlich verraten, was passiert ist?«

Er sieht sie überrascht an. »Das habe ich doch schon.«

»Ich meine: alles.«

Er sieht sie durch die Dampfschwaden seines Kaffees mit müden Augen an. »Ich auch.« Dann seufzt er. »Ich kann Ihnen wirklich nicht noch mehr sagen, Frau Mahler. Genau genommen war es mir noch nicht einmal erlaubt, Ihnen das mitzuteilen, was ich Ihnen vorhin am Telefon zugerufen habe.«

»Wenn wir so anfangen, müssen wir wahrscheinlich auch darüber reden, wann Staatsanwälte zur Nachbesprechung die Kanzlei von Leuten besuchen, die sie gerade haben verhaften lassen.«

Grobulla trinkt und schweigt. Besonders glücklich sieht er dabei nicht aus. Sophie beißt sich auf die Unterlippe. Musste dieser bissige Kommentar sein? Wirklich? Ohne Grobullas Anruf vorbei an allen Dienstvorschriften wüsste sie schließlich nicht, was hier los ist. Also: Was hat sie sich bloß dabei gedacht? Und wie lange braucht es eigentlich noch, bis sich der letzte Rest des Weins ausgeschlichen hat?

»Vielleicht nehme ich doch einen Schluck Kaffee«, murmelt sie kleinlaut.

»Ist womöglich eine gute Idee.« Grobulla stapft davon und gibt Sophie damit die Gelegenheit, sich zu sammeln.

Ihre Gedanken gehen dabei zurück zu seinem Anruf in der Kanzlei. Tatsächlich ist er keine halbe Stunde her. Es fühlt sich allerdings anders an. Sehr anders sogar.

»Wo sind Sie gerade?«, hatte Grobulla gefragt. Sein Ton hatte bei ihr sämtliche Alarmlämpchen angeknipst.

»Das habe ich doch schon gesagt: In der Kanzlei.«

»Ich meinte: Wo sind Sie ganz *konkret*?«

»Im Besprechungsraum.«

»Setzen Sie sich dort vielleicht am besten.«

Sophie hatte gespürt, wie ihre Knie weich wurden. Ihr erster Gedanke galt Pirlo. Wenn Grobulla bei ihr anrief und diese Art von Anlauf nahm, *konnte* es eigentlich nur um eine Katastrophe gehen, die mit ihm zu tun hatte. Andererseits hatte Grobulla sie gefragt, wo Pirlo sei. Das hätte keinen Sinn ergeben, wenn er schon gewusst hätte, was mit ihm los war.

»Okay. Ich sitze.«

Während er mit einem dampfenden Kaffee wieder zu ihr zurückkommt, hat sie immer noch ihr Gespräch im Ohr.

»Ich muss Ihnen etwas Tragisches mitteilen.«

»Sagen Sie es einfach!«

»Moritz Felting hat versucht, sich das Leben zu nehmen.«

»Was?«

»Nach allem, was wir aktuell schon sagen können, hat er eine große Menge Gift zu sich genommen. Die Ärzte kümmern sich um ihn. Es ist allerdings noch nicht klar, ob er durchkommt.«

»*Was?*« Der Schock hatte Sophie fest im Griff.

»Es tut mir leid.«

Ihre Gedanken hatten sich überschlagen. »Und was hat das mit *Ihnen* zu tun?«

»Ich leite die Ermittlungen.«

»Wegen eines versuchten Suizids?«

»Wegen der Vergiftung einer weiteren Person.«

Ihr Herz war stehen geblieben. »Nein!«

»Wie gesagt: Es tut mir leid.«

»Ist er – tot?«

»Die Ärzte bringen auch ihn ins Krankenhaus. Es sieht hier aber sogar noch deutlich schlechter aus.«

»Nein!«

»Wenn Sie wollen, kann ich Sie am Tatort in der Lorettostraße treffen. Die Hausnummer ist achtzehn. Ich verlasse mich darauf, dass Sie vertraulich mit dieser Information umgehen. Ach, und noch etwas.«

»Ja?«

»Passen Sie auf sich auf. Irgendetwas passiert hier gerade. Etwas, das ganz und gar nicht gut ist. Was auch immer mit diesem verdammten Fußballverein los ist, wir sollten alle alles daran setzen, es schleunigst herauszufinden.«

Sophie fühlte sich immer noch wie gelähmt. Ein Gedanke fand immerhin seinen Weg. »Haben Sie die Eltern von Moritz Felting bereits benachrichtigt?«

»Ja. Er ist im Marienhospital. Seine Mutter weiß Bescheid.«

»Und Hamza?«

»Wer ist das?«

»Entschuldigung. Der Vater von Serdar Tuncay.«

»Was soll mit ihm sein?«

»Mit Hamza?«

»Mit Serdar Tuncay?«

»Ich kann nicht folgen. Haben Sie nicht gerade gesagt, es gebe zwei Vergiftungen?«

»Doch, das habe ich. Aber die zweite Person ist nicht Serdar Tuncay.«

»Sondern?«

»Es ist Michael Bartels.«

3.

GEMISCH.

Am Morgen in der Kanzlei

Pirlo lässt Sophies Smartphone sinken. »Ich bin mir nicht sicher, ob ich glaube, was ich sehe.«

Sophie pustet über ihre Tasse. »Es ist, wie es ist.«

»Aber es ergibt keinen Sinn.«

»Vielleicht ist ein solcher Maßstab an das wahre Leben auch ein hoher Anspruch.«

Pirlo deutet auf den Bildschirm. »Das ist also echt?«

Sie nickt. »Ja. Als die Spurensicherung weg war, bin ich mit Grobulla in die Wohnung. Nachdem ich sowieso schon über eine Stunde da rumgestanden bin, hat er mich wahrscheinlich gar nicht mehr als extern oder als unbefugt wahrgenommen. Vielleicht war es ihm zu dem Zeitpunkt auch einfach egal.«

»Oder er hofft *wirklich* darauf, dass wir ihm irgendwie helfen können, dieses Durcheinander rund um Eintracht Düsseldorf aufzuklären.«

»Das kann auch sein. So oder so hat er geduldet, dass ich ihm in dieses Einzimmerappartement gefolgt bin.«

»Und wer wohnt da?«

»Wenn du mich fragst, niemand.«

»Wie meinst du das?«

»Wo soll ich damit anfangen? Die Einrichtung war spartanisch. Kein Essenstisch, keine Stühle, kein Wandschmuck.

Trotzdem ist die Wohnung nicht ungemütlich. Es gibt viele Lampen, warmes Licht, auf dem Boden standen Teller mit Kerzen, dazu ein sehr großes Bett.«

»Klingt nach einer Bumsbude.«

Sophie verzieht den Mund. »Dort sind beinahe zwei Leute ums Leben gekommen.«

»Weil sie in der Bumsbude Gift zu sich genommen haben. Jedenfalls nach allem, was ich bisher verstehe.«

»Ich wollte damit weniger klären, ob du folgen kannst, als darauf hinweisen, dass ich die Formulierung unpassend finde.«

»Okay. Habe ich zur Kenntnis genommen.«

»Und?«

»Und was?«

Sophie seufzt. So kommen sie hier nicht weiter. Pirlos Wortwahl spielt eigentlich tatsächlich keine Rolle. Zumal er in der Sache richtigliegen dürfte.

»Jedenfalls hat die Spurensicherung *das* hier gefunden und ein Bild davon an Grobulla geschickt, der es wiederum offen auf dem Telefon hat liegen lassen.«

»Weil er wollte, dass du es abfotografierst.«

»Das weiß ich nicht.«

»Ich glaube, doch. Darauf kommt es aber auch nicht an. Wir haben dadurch jedenfalls den Abschiedsbrief von Moritz.«

»Oder zumindest etwas in dieser Art.«

Pirlo sieht wieder auf das Telefon.

Liebe Mama,

ich weiß, dass Du mir das nicht verzeihen kannst. Ich habe versucht, es Dir zu erklären, aber Du willst es nicht hören und erst recht nicht verstehen. Ich vergebe Dir. Bitte vergib Du auch mir.

In Liebe, Dein Moritz

Er räuspert sich. »Für mich klingt es jedenfalls verdammt danach.«

»Ja. Kann sein.«

»Und dann hat er also dieses Gift genommen?«

»Davon gehe ich aus. Wobei *Gift* die falsche Bezeichnung sein dürfte.«

»Welche ist denn richtig?«

»Giftcocktail wahrscheinlich. In der Küchenzeile lagen mehrere geöffnete Packungen Paracetamol. Daneben stand laut der Spurensicherung ein Krug, in dem noch die Reste eines Rotweins waren.«

»Ich nehme an, sie untersuchen das gerade alles?«

»Richtig. Wobei es hier keine große Überraschung geben dürfte. Ich gehe davon aus, dass die Tabletten in dem Krug gelandet sind und Moritz und Bartels das Wein-Paracetamol-Gemisch danach getrunken haben.«

»Aber warum?«

Sophie geht nicht darauf ein. »Dann hat sich nach allem Anschein jedenfalls Bartels in das Bett gelegt. Ob das auch für Moritz gilt und er danach noch einmal aufgestanden ist oder ob er direkt auf dem Weg zu dem Bett zusammengebrochen ist, kann ich dir nicht sagen. Er muss jedenfalls auf den Beinen gewesen sein, bevor er das Bewusstsein verlor.«

»Wie kommst du darauf?«

»Moritz hat sich erbrochen. Hätte er gelegen, hätte es dabei nicht, na ja …«

»Eine solche Reichweite gegeben?«

Sophie nickt. »Ja. Was außerdem dafür spricht, dass er, anders als Bartels, stand, ehe er das Bewusstsein verloren hat, ist, dass er sonst nicht auf dem Boden aufgeschlagen wäre und die Nachbarn nicht den entsprechenden Lärm gehört hätten. Das war schließlich für sie der Grund, die Polizei zu rufen.«

»Was meinst du, wieso haben sie das getan?«

»Die Nachbarn?«

Pirlo verdreht die Augen. »Nein, Moritz und Bartels natürlich.«

»Entschuldige. Ich glaube, ich bin gerade einfach müde. Von allem.«

»Mach dir keinen Kopf.« Pirlo zwinkert ihr zu. Auch das hat allerdings schon mal frischer gewirkt. »Also, was denkst du, wie kam es dazu?«

»Ich habe keine Ahnung.« Sophie seufzt. »Möglicherweise war dein, wie soll ich sagen, erster Impuls aber gar nicht so verkehrt.« Ehe er ihn wiederholen kann, fügt sie an: »Wenn ich auch eine andere Bezeichnung für die Räumlichkeit wählen würde.«

»Ein Liebesnest?«

»Zum Beispiel.«

»Und wie kommst du darauf?«

»Wie gesagt: Es gab dort nichts außer einer Einrichtung, die dafür nützlich sein kann. Und die beiden waren nackt.«

4.

ANSCHEINSPRÄTERITUM.

Am nächsten Tag

»Hier ist er elf. Als Cowboy an Karneval. Der Hut ist fast größer als der Kopf.«

Katharina Feltings Blick verliert sich auf dem Foto. Dann tupft sie sich einmal mehr über die Augen. Pirlo betrachtet schweigend das Kind im Kostüm. Auch mit elf Jahren war Moritz für sein Alter groß und schlaksig. In die Kamera lacht ein sommersprossiger Junge mit strahlenden Augen. Pirlo spürt einen Kloß im Hals. Dann geht es schon weiter.

Moritz' Mutter wischt auf dem Tablet zum nächsten Foto. Es zeigt Moritz im Trikot von Eintracht Düsseldorf. Es dürfte ein Schnappschuss sein, auf dem er einen Ball einsammelt, der im Training in Richtung des Fotografen geflogen ist. Moritz ist darauf schon deutlich älter, vielleicht vierzehn, fünfzehn Jahre. Er hebt die Kugel gerade vom Boden auf und lächelt unsicher in die Kamera. Im Hintergrund schießt Serdar aufs Tor.

Katharina Felting sieht das Foto lange an, ohne etwas zu sagen. Gerade noch, während der letzten halben Stunde, wäre das aus Pirlos Sicht ein Segen gewesen. Es hat ihn mehr als nur ein paar Nerven gekostet, dass sie nicht nur wild entschlossen schien, ihm ohne erkennbare Reihenfolge jedes Bild ihres Sohnes zu zeigen, das sie in ihrer Fotosammlung fand, sondern es auch noch jeweils zu kommentieren. Jetzt, da das ausbleibt, ist die Situation aber sogar noch bedrückender. Pirlo lässt ihr einen Moment. Dann noch einen. Irgendwann erkennt er an, dass etwas anders ist als zuvor. Was auch immer passiert ist, es hatte einen kompletten Systemabsturz zur Folge.

»Das ist ein schönes Foto«, brummt Pirlo daher. Aus seiner Sicht ist der Kommentar so neutral wie möglich. Was soll er auch sonst sagen?

Sie schreckt zusammen, als habe sie komplett vergessen, dass er überhaupt da ist. »Entschuldigen Sie, ich war völlig in Gedanken.« Höflich ist sie ja. Sie deutet auf das Bild. »Wenn Sie mich fragen …«

»Ja?«

Sie tupft über ihre Augen. »Damit hat alles angefangen.«

Was vieles bedeuten kann. Da sie wieder verstummt ist, bleibt Pirlo nichts anderes übrig, als danach zu fragen. »Meinen Sie das Training?«

Sie schüttelt den Kopf. »Den gesamten Verein. Die Eintracht.« Sie spuckt den Namen mehr aus, als dass sie ihn spricht. »Diese ganze Fußballsache.«

»Inwiefern?«

Katharina Felting sieht Pirlo überrascht an, so, als habe sie einmal mehr vergessen, dass er da ist. Und warum. Dann lacht sie bitter auf. »Richtig, Sie sind ja deswegen hier, oder?«

»Weswegen?«

»Fußball. Diesem ganzen elenden Zeug.«

»Ich fürchte, ich kann nicht ganz folgen.«

»Sie sind doch derjenige, von dem der Vertrag kommt, den mir Momo vorgelegt hat.«

»Das ist richtig, aber …«

»Ein *Spielerberatervertrag.*« Sie lacht auf. »Als ob!« Dann sieht sie Pirlo unvermittelt an. Ein schmales, vom Kummer ausgezehrtes Gesicht. Grüne Augen. »Was haben Sie sich dabei eigentlich gedacht?« Jetzt ist er es, der nicht weiß, was er sagen soll. Umso mehr ist er erleichtert, dass sie nicht lange auf eine Antwort wartet. »Wir wissen beide, dass Momo nichts, aber auch wirklich gar nichts mit einem *Beratervertrag* hätte anfangen können. Mein Sohn war vieles, aber ganz bestimmt kein Sportler. Haben Sie ihn überhaupt mal spielen sehen?«

Pirlo ist noch genug damit beschäftigt, die Zeitformen einzuordnen. Katharina Feltings Präteritum verwirrt ihn. Wenn es in seinen Fällen um tote Menschen geht, sprechen ihre Angehörigen teilweise von ihnen, als würden sie noch leben. Hier ist das verstörenderweise umgekehrt.

Dann besinnt er sich auf eine Antwort. »Ich habe ihn mal beim Training beobachtet. Herr Bartels war ebenfalls dabei.«

Sie zeigt keinerlei Reaktion. Vielleicht, weil sie den Namen ignoriert. Vielleicht, weil sie ihn nicht kennt. Pirlo weiß schließlich nicht, was die Polizei ihr über die Geschehnisse der Nacht mitgeteilt hat. Auch was im Krankenhaus gesprochen wurde, ist ihm nicht bekannt. Als er sie gegen Mittag anrief, um ihr ein Gespräch anzubieten, hatte er keine Erwartungen gehabt. Als sie zu seiner Überraschung sofort ein Treffen bei sich zu Hause zusagte, war er direkt losgefahren. Jetzt ist er hier. Mehr weiß er auch nicht.

»Wenn sie ihn auf dem Platz gesehen haben, wissen Sie, was ich meine. ›Körperklaus‹ hat Martin ihn immer genannt. Er fand das witzig.« Sie scheint Pirlos fragenden Blick zu bemerken. »Martin war sein Stiefvater.«

Jetzt fängt das mit den Zeitformen allerdings doch an, Pirlo zu nerven. »Bitte lassen Sie das.«

»Was meinen Sie?«

»Frau Felting, Ihr Sohn ist derzeit im Krankenhaus, wo

man ihn nach Kräften behandelt. Sie wissen das. Moritz lebt noch.«

»Natürlich weiß ich das.« Sie wirkt entrüstet. »Ich habe ihn ja vorhin mit meinen eigenen Augen gesehen.«

»Aber?«

»Martin ist nicht mehr unter uns.« Ihre Unterlippe zittert. Vielleicht ist das einfach alles zu viel. Das, was mit Moritz geschehen ist, dazu die Erinnerung an den Tod ihres Partners. Zumindest hat Pirlo die *Hoffnung*, dass ihre Ergriffenheit nicht *nur* daran liegt. Lange hält sie nicht. »Martin war die Liebe meines Lebens. Die Jahre mit ihm waren die glücklichste Zeit, die ich je hatte.«

Was so sein mag. Ob es tatsächlich hierher passt, weiß Pirlo gerade nicht. Also: wirklich gar nicht.

»Wissen Sie, Momos Vater hat mich in der Schwangerschaft sitzen lassen. Martin habe ich kennengelernt, als Momo drei Jahre alt war. Er hat uns so genommen, wie wir waren. Auch Momo. Er hat es wirklich mit ihm versucht.«

»Er hielt Moritz allerdings nicht für besonders sportlich?«, versucht Pirlo, das Gespräch zaghaft wieder zurück zu dem ursprünglichen Thema zu leiten.

Sie lacht. »Das haben Sie aber nett formuliert!« Dann schüttelt sie den Kopf. »Aber nein, wirklich nicht. Ob er ihn dann unbedingt so nennen musste, *Körperklaus* und so weiter, weiß ich zwar nicht. Aber es war in der Beurteilung jedenfalls deutlich realistischer als das, was dieser andere ihm weismachen wollte.«

»Michael Bartels«, rät Pirlo.

Diesmal verändert sich ihre Haltung. Der Rücken ist durchgedrückt. Die Augen sind schmal. »Verschonen Sie mich mit diesem Mann. Ich will nicht mal seinen Namen hören.«

Was hier nicht so ganz leicht ist, schon gar nicht, wenn

Pirlo versuchen will herauszufinden, was, zur Hölle, eigentlich passiert ist. Katharina Felting macht das Ganze mit dem nächsten Satz auch noch gleichzeitig einfacher und schwerer.

»Aber den meine ich an dieser Stelle ausnahmsweise gar nicht.«

»Sondern?«

»Den anderen.«

»Ich habe keine Ahnung …« Dann kommt Pirlo ein Gedanke. »Sprechen wir etwa von Serdar?«

Sie beißt auf ihre Unterlippe. Dann nickt sie. »Ich dachte wirklich, dass das Momo guttut.«

»Was denn?«, fragt Pirlo vorsichtig.

Sie sieht ihn an. Traurige grüne Augen. Was für eine schöne, was für eine anstrengende Frau. »Momo war nicht nur im Fußball für nichts zu gebrauchen. Er hat sich auch sonst unheimlich schwergetan mit …« Es scheint sie Mühe zu kosten, die richtigen Worte zu finden. »Mit eigentlich *allem*.« Sie seufzt. »Am Anfang war ich froh, dass er endlich Anschluss gefunden hatte. Er schien sich in diesem Verein wohlzufühlen. Und dann hatte er sogar endlich mal einen dauerhaften Begleiter, einen richtigen *Freund*.« Sie lächelt müde. »Wie hätte ich denn auch wissen können, dass auch das wieder zu nichts führt?« Ehe Pirlo etwas darauf antworten kann, reißt sie die Augen auf. Das Grün flackert. »O Gott, ich habe Ihnen noch gar nichts zu trinken angeboten!«

»Es passt schon, danke.« Pirlo gibt die Hoffnung auf, dass er sich daran gewöhnen kann, was aus Katharina Feltings Perspektive wichtige Themen sind. Oder was sie erschreckt. Und was nicht.

Sie scheint ihm nicht zugehört zu haben, sondern eilt zu einer Vitrine in der Ecke des kleinen Wohnzimmers. Noch bevor

Pirlo etwas dagegen unternehmen kann, hat sie von dort zwei Gläser geholt und schenkt einen Pastis ein.

»Ich trinke normalerweise tagsüber keinen Alkohol. Aber wann, wenn nicht jetzt?« Sie hebt ihr Glas.

Pirlo macht dasselbe. Alles andere wäre deutlich anstrengender. »Auf Moritz!«

Sie nickt tapfer. »Auf Moritz!«

Dem ersten Glas folgt direkt ein zweites. Dann nimmt Pirlo den nächsten Anlauf. »Was war denn das Problem mit Serdar?«

Katharina Felting schüttelt sich. Offensichtlich ist sie das schnelle Trinken tatsächlich nicht gewöhnt. Abgesehen von ihrem Aussehen ist das fast schon der einzige Pluspunkt. Wobei der nächste gleich folgt. Immerhin.

»Der Junge kann ja eigentlich gar nichts dafür. Serdar, meine ich. Das ist einfach ein ehrgeiziger Teenager, der weiß, was er will. Es wäre wahrscheinlich falsch, daran etwas Schlechtes zu finden oder ihm einen Vorwurf daraus zu machen.«

»Aber?«

Sie schenkt noch einmal ein. »Serdar hat mit dem, was er konnte und wollte, links geblinkt und rechts überholt, während es Moritz sozusagen nur darauf ankam, überhaupt mal irgendwo mitfahren zu können.«

Pirlo zieht die Augenbraue hoch. Das hat sie eigentlich ganz treffend zusammengefasst. Womöglich ist der Pastis gar keine so schlechte Idee.

Sie tupft eine Träne weg. »Momo hat Serdar zwar bei diesen Videos für Instagram und so weitergeholfen. Der Star war aber ganz bestimmt nicht er. Als es um diese ganzen Fotos für die Anzüge ging, den ›persönlichen Ausrüster‹, wie sie das genannt haben, ist er genauso einfach nur mitgelaufen. Auch den Vertrag mit Ihnen hat er doch nur angeboten bekommen, weil die beiden ständig aneinandergeklebt sind und es so für alle

Seiten einfacher war.« Als Pirlo widersprechen will, winkt sie ab. »Lassen Sie ruhig. Ich mache mir da wirklich nichts vor. Womöglich haben Sie noch nicht mal bemerkt, dass ich ihn noch gar nicht unterschrieben habe. Mir hat einfach nicht eingeleuchtet, wieso.« Sie trinkt. Diesmal allein. Es gibt hier aus Pirlos Sicht auch wirklich nichts, worauf anzustoßen wäre.

»So hat sich das durchgezogen. Im Training sah es ähnlich aus. Wenn Serdar nicht bei der ersten Mannschaft hätte mitmischen dürfen, wäre mein Momo nie im Leben dort gelandet. Er war da mehr oder weniger nur zur Begleitung. Glauben Sie mir, die haben alles Mögliche unternommen, damit er zumindest nicht allzu sehr abfällt. Es hat nur nichts geholfen.«

»Ich habe ein Einzeltraining gesehen.« Pirlo versucht es einfach noch mal. »Nur Moritz und Michael Bartels.«

Das Glas zerspringt an der gegenüberliegenden Wand. Ehe Katharina Felting auch das von Pirlo hinterherwerfen kann, zieht er seines rasch zurück. Ohne etwas Neues zu werfen, funkeln ihre Augen ihn einfach nur mit einem grünen Gewitter an. »Ich habe Ihnen schon gesagt, dass ich diesen Namen nicht hören will! Nicht in meiner Wohnung. Und überall anders auch nicht!«

Pirlo versucht, dem Flackern standzuhalten. »Ich versuche Ihnen doch nur zu helfen, Frau Felting!«

»Ha! Mir helfen!« Sie drückt sich aus dem Sofa hoch. »Als ob ausgerechnet *Sie* das wollen!«

»Warum sollte ich denn sonst hier sein?«

Sie wirkt über die Frage ernsthaft irritiert. Für Pirlo ist das eine gute Gelegenheit, um nachzulegen. »Ich weiß nicht, was mit Moritz passiert ist. Was das mit Herrn Bartels und mit allem anderen zu tun hat, ist mir ebenfalls nicht klar. Was ich aber *sicher* weiß, ist, dass wir, Sophie Mahler, Ahmid Khatib, der uns dabei hilft, und ich, es ernst damit meinen, dass wir ihren Sohn begleiten und für ihn da sein wollen. Das gilt nicht nur, aber *gerade* auch jetzt!«

»Wenn Sie das wirklich ernst meinen, hätten Sie verhindern müssen, dass dieser Mann meinen Jungen verführt!« Eine müde Faust trifft Pirlo auf der Brust und bleibt dann einfach dort. Kurz wirken Katharina Feltings Augen noch unruhig. Dann erlischt ihre Wut. »Sie können ja auch nichts dafür.« Für einen Augenblick scheint vieles möglich. Dann zerreißt ein Schluchzen sie.

Pirlo sieht unbeholfen dabei zu. Warum gerät er immer wieder in diese Situationen? Warum? Und wie kommt er ganz konkret aus dieser hier wieder heraus?

Vorsichtig schiebt er die Pastis-Flasche zur Seite. Die Gefahr eines erneuten Ausrastens scheint zwar überschaubar. Man kann es aber schließlich nie wissen. Er tätschelt unbeholfen die Schulter von Moritz' Mutter. Dann steht er auf.

»Ich fürchte, ich muss langsam weiter.«

Sie sieht ihn erschrocken an. Vollkommene Einsamkeit. Waidwunder Blick. »Wollen Sie nicht noch ein bisschen bleiben?«

Als er zu ihr auf das Sofa blickt, fallen ihm seine Haare in die Stirn. Er schüttelt sie langsam. »Es tut mir leid.«

Eine schwache Hand greift nach seinem Hosenbein. »Bitte!«

Er streift sie behutsam ab. »Passen Sie auf sich auf, Frau Felting. Rufen Sie mich an, wenn Ihnen noch etwas einfällt, was wir wissen sollten.« Was natürlich ein Endgegner-Kriminalkommissar-Satz ist. Er meint ihn aber wirklich ernst.

Draußen steuert er auf einen Mülleimer zu und entsorgt die Flasche, die er heimlich von dem Wohnzimmertisch mitgenommen hat. Das wird zwar auch nicht genügen, um Katharina Felting zu retten. Es geht aber zumindest nicht noch mehr in die falsche Richtung.

5.

ATEM.

Auf dem Weg zu Moritz

Sophie hält den Atem an. Effektiv ist es nicht. Natürlich nicht. Olfaktorisch ist der Ertrag überschaubar. Luft holen muss sie ebenfalls. Immerhin kann sie sich auf diese Weise aber noch für einen kurzen Moment vor dem anstrengenden Geruch, diesem süßlich-scharf-drückenden Schleier schützen, der in den Gängen des Marienhospitals hängt. Und das ist es ihr schon wert.

Sie weiß nicht mehr, wie viele Stunden, wie viele zusammenaddierte *Tage* sie in den letzten Wochen in diesem Krankenhaus verbracht hat, um, immer im Wechsel, Pirlo und ihren Vater, ihren Vater und Pirlo zu besuchen. Jetzt also steht der nächste Aufenthalt an, wenn auch zugunsten eines anderen Patienten. Und zwar im wahrsten Sinne des Wortes.

»Moritz Felting? Moment … Hier: ein Einzelzimmer. Dritter Stock. Zimmer 301«, murmelt der desinteressierte Mensch am Empfang. Alle Datenschutzüberwindungsargumente, die Sophie sich auf der Fahrt hierhin zurechtgelegt hat, fallen damit zwar einfach so in sich zusammen. Manches muss man aber eben vom Ergebnis her sehen. Eine alte Pirlo-Weisheit. Ausnahmsweise mal eine, mit der sie etwas anfangen kann.

Im Lift fasst Pirlo für sie noch einmal das Gespräch mit Moritz' Mutter zusammen. Viel zu erzählen gibt es nicht. Andererseits: Was hätte sie auch sagen sollen?

»Du meinst also, dass sie nichts von dieser Wohnung in der Lorettostraße wusste?«

»Ich bin mir noch nicht einmal sicher, ob sie *jetzt* etwas davon weiß.«

»Irgendetwas muss Grobulla ihr ja erzählt haben. Sie wird sich doch auch Gedanken darüber machen, wie ihr Sohn das eigentlich alles organisiert hat.«

Pirlo kneift die Augen zusammen. Es könnte alles Mögliche bedeuten, ein konzentriertes Nachdenken ebenso wie ein schmerzhaftes Lächeln. Wie so oft ist das bei ihm schwer zu sagen.

»Ich habe mir ja nur einen kurzen Eindruck von Frau Felting verschaffen können. Wenn du mich fragst, ist aber nicht komplett ausgeschlossen, dass sie sich solche Fragen gar nicht erst stellt.«

»Wie es kommt, dass ihr Sohn in dieser Wohnung gefunden wurde? Das meinst du doch nicht ernst!«

»Ich *wünsche* mir, dass ich es nicht ernst meinen muss. Lass es mich so formulieren: Sie hat mich jedenfalls nicht danach gefragt. Auch ansonsten wirkte das alles eher so, als würden die beiden weniger miteinander leben als nebeneinanderher.« Er fährt sich über den Bart. »Ein Beispiel: Sie hat unseren Vertrag nicht unterschrieben.«

»Ich weiß.«

»Das ist mir klar. Was mir allerdings *nicht* klar war, wofür mir sogar die Phantasie gefehlt hätte, ist, dass sie das möglicherweise nicht gelassen hat, weil sie keine Zeit dafür hatte oder weil sie nicht von den einzelnen Modalitäten überzeugt war, sondern weil es sie einfach *insgesamt* nicht genug interessiert hat.«

Sophie kommt nicht zu einer Antwort. Der Lift hält im dritten Stock. Sie steigen aus und stehen direkt vor dem Zimmer von Moritz.

Ehe Pirlo klopft, sucht er noch einmal ihren Blick. Sie bemerkt das, schüttelt aber den Kopf. Sie hat nichts mehr zu sagen. Alles, was es an Antworten geben könnte, wartet, wenn überhaupt, dort drin.

6.

BLACK PARADE.

Im Zimmer

Als sie den Raum betreten, reagiert Moritz nicht. Nachdem Sophie vorsichtig näher an das Bett getreten ist, erkennt sie, dass er schläft. Pirlo hält sich neben ihr seine gefalteten Hände an die bärtige Wange. Er hat es also auch gesehen.

Für einen Augenblick verharren sie regungslos. Zu ihrer Überraschung stellt Sophie fest, dass sie so sehr versucht hat, sich auf die Pirlo-Schule einzulassen, also nichts zu denken und ihren Geist möglichst offen für ihre Eindrücke zu lassen, dass sie jetzt damit überfordert ist, dass nichts passiert.

»Lass uns draußen nach einer Ärztin oder einem Arzt suchen«, raunt Pirlo ihr zu. Sie nickt und folgt ihm zur Tür. Kurz bevor sie den Raum verlassen, kommt allerdings ein Geräusch aus der Richtung des Betts.

»Hallo?«

Es klingt furchtbar. Krächzend. Müde. *Fertig.* Die Stimme passt zu der Gestalt im Bett. Instinktiv denkt Sophie an den Protagonisten des *The-Black-Parade*-Videos von My Chemical Romance, das sie in der Unterstufe mit ihrem Bruder angesehen hatte. Schweißfeuchte Haare. Eine skelettartige Statur. Dunkle Schatten unter den Augen. Moritz sieht beängstigend aus und trotzdem so, dass man ihn am liebsten in den Arm nehmen will.

Sie sucht Pirlos Blick. In solchen Momenten ist sie froh, ihn bei sich zu haben. Nicht etwa, weil er so viel besser weiß, wie er sich hier zu verhalten hat. Warum sollte er? Sondern weil es einfach besser ist, nicht allein zu sein. Jetzt. Und sonst auch. Mit ihm hat sie viel erlebt. Das schweißt zusammen. Gerade in solchen Situationen.

»Moritz?«, fragt Pirlo. Seine tiefe Stimme klingt ruhig. Freundlich. Vorsichtig.

»Ja?«

»Hier sind Sophie und ich, Anton Pirlo.«

»Wer?«

Pirlo räuspert sich und tritt einen Schritt näher an das Bett. »Deine Berater.«

Fast-Berater, denkt Sophie. Der Vertrag ist schließlich noch nicht unterschrieben. Dann beglückwünscht sie sich zu ihrer Entscheidung, nach Möglichkeit nichts zu denken. Und dazu, dass das fast geklappt hat.

Moritz holt sich ihre Aufmerksamkeit zurück. »Was wollt ihr hier?«

»Wir wollen sehen, wie es dir geht, Moritz. Du weißt doch, dass wir zu dir halten. Dass wir für dich da sind und uns gern deine Sorgen machen wollen.«

Moritz gibt ein hustendes Geräusch von sich. Es klingt grauenvoll. Sophie braucht daher einen Moment, bis sie erkennt, dass es ein Lachen sein dürfte. Auch wenn nichts daran besonders heiter klingt. Noch bevor sie sich weitere Gedanken darüber machen kann, zerstreut Moritz alle Zweifel. »Mir kann niemand helfen. Erst recht nicht ihr!«

»Das weißt du nicht«, sagt Pirlo leise. »Wenn du willst, kannst du uns erzählen, was passiert ist. Du musst das aber natürlich nicht. Alles, was wir wollen, ist, dass du weißt, dass wir da sind. Und dass du uns vertrauen kannst.«

»Danke.« Moritz klingt müde. Sophie versucht erfolglos, Pirlos Blick einzufangen. Vielleicht ist das hier doch keine gute Idee. Möglicherweise sollten sie noch abwarten, bis es Moritz besser geht. Oder aber zuerst mit einem Arzt sprechen und *danach* mit Moritz. Dieser selbst ist allerdings schneller. Noch bevor Sophie ihren Vorschlag aussprechen kann, zerreißt eine sehr plötzliche und dabei sehr laute Frage die angespannte Atmosphäre.

»Wie geht es ihm?«

Spontan gehen Sophies Gedanken zu Serdar, überholen sich dann allerdings selbst. Mag sein, dass Moritz *auch* an ihn denkt, nach dem, was war, aber ganz bestimmt nicht jetzt.

»Wir wissen nicht, wie es um Michael Bartels steht«, antwortet sie. »Von ihm oder über ihn haben wir bisher nichts gehört.«

Moritz lässt sich erschöpft nach hinten sinken. Er schwitzt und keucht. Sein schlaksiger Körper kommt Sophie dabei in dem engen Krankenhausbett seltsam deplatziert vor. Seine Verlorenheit wirkt vollkommen.

»Seid ehrlich mit mir.« Seine Stimme klingt flehend. Was den Gesamteindruck nicht besser macht. »Ihr müsst mich nicht schonen. Ihr *dürft* es auch nicht!«

»Wir schonen dich nicht, Moritz. Ich verspreche dir, dass wir ehrlich mit dir sind.«

»Lebt er noch?«

»Ich weiß es nicht.«

Moritz stöhnt auf. Es klingt wie ein verwundetes Tier.

»Aber ich glaube schon.«

Er schließt die Augen. Wobei es eigentlich noch mehr ist als das. Er presst sie geradezu zusammen.

»Lasst mich bitte allein«, flüstert er dann.

Pirlo beugt sich behutsam in Richtung des Betts. »Vielleicht willst du uns vorher noch ein paar Fragen beantworten, Moritz. Es sind auch wirklich nicht viele.«

Moritz reagiert so wenig, dass Sophie kaum sagen kann, ob er Pirlo überhaupt gehört hat.

Der spricht derweil leise, fast beschwörend, weiter. »Nur wenn wir wissen, was passiert ist, können wir entscheiden, wie wir dafür sorgen, dass am wenigsten Schaden entsteht für dich, aber auch für Serdar oder deine Mutter.«

Moritz dreht seinen Kopf weg. »Geht jetzt!«

»Moritz ...«

Dann geht es schnell. So schnell, dass Sophie für einen Moment noch nicht einmal sicher ist, ob das hier wirklich passiert. Moritz bäumt sich auf. Sein dünner, verschwitzter Körper katapultiert sich geradezu in die Höhe. Das Patientenhemd verrutscht und legt eine knochige Schulter frei. Sein Blick hetzt von Pirlo zu ihr und wieder zurück. Dann saugt er so hektisch Luft in seine Lunge, dass die Bewegung den ganzen Körper erschüttert, und schreit: »Geht jetzt! Haut ab! Sofort!«

Sophie braucht kurz, um sich aus ihrer Erstarrung zu lösen. Dann spürt sie Pirlos Hand auf ihrem Arm. »Für heute reicht es, glaube ich. Wir haben unseren Teil getan.« Er blickt zu Moritz, der auf dem Bett zurückgesunken ist. Sein Brustkorb hebt und senkt sich hektisch. »Wenn nicht sogar noch mehr.«

7.

AUSGERECHNET.

Im Foyer

Auf dem Weg durch den Eingangsbereich des Krankenhauses treffen sie auf Grobulla. Ausgerechnet.

»Frau Mahler, Herr Dr. Pirlo.«

Der zieht eine Augenbraue hoch. »Herr Oberstaatsanwalt Grobulla.« Dann ist der Höflichkeit Genüge getan. Der allgemeinen Begrüßung ebenfalls. »Ich nehme an, es ist kein Zufall, dass wir hier auf Sie treffen?«

Grobulla schüttelt den Kopf. »Nein. Auch wenn ich wünschte, es wäre so.«

»Wenn wir schon beim Wünschen sind: Wahrscheinlich haben Sie Verständnis dafür, dass wir den jungen Mann, für den wir verantwortlich sind, schützen wollen. Wir wünschen uns aber nicht nur, dass Sie ihn in Ruhe lassen. Wir erlauben uns sogar, das ausdrücklich zu fordern. Moritz Felting ist schwer angeschlagen und in diesem Krankenhaus sicherlich noch mehrere Tage in medizinischer Behandlung. Es gibt daher nichts, was heute sein *muss* und nicht noch Zeit hat.«

Grobulla verzieht den Mund. Besonders gut sieht das nicht aus. Besonders glücklich ebenfalls nicht.

»Ich fürchte, wir sind da nicht derselben Meinung, Herr Dr. Pirlo.«

Was beunruhigend ist. Weniger, dass Pirlo und Grobulla

unterschiedliche Ansichten haben. Das ist sozusagen der Standard. Sondern dass der bullige Oberstaatsanwalt schon das zweite Mal Pirlos Doktortitel verwendet hat. Normalerweise legen beide keinen Wert darauf. Irgendwas ist hier also anders. Und zwar nicht *gut* anders.

Pirlo legt den Kopf schief. »Was wollen Sie hier eigentlich?«

Grobulla sieht ihn lange an. Er wirkt müde. Darüber hinaus ist da aber noch etwas anderes. Pirlo stutzt. Wirkt Grobulla etwa ernsthaft – traurig?

Der Staatsanwalt greift in die Innentasche des von ihm ganz unabhängig von Witterung oder Temperatur getragenen Trenchcoats. »Ich denke, ich kann das auch direkt Ihnen geben. Offen gestanden gebe ich es sogar lieber Ihnen als irgendjemandem sonst. Ich verlasse mich darauf, dass Sie vertrauensvoll damit umgehen. Außerdem darauf, dass Sie sich darum kümmern.«

Er kramt ein paar zerknitterte Seiten hervor. Pirlo erkennt die Farbe. Und die Bedeutung.

»Was soll das, Grobulla?«

Der hebt schwerfällig die Schultern. »Es tut mir leid. Ich bin hier, um Moritz Felting zu verhaften.«

DIE ZUMUTBARKEITSPRÜFUNG

1.

BLICK.

Drinnen

Er spürt, wie der Blick des Menschen vor ihm auf ihn gerichtet ist. Die Augen sind wach. Gespannt. Da. Und wütend.
Er weiß, dass er beobachtet wird. Jede seiner Bewegungen. Vielleicht auch jeder seiner Gedanken.
Er muss vorsichtig sein. Sehr vorsichtig. Zugleich fühlt es sich an, als sei er gar nicht hier. Als sei das alles nicht echt. Nicht wahr. Als finde das wirkliche Leben woanders statt. Wann anders. Ohne ihn.
Dann wieder die Stimme. Mahnend. Fordernd. Laut. Er zuckt zusammen. Es ist keine Zeit mehr, zu denken. Er muss handeln. Sich trauen.
Jetzt.

2.

LEGALITÄTSPRINZIP. ANKLAGE. SNAFU.

Drei Wochen nach dem Besuch im Krankenhaus

Drei Wochen nach dem Krankenhausbesuch bei Moritz kommt die Anklage. Noch einmal drei Wochen später soll die Hauptverhandlung stattfinden. Das ist zwar beides bemerkenswert schnell. Der Fall ist allerdings auch nicht besonders kompliziert. Zumindest dann nicht, wenn man der Staatsanwaltschaft folgt.

Sophie liest Pirlo das Schreiben in der Kanzlei vor.

Anklage der Staatsanwaltschaft Düsseldorf zur Jugendkammer am Jugendgericht Düsseldorf.
Am 10.08.2024 erstellte der zum Tatzeitpunkt sechzehnjährige jugendliche Angeschuldigte in einer Wohnung in der Lorettostraße 29, 40455 Düsseldorf, um 20:45 Uhr ein Gemisch aus Rotwein der Marke Plansel und jedenfalls mindestens achtzehn Tabletten des Fabrikats Paracetamol. Diese löste er in dem Wein auf, den er danach dem Geschädigten, dem Zeugen Michael Bartels, zu trinken gab.

Der Angeschuldigte hatte über die Internet-Suchfunktion Google zuvor am selben Tag, um 11:44 Uhr, recherchiert, ab welcher Paracetamol-Wirkstoffhäufung eine Medikamenten-

intoxikation und ein hepatisches Koma auftreten. Eine Überdosierung liegt nach den Suchergebnissen des Angeschuldigten grundsätzlich bereits ab sechs Tabletten pro Tag vor. Er überschritt diese Dosierung mit dem von ihm zubereiteten Gemisch damit um mindestens das Dreifache. Er hielt es mithin nicht nur für möglich, dass die von ihm hergestellte Mixtur tödlich wirken könnte. Es kam ihm, als er sie dem Zeugen Bartels zu trinken gab, gerade darauf an.

Dabei spielt es keine Rolle, ob der Angeschuldigte das Gemisch ebenfalls trinken wollte beziehungsweise das auch tatsächlich getan hat. Für den Fremdschädigungswillen ist eine eigenverantwortliche Selbstgefährdung nicht zurechnungsrelevant.

Der Angeschuldigte hat damit versucht, einen Menschen zu töten. Er hat sich des Verbrechens des versuchten Totschlags schuldig gemacht.

»Immerhin kein Mord.« Mehr fällt Pirlo dazu gerade auch nicht ein. Er merkt selbst, dass er trotzig klingt. Und bitter. »Offensichtlich hat es Grobulla nicht über sich gebracht, dem Jungen auch noch eine Heimtücke oder niedrige Beweggründe vor den Latz zu knallen.«

Sophie pustet eine Strähne aus der Stirn. »Sei nicht so hart.«

»Zu wem?«

»Zu Grobulla. Zu dir selbst übrigens auch nicht.«

»Der kann mich mal«, murmelt Pirlo. »Du meintest doch, dass es bei deinem Aufenthalt in der Lorettostraße so gewirkt habe, als würden die beiden, Moritz und Michael, irgendwie zusammen romantisch aus dem Erdendasein rutschen wollen.«

»Wenn du es unbedingt so ausdrücken musst ...«

»Vergiss die Wortwahl. Stimmt es denn in der Sache?«

»Da schon.«

»Na also.«

»Jedenfalls wollten sie gemeinsam nicht mehr weiterleben. Ein Suizid ist aber nicht strafbar.«

»So einfach ist das hier leider nicht. Das ist dir doch auch klar.«

»So einfach *sollte* es aber sein.« Für einen Augenblick wirkt es, als ringe Sophie damit, ob sie auf Pirlo zukommen soll. Oder will. Dann bleibt sie aber doch auf ihrer Seite des Besprechungstischs sitzen. »Komm schon, Toni. Du weißt, dass Grobulla keine Wahl hatte.«

»Als ob!«

Sie wirkt selbst nicht überzeugt. »Angenommen, er *hatte* eine Wahl und hat das auch so für sich anerkannt, ist seine Entscheidung, hier eine Anklage zu erheben, zumindest vertretbar.«

»Sehe ich anders.« Pirlo weiß, dass er trotzig klingt. Er fühlt sich aber auch so.

Sophie spricht langsam weiter. Nicht belehrend. Und doch so, als wolle sie zu ihm durchdringen. Allein schon, weil es eben sein muss. »Wenn es eine hinreichende Tatsachengrundlage gibt, die nach kriminalistischer Erfahrung darauf schließen lässt, dass eine Straftat begangen worden sein *könnte*, muss er ermitteln. So ist das nun mal nach dem Legalitätsprinzip, das für die Staatsanwaltschaft gilt.« Sie seufzt. »Mit anderen Worten: Grobulla macht einfach nur seinen Job.«

»Das kann er ja von mir aus sogar noch tun.«

»Wie gnädig von dir.«

»Reiz mich nicht.« Pirlo dreht an seinen Haaren. »Bitte.« Dann steht er auf und geht langsam durch den Raum. »Aber warum erhebt Grobulla dann jetzt auch noch Anklage? Kann ja sein, dass er ermitteln will, was da los ist. Es kann sogar sein, dass er das ermitteln *muss*. Aber wieso geht er davon aus, dass er das vor Gericht bringen sollte?«

»Was soll er denn sonst tun? Die Ermittlungen einstellen, einfach so mal eben, weil ihm der Junge *leidtut*?«

Wobei das bissiger klingt, als es Sophie meinen dürfte. Dafür spricht jedenfalls ihr Lächeln, das so warm und ruhig ausfällt, dass Pirlo für einen Moment fürchtet, es könnte verständnisvoll sein. Bis er versteht, dass es verständnisvoll *ist*. »Du weißt schon, dass er uns wahrscheinlich sogar einen Gefallen tun will.«

»Wer? Grobulla?«

»Allerdings.«

Pirlo wirft die Hände in die Luft. »Was, zur Hölle, redest du denn da?«

»Überleg doch mal.« Sophie klingt ganz ruhig, fast sanft. Was es für Pirlo wirklich nicht besser macht. »Wenn wir unterstellen, dass Grobulla der Meinung ist, hier Anklage erheben zu müssen, das aber eigentlich gar nicht will, dann würde er doch alles daransetzen, dass das schnell passiert. Der Ablauf zeichnet sich dann ja ab: Eine schnelle Beweisaufnahme, ein knappes Urteil. Was hier im Raum steht, ist immerhin ein Tötungsdelikt.«

»Und?«

»Bartels ist noch im Krankenhaus. Ob und wann man ihn befragen kann, ist nicht klar. So lange bleibt es aber dabei, dass Moritz noch wach war, Bartels aber nicht. Ich muss dich ja wohl nicht an die Gisela-Entscheidung erinnern.«

»Natürlich nicht.«

»Bundesgerichtshof vom vierzehnten August 1963. Aktenzeichen 2 StR 181/63.«

»Na klar.«

»Beim einseitig fehlgeschlagenen Doppelselbstmord ist der

Überlebende wegen Tötung auf Verlangen mit einer Freiheitsstrafe von sechs Monaten bis zu fünf Jahren zu bestrafen, wenn er das zum Tode führende Geschehen beherrscht hat.«

Pirlo zieht die Augenbrauen hoch. »Wie gesagt: Ich weiß.«

»Natürlich.«

»Allerdings.«

Sophie sieht ihn an. Er hält ihren Blick. Keiner lacht. Dazu ist das hier auch einfach viel zu ernst. Außerdem hat sie einen guten Punkt angesprochen. Mal ganz unabhängig von dem Detail, ob er diese Entscheidung jetzt kennt oder nicht.

»Solange nicht klar ist, ob es dieses Verlangen wirklich gab, könnte es sich aber auch um ein klassisches Tötungsdelikt handeln«, fährt Sophie fort. »Dann könnte die Staatsanwaltschaft die Ermittlungen allerdings, selbst wenn sie das will und für opportun hält, nicht einfach einstellen.«

»Du meinst also tatsächlich, deshalb drückt Grobulla so aufs Tempo? Weil er die Sache eigentlich *sein lassen* will?«

»Lass es mich als im Sinne einer Gegenprobe formulieren: Kannst du dir *irgendeine* andere Erklärung vorstellen?«

Was Pirlo dann doch zum Nachdenken bringt. Tatsächlich kann er das nicht. Wirklich nicht. Selbst dann nicht, wenn es hier um eine Entscheidung von Grobulla geht.

Sophie scheint seine Gedanken zu erraten. »Ich habe jedenfalls *wirklich nicht* den Eindruck, dass es die Staatsanwaltschaft besonders auf Moritz abgesehen hat«, fährt sie fort. »Immerhin hat Grobulla ihn trotz des formalen Haftbefehls zur medizinischen Behandlung im Marienhospital bleiben lassen und ihn nicht auch noch ins Justizkrankenhaus nach Fröndenberg verfrachtet.«

»Das ist ein schwacher Trost.«

»Ich weiß.« Dann rafft Sophie sich auf. »Aber trotzdem: wenigstens das.«

Pirlo sieht sie mit müden Augen an. »Spätestens aus der Ermittlungsakte müsste erkennbar sein, ob das, was du annimmst, in die richtige Richtung geht.«

»Stimmt.«

»Wir bekommen aber nur dann Einsicht in die vollständige Akte und damit auch in Grobullas Entscheidungen, wenn wir als Verteidiger zur Verfügung stehen.«

»Ganz genau.«

»Für den Moment sind wir bestellt.«

»Was wir nicht zuletzt Grobullas Anregung gegenüber dem Ermittlungsrichter zu verdanken haben.«

Pirlo dreht weiter an einer Strähne. »Wir haben uns allerdings nicht allzu sehr dagegen gewehrt.«

»Wie hätten wir das auch machen sollen? Vertrag hin oder her, wir stehen für den Jungen in der Verantwortung.«

»Dann müssen wir Moritz im Zweifel aber auch vor Gericht begleiten.«

»Das ist mir klar.«

»Du weißt, dass er eigentlich nichts mit uns zu tun haben will. Das Letzte, was wir von ihm mitbekommen haben, war der Rausschmiss aus seinem Krankenzimmer. Ich weiß nicht mal, ob ihm überhaupt klar ist, dass es diese Anklage gibt.«

»So wie ich es sehe, will er von diesem *gesamten* Verfahren nichts wissen. Ob Moritz wirklich ein Problem mit uns persönlich hat, kann ich dir nicht sagen. Ich glaube es aber fast nicht. Wir haben ihm ja nichts getan. Im Gegenteil, wir scheinen mit die Einzigen zu sein, die sich überhaupt noch für ihn einsetzen.«

Pirlo hat zwischenzeitlich ganze Locken in seine Strähnen gewickelt. »Dann lass es uns vom Ergebnis her angehen: Wir belassen es also bei der Bestellung als Pflichtverteidiger?«

Sophie nickt. »Ja. Unabhängig davon, ob man uns da überhaupt noch rauslassen würde, steht das für mich fest. Wir lassen Moritz nicht allein.«

»Gut. Dann ist das so. Auch wenn es Zeit und Kraft kosten wird, die uns dann woanders fehlt.«

»Zum Beispiel beim Geldverdienen«, ergänzt Sophie. »Ich weiß. Aber es ist das einzig Richtige. Und dann *müssen* wir das eben tun.«

»Snafu«, brummt Pirlo.

»Snafu«, bestätigt Sophie. »Situation normal. All fucked up.« Dann kommt ihr anscheinend noch ein weiterer Gedanke. »Was sagt eigentlich Serdar zu all dem?«

Pirlo spürt, wie seine Schultern durchsacken. »Das willst du nicht wirklich wissen.«

»Doch. Allerdings.« Sie beugt sich vor. »Wir müssen uns schließlich auch damit befassen, was das Verfahren für *ihn* bedeuten kann.« Sie zeigt auf die Anklage. »Du hast die Liste mit den durch die Kammer vorgesehenen Zeugen gelesen.«

»Ja, habe ich. In all ihrer Überschaubarkeit.«

Sie verzieht den Mund. »Aus meiner Sicht spielt es keine Rolle, dass die Staatsanwaltschaft nur zwei Leute benennt. Zum einen ist es trotzdem kein Selbstläufer. Und zum anderen ist Serdar einer der beiden. Dir muss doch klar sein, was dadurch auf ihn zukommen kann.«

»Und auf uns.«

Sophie nickt. »Eben. Was umso mehr ein Grund ist, sich um den Jungen zu kümmern. Und zwar dringend.«

Pirlo seufzt. »Ich weiß.«

Sophie lässt nicht locker. »Trotzdem habe ich seit Wochen nichts mehr von ihm oder seinem Vater gehört. Du wolltest dich doch darum kümmern. Hast du das denn nicht gemacht?«

Er seufzt. »Doch.«

»Und, wie war es?«

»Kurz.«

»Weil man nicht mit dir gesprochen hat?«

»Nur, um mir zu sagen, dass ich zur Hölle fahren soll.«

»Und jetzt?«

Pirlo drückt den Rücken durch. Was immerhin einen Hauch von Dynamik mitbringt. Auch wenn es eher gequält als entschlossen wirkt. »Jetzt warte ich noch drei Tage, ob sich Serdar bei uns meldet oder sonst irgendwas passiert, was uns voranbringt.«

»Drei Tage?«

Pirlo nickt. »Drei Tage. Keinen mehr und keinen weniger.«

»Und dann?«

»Dann fahre ich zu den Tuncays und klingle.«

»Ich hatte auf eine ernsthafte Antwort gehofft.«

»Das *war* mein Ernst.«

Sophie scheint das abzuwägen. »Meinst du wirklich, das ist eine gute Idee?«

»Nein.« Er seufzt. »Aber es ist die einzige, die ich noch habe.«

3.

FLUCH.

Drei Tage später. Keiner mehr. Keiner weniger.

Einen Anlauf nimmt Pirlo noch. Es soll der letzte sein. Was danach passiert, ist unklar. Vielleicht ja tatsächlich das, was er Sophie in Aussicht gestellt hat. So unangenehm das wäre.

Hamza nimmt nach dem fünften Klingeln ab. »Hör auf anzurufen.«

»Ich wünschte, ich könnte.«

»Was soll das heißen?«

»Alles ist noch viel komplizierter, als du denkst.« Pirlo seufzt. »Leider.«

Im Anschluss fackelt Pirlo nicht lange. Eine Viertelstunde, nachdem sie das Telefonat beendet haben, steht er mit Ahmid in dessen Wagen bei den Tuncays vor der Tür. Ganz klar, wenn sie noch einmal etwas erreichen wollen, dann jetzt. Nur: Wie?

Ahmid schaltet die Musik aus. Snoop Dogg verabschiedet sich mitten im Satz. Da damit der lärmende Hintergrund wegfällt, kann Pirlo plötzlich wieder seine eigenen Gedanken hören. Es hilft nur nicht besonders viel weiter. Auch Ahmid scheint sich noch einen Augenblick sammeln zu wollen. Oder zu müssen. Dann gibt er sich erkennbar einen Ruck. »Gehen wir rein?«

»Bleibt uns was anderes übrig?«

»Nein.«

Pirlo fährt sich über den Bart. Im Augenwinkel bemerkt er bei seinem Bruder genau dieselbe Geste. Was ein bisschen niedlich ist. Auch wenn es kaum einen Ausdruck geben dürfte, der weniger zu Ahmid passt. Dann klingeln sie. Hamza erscheint in der Tür. Und bleibt da stehen.

»Hamza.«

»Ramzes. Ahmid.«

»Dürfen wir rein?«

»Warum?«

»Wir sollten reden.«

»Das haben wir vorhin schon getan.«

»Wir meinen ein richtiges Gespräch. Am Telefon hast du uns gesagt, dass wir dich in Ruhe lassen sollen.«

»Und Serdar.«

»So funktioniert das aber nicht. Das haben wir dir gesagt. Und du hast es auch verstanden. Ich weiß, dass das so ist.«

»Doch. Genau *so* funktioniert das.«

»Bitte, Hamza. Lass uns wenigstens kurz sprechen. Es ist wichtig, dass wir gut aufgestellt bleiben.«

»Bleiben?«

»Sind. Werden. Was auch immer.«

Hamza schüttelt den Kopf. »An meiner Haltung hat sich nichts geändert.« Er deutet auf Pirlo und Ahmid. »Ich weiß nicht, was mit euch Khatibs los ist. Aber ihr seid *bir lanet.* Wie ein Fluch.«

Womit das hier ungefähr genauso großartig läuft, wie Pirlo es befürchtet hat. »Du weißt, dass wir nichts für das können, was um deinen Jungen herum passiert ist. Schon weil es einfach nichts mit deinem Jungen zu tun hat. Mit uns übrigens erst recht nicht«, sagt er jetzt.

Hamza antwortet mit einer Frage. »Kann der Fluch etwas dafür, dass er ein Fluch ist?«

Hui. Pirlo kratzt sich am Bart. Ganz schön philosophisch. Ganz schön egal aber auch. So kommen sie nicht weiter. Wenn sie aber schon mal hier sind, *muss* sich das einfach lohnen. Zumal die Katastrophen ja nicht aufhören. Sondern gerade erst anfangen.

»Lass uns bitte rein, Hamza«, sagt er daher so ruhig und behutsam wie möglich. »Wir müssen uns wirklich unterhalten. Zum einen mit dir, zum anderen aber auch mit Serdar.«

Normalerweise kann sich Pirlo auf seine Stimme verlassen. Auf das tiefe, warme Brummen. Auch jetzt scheint sich bei Hamza etwas zu bewegen. Er wirkt, als werde er zumindest nachdenklich. Als höre er *überhaupt* mal hin. Dann geht sein Blick nach links und rechts. Hinter den anderen Wohnungstüren auf dem Flur scheint alles ruhig zu sein. Ohren haben sie trotzdem. Pirlo weiß das. Er ist ähnlich aufgewachsen.

»Fünf Minuten«, raunt Hamza schließlich. Dann tritt er zur Seite.

Fatma Tuncay sitzt in der Küche und schält Kartoffeln. Dass sie Pirlo und Ahmid keines Blickes würdigt, hat dabei nichts mit Religion oder Brauch zu tun. Sie hat einfach nur kein Interesse an den beiden Spinnern. Den Gebrüdern Fluch. Die Wut, mit der sie die Kartoffelschalen mit fast der halben Knolle abreißt, hätte es als Ausdruck davon gar nicht zwingend gebraucht. Sie zerstreut trotzdem letzte Zweifel.

»Vielleicht sollten wir Serdar direkt mit dazunehmen«, schlägt Pirlo vor. Nicht, weil es damit einfacher wird. Erträglicher erst recht nicht. Er macht sich nur nicht viele Illusionen darüber, dass das Gespräch besonders lange dauert. Oder dass es danach noch besonders viele davon gibt. »Ist er denn da?«

»Natürlich ist er da!« Hamza explodiert so heftig, dass es ihm selbst unangenehm zu sein scheint. Er atmet erstaunlich lange durch die Nase aus. Dann fragt er: »Wo soll er denn hin? Was glaubt ihr eigentlich, was die Leute da draußen denken? Worauf sie ihn ansprechen? An wie vielen verdammten Telefonen er vorbeikommen kann, ohne dass einer ein Foto oder ein Video von ihm macht?« Hamza klopft sich auf die Brust. Alle warten einen Moment ab. Ganz gleich, was sonst so ist, ein Herzinfarkt verbessert die Lage hier auf keinen Fall.

Dann geht es schließlich doch weiter. Wenn auch in einem etwas langsameren Tempo. »Vor ein paar Wochen war er noch der große Star. Der Stolz des Viertels. Jetzt gibt es quasi einen Liveticker dazu, was um ihn herum an Katastrophen passiert!«

Pirlo spürt, wie seine Kehle trocken wird. Er ist nervös. Auf etwas zum Trinken braucht er trotzdem nicht zu hoffen. Nicht, weil Hamza nicht gastfreundlich wäre. Er ist hier eben nur kein Gast. Sondern der Fluch. Und so weiter.

»Das tut mir leid.«

»Du kannst dir gar nicht vorstellen, wie egal mir das ist!«

»Wir können versuchen, die Berichterstattung einzuschränken. Das hat schließlich schon einmal geklappt.«

»Und am Ende trotzdem nicht funktioniert!« Womit Hamza recht hat. Aber wenn sie sich ausschließlich an solchen Kategorien orientieren, kommen sie hier nicht weiter.

»Glaub mir, Hamza, ich verstehe deinen Ärger. Ehrlich. Ich würde gern sagen, dass ich auch deine Wut teile, aber wir wissen beide, dass ich mir in Wahrheit noch nicht einmal *vorstellen* kann, wie ihr euch fühlt.« Hamza schluckt. Fatma bearbeitet eine Kartoffel.

Pirlo fährt fort: »Du erinnerst dich aber vielleicht noch, warum du *ursprünglich* zu mir gekommen bist. Dabei ging es nicht vorwiegend um das Beraten von Serdar als Spieler. Ich habe das dann zwar aufgebracht und Ahmid empfohlen. Das würde ich auch nach wie vor machen. Immer. An jedem Tag.«

Hamza zuckt zusammen, bleibt aber stumm. Das gilt erfreulicherweise auch für Ahmid. Jetzt geht es darum, nicht nur zu reden, sondern auch etwas zu *sagen*. Darin ist sein Bruder besser. Das weiß er nicht nur. Er erkennt es inzwischen auch an.

Pirlo fährt sich langsam über den Bart. »Was sich danach ereignet hat, ist kaum zu ertragen. Es ist einfach *viel*. Die Unruhe nach diesen Todesfällen. Der Streit in der Mannschaft. Dass Serdar seinen Kaderplatz verloren hat. Das, was jetzt mit Michael Bartels war.« Er holt noch einmal tief Luft. »All das hat aber mit *uns* nichts zu tun. Es hat sich unabhängig davon ereignet, dass Sophie, Ahmid oder ich mit Serdar und Moritz in Kontakt gekommen sind. Es mag ja sein, dass die falsche Zeit und der falsche Ort zusammengetroffen sind. Das gilt aber ganz unabhängig von der Beratung durch die Menschen bei *Recht.Schaffen.*«

Hamza setzt sich auf. Er ist erkennbar bereit zu widersprechen. Dann lässt er es aber doch. Vielleicht, weil er einsieht, was Pirlo sagt. Wahrscheinlich aber eher, weil er entschieden hat, dass das, was er sich hier in seiner Küche anhören muss, sowieso nichts bringt.

Pirlo senkt die Stimme. »Das, weswegen wir uns kennengelernt haben, ist aber trotzdem noch das, womit wir, Sophie und ich, uns auskennen. Wir sind Rechtsanwälte. Strafverteidiger. Das ist der Beruf, den wir gelernt haben und der auf unserem Kanzleischild steht.«

»Und?«

Pirlo seufzt. »Das ist das, worum es *jetzt* geht. Jedenfalls auch.«

Etwas in Hamzas Blick flackert auf. Es dauert nur einen Sekundenbruchteil. Da ist es aber trotzdem. »Was soll das bedeuten?«

»Wir werden Moritz Felting verteidigen.«

»Ihr wollt ihn *verteidigen*?«

Pirlo nickt. »Ja. Sophie und ich.«

»Wegen was denn?«

»Er soll wegen versuchten Totschlags angeklagt werden.«

»Was?«

»Moritz soll versucht haben, einen Menschen zu töten. Das weißt du doch!«

Hamza legt den Kopf schief. »Und was hat das mit Serdar zu tun?«

Die Frage ist berechtigt. Pirlo entsperrt sein Telefon. Jetzt kommt der *richtig* unangenehme Teil.

»Sophie, meine Kollegin, ist heute in der Kanzlei. Während wir, Ahmid und ich, hierhergefahren sind, hat sie sich von der Staatsanwaltschaft den aktuellen Stand der Ermittlungsakte besorgt.«

Hamza nimmt das hin. Ob und wie das ohne das Zutun von Grobullas Abteilung unmittelbar nach einer Anklage auch sonst so schnell geht, hinterfragt er gar nicht erst. Schon, weil es ihn nicht interessiert.

»In der Akte hat die Staatsanwaltschaft ihre Erkenntnisse und Entscheidungen festgehalten, das, was dazu geführt hat, dass sie die Anklage gegen Moritz erhoben hat.«

»Und?«

Jetzt wird Hamza doch ungeduldig. Pirlo kann ihn zwar verstehen. Verschonen kann er ihn allerdings nicht. »Wir wollen mit Serdar über ein paar Stellen dieser Akte sprechen.«

»Macht das doch mit Moritz. Er ist schließlich angeklagt. Und nicht Serdar.«

»Das wollten wir.«

»Aber?«

Pirlo seufzt. »Er spricht nicht mit uns.«

»Na also!«

»Na also – *was*?

»Er wird seine Gründe dafür haben.«

»Davon gehe ich ganz fest aus, Hamza. *Tatsächlich* wird sich Moritz etwas dabei denken. Ich kann gerade aber noch nicht sagen, ob ich sie nachvollziehen kann, schon, weil ich nicht weiß, welche es sein *könnten*. Wir kommen daher mit Blick auf die Akte nicht weiter.« Pirlo dreht an seinen Haaren. »Was uns beunruhigt. Und zwar sehr.«

»Warum soll Serdar wissen, was Moritz über irgendwelche Sachen aus *seiner* Akte denkt?«

»Die beiden waren immerhin beste Freunde.«

»Das sagst du.«

»Ach komm, du weißt genau, dass sie ständig aufeinandergehangen sind. Sie haben diese Videos miteinander gedreht. Sie haben zusammen gespielt und zeitgleich den Sprung in die erste Mannschaft geschafft. Noch vor ein paar Tagen haben wir eine kleine Ewigkeit auf Moritz gewartet, nur damit die beiden zusammen von Eintracht Düsseldorf losfahren konnten, was sie dann ungefähr eine Viertelstunde lang gemacht haben, ehe sie sich angeblich um ihre *Hausaufgaben* kümmern mussten. Wenn ich dich noch einmal erinnern darf: übrigens auch zusammen.«

»Na und? Was hat Serdar damit zu tun, was Moritz und dieser …« Hamza scheint nach dem richtigen Begriff zu suchen. »*Trainer* miteinander veranstaltet haben? Was hat Serdar hier *überhaupt* mit irgendetwas zu tun?«

Natürlich fällt Pirlo auf, dass Bartels innerhalb kurzer Zeit sowohl bei der Mutter von Moritz als auch bei dem Vater von Hamza seinen Namen verloren hat. So schnell geht das also. Noch wichtiger ist allerdings, dass Ahmid neben ihm entschlossen zu sein scheint, einen Kommentar abzugeben. Was der ohnehin schon heiklen Lage wahrscheinlich nicht zuträglich sein dürfte. Zumindest will es Pirlo nicht herausfinden.

»Ich verstehe deine Frage«, setzt er daher in Hamzas Richtung an. »*Eure* Frage. Ich gehe davon aus, dass dich, Fatma, das genauso beschäftigt.«

Hamzas Blick ist hart, die darin liegende Botschaft klar: Lenk nicht ab.

Pirlo räuspert sich. »Vielleicht hat Serdar mit der ganzen Moritz / Bartels-Angelegenheit *tatsächlich* nichts zu tun.« Hamzas Blick verfinstert sich. »Wahrscheinlich sogar. Lasst uns davon jedenfalls mal ausgehen.« Dann drückt Pirlo den Rücken durch. Es hilft nicht, das, was jetzt kommt, noch weiter hinauszuzögern. »Die Frage ist aber, ob das die Ermittlungsbehörden auch so sehen. Und falls ja, ob sie bei dieser Sichtweise bleiben.«

»Was meinst du damit?« Hamzas Stimme zittert. Dann knallt es doch wieder. »Was meinst du damit, verdammt?«

Pirlo deutet auf sein Telefon. »Die Aktenlage ist, wie soll ich sagen? Sie ist kompliziert.«

»Willst du etwa andeuten, dass mein Sohn – mein *Sohn*! – etwas mit diesem Trainer zu tun haben soll? Mit dem, was er mit Moritz *gemacht* hat? Damit, dass die beiden – *nur* diese beiden! – sich irgendwie vergiftet haben?«

»Nein«, murmelt Pirlo, »jedenfalls nicht nur.«

»Was?« Die Frage ist nicht laut. Sie hallt trotzdem durch den Raum.

Pirlo sieht auf sein Telefon. Auf die Akte. Auf diesen einen Vermerk, den Sophie farblich hervorgehoben hat. »Was tatsächlich los ist, kann ich euch nicht sagen. Aber irgendetwas stimmt bei dieser Geschichte von Moritz nicht. Irgendwas ist da *noch*. Und wir müssen dringend herausfinden, was das ist.«

4

MORD. MACHT. FUSSBALL. SEX. UND EIN VERMERK.

In der Kanzlei

»Wie hat Hamza das Gespräch angenommen?«, fragt Sophie.

»Gar nicht.«

»Fuck.«

»Allerdings.«

»Wie war es bei ihr?«

»Fatma Tuncay hat kaum etwas gesagt.«

»Und mit Serdar hast du nicht sprechen können?«

»Kein Wort. Ich weiß noch nicht mal, ob er wirklich da war. Wahrscheinlich aber schon. Was Hamza gesagt hat, ergibt ja leider Sinn.«

»Dass der Junge draußen keinen Schritt mehr gehen kann, ohne auf diese ganze Tragödie angesprochen zu werden?«

»Vielleicht kann man das den Leuten nicht mal verübeln. Das, was die *POST* berichtet, setzt sich schließlich aus den richtigen Zutaten zusammen: Mord, Macht, Fußball.«

»Und jetzt auch noch Sex.«

»Ja. Leider. Als ob das jemals irgendwas einfacher gemacht hätte.«

Kurz hat Pirlo den Eindruck, dass Sophie dazu ein Kommentar auf der Zunge liegt. Dann stellt sie allerdings eine andere Frage: »Was meinst du, woher wusste Fleischmann, dass Bartels und Moritz eine Affäre hatten?«

»Das *wissen* genau genommen nicht mal wir.« Pirlo legt die Stirn in Falten. »Wir sollten den Gedanken jedenfalls nicht vorschnell ausschließen, dass es hier auch um sexualisierte Gewalt gehen könnte. Zwischen Felting und Bartels bestand schließlich eine Art Abhängigkeitsverhältnis.«

»Du vergisst, dass ich vor Ort war. Und dass *beide* nichts anhatten.«

»Was aus Sicht von Moritz nicht freiwillig gewesen sein muss.«

Sophie schüttelt langsam den Kopf. »Mag sein, dass uns das für die Verteidigung helfen würde. Belastbar ist es aber leider trotzdem nicht. Glaub mir, Toni, wir kommen auf diese Weise nicht weiter.«

Pirlo trinkt seinen Kaffee aus. Fast mit derselben Bewegung steht er auf, um in der Kanzleiküche einen neuen aufzusetzen. Während es im Hintergrund in der kleinen silbernen Kaffeekanne auf der Herdplatte blubbert, taucht Pirlo wieder auf, lehnt sich in den Türrahmen und führt Sophies Gedanken fort. »Ich weiß. Die Umstände sprechen tatsächlich für sich.« Er streicht eine Strähne zurück hinter die Ohren. »Es geht mir trotzdem auf die Nerven, dass mittlerweile jeder zu glauben scheint, er oder sie sei zum wilden Mitspekulieren eingeladen.«

»Hast du darüber nachgedacht, Fleischmann noch mal anzuschießen? Vielleicht bekommen wir dadurch zumindest die Berichterstattung in den Griff.«

»Klar, wir können das versuchen. Es wird diesmal aber nichts bringen. Er beruft sich auf verlässliche Quellen. In der *POST* steht nichts, was sich nicht auch in der Ermittlungsakte findet. Bei der Polizei wird er jemanden haben, der ihm diese Sachen gesteckt hat. Du weißt, wie die Leute sind. Die meisten Informationsanzeigenhauptmeister wollen für diese Art von Spitzelei noch nicht einmal etwas haben.«

Sophie geht auch darauf nicht weiter ein. Sie reibt sich die Schläfen und sammelt erkennbar ihre Gedanken. »Moritz spricht nicht mit uns. Für Serdar gilt dasselbe. Alles, was wir haben, ist die Akte – und damit ein Rätsel.«

»Immerhin teilen wir das mit der Staatsanwaltschaft und der Polizei.«

»Vielleicht.«

»Wie meinst du das?«

Sophie zuckt mit den Schultern. »Wir können zwar sehen, dass sie keine weiteren Informationen haben. Dabei wissen wir aber nicht, was sie über diejenigen, die ihnen vorliegen, *denken*. Und vor allem nicht, welche Schlüsse sie daraus ziehen.«

Pirlo nickt. »Richtig.«

Sophie fängt seinen Blick. »Das gilt vor allem hinsichtlich dieses Vermerks.«

Sie muss das nicht weiter spezifizieren. Pirlo weiß auch so, was sie meint. *Den* Vermerk. Den Endgegner.

»Ihn noch einmal dazu anzurufen bringt wahrscheinlich nichts, oder?«

»Serdar?«

»Ja.«

Pirlo schüttelt den Kopf. »Ich habe es ein paarmal versucht. Er geht nicht dran. Auch auf WhatsApp schreibt er nicht zurück. Mehr Gestalke braucht es an der Stelle wahrscheinlich nicht. Erst recht nicht, wenn es nichts bringt.«

Er bemerkt, dass Sophie blass wird, nicht länger zwar als für einen kurzen Moment. Da sich ihre Gesichtsfarbe aber sonst, wenn überhaupt, eher in die andere, rottönigere Richtung verändert, fällt es ihm trotzdem auf. »Ist alles in Ordnung?«

Sie wirkt nicht so. Trotzdem nickt sie. »Ja. Sicher.«

Pirlo kneift die Augen zusammen, sagt aber nichts. Sie haben gerade genug Sorgen. Wenn Sophie nicht über ihre sprechen will, ist das womöglich sogar ganz gut. Zumindest im Moment. Stattdessen fragt sie: »Was machen wir jetzt?«

Er zuckt mit den Schultern. »Ahmid Khatib ist in der Stadt unterwegs und schaut, ob er Serdar an irgendwelchen für ihn typischen Orten erwischt.« Es fühlt sich seltsam an, über seinen Bruder mit Vor- und Nachnamen zu sprechen. Oder überhaupt. Auch das spielt aber gerade keine Rolle. »Sobald sich etwas tut, gibt er uns Bescheid.«

Sophie nickt. »Und was ist für uns zu tun?«

»Ich schlage vor, dass wir die Sache noch einmal durchdenken. Den Vermerk und das, was damit zusammenhängt. Beziehungsweise zusammenhängen *könnte.*«

Sophie verzieht den Mund. »Das haben wir doch schon. Mehrfach sogar.« Dass sie es ist, die Zweifel an einer Fleißarbeit anmeldet, stimmt nachdenklich. Nur hilft es ja nichts. Sie *müssen* vorankommen. Und zwar jetzt.

»Trotzdem«, spricht Pirlo ein Machtwort. »Vielleicht ist uns ja irgendwas entgangen, was die Lage weniger seltsam aussehen lässt. Wir können ja zumindest noch darauf *hoffen.*«

Sophies Finger klackern über die Tastatur ihres Laptops. »Also gut. Hier ist er. Seite einhundertzwei, der Vermerk der Polizei über die Auswertung des Smartphones von Moritz Felting.«

5.

CAMUS-CHAOS.

Der Vermerk zum Smartphone von Moritz Felting

Pirlo schließt die Augen. Er muss sich sammeln. Zumindest so weit, wie es die Situation gerade zulässt. »Fass mir den Vermerk bitte noch mal zusammen.«

Er hört, wie Sophie tippt. Auch ohne hinzusehen weiß er, dass sie aus der Akte das pdf-Dokument aufruft und sich dort an den zahlreichen gelben Markierungen orientiert, die sie selbst darin untergebracht hat.

»Sicherstellungsort von Moritz' Smartphone war die Wohnung in der Lorettostraße. Die Spurensicherung hat das Telefon, ein aktuelles iPhone, auf der Arbeitsfläche der Küchenzeile gefunden, dort also, wo nach allem, was wir wissen, Moritz das Paracetamolgemisch hergestellt hat, das Bartels und er im Anschluss getrunken haben.«

»Das bedeutet, Moritz war dort, im Küchenbereich, für sich?«

»Erst einmal bedeutet es gar nichts. Es *könnte* sein, dass er sich dort allein aufgehalten hat, es könnte aber auch sein, dass Bartels ihm Gesellschaft geleistet und sich erst unmittelbar vor seinem Zusammenbruch in Richtung des Betts begeben hat.«

»Was sagen eigentlich die Ergebnisse der Rechtsmedizin dazu?«

»Aus der Obduktion hat sich kein klarer Anhaltspunkt dafür ergeben, wann Bartels das Getränk zu sich genommen hat und was danach passiert ist. Das gilt erst recht hinsichtlich der Frage, *wo* das geschehen sein könnte. Anders als Moritz hat er sich nicht erbrochen. Das kann aber alles Mögliche bedeuten, vielleicht, dass er mehr oder schneller getrunken hat, vielleicht auch nur, dass Moritz' schlaksiger Körper den Cocktail als Gift erkannt und sich dagegen gewehrt hat.«

Pirlo öffnet die Augen. »Er ist weiterhin nicht ansprechbar, oder?«

»Bartels?«

»Ja.«

Sophie sieht von ihrem Bildschirm auf. »Ansprechbar genug jedenfalls, um nach der Einschätzung seiner Ärzte der Polizei als Zeuge zur Verfügung zu stehen.«

»Im Ernst?«

Sophies Brauen schieben sich zusammen. »Sag mal, hast du die Akte überhaupt *gelesen*?«

Pirlo dreht an seinen Haaren. »Zumindest das, was du mir geschickt hast.«

»Das war die *gesamte* Akte.«

»Und davon den Vermerk zu Momos Telefon.«

»Momo?«

»Moritz. So nennt ihn seine Mutter.« Pirlo lässt seine Frisur los. Beziehungsweise das, was noch von ihr übrig ist. »Bring mich nicht durcheinander. Und schau auch nicht so. Bitte.« Er seufzt. »Ich war im Stress, okay? Erst diese Geschichte mit der Mutter von Moritz, dann das Theater mit Hamza, auf dem Weg dorthin musste ich noch Ahmid« – er fängt sich gerade noch – »Khatib, Ahmid Khatib also, über die aktuelle Situation informieren, der, wie du vielleicht bei deinen Gesprächen mit ihm bemerkt hast, auch nicht immer nur schnell von Begriff ist.« Pirlo hebt die Hände. »Ich habe es einfach nicht ganz geschafft.«

»Aber den Telefonvermerk *hast* du gelesen?«

»Ja.«

»Ich trage dir das jetzt nicht vor, du hörst es das erste Mal und tust danach trotzdem so, als sei dir das alles die ganze Zeit klar gewesen?«

»Nein.« Pirlo wartet. Sie auch. »Wirklich nicht.« Sie belauern einander einen Moment, ehe er fragt: »Können wir jetzt vielleicht einfach mit dem Vermerk weitermachen?«

»Gleich. Lass uns erst noch kurz zu Bartels sprechen.«

»Richtig. Was hat er denn der Polizei gesagt?«

»Nichts.«

»Wie meinst du das?«

Sophie hebt die Hände. »Die Ärzte waren der Ansicht, er könne vernommen werden. Und er hat trotzdem nichts gesagt.« Sie dreht den Computer um und zeigt auf dem Bildschirm einen leeren Vernehmungsvermerk. »Er hat ihnen auf ihre Fragen nicht geantwortet. Nicht auf die, seit wann er Moritz kennt, nicht auf die, warum er vor drei Monaten die Wohnung in der Lorettostraße angemietet hat, und auch nicht auf die, ob er den Paracetamolcocktail freiwillig getrunken hat.«

»Krass.«

»Du sagst es.«

»Und das haben sie einfach so hingenommen?«

»Was hätten sie tun sollen?«

Das weiß Pirlo allerdings auch nicht so genau. Sophie fährt fort: »Ich gehe davon aus, dass die Polizei ihm zugesteht, noch nicht wieder fit genug gewesen zu sein, und dann bald wiederkommt.«

»Sicher.«

Sophies Blick verschwindet wieder in ihrem Laptop. »Zurück zu diesem Telefon: Sie haben es auf der Arbeitsplatte gefunden und es danach zur Auswertung mitgenommen. Die PIN war leicht herauszufinden.«

»Das Geburtsdatum von Serdar.«

»Meinst du, dass das irgendwas bedeutet?«

Pirlo zuckt mit den Schultern. »Keine Ahnung. Besondere Bindungen nach Hause hat Moritz ja nicht gerade. Außerdem ist Serdar sein bester Freund.« Er kratzt sich am Bart. »Lass uns mal bei der Akte bleiben. Das, was sie gefunden haben, ist schließlich rätselhaft genug.«

»Allerdings.« In Sophies Nicken scheint einige Erleichterung darüber mitzuschwingen, dass Pirlo die Akte an dieser Stelle *wirklich* gelesen haben dürfte. »Warte, ich habe es gleich.« Sie klickt zweimal. Dann hat sie die entscheidende Stelle gefunden. »Der Auswertebericht des Telefons umfasst zwanzigtausendvierhundertelf WhatsApp-Nachrichten, eintausenddreihundertundfünf Bilddateien und dreihundertdrei Videos. Die Aufnahme- bzw. Speicherdaten erstrecken sich über die letzten drei Jahre. Der Speicher enthält im Tagesschnitt also mindestens achtzehn geschickte oder erhaltene Nachrichten, drei Bilder und fast ein Video. Im WhatsApp-Speicher gibt es dreiundsiebzig persönliche Adressaten. Außerdem ist Moritz Mitglied in elf Gruppen. Fast alle Chats sind noch erhalten. Zwei davon allerdings nicht.«

»Schmitz und Merkert.«

»Genau. Die Chats mit Bartels und Serdar liefen über Signal. Sie sind ebenfalls gelöscht.«

»Was man, anders als WhatsApp, dann auch nicht im Rahmen der IT-Forensik wiederherstellen kann.«

»Ganz genau. Wobei die Staatsanwaltschaft für ihre Anklage ohnehin keine Chat-Daten brauchte. Immerhin geht es darin nur um den Versuch des erweiterten Suizids.«

»Noch.«

Sophie nickt. Sie klickt weiter. »Das sind aber noch nicht alle Auffälligkeiten. Es fehlen bei Moritz auch alle Standortdaten aus den zwei Wochen vor der Tat.«

»Also zu der Zeit seit Serdars glorreichem Tor.«

»Fast. Die Daten zu dem Spiel gegen die Fortuna sind noch drauf.«

»Was fehlt dann?«

»Das kann man ja gerade nicht sagen.«

»Ich meine: welcher Zeitraum?«

Sophie sieht ihn lange an. Sie wirkt nachdenklich. Müde. Vielleicht sogar nervös. »Alles seit dem Abend des Tages, an dem du Hamza das erste Mal gesprochen und diese Spielerberatungssache angeleiert hast.«

»Was ja eigentlich ganz gut ist.«

Sophie sieht Pirlo irritiert an. »Warum das denn?«

»Der Chat mit *mir* ist nicht gelöscht.«

»Er enthält auch nur drei Nachrichten, die alle mit der Abstimmung des Treffens in der Kanzlei zu tun haben.«

»Aber die sind noch vorhanden.«

»Das ist richtig.«

»Außerdem kannte ich Hamza, und damit mittelbar auch Serdar, schon, *bevor* ich Moritz das erste Mal gesehen habe.«

»Und?«

»Das ist doch ein klares Zeichen, dass egal, was das alles bedeutet, es jedenfalls nichts mit *mir* zu tun hat.«

Sophie verdreht die Augen. »Kannst du vielleicht ausnahmsweise mal nicht nur an *dich* denken?«

Pirlo ist ebenfalls genervt. »Entschuldige, dass ich davon ausgegangen bin, das könnte dich interessieren. Zum Beispiel, weil ich dein Partner bin. Oder weil man mich *verhaftet* hat.«

Sie seufzt. »Okay. Von mir aus.«

»Du stimmst mir also zu?«

»Ich *will* dir zustimmen. Ob ich es *kann*, weiß ich noch nicht. Erst recht weiß ich nicht, warum *Grobulla* das tun sollte. Dass der zeitliche Gleichlauf deines Auftauchens in Serdars Leben und des Verschwindens von Menschen daraus bemerkenswert ist, wirst wohl auch du nicht bestreiten.«

»Es spielt aber keine Rolle. Zumindest, was uns anbelangt.«

»Du meinst: dich.«

»Von mir aus: mich.«

Sophie nickt. Auch wenn die letzte Überzeugung noch zu fehlen scheint. Dann gibt sie sich einen Ruck. »Zurück zu den Standortdaten: Was mich hier irritiert, ist, dass Moritz sie, nach dem, was hier steht, nicht einfach nur gelöscht, sondern *vorab* deaktiviert hat.«

»Vorab zu was?«

»Sag du es mir.« Sophie klappt den Computer zu. »Ich wünschte, ich hätte auch nur eine sinnvolle *Idee*. Aber Hand aufs Herz: So ist es nicht. Alles, was wir haben, ist ein einziges großes Durcheinander. Was dazu gehört: Eine Aktion, die auf die Staatsanwaltschaft wie der Versuch eines Mitnahmesuizids wirkt. Moritz *hat* es ja nun mal darauf angelegt, Michael Bartels das Leben zu nehmen, ob der das nun wollte oder nicht. Dazu kommen die Morde an Merkert und Schmitz. Mit beiden hatten wir unseren ganz eigenen Stress, als die Geschichte um Serdar anfing, der wiederum der beste Freund von Moritz ist. Und auf dessen Handy gibt es nichts mehr, was darauf schließen lässt, wozu er mit wem in Kontakt war oder wo er sich überhaupt aufgehalten hat.«

»Dir ist klar, dass das nicht gut aussieht?«

»Du meinst im Sinne dessen, dass er etwas mit den Morden zu tun haben könnte? Allerdings. Auch wenn mir schleierhaft wäre, warum.«

Pirlo fährt sich über den Bart. »Es ist ja nicht so, dass wir sonst allzu viel wissen.« Er lächelt. »Vielleicht am Ende nur, dass wir alle Angst vor dem Tod haben. Und dass diese Angst trotzdem nie stark genug ist, uns in unseren Leidenschaften zu bremsen.«

Sophie rollt mit den Augen. »Hör mir auf damit.«

»Womit?«

»Diesen Anleihen an Camus. Oder was auch immer das sein soll.«

Pirlo schmunzelt. Natürlich hat Sophie sein Zitat erkannt. Oder zumindest das, was er davon zustande gebracht hat. »Warum? Das ist doch eigentlich ein ganz schöner Gedanke.«

»Er bringt uns aber kein bisschen weiter. Vor allem verstellt dieses Rumgepose den Blick für das Wesentliche.«

»Hey, lass Camus in Ruhe. Er hat das gut gemeint!«

Sophie verdreht die Augen. »Ich meine damit auch nicht ihn. Sondern dich.« Sie lässt ihm keine Zeit für eine Antwort. »Lass uns bei den Fakten bleiben: Wenn Moritz seine Daten entfernt oder geblockt hat, wird er dafür einen Grund gehabt haben. Wie er mit den Nachrichten und den Standortdaten umgegangen ist, passt aber nicht zusammen.«

»Du meinst, dass das eine die ganze Zeit lief und das andere erst später erfolgte.«

»Genau.« Sophie zögert kurz. »Vielleicht irre ich mich ja, aber in dieser Wohnung, in diesem gesamten *Zusammenhang*, wirkte es auf mich, als sei diese Suizidsache nicht geplant, nicht vorbereitet oder durchdacht, sondern eher improvisiert.«

»Immerhin hatte Moritz eine Menge Paracetamol zur Hand.«

»Die man aber in der Apotheke rezeptfrei kaufen kann.« Sophie klickt im Vermerk herum. »Nach der Wirkung einer Überdosis hat Moritz erst an diesem Nachmittag auf Google gesucht.« Beide lassen das sacken. Dann fährt sie fort. »Was hältst du davon, wenn ich versuche, dir zu schildern, was ich sehe, wenn ich mich im Kopf des Täters einfinde?«

»So wie Max Bischoff?«

Und schon sind die Augen wieder offen. »Was meinst du?«

»Du weißt schon, unser Profiler-Freund von der Uni. Der Herr Professor.«

»Ich weiß, wer Max Bischoff ist.«

»Und jetzt machst du es also wie er und erklärst mir, wie es bei Moritz lief?« Pirlo fällt auf, dass das irgendwie provokativ klingt. Auch wenn er selbst nicht ganz genau weiß, warum eigentlich. Beziehungsweise: Ob er es denn so meint. Ach, es ist kompliziert. Gerade wenn es um Sophie geht. Um ihn. Und um Bischoff. Oder irgendeinen anderen Mann.

Sophie scheint seine Gedanken zu erraten. Seine Eifersucht vielleicht ebenfalls. Sie schmunzelt. Für Pirlo macht es das nicht besser. Zumal sie sich das mit dem Leutedurchschauen auch noch von *ihm* abgeschaut haben dürfte.

»Ich fürchte, da musst du jetzt durch. Versprichst du, dass du mir zuhörst und meinen Gedanken eine Chance gibst?«

»Klar«, murmelt Pirlo zerknirscht.

»Gut.« Sophie schließt die Augen wieder. »Dann los.«

6.

MÖRDERFINDERIN.

Direkt im Anschluss

»Du hast eine Affäre mit deinem Trainer. Etwas beunruhigt dich. Es führt dazu, dass das Leben so, wie du es kennst, nicht mehr weitergehen kann. Für seines soll dasselbe gelten. Vielleicht ist er deiner Meinung. Vielleicht nicht. So oder so fällt, entweder bei dir allein oder bei euch gemeinsam, die Entscheidung, dass ihr beide sterben müsst.

Du googelst, wie gefährlich eine Überdosis Paracetamol ist, kaufst mehrere Päckchen davon und mischst daraus in eurem Liebesnest einen tödlichen Cocktail. Während du damit beschäftigt bist, geht dir auf, dass du bald sterben wirst. Das macht dir Angst.

Du trinkst ein bisschen Wein, aber nicht allzu viel. Später wird man bei dir 0,5 Promille feststellen. Deine Entscheidung, zu sterben, fällt also bei klarem Verstand. Sie erscheint dir richtig. Trotzdem bist du überrascht. Von dir. Vielleicht auch davon, wie schnell, plötzlich und unumkehrbar sich alles entwickelt hat.

Während du den Cocktail anrührst, entscheidest du, dass noch etwas zu tun ist. Du willst Sachen löschen. Informationen. Die Vergangenheit. Du weißt, auf welche Personen es dir ankommt, bist dir aber nicht sicher, *ob* du etwas beseitigen musst und *wo* das dann sein könnte. Da du nervös bist, beschließt du, zur Sicherheit *jede* Datei zu löschen, die problematisch sein *könnte.* Nicht nur einzelne Nachrichten, sondern *alles.*«

Sophie sieht Pirlo an. Blaue, kluge Augen. »Wenn du mich fragst, ist genau *das* passiert.«

Pirlo dreht seine leere Kaffeetasse nachdenklich in der Hand. »Für mich klingt es schlüssig.«

»Womit aber trotzdem noch Fragen offenbleiben.«

Pirlo nickt. »Warum interessiert sich Moritz in dieser Lage für Serdar?«

»Und vor allem für Schmitz und Merkert?« Sophie seufzt. »An Grobullas Stelle würde ich fast automatisch davon ausgehen, dass Moritz auch etwas über die Morde an Merkert und Schmitz weiß. Falls er nicht sogar damit zu tun hat.«

»Das meinst du nicht ernst?«

»Doch. Denk in Ruhe darüber nach. Die Anhaltspunkte dafür, dass das so ist, sind erdrückend.«

»Außer, dass ein Motiv fehlt.«

»Das stimmt. Noch.«

Pirlo runzelt die Stirn. »Bleiben wir mal bei deinem Gedanken. Was würdest du dann an Grobullas Stelle tun?«

Sophie tippt zu ihrer Zusammenfassung mit dem Zeigefinger an die Schläfe. »Moritz spricht nicht mit mir. Bartels ist ebenfalls eine Black Box. Irgendwas ist aber los. Da ich nicht genau weiß, was, schon gar nicht, ob ich gerade erst am Ende des Anfangs stehe, oder schon am Anfang des Endes, würde ich alles daransetzen, *irgendwie* Licht ins Dunkel zu bringen. Das ist allerdings alles andere als einfach. Die Mordverfahren laufen gegen Unbekannt. Ob und wie sie mit dem Suizidversuch zusammenhängen, kann ich noch nicht sagen. Meine ganze Erfahrung lässt mich aber ahnen, dass da etwas *ist* – selbst wenn ich dazu nicht vorankomme. Heißt: Es ist kompliziert. Wobei es ganz vielleicht aber doch einen Lichtblick gibt.«

»Was meinst du?«

»Die Ermittlungen wegen versuchten Totschlags sind eigentlich überschaubar. Ich gehe sogar selbst davon aus, dass es sich bei dieser ganzen Angelegenheit eher um eine persönliche Tragödie handelt als um ein Verbrechen. Ich *weiß* das zwar nicht, habe aber eine starke Ahnung und will die Angelegenheit daher eigentlich nur kurz vor Gericht anverhandeln, feststellen, dass ich nicht weiterkomme, und das alles dann auch schon wieder sein lassen. Ein Freispruch in der Doppelsuizidkonstellation, und gut ist. So weit jedenfalls die Theorie.«

»Dann kommt die Handyauswertung ins Spiel.«

»Die eigentlich ein Standard ist. Wenn die Polizei ein Telefon findet, dann liest sie es auch aus. Nicht mehr, nicht weniger.«

»Außer, dass sie jetzt etwas Seltsames findet.«

»Beziehungsweise: *nicht* findet. Ganz einfach, weil da nichts ist. Und zwar nicht nur keine Nachrichten mit meinem Geliebten, sondern auch keine mit meinem besten Freund. Und mit zwei Menschen, die gerade erst gestorben sind.«

»Was Fragen aufwirft.«

»Allerdings. Und den ganzen Fall für mich auch auf eine unangenehme Weise verkompliziert. Denn noch mal: Wenn es den Hintergrund mit Eintracht Düsseldorf und diesen Mordfällen nicht gäbe, wäre diese ganze Angelegenheit für mich keine große Sache. Ob und wie Moritz und Bartels aus dem Leben scheiden wollen, ist, zumindest dann, wenn Bartels damit einverstanden ist, grundsätzlich nur deren Angelegenheit. Es gibt hier auch fast niemanden, der beiden nahe ist und den ich daher zu ihnen befragen könnte.«

»Fast?«

»Du weißt, auf wen ich hinauswill. Es ist derselbe, der auch mit Merkert und Schmitz zu tun hatte.« Sophie macht eine Kunstpause, dann fährt sie fort: »Und mit dir.«

Pirlo nickt. Soweit erkennbar, zwar nur widerwillig. Aber immerhin. »Und mit mir.«

Sophie sieht ihn nachdenklich an. »Am Ende läuft alles auf Serdar hinaus.«

»Das würde ich so nicht sagen. Eher vielleicht, dass die verschiedenen Fäden bei ihm zusammenlaufen. Er ist die Schnittmenge.«

»Wenn es überhaupt eine gibt.«

»Ganz genau.«

»Damit haben wir dann aber auch unsere Antwort auf die Frage danach, was Grobulla als Nächstes vorhat. Was er als Nächstes vorhaben *muss.*«

»Er muss Serdar zu greifen bekommen.«

»Oder zumindest sein Telefon.« Pirlo stützt die Ellbogen auf, ein Meter achtzig konzentrierte Anspannung. »Moritz hat nicht nur den Chat mit Bartels gelöscht, sondern auch den mit Serdar. Was auch immer da ist, dürfte interessant sein. Und wer kann schon wissen, was sich dazu, über Screenshots, Speichermaßnahmen oder was auch immer, auf Serdars Handy findet?«

Sophie nickt. »Was uns zurück zu unserem Dilemma bringt.«

»Wo ist er? Und falls wir ihn finden: Wie bringen wir ihn dazu, mit uns zu sprechen?«

Was bei Pirlo einen Reflex auszulösen scheint. Es gibt nichts Gutes, außer man tut es, und so weiter. Sätze wie dieser sind bei ihm schließlich nicht nur eine Art Mantra. Er handelt auch danach. Zumindest manchmal. Als er mit angeschalteter Lautsprecherfunktion bei Serdar durchklingelt, nimmt der aber fast schon erwartungsgemäß nicht ab. Dann versucht es Pirlo bei Hamza, den er direkt erreicht. Wenn der Verlauf des Gesprächs auch nicht besonders erfreulich ist. Mal wieder.

»Hamza, wir müssen dringend mit deinem Sohn sprechen.«

»Ich habe dir gesagt, dass das nicht geht. Allein, weil ich es nicht erlaube.«

Pirlo schließt die Augen und tippt sich mit dem Telefon an die Stirn. So weit, so absehbar. Wobei: Irgendetwas stimmt nicht. Sophie kennt Hamza zwar nicht so gut wie Pirlo. Sie war auch bei dem desaströsen Gespräch in der Küche nicht dabei. Trotzdem fällt auch ihr auf, dass sich das hier seltsam anfühlt. Dass es seltsam *ist.*

»Was ist los, Hamza?«, fragt Pirlo.

»Nichts.« Was nicht richtig ist. Wirklich nicht.

Pirlo setzt daher zurecht nach: »Sag es mir einfach, *sadiq*. Ich bin auf deiner Seite. Und auf der von Serdar. Sophie ist es natürlich auch. Lass mich, lass uns mit deinem Sohn sprechen, und sei es nur kurz.«

»Nein.«

»Vielleicht sollte er das selbst entscheiden. Lass uns ihn dazu wenigstens treffen. Wo ist er denn?« Hamza zögert. Pirlo greift das Telefon fester. »*Sadiq*, wo ist dein Sohn?«

Hamza antwortet lange nicht. Dann kommt leise seine Stimme aus dem Hörer: »Ich weiß es nicht.«

7.

GESETZESMATHEMATIK. REALITÄTSVERSION.

Drei Wochen später vor der Jugendkammer

Drei Wochen später hat Alexander Brandt seinen ersten Auftritt. Der Vorsitzende Richter ist ein rothaariger, schlanker Mann Mitte fünfzig. Er steht dieser Kammer seit drei Jahren vor. Sophie hat sich selbstverständlich über ihn schlaugemacht. Bekannt war er ihr vorher nicht. Pirlo und sie sind selten vor den Jugendgerichten unterwegs. Dass das diesmal so sein würde, stand allerdings außer Frage. Moritz ist sechzehn Jahre alt. Das Erwachsenenstrafrecht kommt damit noch lange nicht zur Anwendung. Statt des Strafgedankens stehen in der Verhandlung Erziehungs- und Reifefragen im Vordergrund. Die Höchststrafe für das im Raum stehende, versuchte Tötungsdelikt liegt daher auch nicht bei fünfzehn Jahren, sondern bei reduzierten zehn. Was für Moritz natürlich immer noch eine Katastrophe wäre.

Sophie nimmt Brandt in Augenschein. Er wirkt konzentriert und entschlossen und damit so, wie er ihr vorab geschildert worden war. Freundlich, offen, aber auch im erforderlichen Maß streng. Dasselbe gilt angeblich für seine gesamte Kammer, die aus zwei weiteren Richterinnen, einer Berichterstatterin und einer Beisitzerin, außerdem zwei Schöffen, einer erstaunlich jungen Frau und einem Mann unbestimmbaren Alters, besteht.

Von der Richterbank geht Sophies Blick zu Moritz, der, nachdem die Kammer den Saal betreten hat, groß und schlaksig zwischen Pirlo und ihr steht. Er blickt zwar starr nach vorn. Dass er allerdings wirklich etwas *sieht*, kann sie sich kaum vorstellen. Dazu ist ihm die Anspannung viel zu sehr in das blasse Gesicht gemeißelt. Seine Zähne hat er so fest aufeinandergepresst, dass die Kieferknochen hervortreten. Auch wenn er aus der Untersuchungshaft kommt, hat die Kammer darauf verzichtet, ihn fesseln zu lassen. Die Tat, um die es hier geht, liegt noch nicht lange zurück. Moritz hat dabei auch selbst genug eingesteckt und ist körperlich noch längst nicht in einer Form, die an so etwas wie eine Flucht denken ließe. Es genügen daher zwei bullige Justizwachtmeister, die mit verschränkten Armen auf Stühlen im Rückraum des kleinen Saales kauern. Ansonsten ist niemand anwesend. Jugendstrafsachen finden unter Ausschluss der Öffentlichkeit statt. Moritz' Mutter hätte zwar ein Anwesenheitsrecht gehabt. Gekommen ist sie allerdings nicht.

Brandt eröffnet die Verhandlung. Er lässt sich von Moritz dessen Namen, Anschrift und Alter bestätigen, fasst den Verfahrensgang zusammen und stellt fest, dass keine Verständigung stattgefunden hat. Dann bittet er die Staatsanwaltschaft um die Verlesung der Anklage. Grobulla steht auf und trägt vor, was Sophie aus der Akte kennt. Während seine tiefe Stimme durch den Saal rollt, entscheidet sie einmal mehr, dass sie es gut findet, ihn hier zu sehen. Eigentlich sind an den Jugendgerichten besondere Jugendstaatsanwälte tätig. Grobulla aber ist Grobulla. Wenn der Oberstaatsanwalt aus dem Morddezernat einen Fall unbedingt persönlich vertreten will, findet sich in der Behörde keine lärmende Opposition, erst recht nicht, wenn es der Oberstaatsanwalt selbst war, der die beschleunigte Behandlung auf den Weg gebracht hat, und wenn es sich um eine unangenehme Geschichte wie diese handelt.

Daran, dass dem so ist, besteht kein Zweifel: Verhandelt wird ein Mitnahmesuizid. Der Jugendliche, um den es geht, soll versucht haben, sich und seinen doppelt so alten Liebhaber zu töten. Die Indizien sprechen eine klare Sprache. Was *genau* geschehen ist, weiß allerdings niemand. Der Angeklagte macht von seinem Schweigerecht Gebrauch. Der Zeuge hat, trotz aller Aufforderungen dazu, während der Ermittlungen ebenfalls keine Erklärung abgegeben. Auf eine Bestellung als Nebenkläger hat er verzichtet. Seine Rechte als mögliches Opfer lässt er auch nicht durch einen Anwalt vertreten. Bisherigen Vernehmungen stand er nicht zur Verfügung, was er, nachdem man ihm ein entsprechendes Zwangsgeld angedroht hatte, mit medizinischen Notwendigkeiten begründete. Das Geschehene sei belastend genug. Die anstehende Verhandlung mache es nicht besser. Er bitte um Verständnis. Wenn es nach ihm gehe, brauche es das gesamte Verfahren nicht.

An Bartels liegt es damit nicht, dass sie trotzdem hier sitzen. Auch Sophie kann natürlich nichts dafür. Dagegen konnte sie allerdings auch nichts ausrichten. Sie hat tagelang sämtliche Aufsätze, Bücher, Festschriften, Monographien, Gesetzesbegründungen und was es eben sonst noch alles gibt, gewälzt, um irgendwie einen Weg zu finden, diese Verhandlung zu vermeiden. Am Ende blieb ihr trotzdem nichts anderes übrig, als dem durch die Staatsanwaltschaft – nach Sophies Vermutung nur aus Wohlwollen gegenüber Moritz, der Grobulla leidtut – beantragten Eröffnungsbeschluss der Kammer zuzustimmen: Da ein Verbrechen im Raum steht, ist selbst gegen Auflagen keine Einstellung des Verfahrens möglich. Weil weder Moritz Felting noch Michael Bartels etwas zu dem Geschehen sagen, bleibt nichts anderes übrig, als dazu gerichtlich zu verhandeln.

Die Sache muss mit einem Urteil enden, also einer Verurteilung oder einem Freispruch. Die Lage entscheidet sich nach der Mathematik des Gesetzes. Ob und wie viel die Beteiligten daran wirklich ein Interesse haben, spielt keine Rolle. Es gibt zu der Hauptverhandlung keine Alternative.

»Mit anderen Worten: Wir müssen damit anfangen, um damit aufhören zu können«, erklärt Pirlo in seinem kurzen Opening Statement. »Nur deshalb sind wir hier.«

»Danke, Herr Verteidiger Dr. Pirlo«, antwortet Brandt, ohne eine besondere Regung erkennen zu lassen. Da Moritz auch hier, in der Verhandlung, anwaltlich erklärt, von seinem Schweigerecht Gebrauch zu machen, folgt direkt im Anschluss die Beweisaufnahme. Und damit ein Problem.

»Der Zeuge Bartels hat dem Gericht heute Morgen ein ärztliches Attest zukommen lassen«, erklärt Brandt in nüchternem Ton. »Es ist der Kammer natürlich nicht entgangen, dass er damit, vorsichtig formuliert, wiederholt davon Abstand genommen hat, eine Aussage abzugeben. Bevor wir uns mit der Frage eines Ordnungsgeldes oder sogar einer Ordnungshaft gegen den Zeugen auseinandersetzen, teile ich mit, dass ich mit dem Arzt telefoniert habe, bei dem sich Herr Bartels in Behandlung begeben hat. Es handelt sich dabei um einen Herrn Dr. Dressler, der mir bestätigt hat, dass aus seiner medizinischen Sicht sowohl physische als auch psychische Gründe einer Vernehmung entgegenstehen. Ohne den Datenschutz allzu sehr strapazieren zu müssen, genügt aus meiner Sicht der Hinweis, dass das, was einer Befragung als Zeuge entgegensteht, in Richtung einer posttraumatischen Belastungsstörung gehen könnte.«

Brandt sieht in die Runde. Sein Blick verharrt dabei am Tisch der Verteidigung. »Ich kann mir natürlich vorstellen, dass Sie, Frau Rechtsanwältin Mahler, Herr Rechtsanwalt Dr. Pirlo, dazu eine ganz eigene Meinung haben. Ehe ich Ihnen aber dazu das Wort erteile, erlaube ich mir einen gerichtlichen Hinweis. Möglicherweise hat sich danach ja auch schon das ein oder andere Anliegen erledigt.«

Er räuspert sich. »Wie bereits erwähnt, ist es der Kammer nicht entgangen, dass der Zeuge Bartels bisher jede Gelegenheit zu einer Stellungnahme hat verstreichen lassen. Sie macht sich keine Illusionen darüber, dass das auch bei künftigen Ladungen der Fall sein könnte. Im Raum steht hier nun einmal eine ganz besondere persönliche Tragödie. Es scheint auch alles andere als gewiss, dass der Zeuge durch die nach dem Gesetz vorgesehenen Zwangsmittel dazu gebracht werden kann, eine Aussage zu tätigen. Das gilt erst recht angesichts seines aus ärztlicher Sicht offenbar weiterhin kritischen Gesundheitszustandes.«

Dann beugt sich Brandt nach vorn und wechselt von seinem hochoffiziellen zu einem wärmeren, ruhigeren Tonfall. »Wir können an dieser Stelle auch ganz offen sein. Möglicherweise *will* der Zeuge dazu auch einfach nicht aussagen, ganz unabhängig davon, dass er es nach dem Gesetz natürlich *muss*.«

»Was einen bestimmten Schluss nahelegt«, murmelt Pirlo, halblaut zwar nur, aber doch so, dass Brandt es verstehen kann.

»Ich komme jetzt dazu, Herr Dr. Pirlo.« Brandt lässt den Blick auf Moritz ruhen. Er wirkt nachdenklich, dann aber auch entschlossen. »Die Kammer ahnt, dass die Verteidigung angesichts dieser Entwicklung davon ausgehen könnte, dass wir hier mit der Wahrheitsfindung nicht weiter vorankommen. Wir haben uns daher im Kreis der Berufsrichter bereits intensiv mit diesem Dilemma befasst.« Er räuspert sich noch einmal. Möglicherweise muss er sich sammeln. »Dabei sind wir allerdings zu dem Ergebnis gekommen, dass wir die Beweisaufnahme *nicht* bereits schließen können, nur weil uns Herr Bartels nicht zur Verfügung steht. Daran ändert es auch nichts, dass nach der Akte keine Kommunikation mehr zwischen den beteiligten Personen vorliegt und es daher weder eine Beweiserhebung durch Urkunden noch durch einen Augenschein geben kann. So, wie die Staatsanwaltschaft dann, wenn sie davon ausgehen muss, dass ein Tötungsdelikt vorliegen könnte, weiter ermittelt und, falls das zur Wahrheitsfindung erforderlich scheint, eine Anklage erhebt, muss auch das Gericht dem Auftrag nachgehen, im Rahmen des formell Statthaften herauszufinden, was in materieller Hinsicht tatsächlich geschehen ist. Mit anderen Worten hat die Kammer entschieden, die Beweisaufnahme jedenfalls so weit durchzuführen, wie sie ihr möglich ist.«

»Aber …« Weiter kommt Pirlo nicht.

»Sollten Sie irgendwelche Anträge stellen wollen, können Sie das gern tun. Andernfalls hört die Kammer jetzt Herrn Dr. Sattler als Sachverständigen.«

Hinter dem Rücken von Moritz beugt sich Sophie zu Pirlo. Er kommt ihr mit seiner Frage zuvor. »Was denkst du?«

»Prozessual ist es in Ordnung«, antwortet sie. Und wer soll so was schließlich sonst wissen? »Ich schlage vor, wir schauen uns an, was kommt. Brandt hat es eigentlich richtig gesagt: In der Akte ist nichts, was uns Bauchschmerzen bereiten müsste. Die Kammer kann das Verfahren aber auch erst dann rechtlich sauber abschließen, wenn sie die Beweisaufnahme zumindest insofern durchgeführt hat, wie es ihr möglich ist. Alles andere wäre zwar schön für uns, genau genommen aber völlig fernab der prozessualen Spielregeln.«

»Kann sein«, murmelt Pirlo. »Es fühlt sich trotzdem nicht gut an.«

»Frau Mahler, Herr Dr. Pirlo«, unterbricht Brandt ihr Geflüster. »Wenn Sie etwas zu sagen haben, dann machen Sie das bitte so, dass es alle im Raum verstehen.«

Pirlo sieht zu Moritz, der allerdings fest entschlossen scheint, weiterhin nur stumm nach vorn zu starren. Seit ihrem Gespräch im Krankenhaus haben sie kein Wort mehr miteinander gewechselt. Dass Sophie und er *überhaupt* hier sind, liegt allein daran, dass das Gericht sie auf Vorschlag der Staatsanwaltschaft als Pflichtverteidiger bestellt hat. Ihr Mandant kann dann mit ihnen sprechen. Er muss es aber nicht. Genauso wenig muss er ihnen verraten, wo Serdar steckt. Falls er es denn tatsächlich weiß oder sich zumindest vorstellen kann.

Pirlo fährt sich über den Bart. Er denkt nach. Hadert. Dann gibt er sich einen Ruck. »Wir sind mit der Prozessführung der Kammer einverstanden.« Was soll er auch sonst sagen?

»Wie gnädig«, antwortet Brandt mit der richterüblichen Mischung aus freundlich und zynisch. Dann drückt eine seine Mikrophontaste und ruft den rechtsmedizinischen Sachverständigen in den Saal.

8.

MANCHMAL IST DAS SO.

Nach dem Beginn der Beweisaufnahme

Die Vernehmung von Dr. Sattler über dessen rechtsmedizinische Untersuchung verläuft schnell und ereignislos. Das Wesentliche wissen alle Verfahrensbeteiligten schließlich schon aus der Akte. Der Sachverständige erklärt, dass die im Körper von Michael Bartels festgestellte Paracetamol-Konzentration tödlich hätte gewesen sein können. Dass beide, Bartels und Moritz, davon getrunken hatten. Dass ohne den Notruf der Nachbarn nach dem Zusammenbrechen von Moritz beide mit an Sicherheit grenzender Wahrscheinlichkeit wenig später daran gestorben wären.

Die Staatsanwaltschaft hat keine Fragen. Dasselbe gilt für die Verteidigung. Manchmal ist das so.

»Da uns Herr Bartels bekanntermaßen nicht zur Verfügung steht und der Angeklagte von seinem Schweigerecht Gebrauch macht, war es das mit dem Beweisprogramm für heute«, erklärt Brandt. Vielleicht täuscht sich Sophie, aber wenn es nach ihr geht, klingt er dabei ziemlich genervt. Vielleicht ist er auch einfach gefrustet davon, dass er diesen Fall überhaupt hat und ihn jetzt auch noch irgendwie abwickeln muss.

»Auch die weitere Zeugenlage ist, wie bekannt, einigermaßen überschaubar. Diejenigen, die uns womöglich am meisten über das Kennenlernen des Angeklagten und des Herrn Bartels hätten berichten können, wären die Herren Merkert und Schmitz gewesen, also der Manager und der Präsident des Fußballvereins Eintracht Düsseldorf, bei dem der eine unter dem anderen trainiert hat. Die beiden sind allerdings aus allgemein bekannten Gründen dauerhaft verhindert.«

Brandt blättert in seinen Unterlagen. »Ich schlage daher vor, dass wir bei unserem nächsten planmäßigen Sitzungstermin übermorgen mit Herrn Serdar Tuncay weitermachen, der nach dem, was die Kammer versteht, mit dem Angeklagten befreundet war und ebenfalls von Herrn Bartels trainiert wurde. Wenn ich das aus der Akte richtig in Erinnerung habe, gibt es zwischen dem Angeklagten und Herrn Tuncay keine nachvollziehbare Kommunikation. Möglicherweise kann uns der junge Mann ja aber persönlich im Zeugenstand hinsichtlich des Verhältnisses zwischen dem Angeklagten und seinem mutmaßlichen Opfer sowie ihres Kennenlernens und ihrer gegenseitigen Beziehung weiterhelfen.«

Klar, denkt Sophie. Wahrscheinlich kann er das schon. Aber wie soll das ohne Drama funktionieren, wenn er nicht mal mit seinen eigenen Beratern spricht? Wenn niemand eine Ahnung zu haben scheint, wo Serdar eigentlich steckt? Und wenn sich schon die nächsten Überschriften abzeichnen, nur diesmal solche, die sich damit befassen, dass ein Zeuge durch die Polizei gesucht wird?

9.

ANSATZLOS.

Am Bahnhof

Zwei Stunden später betritt Pirlo das Hinterzimmer einer Schischa-Bar. So weit, so unspektakulär. Nur, dass es nicht irgendein Hinterzimmer ist. Und auch nicht irgendeine Schischa-Bar.

Der Muskelberg hinter dem Tresen hat ihn ohne jede Regung passieren lassen. Die Entscheidung, ob Pirlo hier etwas verloren hat, trifft ein anderer.

Der Mann ist fast so groß wie Pirlo. Sein Undercut ist gepflegt, sein Blick wach und fest, ansonsten aber ohne jeden Ausdruck. Pirlo weiß, dass er es vergessen kann, darin Anhaltspunkte dafür zu finden, was der andere denkt. Natürlich versucht er es trotzdem. Und scheitert. Es wird hier also nicht ohne den üblichen Tanz gehen. Das Belauern, Beobachten und all das. Der andere macht den ersten Schritt.

»Habe ich schon wieder ein Problem?«

»Ich denke, nein.«

»Du *denkst*?«

Pirlo zuckt mit den Schultern. »Sonst hättest *du* wahrscheinlich *mich* angerufen. Und es wäre nicht *ich* zu *dir* gekommen.«

Dafür erntet er ein Nicken. »Du weißt, dass du mutig bist, hier aufzutauchen.«

Woraufhin Pirlo den Kopf schüttelt. Wie gesagt: ein Tanz.

Hin. Her. Und so weiter. »Ich *bin* mutig. Sonst würde ich nicht aussichtslose Fälle verteidigen. So wie damals deinen.«

»Ich war unschuldig.«

»Das sagen alle. Immer.«

»Dein Bruder war das nicht.«

»Das sagen allerdings auch alle. Auch immer.«

Woraufhin der Mundwinkel des anderen zuckt. Kurz zwar nur, für einen winzigen Moment. Es genügt aber doch. Pirlo fällt die Regung jedenfalls auf. Von klein auf ist er es schließlich gewohnt, bei seinen Brüdern auf jede Bewegung, jede noch so kleine Veränderung in der Mimik zu achten, und sei es nur, um zu wissen, wann er in Deckung zu gehen hat.

Er entscheidet sich, den Umschwung in der Stimmungslage direkt aufzunehmen. Den Besuch hier hat er lange genug aufgeschoben. Jetzt, da er schon mal hier ist, ergibt es keinen Sinn, noch weiter Zeit zu verlieren. »Ich habe ein paar Sorgen im Gepäck. Das beschäftigt mich offen gestanden genug. Wollen wir den Scheiß mit dem Abtasten und den coolen Sprüchen daher nicht vielleicht einfach lassen?«

Zunächst reagiert sein Gegenüber darauf mit einem maximal umständlichen Kratzen am Bart. Dann geht der Mundwinkel noch einmal nach oben. Diesmal bleibt er dort sogar. »Ich dachte schon, du fragst nie.«

Pirlo nickt. Dann lächelt er. »Hallo, Emre.«

»Hallo, Ramzes.«

Sie nehmen einander in den Arm. Ein kurzes, festes Drücken. Dann ist die Welt wieder in Ordnung. Zumindest fast.

»Schischa?«

»Immer noch nicht.«

»Möglicherweise kann ich dir mit was anderem eine Freude machen? Einem leckeren Mate-Tee vielleicht?«

»Im Ernst? So was habt ihr da?«

»Nein. Wir sind eine Schischa-Bar. Was ist eigentlich los mit dir?«

Pirlo lacht. Was guttut. Allein schon, weil das letzte Mal lange her ist.

Emre Ben Hamid versucht sogar noch einmal nachzulegen. »Ein Mate-Tee in der Schischa-Bar. Mann, Mann, Mann. Und ich dachte immer, *du* seist zwischen den Ohren der Lichtblick unter den Khatib-Brüdern.«

»Bin ich auch.«

»Lass das mal besser nicht Ahmid hören.«

Woraufhin Pirlo ernst wird. »Lass uns zur Sache sprechen. Dass ich heute hier bin, hat mit Ahmid zu tun.«

Emre zögert. »Erzähl mir nicht, dass er schon *wieder* Probleme hat!«

»Es geht mir nicht um Ahmid selbst.«

»Sondern?«

»Um jemanden, um den er sich gekümmert hat.«

»Nämlich?«

»Um Serdar.«

»Davon gibt es viele.«

»Serdar Tuncay. Der Fußballer.«

»Alter, ich weiß, wer Serdar Tuncay ist. Ich nehme mal an, *jeder* weiß das. Allerdings ist mir nicht klar, was *ich* mit ihm zu tun haben soll.«

»Was meinst du?«

»Nein, die Frage ist, was meinst *du*?«

»Ich fürchte, ich kann nicht ganz folgen.«

Emre sieht Pirlo auffallend lange an. Irgendwas ist hier los. Und es ist nichts Gutes. »Du kommst hier rein und sprichst mich auf Serdar Tuncay an.«

»Richtig.«

»Und was ich mich frage, ist, warum?«

»Ich suche ihn.«
»Ist er nicht noch ein Jugendlicher?«
»Doch.«
»Hast du es mal bei seinen Eltern versucht?«
»Ja.«
»Und?«
»Sie sprechen nicht mit mir.«
»Wahrscheinlich haben sie dafür ihre Gründe.«
»Ich weiß nicht, ob sie wissen, wo er steckt.«
»Und sie sagen es dir auch nicht.«
»Richtig.«
»Weil sie nicht mit dir sprechen.«
»Leider.«
Emre lacht, wirkt aber verwirrt. »Und was, um alles in der Welt, habe *ich* damit zu tun?«
Pirlo hat keinen Bock mehr auf das Rumgeeiere. Sie können langsam mal zur Sache kommen. Vor allem, weil sie es auch müssen. »Wir müssen wirklich dringend mit Serdar sprechen.«
»Wir?«
»Ahmid und ich. Und Sophie.«
»Weswegen?«
Pirlo zögert. Eigentlich geht es Emre nichts an. Andererseits: Wenn Emre etwas in dieser Stadt wissen will, erfährt er es sowieso. Außerdem ist die Gefahr groß, dass sie hier nicht weiterkommen, wenn Pirlo nicht mitspielt. Und das ist als Alternative einfach nicht drin. »Es ist kompliziert.«
»Vielleicht kann ich folgen.«
Pirlo seufzt. »Serdar soll vor Gericht als Zeuge aussagen.«
»Und?«
»Wir wissen nicht, was seine Antworten wären.«
»Das ist nicht gut.«

»Außerdem ist die Kommunikation mit dem Angeklagten verschwunden.«

»Weil der Angeklagte sie gelöscht hat?«

»Ganz genau.«

»Geht es um diesen Tötungsvorwurf? Die Sache mit dem Trainer?« Wie gesagt: Emre weiß alles. Wenn er will.

»Ja.«

»Und du befürchtest, dass Serdar damit etwas zu tun hat?«

»Nein.«

»Sondern?«

»Mit zwei anderen Morden.« Pirlo fährt sich durch die Haare. »Ich sagte ja schon: Es ist kompliziert. Was ich ebenfalls gesagt habe, ist, dass ich *wirklich* unter Druck bin. Ich muss diesen Jungen finden, Emre. Ich *muss* einfach.«

Emre geht darauf nicht ein. Seine Finger umspielen den sorgfältig gepflegten Bart. »Er ist nicht hier.«

»Das dachte ich mir schon.«

»Wofür soll das hier dann gut sein?«

Pirlo seufzt. »Vielleicht gibt es hier, bei dir oder in deinem Umfeld, aber irgendwen, der ihn kennt, der mit ihm in Kontakt steht oder der sonst einen Zugang zu ihm hat.«

»Warum sollte das so sein?«

Pirlo legt den Kopf schief. »Komm schon, ich dachte, wir lassen das Theater.«

»Gern. Ich verstehe *tatsächlich* nicht, worauf du rauswillst.«

Pirlo atmet gequält aus. Dann braucht es hier eben doch eine Extrarunde. »Serdar war in einem deiner Läden und hat versucht, eine illegale Wette zu platzieren. Dabei hat es Ärger gegeben. Dass das so gekommen ist, war ja wohl kein Zufall!«

Emre sieht ihn erkennbar irritiert an. »Was, zur Hölle, soll das bedeuten?«

»Du weißt doch genau, was ich meine: Serdar wollte in einem deiner Läden auf seine Mannschaft von Eintracht Düsseldorf wetten, was nach den Verhaltensvorgaben der Ligen und der Vereine verboten ist.«

Emres Blick ist undurchdringlich. Schon wieder. Womit das ja wirklich alles wunderbar geklappt hat.

Trotzdem fährt Pirlo fort: »Jedenfalls gehe ich davon aus, dass er nicht von ganz allein auf die Idee gekommen ist, dass er das mit der Wette bei euch mal versuchen könnte.«

»Was willst du damit sagen?«

»Entweder hat ihm jemand einen Tipp gegeben, dass solche Sachen hier möglich sind, oder er war schon öfter in deinen Bars, hat vielleicht mal eine Schischa geraucht, vielleicht mal ein Gespräch mitbekommen und dann daraus seine Schlüsse gezogen. Möglicherweise kennt er aber auch jemanden, dem er vertraut und der ihm das alles verraten hat. Das ist der Mensch, den ich suche.«

Emre runzelt die Stirn. »Nein.«

»Wie, nein?«

»Es gibt keinen solchen Menschen.« Ehe Pirlo weiterfragen kann, hebt Emre die Hand. »Und Serdar hat bei mir auch keine Wette platziert.«

Als ob.

»Was waren das eigentlich für Leute?«

Pirlo ist so überrascht, dass er Emres ansatzlos folgende Frage zunächst nicht versteht. »Wen meinst du?«

»Diese Männer von Eintracht Düsseldorf. Du weißt schon, die beiden, die gestorben sind. Wie waren die?«

Pirlo zuckt mit den Schultern. »Typische Almans, würde ich sagen. Unternehmer. Einer mit Anzügen, der andere irgendwas mit Computern. Warum?«

Emre antwortet nicht. Er reibt mit den Fingerkuppen an seiner Nase und überlegt.

»Weißt du, wie man Nachrichten auf einem Telefon abschließend löscht? So also, dass sie weg sind und man sie nicht rekonstruieren kann?«

»Ich weiß es jetzt, aus dem Verfahren. Bei WhatsApp geht es nicht. Jedenfalls nicht dauerhaft. Wahrscheinlich ist Serdar daher mit Moritz, dem anderen Jungen, auf Signal umgestiegen. Außerdem hat er die Standortdaten ausgeschaltet.« Pirlo seufzt. »Was jetzt, bei den Ermittlungen, natürlich noch verdächtiger wirkt.«

»Vorher hast du das also nicht gewusst?«

»Nein. Aber warum spielt das ...« Weiter kommt Pirlo nicht.

Emre sieht ihn nachdenklich an. »Serdar wusste es auch nicht.«

»Was?«

»Serdar wusste nicht, wie man Daten verschwinden lassen kann. *Deshalb* war er hier.«

»Wann?«

»Bevor das alles passiert ist.« Emre lächelt schmal. »Bevor er zu dir kam.«

»Und konntet ihr ihm helfen?« Emre verzieht den Mund. Pirlo sieht seinen Fehler ein. »Konnte ihm *jemand* helfen?«

»War das denn nötig?«

Pirlo ahnt, dass er keine genauere Antwort erhalten wird. Mag sein, dass er ein Schwarzkopf ist. Ein Strafverteidiger. Einer, der von hier *kommt.* Er ist trotzdem keiner, der immer noch hierher*gehört.* Seine Gedanken rasen. »Serdar war also *hier*? Wegen dieser Sache mit den Daten?«

»Nicht nur deswegen.«

»Sondern?«

Emre zieht einen Mundwinkel in die Höhe. Es sieht müde aus. »Ahmid hat dir erzählt, dass der Stress um Serdar mit einer schlechten Wette angefangen hat?«

»Ja.«

»Und er stand dabei, während wir alle erschrocken darüber waren, dass der Junge sich damit ins Unglück stürzen könnte? Hat vielleicht auch noch einer ausgerufen: O nein, eine illegale Wette, welch Verhängnis?«

»Na ja ...«

»Dann haben wir uns alle angesehen und uns gefragt, wie wir jetzt die Karriere dieses Goldjungen retten können, und Ahmid, der als Einziger der Anwesenden nicht ins Familiengeschäft einbezogen war, hat gesagt, ›Komm, ich mach das, ich kümmere mich, spreche mit dem Vater und habe ein Auge auf den Knaben, dann spendiert er uns, wenn er mal in der ersten Liga spielt, bestimmt allen Freikarten und ein Wassereis.‹« Pirlo fühlt sich blöd. Er weiß nur nicht genau, warum. Was es nicht besser macht. Emre sieht ihn ausdruckslos an. »Glaubst du wirklich, dass das so gelaufen ist?«

Pirlo weiß nicht, was er denken soll. Was er sagen soll, weiß er erst recht nicht. »Wie denn sonst?« Er merkt selbst, dass seine Stimme anders klingt als normalerweise. Dünner. Und irgendwie auch verdammt unsicher.

Emre faltet die Hände und tippt sich mit den Spitzen der Zeigefinger an die Lippen. Auf eine seltsame Art sieht es aus, als würde er beten. »Ramzes, der Junge war nicht wegen einer verdammten *Wette* hier.«

Pirlo weiß, dass er die Antwort auf seine nächste Frage unbedingt wissen will. Und gleichzeitig auch unbedingt nicht.

»Weswegen dann?«

Emre öffnet seine Hände. Der Weg ist offen. Für die Wahrheit. Und die Katastrophe. »Vergiss nicht, dass das, was ich dir sage, nichts mit uns zu tun hat. Das gilt auch für alles andere, was danach passiert sein mag.«

Pirlo nickt. Mehr fällt ihm nicht ein.

»Wir haben Serdar nicht wegen einer Wette abgelehnt. Ganz bestimmt war das auch nicht der Grund dafür, dass wir Ahmid den Auftrag gegeben haben, ein Auge auf den Jungen zu haben. Wir waren beunruhigt. Zum einen wegen ihm. Zum anderen wollten wir auch selbst keinen Stress, dass er mit dem, was er vorhat, woanders hingeht und dann sagt, dass er hier schon war oder so. Das hätte uns wegen einer *Wette* ganz bestimmt nicht interessiert. Aber Serdar war hier, weil er eine Schusswaffe kaufen wollte.«

10.

ANGESPANNT.

Kurz danach in der Haftzelle

Als Sophie die Haftzelle im Keller des Gerichts betritt, ist sie angespannt. Der Grund dafür ist dabei längst nicht mehr die Räumlichkeit oder dass das anstehende Gespräch intensiv wird. Das ist in diesem Rahmen und in diesen Räumen schließlich immer so. Was sie nervös macht, ist noch nicht einmal, mit wem sie, wenn es dazu denn überhaupt kommt, sprechen wird. Sondern über was. Und vor allem, über was *nicht*.

Wie gesagt: Wenn es dazu denn überhaupt kommt. Der Auftakt spricht jedenfalls schon einmal nicht unbedingt dafür.

»Ich will, dass Sie mich in Ruhe lassen. Sie und Ihr Kollege. Alle beide.«

»Das habe ich mir schon gedacht.« Sophie bleibt trotzdem in der Tür der schmucklosen Zelle stehen. Immerhin hat Moritz gerade mehr mit ihr gesprochen als während der gesamten letzten sechs Wochen. Übrigens inklusive des Gerichtssaals.

Der Junge verschränkt die Arme. »Warum machen Sie es dann nicht? Wieso lassen Sie mich nicht einfach?«

»Weil ich es nicht kann.«

»Natürlich können Sie das. Sie müssen es sogar. Ich bin nicht bescheuert. Sie sind meine Anwältin. Sie müssen tun und lassen, was ich Ihnen sage.«

»Ja und nein.«

Er schiebt die Unterlippe vor. »Was soll das heißen?«

Zunächst mal, dass wir im Gespräch sind, Junge. Wenn auch noch nicht mit vollem Tempo.

»Richtig ist, dass ich deine Anwältin bin. Ich verteidige dich. Richtig ist aber auch, dass ich in dieser Funktion durch das Gericht bestellt bin. Von dort, durch den Staat, werde ich auch bezahlt. Darüber hinaus bin ich als Rechtsanwältin aber auch der Rechtsordnung als solcher verpflichtet.«

»Und warum ist das so?«

»Warum ist was wie?«

»Weshalb sind Sie *überhaupt* da? Warum bezahlt Sie der Staat? Wieso lassen mich nicht einfach *alle* in Frieden?«

»Hand aufs Herz?« Und warum auch nicht? »Wir sind *überhaupt da*, weil jeder, der vor einer Strafkammer landet, von Gesetzes wegen das Recht darauf hat, verteidigt zu werden, und zwar ganz gleich, ob er will oder nicht. Und der Staat bezahlt uns, Pirlo und mich, weil es schlichtweg ansonsten niemand anderes kann oder *will*. Das schließt leider deine Mutter mit ein.«

»Hören Sie mir auf mit der!«

»Ich kann mir gut vorstellen, dass sie sich große Sorgen um dich macht. Erst recht nach allem, was war.«

»Haben Sie sie denn mal getroffen?«

»Nein.«

»Das hätten Sie mir gar nicht beantworten müssen.«

»Warum?«

»Dann würden Sie ihr so was nicht zutrauen.«

»Anwälte bezahlen?«

»Sich Sorgen um mich machen.«

Sophie nimmt das für den Moment mal so hin. Es geht hier nicht um die Beziehung eines Teenagers zu seiner Mutter. So leid es ihr für ihn auch tut, wie offensichtlich wenig rosig sie sich gestaltet.

»Zurück zu meinen Aufgaben als Anwältin: Ich will und werde mich nicht gegen dich stellen. Darauf kannst du dich verlassen.«

Seine Schultern sacken durch. Für einen winzigen Moment wirkt Moritz endlich einmal erleichtert. Leider kann Sophie ihm das nicht länger gönnen. Und sich selbst auch nicht. »Worauf du dich allerdings ebenfalls verlassen kannst, ist, dass ich dir die Wahrheit sage, auch dann, wenn es weder dich noch mich froh macht. Dazu stehe ich, und daran halte ich mich daher auch.« Sie räuspert sich und deutet auf eine Ecke der schlichten Pritsche, an deren Ende Moritz mittlerweile an der Wand kauert und seine Arme um die angezogenen Beine geschlungen hat. »Darf ich mich setzen?«

»Nein.«

Was sie unfassbar ärgert. Natürlich tut es das. Zum einen, weil es schlichtweg unhöflich ist. Zum anderen, weil sie so dämlich war, ihn überhaupt zu fragen und ihm damit die Gelegenheit zu geben, hier wieder Oberwasser zu gewinnen.

Um sich ihre Wut nicht anmerken zu lassen, beginnt Sophie, langsam durch die Zelle zu schreiten. Viel Platz ist dafür zwar nicht. Um zumindest wie ein Panther im Käfig zwei Schritte vor- und wieder zurückzugehen, reicht es aber doch.

»Du hast uns heute nicht überrascht, als du gegenüber der Kammer von deinem Schweigerecht Gebrauch gemacht hast.« Passenderweise geht er nicht darauf ein. »Du hast uns allerdings *schon* dadurch überrumpelt, dass du uns vorher nicht angekündigt hattest, auch mit *uns* kein Wort wechseln zu wollen.«

»Das habe ich doch vorher auch nicht gemacht.«

»Da waren wir aber auch noch nicht im Gericht.«

Moritz zuckt lapidar mit den Schultern. »Was hätte sich geändert?«

Das ist zwar keine ganz unberechtigte Frage. Darum geht es hier aber nicht. »Wir hätten uns anders vorbereiten können.« Sophie fährt sich durch ihre langen blonden Haare. »Moritz, es ist wichtig, dass wir uns gegenseitig vertrauen können.«

»Ich vertraue niemandem!« Das kommt *zu* trotzig. *Zu* schnell. Vor allem eröffnet es ihr genau die Gelegenheit, die sie haben wollte.

»Das stimmt, glaube ich, nicht.« Er sieht auf. »Serdar vertraust du ja wohl.«

»Lassen Sie ihn da raus.« Seine Stimme zittert.

Sophie fährt einfach fort. Ruhig. Konzentriert. Bedacht. »Ich kann das gut verstehen. Dass ihr zusammenhaltet, meine ich. Serdar ist ein toller Junge. Ein guter Typ.«

»Lassen – Sie – ihn – da – raus!« Moritz' Tonfall hat sich verändert. Dasselbe gilt für seinen Blick. Instinktiv orientiert sich Sophie in Richtung der Tür.

»Ihr seid eine richtige kleine Schicksalsgemeinschaft, die füreinander einsteht, miteinander wächst und den Sprung in den Profifußball versucht.«

Sie zuckt zusammen, als er laut auflacht. »Als ob!«

»Als ob was?«

»Als ob wir das so gemacht hätten! Diesen *Sprung* verfolgen. Serdar vielleicht, das kann sein. Aber ich? Kommen Sie, es war doch allen klar, dass das nichts wird!«

»Aber ihr macht doch alles zusammen.«

»So sieht das vielleicht für euch aus. *Serdar* macht viel. Ich bin einfach nur dabei!«

»Und warum? Wie kommt es, dass du immer nur mitläufst, statt selbst voranzugehen?« Moritz sieht zur Wand. Sophie beschließt, einen Versuch zu wagen. »Kann es daran liegen, dass du ihn gut fandest?«

Er beißt sich auf die Unterlippe. Sie kennt das von sich. Lange wird er nicht mehr mit sich ringen. Vielleicht, weil er es nicht will. Ganz bestimmt auch, weil er es nicht *kann.* Tatsächlich folgt die Reaktion fast auf dem Fuß. »Gut? Was soll *das* denn heißen? Natürlich fand ich ihn *gut.* Jeder findet Serdar *gut,* oder etwa nicht?«

»Was ich meinte, ist, dass du vielleicht verliebt in ihn warst.«

Sein Blick ist wieder bei der Wand. »Lassen Sie mich doch einfach endlich in Ruhe!«

Sophie leidet mit ihm. Wirklich. Gerade jetzt, gerade hier, gibt es auch tatsächlich nichts, was sie lieber täte. Einfach gehen. Ihn in Ruhe lassen. Nur: Sie kann nicht. Es ist einfach nicht möglich. Nicht, wenn unklar ist, ob Serdar am nächsten Verhandlungstag die Ladung der Kammer wahrnimmt und im Gericht auftaucht, nicht, wenn niemand weiß, was er dann dort sagen wird, und erst recht nicht nach dem, was Pirlo ihr von seinem Gespräch am Bahnhof berichtet hat. Solange Moritz noch *irgendwie* mit ihr spricht, kann Sophie einfach nicht nachlassen. Ganz gleich, wie schmerzhaft die Lage ist. Und zwar für alle beide.

»Lass mich raten: Du hast Michael Bartels ...«

»Michi«, unterbricht er sie.

Sie nickt. »Du hast ihn, Michi, bei der Eintracht über das Training kennengelernt, in das du nur gekommen bist, weil du Serdar begleitet hast.«

»Und?«, patzt er sie an. »Was bringt Ihnen das jetzt?«

Sophie setzt sich wieder langsam in Bewegung. »Du sagst also, dass dir klar war, dass du in Serdars Windschatten gelaufen bist. Wahrscheinlich hast du dir auch nichts darüber vorgemacht, dass du im Team nur eine Art Begleitung für Serdar warst. Eine Unterstützung angesichts der in der ersten Mannschaft zu erwartenden Konkurrenzsituation.«

»Nicht nur mir war das klar. Sondern allen.«

»Warum hast du das dann mitgemacht?«

»Was?«

»Wieso hast du es auf dich genommen, mit Leuten zu trainieren, denen du *eigentlich* gar nicht das Wasser reichen konntest? Dass du später durchgehalten hast, kann ich nachvollziehen. Da hattest du ja dann Michi kennengelernt. Aber woher kam diese Bereitschaft, dich von Anfang an als eine Art Wasserträger für Serdar einzusetzen, wenn er doch deine Gefühle …«

»Ich habe nie gesagt, dass ich welche für ihn hatte!«

Sophie lässt sich aber nicht beirren. »Wenn er das doch jedenfalls nicht erwidert hat?«

Moritz schlingt seine Arme fester um die Beine. Sein Blick klebt an der Wand. Er kaut aber auch auf der Unterlippe. Sophie hält den Atem an und wartet. *Wenn* jetzt etwas kommt, wird es wichtig sein. Ehrlich. Womöglich wird es nicht dabei helfen, herauszufinden, wo Serdar steckt. Aber vielleicht immerhin dabei, zu verstehen, was eigentlich los ist.

Ein langer Moment verstreicht. Dann noch einer. Nach einer gefühlten Minute wagt sie sich wieder nach vorn.

»Oder war das am Anfang anders? Gab es da doch so etwas wie gegenseitige Zuneigung?« Er zuckt heftig zusammen. »War das so, Moritz?«

Er fährt sich über die Augen. »Wir dachten, vielleicht sei das doch was. Das mit uns. Wir beide gegen den Rest der Welt. Gegen unsere Eltern. Die Erwartungen. Einfach gegen alles!« Er schnieft. »Serdar wollte es versuchen. Er dachte, dass er das vielleicht für sich entdeckt, wenn es so weit ist. Jungs. Männer.

Wahrscheinlich habe ich die ganze Zeit gewusst, dass das nicht stimmt. Aber ich wollte es eben.« Er schnieft. »Ich wollte es sehr.«

»Und als das nichts wurde, wieso hast du dann weiter zu ihm gestanden?«

Moritz drückt sich nach oben. »Ich habe auch einfach an ihn geglaubt, okay?«

»Was meinst du damit?«

Moritz sieht sie lange an. Flackernde Augen. Und trotzdem ein fester Blick. Dann legt er stockend los. »Serdar ist *gut.* Richtig gut. Vielleicht haben Sie da keinen Blick dafür, aber ich schon. Ich spiele Fußball, seit ich denken kann. Ich bin vielleicht nicht der beste Spieler, aber ich weiß, wie das Spiel *geht.* Und ich weiß, dass ich noch nie jemanden gesehen habe, der das kann, was Serdar kann. Er könnte richtig viel erreichen. Mit dem, was er draufhat, *muss* er es eigentlich sogar.« Moritz wischt sich die Nase an seinem Ärmel ab. Dann geht es weiter. »Wir haben schon *deshalb* in der Schule zusammengehalten. Weil ich ihn unterstützen wollte. Und weil er das auch gebraucht hat. Das mit den Gefühlen und so, ich weiß nicht, ob das da schon da war oder ob es erst später kam. Serdar wollte davon irgendwann auch nichts mehr wissen, und ich, na ja, ich habe das dann eben versucht zu akzeptieren.«

»Versucht?«

»Ich bin ihm oft gefolgt. Habe ihn beobachtet und mir vorgestellt, dass er weiß, dass ich das mache und dass es ihm gefällt.«

Sophie wagt einen Schuss ins Blaue. »So, wie du mich beobachtet hast?«

»Sie haben das bemerkt?«

»Natürlich.« Wenn ihr auch nicht klar war, was genau.

Moritz zuckt mit den Schultern. »Das dachte ich mir schon.«

Sie lässt es unkommentiert. »Sie waren ganz anders drauf als Ihr Kollege. Anders als er haben Sie sich ein paarmal umgedreht und so.« Als Moritz den Kopf schief legt, muss sich Sophie vor Augen führen, dass sie sauer auf ihn ist. Und ihn schon deshalb nicht einfach in den Arm nehmen kann. Das gilt erst recht angesichts dessen, was er als Nächstes sagt. »Es tut mir leid, wenn ich Sie erschreckt habe.«

»Wieso hast du das denn *überhaupt* gemacht?«

Seine Unterlippe zittert. Dennoch schiebt er sie trotzig nach vorn. »Ich musste wissen, was Sie vorhaben. Worauf Sie hinauswollen. Ob von Ihnen Gefahr droht.«

Sophie läuft ein Schauer über den Rücken. Sie kann nicht genau sagen, ob Erleichterung überwiegt oder Wut. Sie weiß nur, dass sie den Gesprächsfaden hier nicht abreißen lassen darf. Und zwar auf gar keinen Fall. »War das denn so? Dass von mir Gefahr drohte?«

»Nein. Von Ihnen nicht.«

»Von anderen aber schon?« Moritz sieht wieder zur Wand. Sie versucht es weiter. »Vielleicht von Herrn Merkert und Herrn Schmitz?«

Er schließt die Augen. Sophie kann es sehen. Mehr noch, sie kann es geradezu *spüren*. Sie setzt nach. »Zum Beispiel, weil sie wussten, was euch verbindet? Dass ihr euch so nahestandet. Dass ihr …« Wie soll sie das sagen? »Dass ihr überlegt habt, ob ihr es miteinander versucht?«

»Das fanden sie doch gerade gut.« Moritz hat das mehr geflüstert als gesagt. Sophie hat es trotzdem verstanden. Und stockt. Was soll das heißen?

»Sie *wollten* also, dass ihr euch nahe seid?«

»Die beiden haben gar nicht genug davon bekommen.« Moritz sieht immer noch zur Wand. Die Stimme ist tonlos. Sophie versteht trotzdem jedes Wort.

»Von was?«

»Den Bildern natürlich.«

Den *was*? Sophie vermisst Pirlo. Jetzt, hier, kann sie ihn gebrauchen. Seine tiefe Stimme. Die Ruhe, die er in solchen Situationen hat. Vielleicht sogar … Weiter kommen ihre Gedanken nicht. Ein Schrei zerfetzt den Raum.

»Sie hätten uns in Ruhe lassen sollen!« Moritz' Ausbruch ist so laut, dass in Sophies Ohren ein helles, dünnes Fiepen zurückbleibt.

Moritz hat sich auf der Pritsche aufgerichtet. Sein Körper zittert. Tränen fließen ihm über das Gesicht. Er wirkt auf Sophie wie genau der verlorene, ängstliche und gebrochene Junge, der er einfach auch ist. »Sie hätten uns in Ruhe lassen sollen!«, wiederholt er dann noch einmal, wenn auch etwas leiser. »Uns beide. Oder zumindest Serdar.«

»Das haben Sie aber nicht getan?«

Er antwortet nicht. Zumindest nicht direkt. »Es hat mit den Fotos von der Kleideranprobe angefangen. Wir wussten nicht, dass sie welche machen. Wirklich nicht! Wie auch? Aber Serdar sah bei dieser Anprobe einfach auch so anders aus. Ganz ungewohnt und erwachsen und – *hot.*« Sein Blick sucht den von Sophie. Tränen rollen aus seinen Augen. »Sie können sich gar nicht vorstellen, wie perfekt Serdar dieser Anzug gepasst hat. Ich werde das nie vergessen. Genauso wenig, dass ich genau *deshalb* alles ruiniert habe. Das ist es doch, was Sie hören wollen, die ganze, bittere Wahrheit: Es war mein Fehler, meiner ganz allein.«

Moritz sieht Sophie mit einem wunden Bick an. »Ich konnte einfach nicht widerstehen. Ich wollte es auch nicht. Und dann habe ich ihn einfach geküsst. Mitten in der Umkleidekabine von Schmitz. Und mitten auf den Mund. Serdar hat sich nicht gewehrt. Wir standen da und haben uns geküsst. Dann hat von draußen einer aus der Mannschaft irgendwas gerufen, und wir sind wieder zu uns gekommen. Mehr ist gar nicht passiert. Das hat aber auch schon gereicht.« Die Unterlippe zittert unkontrolliert. »Am Anfang haben sie noch gesagt, dass sie es nur zufällig entdeckt hätten. ›Bei einer Technikprobe‹, so hat es Merkert ausgedrückt. Angeblich hatte er eine neue Beleuchtung installiert. Ganz ehrlich, wir waren so erschrocken, dass sie uns alles Mögliche hätten erzählen können. Wahrscheinlich haben sie genau das auch gemacht. Dann waren sie verständnisvoll. Freundlich. Sie haben uns zum Abendessen eingeladen. Erklärt, dass das alles ganz normal sei. Dass man das in diesem Alter macht. Dass das schön ist. Natürlich. Dass sie sich auch selbst gern die ganzen jungen Männer ansehen. Und dass wir deshalb ihre neuen Lieblinge sind, um die sie sich ganz besonders kümmern. Dass wir uns keine Sorgen machen müssen, wenn wir in einer Mannschaft bleiben wollen. Dass sie dazu mal mit dem Trainer sprechen. Dass das aber alles unser Geheimnis bleibt, eines, das nur wir vier kennen und von dem nur wir vier wissen.«

Moritz hustet. Während er sich umständlich mit seinem Ärmel über die Nase wischt, wartet Sophie ab. Ihre Gedanken überschlagen sich. Gleichzeitig fühlt sie sich ruhig. Das alles ergibt auf eine bedrückende Art Sinn. Auch wenn absehbar ist, dass es noch nicht alles ist.

»Sie haben gesagt, dass die Fotos von unserem Ausprobieren *perfekt* seien«, spricht Moritz weiter. »So haben sie das genannt. Ausprobieren. Etwas, was man eben macht. Was ganz normal ist. Und was daher auch kein Ende findet. Zumal die Bilder ja so *überwältigend* waren. Trotzdem haben sie immer mehr gewollt. Noch mehr Fotos. Noch mehr Videos. Noch mehr, noch mehr, noch mehr. Je mehr sie hatten, desto mehr konnten sie fordern. ›Du willst doch nicht, dass dein Vater das sieht, Serdar!‹ – ›Deine Mutter wäre bestimmt enttäuscht, Moritz!‹ Und so weiter.«

»Und dann habt ihr …« Sophie zögert. Will sie das wirklich wissen? Darf sie es? Und wie soll sie Moritz danach noch sinnvoll verteidigen können? Wenn es denn nur bei ihm bleibt.

Zu ihrer Erleichterung fährt Moritz einfach fort. »Als Serdar dann dieses Tor geschossen hat, dachten wir, jetzt wird alles besser. Jetzt kommt eine andere Öffentlichkeit. Ein anderer Druck. Jetzt lassen Sie uns in Ruhe. Aber tatsächlich wurde es noch viel, viel schlimmer. Für sie war klar, dass er jetzt noch mehr zu verlieren hat – und dass er deshalb noch mehr machen wird, was sie von ihm wollen. Das hat er nicht ausgehalten. Ich habe es nicht ausgehalten. Und deshalb mussten wir etwas tun.«

Sophies Mund fühlt sich trocken an. Sie will so viel fragen. Und so wenig wissen.

»Dann seid ihr aufgetaucht«, fährt Moritz fort. »Pirlo und Sie. Die Berater. Und auf einmal wurden sie hektisch. Merkert und Schmitz meine ich jetzt. Sie waren nervös. Aufgeregt. Unsicher. So kannten wir sie nicht. Für uns hat es das aber nicht besser gemacht, sondern noch viel, viel schlimmer. Am Abend, nachdem Pirlo das erste Mal im Stadion war, hat uns Merkert angerufen. Wir waren zusammen, Serdar und ich. Wir waren *immer* zusammen. Er hat uns gesagt, was wir zu tun haben. Den Kontakt mit Pirlo abbrechen. Den Mund halten. Uns daran erinnern, wer *wirklich* etwas zu sagen hat.« Moritz schnieft. »Nach dem Gespräch war Serdar am Boden zerstört. Er konnte nicht mehr. Wollte nicht mehr. Also mussten wir handeln. Das hat Schmitz aber nicht gebremst. Nicht, dass Merkert weg war. Nicht mal das mit den Augen. Und so ist das dann gekommen.«

»Wo ist Serdar jetzt?«, fragt Sophie. Sie merkt selbst, dass ihre Stimme schwach klingt.

»Ich weiß es nicht. Vielleicht zu Hause. Ich hoffe es jedenfalls.«

Sophie nickt. Sie hofft es auch. Dann kommt ihr noch etwas in den Sinn. »Was hat das aber alles mit Bartels zu tun?«

»Er wechselt den Verein.« Die Antwort kommt so schnell, so trocken und direkt, als gehe Moritz davon aus, dass damit alles beantwortet sei.

»Ich verstehe nicht ganz …«

»Er wird zu einem anderen Verein gehen. Da macht er dann eine große Karriere. Dafür kann er mich nicht brauchen.«

Sophie kann nicht sagen, wessen Worte sie hier gerade hört, die von Bartels oder die von Moritz. Was sie allerdings sicher weiß, ist, dass sie mit Pirlo sprechen muss. Und zwar dringend.

11.

INSTINKTIV.

21 Uhr

In Düsseldorf gibt es Dutzende Fußballfelder. Wenn die Leute vom Stadion sprechen, meinen sie trotzdem immer die Arena direkt am Rhein. Es hat daher für ihre Verabredung keine weitere Präzisierung gebraucht. Dass Pirlo mit »21 Uhr auf dem Parkplatz am Stadion. Komm einfach. Es ist dringend« nicht die Hütte von Eintracht Düsseldorf meint, erklärt sich angesichts all dessen, was zuletzt passiert ist, ohnehin von selbst.

Hamza kommt eine Viertelstunde später. Aber: Er kommt. Pirlo versucht, sich seine Erleichterung nicht anmerken zu lassen. Dass das Treffen zustande kommt, ist nach dem, was er mit Sophie am Telefon besprochen hat, schließlich nur der erste Schritt. Wenn auch der wichtigste. Alle anderen Schritte muss Hamza allein entscheiden. Und gehen.

»Ich habe nicht viel Zeit.« Hamza ist kaum ausgestiegen, als er das schon klarstellt. »Fatma wartet zu Hause auf mich.«

»Serdar hoffentlich auch.«

Hamza erkauft sich Zeit, indem er seine Augen abschirmt. Pirlo hat sich so an seinen Mercedes gelehnt, dass Hamza, um neben ihm zu parken, seinen BMW näher zum Stadion als zum Fluss parken musste. Der Sonnenuntergang ist damit in Pirlos Rücken. Und in Hamzas Gesicht. »Du weißt, dass ich dazu nichts sagen werde.«

»Gut.« Pirlo nickt. »Ich will dazu auch nichts hören.«

Hamza stutzt. »Was soll das?« Instinktiv sieht er sich um. Tatsächlich gibt es aber keinen Grund zur Beunruhigung. Der Parkplatz ist leer. Das nächste Spiel der Fortuna steht erst in drei Tagen an. Die Trainingsplätze sind eine ganze Ecke entfernt. Das letzte große Konzert ist auch noch ein paar Wochen hin. Es gibt keinen Grund, sich hier aufzuhalten. Außer vielleicht, dass man sich in Ruhe besprechen und dabei die Lage im Blick behalten will. Das trifft allerdings nur auf genau zwei Menschen zu. Zumindest im besten Fall.

Pirlo drückt sich von seinem Wagen ab und tritt einen Schritt auf Hamza zu. »Ich will mit *dir* sprechen, Hamza.«

»Warum?«

»Weil die Zeit für Kindereien vorbei ist. Die Lage ist ernst. Es bringt nichts, sich noch weiter mit Serdars Trotz auseinanderzusetzen. Mit deinem übrigens auch nicht.«

Hamzas Nasenflügel beben. »Du hast um dieses Gespräch gebeten. Bist du dir sicher, dass es dann sinnvoll ist, mit einer Beleidigung zu beginnen?«

Pirlo winkt ab. »Pass auf, Hamza. Ich weiß, dass alles unfassbar beschissen gelaufen ist. Dass nichts so gekommen ist, wie du dir das alles gedacht hast, wie Serdar, wie *irgendwer* sich das gewünscht hat. Es ist aber nun einmal so, ob wir wollen oder nicht. All diese Dinge sind geschehen. Serdars Name steht damit in Verbindung. Punkt.«

Hamzas Blick geht in die Ferne. Der Sonnenuntergang schimmert goldgelb auf seinem Gesicht. Obwohl er dort jede Regung ausleuchtet, kann Pirlo nicht sagen, was in seinem Gegenüber vorgeht.

»Das hätte niemals passieren dürfen.«

»Ich weiß.«

»Erinnerst du dich daran, wie es damals bei mir war?«

Hamza muss nicht weiter erklären, was er meint. Pirlo nickt. »Du warst jung.«

»Serdar ist noch jünger. Und noch besser. Das, was er heute schon kann, konnte ich damals nicht.«

»Dann wird er sich auch durchsetzen können.«

Hamza sieht Pirlo direkt an. Diesmal gibt es keinen Zweifel. Der Blick ist voller Schmerz. »Wie soll er denn von diesen Gerüchten wegkommen? Das angeblich kriminelle Umfeld. Der beste Freund, der versucht, seinen Trainer zu töten. Diese ganzen Mordgeschichten.«

Pirlo streicht sich die Haare hinter die Ohren. Jetzt gilt es. »Genau deswegen wollte ich mit dir sprechen.«

»Wegen was?«

»Allem.«

»Und warum? Also warum *so*? Warum heute? Warum hier?«

Pirlo hält Hamzas Blick fest. »Die Kammer, die gegen Moritz verhandelt, will Serdar als Zeugen laden.«

Hamza nickt. Aber er versteht nicht. »Ich weiß. Aber wo ist das Problem?«

»Das bedeutet, dass Serdar vor Gericht erscheinen und über das Verhältnis von Moritz und Michael Bartels aussagen muss.«

»Na und?

»Als Zeuge muss er die Wahrheit sagen.«

»Das nehme ich an. Aber dann soll er das eben machen! Was hat er denn mit den beiden zu tun? Das eine war sein Trainer, das andere war sein Freund! Warum sollte das kompliziert sein?«

Pirlo tritt einen kleinen Schritt näher. Er hat bei diesem Gespräch nur diesen einen Schuss. Und der muss sitzen.

»Beide, Moritz und Bartels, sprechen nicht mit dem Gericht.«

Hamza sieht erstaunt auf. Tatsächlich stand noch nichts davon in der Presse. Fleischmann lungert zwar vor dem Saal herum, hält sich aber aus guten Gründen zurück. Da die Verhandlung unter Ausschluss der Öffentlichkeit stattfindet, bekommt er, solange keiner von drinnen mit ihm spricht, auch nichts mit. Das Bedürfnis seitens der Kammer und der Staatsanwaltschaft ist hier äußerst überschaubar. Sogar Pirlo hat sich bisher im Griff. Wenn es eine Nachricht über das Verfahren geben wird, dann nur eine abschließende. Sonst nichts.

»Ich wusste das nicht.«

»Das merke ich.«

»Müssen sie das nicht? Also mit dem Gericht sprechen?«

»Nein. Der eine hat als Angeklagter das Recht zu schweigen.« Was Hamza schließlich aus eigener bitterer Erfahrung weiß. »Der andere, Bartels, lässt sich aus medizinischen Gründen entschuldigen.«

Hamza zuckt mit den Schultern. »Okay. Und jetzt?«

»Die Kammer hat entschieden, dass sie die Hintergründe des Abends, an dem Bartels gemeinsam mit Moritz einen Giftcocktail getrunken hat, im Rahmen ihrer Möglichkeiten aufklären will. Serdar ist dabei ihr wichtigster Zeuge.«

Der Sonnenuntergang geht in ein großes, leuchtendes Finale. Wieder schirmt Hamza seine Augen ab. Pirlo kann trotzdem erkennen, dass er ungehalten ist. »Du wolltest nur kurz sprechen.«

Pirlo nickt. »Das stimmt.«

»Dann mach das auch.« Jetzt ist es Hamza, der einen ungemütlichen Schritt näher auf Pirlo zutritt. »Auf die Gefahr, dass ich mich wiederhole: Was hat das mit mir zu tun? Und vor allem: mit Serdar?«

»Die Kammer ist auf Serdar angewiesen, weil es auf dem Telefon von Moritz keine relevanten Daten zu den letzten beiden Wochen gibt. Er scheint alles, was im Hinblick auf Eintracht Düsseldorf interessant sein könnte, gelöscht zu haben. Den Austausch mit Bartels, aber auch den mit Merkert, den mit Schmitz, vor allem aber den mit Serdar.«

»Und?«

Hamza kommt noch ein bisschen näher. Viel Platz ist zwischen den beiden nicht mehr. Im Western wird am High Noon geschossen, wenn die Sonne am höchsten steht. Pirlo überlegt, wie es wohl heißt, wenn eine Prügelei anfängt, sobald das Sonnenlicht erlischt. Falls Hamza dann überhaupt noch hier ist.

»Um es auf den Punkt zu bringen: Serdars Telefon ist für das Gericht von großem Interesse. Noch mehr ist es natürlich seine Aussage.«

»Ich weiß nicht, wo Serdar ist.«

»Das stimmt nicht.« Pirlo kann es sich tatsächlich nicht vorstellen. Hamza lebt und atmet für diesen Jungen. Dass er ihn von all dem, was passiert, abschirmt, könnte Pirlo nachvollziehen. Dass er wirklich nicht wissen könnte, wo Serdar steckt, allerdings nicht.

»Sie erwarten Serdar morgen. Du weißt das. Genauso, wie dir klar sein dürfte, dass sich das niemand so gewünscht hat. Bisher hat die Kammer wahrscheinlich darauf gehofft, dass es auch ohne weitere Personen geht, dass Bartels sagt, wie alles war, und man dann schon den Deckel draufmachen kann.«

»Dann sollen sie meinen Jungen einfach in Ruhe lassen.«

»Das wird nicht einfach so möglich sein. Versetz dich in die Lage der Kammer. Aus ihrer Sicht geht es ja eigentlich nur darum, dass Serdar unkompliziert mitteilt, was er weiß. Wie haben sich Bartels und Moritz kennengelernt? Was spricht dafür, dass sie gemeinsam sterben wollten? Was spricht dagegen? Nicht weniger, nicht mehr. Außerdem ist er schulpflichtig. Er ist damit grundsätzlich an jedem Wochentag zu greifen.

Es ist also nicht so, dass einer Zeugenaussage wahnsinnige bürokratische Hindernisse im Weg stehen würden.«

Hamza lässt das einen Augenblick sacken. Pirlo fährt derweil fort: »Wenn Serdar als Zeuge nicht erscheint, werden sie ihn im schlimmsten Fall holen. Falls sie nicht wissen, wo er ist, und ihn über sein Telefon nicht orten können, kommen sie zu euch nach Hause. Sollte er dort entgegen meiner Vermutung *doch* nicht sein, ändert das nichts daran, dass er eines Tages vor Gericht erscheinen soll. Nur der Druck steigt, und das so lange, bis irgendwann auch die Medien davon Wind bekommen. Spätestens dann hat er die nächsten Überschriften an der Backe: Sexskandal bei Eintracht Düsseldorf – was hat der Starspieler zu verbergen?«

Hamza dreht sich zur Seite. Pirlo spannt die Bauchmuskeln an. Falls er gleich den ersten Schlag kassiert, will er wenigstens nicht direkt zusammenklappen. Das alles bleibt allerdings aus. Hamza hat seine Hände zwar erhoben, drückt sie aber auf sein Gesicht. Langsam weicht er zurück, bis er mit dem Rücken gegen sein Auto stößt. Dort atmet er erst langsam, dann immer schneller, lauter und wütender durch seine Finger. »Sie sollen ihn einfach in Ruhe lassen!«

Pirlo nickt. Abnehmen kann er Hamza diese Last aber trotzdem nicht. So gern er es würde. »Das werden sie nicht tun. Sie *können* es einfach nicht.«

Hamza lässt die Hände sinken und starrt Pirlo an. »Mach was dagegen, Ramzes! Das ist doch *eigentlich* dein verdammter Job, oder nicht?«

»Doch.«

»Dann *tu* endlich was, verdammt!«

In Pirlos Rücken lässt die Wärme nach. Die Sonne nimmt ihren Abschied. »Das ist noch nicht alles, Hamza.«

»Was denn noch?«

»Wenn Serdar als Zeuge aussagt, wird es auch um die Nachrichten von Moritz gehen. Um all das, was gelöscht wurde. Auch das können das Gericht und die Staatsanwaltschaft nicht einfach ignorieren. Im Gegenteil, sie werden hier Fragen stellen wollen.«

Hamza nimmt das hin, ohne nachzuhaken. Er wankt und wartet einfach nur noch ab.

Pirlo senkt seine Stimme. »Hamza, ich ahne, dass sie auch auf Serdars Telefon keine Nachrichten oder sonst irgendwelche Daten aus den letzten zwei Wochen finden werden.«

»Woher …?«

»Frag nicht. Es ist einfach so. Unterstellen wir, dass ich das nicht nur ahne, sondern sogar *weiß*, dass das so ist. Serdar weiß es auch. Er hat selbst dafür gesorgt.«

»Was …?«

»Nimm dir einen Augenblick, Hamza. Lass das sacken. Denk darüber nach. Nicht alle Nachrichten, die Moritz geschrieben hat, dürften sich mit der Affäre mit Bartels befasst haben. Wenn das so gewesen wäre, wenn es ihm allein darum gegangen wäre, das verschwinden zu lassen, was dieses Techtelmechtel betraf, warum hätte er denn das, was er mit Serdar geschrieben hat, kurz vor seinem geplanten Tod ebenfalls löschen sollen?«

»Du willst damit aber nicht sagen, dass Serdar auch mit Bartels …?« Hamza bringt die Frage nicht zu Ende. Er klingt zugleich wütend und unsicher.

Pirlo schüttelt den Kopf. »Nein, das glaube ich nicht. Und genau *deswegen* ist das mit den gelöschten Nachrichten ein Problem.«

Hamzas Gesicht liegt bereits im Halbdunkel. Pirlo kann die weiteren Fragen darin dennoch erkennen. Und die Angst.

»In den letzten zwei Wochen gab es nicht nur den Suizidversuch von Moritz und was auch immer das in Bezug auf Bartels war. Es sind noch andere schlimme Dinge passiert – und auch dafür interessiert sich die Polizei.«

»Worauf willst du hinaus?«

Pirlo geht noch einmal auf Hamza zu. »Ein Zeuge muss vor Gericht die Wahrheit sagen. Er ist dazu verpflichtet, auszusagen. Das gilt nur dann nicht, wenn er sich selbst belasten müsste.«

»Ich …« Hamza stockt. »Ich weiß nicht, was ich dazu sagen soll.«

»Sag gar nichts. Nimm es einfach mal so mit. Serdar *wird* als Zeuge aussagen. Früher oder später wird das einfach so sein. Dann wird es aber auch um die Nachrichten auf den Telefonen gehen. Um das, was gelöscht wurde. Man wird ihn nach seinem eigenen Handy fragen. Danach, warum dort was gelöscht wurde. Und dann auch danach, wo er war, als manche Sachen passiert sind.«

Hamza schluckt. »Mein Junge hat keinen Mann getroffen. Nicht für so was.«

»Ich weiß.«

»Und er hat auch niemanden umgebracht!«

Für Pirlo fühlt es sich an, als nehme Hamzas Schrei die ganze Nacht ein. Als verhalle er nicht einfach, verschwinde irgendwo im Nichts. Sondern als bleibe er hier, direkt zwischen ihnen beiden. Wund. Laut. Verzweifelt.

»Wir, Sophie und ich, verteidigen Moritz«, erklärt er mit fester Stimme. »Wir können Serdar aber eine Kollegin oder einen Kollegen aus einer anderen Kanzlei empfehlen – wenn er das will.«

Hamza starrt ihn mit weit aufgerissenen Augen an. Ein Zittern läuft durch seinen Körper. Er öffnet den Mund, sagt aber nichts.

Pirlo wartet noch einen Moment ab. Dann legt er Hamza behutsam eine Hand auf die Schulter und nickt ihm zu. Danach dreht er sich um, steigt in seinen Wagen und fährt langsam davon. Hamza bleibt allein zurück. Mit seinen Sorgen und Gedanken. Und mit der Dunkelheit.

DIE FRAGE NACH DER SCHULD

1.

SCHICKSAL.

Jetzt. Hier.

Er senkt den Kopf. Spürt den Blick auf sich. Hört die Frage. Klingt sie wütend? Enttäuscht? Oder ist es nur er selbst, der sich so fühlt, weil es keinen anderen Ausweg gibt? Weil es vielleicht nie einen gab. Weil er gescheitert ist.
Wie lange hat er nichts gesehen? Wie lange hat er nichts verstanden? Und wie lange will er es noch ertragen, dass er nichts gutmachen kann? Nichts. Niemals.
Sein Kopf schmerzt. Sein Herz rast. Seine Hände zittern, und seine Gedanken explodieren wie schwarze Sterne vor seinen Augen. Er ringt nach Luft wie ein Ertrinkender, atmet ein, als sei es das letzte Mal.
Und dann, plötzlich, ist alles ruhig. Der Raum. Die Hände. Er selbst.
Er richtet sich auf. Erwidert den Blick.
Und spricht.

2.

BEWUSST.

Hier. Jetzt.

»Mein Name ist Hamza Tuncay. Ich bin der Vater von Serdar Tuncay, den Sie heute als Zeugen geladen haben. Ich habe verstanden, dass Sie eigentlich mit meinem Sohn sprechen wollen. Ich habe verstanden, dass ich hier nicht einfach an seiner Stelle kommen kann. Ich versichere allerdings, dass ich etwas Wichtiges mitzuteilen habe.

Ja, ich habe die Belehrung des Gerichts verstanden. Mir ist bewusst, dass ich als Zeuge die Wahrheit zu sagen habe, aber weder mich noch einen Angehörigen belasten muss.

Ich will allerdings ein Geständnis ablegen.

Ich war es, der Herrn Merkert und Herrn Schmitz getötet hat. Außerdem habe ich versucht, Herrn Bartels zu töten.

Bei den Herren Merkert und Schmitz habe ich das aus Angst davor getan, dass sie Serdar, meinen Sohn, nicht zu den Beratern wechseln lassen, die ich für ihn vorgesehen hatte. Sie haben alles darangesetzt, Serdar bei sich zu behalten. Sie wollten unbedingt Geld mit ihm verdienen und sich an ihm bereichern. Diese Herren haben meine Entscheidung nicht akzeptiert. Das konnte ich nicht dulden.

Ich habe sie daher zu einem Gespräch unter Männern aufgefordert. Dabei habe ich ihnen aufgelauert. Ich habe sie niedergeschlagen und erstochen. Danach habe ich ihnen in die

Augen gestochen, um sie dafür zu bestrafen, dass sie nicht sehen wollten, dass nur ich weiß, was für Serdar wirklich gut ist.

Herrn Bartels wollte ich töten, weil er Serdar nicht mehr hat spielen lassen. Ich meine, wie konnte er nur? Serdar hat alles für die Mannschaft getan. Er hat die Fortuna mit seinem Tor fast allein besiegt. Ihn dann nicht mehr einzusetzen war einfach Wahnsinn. Es musste daher ein neuer Trainer her. Einer, der einsehen würde, dass Bartels für seine falsche Entscheidung bezahlt hat.

Der Angeklagte Moritz Felting hat zu mir ein väterliches Verhältnis. Da er selbst ohne eine verlässliche männliche Bezugsperson aufgewachsen ist, hat er zu mir aufgeschaut und mir geglaubt. Ich wusste, dass er ein Verhältnis mit Herrn Bartels hatte. Ich gebe zu, dass ich es nicht gut fand. Ich hatte mir anfangs auch Sorgen gemacht, dass mein Sohn, Serdar, davon beeinflusst werden und, wenn man ihm das so vorlebt, ebenfalls Männer mögen könnte. Heute weiß ich, dass das Unsinn war. Als Moritz mich darauf ansprach, dass er mit Herrn Bartels ein besonderes Erlebnis suche, habe ich ihm empfohlen, ihr Miteinander mit Medikamenten aufzupeppen. Ich habe ihm nahegelegt, dazu Paracetamol-Tabletten zu verwenden. Diese habe ich für ihn gekauft und sie ihm ausgehändigt. Ich habe ihm dabei gesagt, dass ich selbst gute Erfahrungen damit hätte und dass das in der Türkei als Aphrodisiakum ein Standard sei. Etwas für die ganz besonderen Momente zu zweit. Ich ging davon aus, dass er diese Tabletten Herrn Bartels verabreichen würde. Wahrscheinlich war mir klar, dass auch Moritz von den Tabletten nehmen könnte. Um Herrn Bartels aus dem Weg zu räumen, habe ich das aber in Kauf genommen.

Ich bekenne mich dieser Taten schuldig. Ich habe Herrn Merkert und Herrn Schmitz getötet. Ich hätte es auch mit

Herrn Bartels getan. Ich war mir bewusst, was ich tat, und bereue nichts.

Das ist alles, was ich dazu zu sagen habe.«

3.

NACH BESTEM WISSEN.

Tumult

Dann beginnt der Tumult. Jedenfalls der in Sophies Kopf. Möglicherweise auch in ihrem Herzen. Sie weiß es nicht. Gerade weiß sie einfach gar nichts.

Brandt vereidigt Hamza. Der verzichtet auf die Formel, die Gott enthält. Am Ergebnis ändert das nichts. Auch die weltliche Fassung gilt.

Ich schwöre, dass ich nach bestem Wissen die reine Wahrheit gesagt und nichts verschwiegen habe.

Brandt nimmt es zur Kenntnis. Er macht sich eine Notiz, scheint zu überlegen, Fragen zu haben, sie aber dann doch nicht zu stellen.

Das alles dauert nicht lange. Ein paar Minuten vielleicht, wenn überhaupt. Dann flüstert Brandt mit den beiden weiteren Berufsrichtern, im Anschluss mit den Schöffen. Als alle Köpfe nicken, dreht er sich zurück zu seinem Mikrophon und erklärt, dass die Jugendkammer beschlossen habe, die Untersuchungshaft von Moritz Felting per Beschluss aufzuheben. Unmittelbar darauf beantragt die Staatsanwaltschaft einen Haftbefehl, den die Kammer bis zur Anhörung durch den Haftrichter erlässt, und die Sitzungswachtmeister führen Hamza ab.

Dann ist es vorbei. Moritz kann gehen. Die Beweisaufnahme

wird noch nicht geschlossen. Dazu war das alles viel zu schnell viel zu viel. Allerdings sagt Brandt zum Abschluss das Beweisprogramm für den nächsten Verhandlungstermin ab. Stattdessen sollen die Schlussvorträge gehalten werden. Sophie macht sich dazu eine Notiz, die sie eigentlich gar nicht braucht. Danach ist die Verhandlung geschlossen.

Moritz nimmt das Geschehen mit stoischer Miene zur Kenntnis. Nur der Augenwinkel schimmert.

4.

CANTONA-CONTENANCE.

Vor dem Saal

Vor dem Saal wartet Fleischmann. Pirlo spürt, dass er noch zu nachdenklich ist, gleichzeitig zu aufgewühlt, um für ein Aufeinandertreffen mit ihm bereit zu sein.

»Herr Rechtsanwalt Dr. Pirlo«, fängt ihn der Journalist ab. Er gibt sich Mühe, professionell-nüchtern zu klingen. Pirlo weiß das. Es ist ihm aber trotzdem egal. »Was ist da drin geschehen? Wie geht es für die von Ihnen vertretenen *Spieler* weiter? Wie sieht es mit Ihrem *Mandanten* Moritz Felting aus? Was sagen Sie ganz *generell* zu der überraschenden Entwicklung in diesem Prozess?«

Pirlo bleibt kurz stehen. Das ist wahrscheinlich schon der erste Fehler. Es fällt ihm aber auch einfach verdammt schwer, dem Impuls dazu zu widerstehen. Dasselbe gilt für den, dem Typen eine zu knallen. Diese Geschichte hier ist bitter genug. Sie wird ganz bestimmt nicht besser durch das, was Fleischmann daraus macht.

»Also?« Der Reporter scheint Pirlos Gedanken zu erraten. Wahrscheinlich ist das aber auch einfach keine überkomplexe Herausforderung. So was schafft selbst er.

»Also was?«

»Wie sieht es mit einer Stellungnahme aus?«

Pirlo bemerkt im Augenwinkel, dass Sophie bereits mit

Moritz an der Ecke wartet. Er könnte es hier gut sein lassen. Ein Mal zumindest. Andererseits steht Fleischmann erwartungsvoll vor ihm. Mit einem Mikrophon. Und auch Pirlo ist, wie er ist. Er muss also etwas sagen. Zumindest *irgendwas*.

Und dann, plötzlich, weiß er auch genau, was. Er sieht Fleischmann lange an. »Wenn die Möwen dem Fischerboot folgen, dann nur, weil sie auf über Bord geworfene Sardinen hoffen.«

Danach dreht er sich um und geht davon.

Als er zu Sophie aufschließt, ist Moritz schon nicht mehr da. »Wo ist er hin?«

»Ich weiß es nicht.«

»Und was wird er jetzt tun?«

»Sag du es mir.«

Pirlo dreht an seinen Haaren. »Lass uns einfach hoffen, dass er jemand ganz Bestimmtes besucht. Und dass es dann gut ausgeht.«

»Oder zumindest besser.«

Sophie nickt. Dann deutet sie in Richtung Fleischmann, der immer noch vor dem Saal steht und hektisch in sein Handy tippt.

»Du weißt schon, dass du wieder einfach mit einem Journalisten gesprochen hast.«

»Ist mir aufgefallen.«

»Ohne dich vorher mit mir darüber abzustimmen.«

»Oh. Scheiße.«

Sie lacht. Womöglich, weil seine Reaktion so spontan war. Und so ehrlich.

»Was hast du ihm denn überhaupt gesagt?«

Pirlo zuckt mit den Schultern. »Ich habe Cantona zitiert.«

»Wen?«

»Ist das wirklich wichtig?«

»Keine Ahnung. Kommt darauf an, was es war.«

Pirlo lacht. »Keine Ahnung. Ich musste irgendetwas sagen. Es sollte zwar etwas bedeuten, aber ich weiß nicht genau, was.«

Woraufhin offensichtlich selbst Sophie nicht weiß, was sie sagen soll. Was ja auch mal ganz schön ist.

Für einen Augenblick stehen sie noch so nachdenklich wie unbeholfen im Gerichtsflur herum. Dann gibt sich Pirlo einen Ruck. »Was hältst du von einem Kaffee?«

»Einem von deinen?«

»Irgendeinem. Irgendwo.«

Sie fährt sich durch die Haare. »Ich war schon lange nicht mehr am Meer.«

Pirlo zieht einen Mundwinkel nach oben. »Die Nordsee ist keine zwei Stunden weg.«

»Eher keine drei.«

»Kommt darauf an, wer fährt.« Er zwinkert. »Zufällig ist gerade mein einziger Fall zu Ende gegangen. Ich hätte also Zeit.«

Sophie lächelt. Sie sieht schön dabei aus. Und es fühlt sich gut an, das zu bemerken.

»Meinst du, es gibt am Strand auch einen Kaffee?«

Pirlo legt die Stirn in Falten. »Wer kann das schon wissen?«

»Wahrscheinlich keiner.«

»Außer man versucht, es selbst herauszufinden.«

Ihr Lächeln wächst. »Wollen wir das wagen?«

»Du und ich miteinander?«

»Wir haben schon größere Abenteuer hinbekommen.«

»Wir haben aber auch schon kleinere verkackt.« Hoppla. Die Veränderung in ihrem Blick geht in die falsche Richtung. »Ich bin aber natürlich bereit, mich trotzdem auf dieses Wagnis einzulassen.«

»Wie kommt's?«

»Du bist dabei.«

»Und das genügt?«

»Seit dem ersten Tag.«

Sophie lacht. Für einen Moment scheint sie noch damit zu ringen, ob sie nachlegen soll. Einfach so, quasi aus Prinzip. Dann hakt sie sich aber einfach bei ihm ein, und sie gehen los. Warum auch nicht? Sicher, wirklich gut ist fast nichts. Dieses kleine bisschen aber schon.

Und wer will ernsthaft behaupten, dass das nicht manchmal einfach reicht?

MEIN BRIEF AN DICH

Liebe Leserin, lieber Leser,

ich hoffe, Du hattest beim Lesen von »Doppeltes Spiel« genauso viel Freude wie ich beim Schreiben. Wie immer hat es mir viel Spaß gemacht, Sophie und Pirlo durch ihren neuen Fall zu begleiten.

Dabei ist »Doppeltes Spiel« auch ein sehr persönliches Buch. Das hat gleich zwei Gründe.

Mit meinem Team von *Plan A – Kanzlei für Strafrecht* arbeite ich viel »im Fußball«. Wir beraten Vereine, Verbände und auch Spieler. Das umfasst Verteidigungsfälle, aber auch präventive Compliance-Strategien. Beim SC Freiburg bin ich beispielsweise seit mehreren Jahren als Vertrauensanwalt und Ombudsmann tätig. Dort, aber auch bei anderen Vereinen, habe ich Kinder- und Jugendschutzkonzepte entwickelt und umgesetzt, die auf einer Linie mit den Lizenzierungsstandards der DFL liegen. Das Ziel dieser Konzepte ist es, Kinder und Jugendliche vor Übergriffen zu schützen und ihnen die Möglichkeit zu geben, solche Vorfälle zu melden und aufzuklären. Es ist wichtig, dass wir die Gefahren im Sport – und überall anders auch – ernst nehmen und ihnen vorbeugen, ein Bewusstsein dafür schaffen und Betroffene wissen lassen, dass sie sich wehren können und dass sie nicht allein sind.

Ein weiterer Grund dafür, dass das Buch eine persönliche Note hat, ist, dass ich vor vielen Jahren einen Freund durch dessen Suizid verloren habe. Daran hatte ich lange zu knabbern. Ich weiß nicht, ob ich ausnahmslos Pirlos Haltung teile, der, ganz gleich, wie katastrophal die Lage auch sein mag, immerzu versucht voranzukommen und sich im Zweifel mit dem auch in diesem Buch vorkommenden Robert-Frost-Zitat hilft: *The best way out is always through.* Klar ist aber, dass es immer eine Lösung gibt. Sie mag nicht schön sein und auch nicht unbedingt Freude machen. Aber sie ist da, und es lohnt sich, nach ihr zu suchen.

Für weitere Informationen verweise ich gern auf die Empfehlungen der Deutschen Gesellschaft für Suizidprävention (www.suizidprophylaxe.de).

Auch wenn es damit in der Geschichte um ernste Themen geht, soll das Buch aber natürlich vor allem Spaß machen. Ich bin dabei sehr zuversichtlich, dass das dem Duo Pirlo und Mahler einmal mehr gelungen ist.

Wie auch sonst könnt Ihr gern eure Eindrücke, Meinungen und Gedanken per E-Mail schreiben: pirloundmahler@kanzlei-plan-a.de. Wie ebenfalls auch sonst verspreche ich, dass ich jede Nachricht persönlich beantworte.

Ebenso freue ich mich, euch bald mal bei einer Lesung oder sonstigen Veranstaltung persönlich kennenzulernen.

Viele Grüße und bis spätestens dann,
Euer
Ingo

GRUNDZÜGE DES STRAFRECHTS

Der letzte Abschnitt ist ein echter Klassiker der Pirlo-Bücher geworden. Wie bei den vorherigen Abenteuern von Pirlo und Mahler erkläre ich zum Abschluss einige rechtliche Begriffe und Themen, die in dem Roman eine Rolle spielen.

Akteneinsicht: Die Staatsanwaltschaft führt zu jedem Ermittlungsverfahren eine Akte, in der alle für die Sachverhaltsaufklärung wesentlichen Maßnahmen und Erkenntnisse vermerkt sind. Um sicherzustellen, dass an der originalen Akte nichts verändert wird, erhalten nur Rechtsanwälte[1] Einsicht. Es ist aber selbstverständlich in Ordnung, die Inhalte danach mit den Mandanten zu besprechen.

Compliance: Verstoßen Unternehmen gegen die Rechtsordnung, können sie fast genauso bestraft werden, wie der Bürger auf der Straße. Anders als dieser, kann ein Unternehmen das eigene Verhalten allerdings regelmäßig nicht selbst überblicken. Während ein Mensch meistens weiß, was die rechte und

1 Um es einfach zu halten, folgt hier dieselbe Fußnote wie bei meinen wissenschaftlichen Veröffentlichungen: Zugunsten der Lesbarkeit verwende ich die maskuline Form. Eine Wertung ist damit (selbstverständlich) nicht verbunden.

die linke Hand tun, ist bei Unternehmen oft schon unklar, was die Abteilung auf der anderen Seite des Flurs macht. Um zu verhindern, dass das Unternehmen als Ganzes für ein Fehlverhalten einzustehen hat, das nur auf einzelne Personen zurückgeht oder, besser noch, dafür zu sorgen, dass erst gar niemand gegen Gesetze verstößt, richtet man Compliance-Systeme ein. Die Aufgabe liegt dann darin, das für das Unternehmen relevante Recht zu kennen und Verstöße zu vermeiden.

Hate Speech: Unter den Begriff fällt jede Form von Hetze, die andere, Menschen oder Institutionen, beleidigen, herabwürdigen oder sonstwie verletzen kann und soll. Gerade Fußballvereine und einzelne Spieler haben in diesem Zusammenhang immer wieder mit Eskalationen zu kämpfen. Es gibt allerdings auch Programme, die versuchen, das Problem in den Griff zu bekommen. Es war für mich in diesem Zusammenhang eine besondere Ehre, im April 2024 für die Initiative »Wer hetzt, verliert!«, bestehend u. a. aus mehreren Profivereinen aus Nordrhein-Westfalen, Fifa, DFB, DFL, dem Landeskriminalamt und der Schwerpunktstaatsanwaltschaft Köln, im Ruhrstadion als Experte eine Veranstaltung zu moderieren.

Jugendstrafrecht: Für Jugendliche, also Menschen zwischen 14 und 18 Jahren, und Heranwachsende zwischen 18 und 21 Jahren sieht die Rechtsordnung besondere Gerichte vor, die, anders als im Erwachsenenstrafrecht, weniger sanktionieren als erziehen sollen. Die Verhandlungen finden dazu unter Ausschluss der Öffentlichkeit statt.

Kinder- und Jugendschutzkonzepte: Die aktuellen DFL-Lizenzierungsgrundlagen verpflichten die Vereine der ersten und zweiten Fußballbundesliga dazu, Konzepte zum Schutz von Kindern und Jugendlichen zu entwickeln und mit Leben zu füllen. Mit meiner Kanzlei habe ich dazu verschiedene Vereine beraten. Der Profifußball ist diesbezüglich häufig gut aufgestellt. In anderen Sportarten und im Amateurfußball sieht es dagegen oft noch recht dürftig aus. Hier ist dringend ein Umdenken nötig.

Mord: Tötet man einen Menschen entweder auf eine besonders verwerfliche Art, namentlich heimtückisch, grausam oder mit gemeingefährlichen Mitteln, aus einem besonders verwerflichen Motiv, etwa Mordlust, zur Befriedigung des Geschlechtstriebs, aus Habgier oder sonst aus niedrigen Beweggründen, oder mit einem besonders verwerflichen Ziel, konkret, um eine andere Straftat zu ermöglichen oder zu verdecken, gilt dieses Töten als Mord und wird mit einer lebenslänglichen Freiheitsstrafe bestraft.

Notstand: Ab und zu bringt uns das Leben in dramatische Abwägungssituationen. Wen retten wir? Wen geben wir verloren? Wenn ein Rechtsgut das andere überwiegt (zum Beispiel das Leben das Eigentum an einer Sache), kann die Abwägung rechtfertigend ausfallen. Treffen gleichrangige Rechtsgüter aufeinander, kommt dagegen höchstens ein Entschuldigungsgrund in Betracht. Der Rechtsverstoß steht dann zwar fest. Es gibt aber keinen Vorwurf. Diejenigen, die das Thema interessiert, können dazu in meiner Doktorarbeit von 2010 (In dubio pro Straffreiheit – Untersuchungen über den Lebensnotstand) schmökern, in der ich genau solche Fragen und Themen (zum Beispiel »Leben gegen Leben« bei einem gezielten Flugzeugabschuss) behandle. Vorsicht: Es ist ein wissenschaftliches Buch mit Fußnoten und all diesem Zeug. Wer den Stil der Romane mag, dürfte daran trotzdem seine Freude haben.

Opportunitätseinstellung: Grundsätzlich soll die Staatsanwaltschaft dann, wenn hinreichend wahrscheinlich ist, dass jemand eine Straftat begangen hat, Anklage erheben. Manchmal wäre aber bei Vergehen eine mögliche Schuld geringfügig oder kann durch bestimmte Auflagen ausgeglichen werden. In diesem Fall ist eine sogenannte Opportunitätseinstellung möglich. Ausgeschlossen ist das allerdings bei Verbrechen, also solchen Straftaten, die eine Mindestfreiheitsstrafe von einem Jahr vorsehen. Wenn die Staatsanwaltschaft hier der Überzeugung ist, dass eine Straftat möglich ist, muss sie diese auch zur Anklage bringen.

Ordnungsgeld und Ordnungshaft: Zeugen sind ein wichtiges Beweismittel. Grundsätzlich müssen sie daher vor Gericht erscheinen und dort die Wahrheit sagen. Geben sie eine Erklärung ab, die nicht stimmt, dichten sie dazu oder lassen sie etwas weg, können sie sich wegen verschiedener Aussagedelikte strafbar machen. Dass das keine Kleinigkeit ist, erkennt man schon daran, dass ein Meineid, also eine vorsätzliche Falschaussage nach vorheriger Vereidigung, als Verbrechen mit einer Mindeststrafe von einem Jahr sanktioniert wird. Wir können uns also vorstellen, dass Zeugen nicht immer nur glücklich darüber sind, zu einer Aussage geladen zu werden. Da die Justiz zur Wahrheitsfindung auf sie angewiesen ist, gibt es verschiedene Zwangsmittel, um abzusichern, dass Zeugen auch tatsächlich erscheinen und die an sie gestellten Fragen beantworten. Ein Ordnungsgeld kann dabei bis zu tausend Euro reichen – und zwar pro Tag des Ausbleibens. Bringt das nichts, kann ein Zeuge sogar in Ordnungshaft genommen werden, bis er seine Aussage abgibt.

DANK

Mein Dank gilt, wie immer, einer Menge großartiger Menschen, die dazu beitragen, dass es die Pirlo-Reihe gibt.

Merci, Tamara, für deine Unterstützung, das Verständnis, die Zeit und den Glauben. Je suis heureux que tu sois à mes côtés. (Was man mir nachsehen mag. Ich spreche mit ihr Französisch. Oder zumindest, von meiner Seite, so etwas in der Art.)

Dankbar bin ich natürlich auch dem Team des Verlags S. Fischer, dort insbesondere meiner Lektorin Teresa Moser, außerdem Gerd Robertz, Theresa Schenkel, Indra Heinz, Iris Kirschenhofer, Milena Kahlke, Ilse Wagner und, natürlich, auch Andrea Diederichs, die diese Reihe mit auf den Weg gebracht hat.

Ebenso danke ich meiner Agentur copywrite, dort vor allem Felix Rudloff und Lisa Volpp.

Ohne das Team von Plan A wären die Bücher neben der Kanzlei, der Professur, den Lehraufträgen und all dem, nicht vorstellbar. Dank euch, Marvin, Leo, Anisa, Philippos und Luis.

Einen wichtigen Beitrag haben natürlich auch, wie immer, meine Mutter und meine Schwester, außerdem meine kritisch mitlesenden Freunde geleistet. Dank euch Sus, Mathias, Markus, Ignacio und Dir, inkognito bleibendem Staatsanwalt, dessen Fleiß beim juristischen Prüfen ebenso unerschütterlich ist wie die Entschlossenheit, seinen Namen zu verschweigen.

Abschließend darf einer nicht fehlen, ohne den Pirlo und Sophie möglicherweise gar nicht so schnell – und so erfolgreich – in die nächste Runde gestürmt wären. Die Rede ist natürlich von meinem grandiosen »Gegenspieler« Arno Strobel, der mir ein wundervoller Schriftstellerkollege, Mitautor und vor allem auch Freund geworden ist.

Danke euch allen.

Arno Strobel / Ingo Bott
Gegenspieler
Bischoff und Pirlo ermitteln

Als einer der Partner der wegen der TaxEx-Steuersparmodelle in Verruf geratenen Starkanzlei *Müller & Mahler* tot aufgefunden wird, glauben nicht alle an Suizid. Daraufhin soll Privatermittler Max Bischoff den Tod untersuchen und erhält Unterstützung von Sophie Mahler, Tochter des Gründungspartners Ernst Mahler und selbst aufstrebende Strafverteidigerin. Sophies Kanzleipartner Anton Pirlo ist entschieden dagegen, bis ihr Vater verhaftet wird und Pirlo seine Verteidigung übernimmt. Plötzlich findet er sich auf derselben Seite wieder wie Bischoff. Und gemeinsam schmieden sie einen gewagten Plan …

416 Seiten, Klappenbroschur
978-3-596-71048-5

Weitere Informationen finden Sie auf
www.fischerverlage.de

Ingo Bott

Pirlo - Gegen alle Regeln

Der erste Fall für Strafverteidiger Pirlo

Er hat Charisma und ist ein Chaot, doch Anton Pirlo weiß sehr genau, was Recht und was rechtens ist. Ausgerechnet sein erster Fall als unabhängiger Strafverteidiger bringt ihn wieder in die Nähe seiner Clan-Familie. Die nach etwas anderen Regeln lebt. Pirlo hatte sich von ihnen losgesagt. Doch jetzt braucht er genau sie. Seine Mandantin, eine Society-Größe der Stadt, soll ihren Ehemann, Bauunternehmer und stadtbekannte Karnevalsgröße, aus Eifersucht und Habgier ermordet haben. Die Angeklagte sitzt in Untersuchungshaft und schweigt. Pirlo braucht Beweise, um einen Freispruch vor Gericht zu erwirken, doch an die kommt er nur mit Hilfe seiner Clan-Brüder ran.

400 Seiten, Klappenbroschur

Weitere Informationen finden Sie auf
www.fischerverlage.de

AZ 651-00104/1